澁澤龍彥論コレクションV　トーク篇2

回想の澁澤龍彥（抄）
澁澤龍彥を読む

巖谷國士

勉誠出版

澁澤龍彦論コレクションⅤ　トーク篇2　回想の澁澤龍彦（抄）／澁澤龍彦を読む

目次

回想の澁澤龍彦（抄）

澁澤龍彦を読む

I

写真撮影　巖谷國士

澁澤龍彥論コレクションV

トーク篇2

回想の澁澤龍彥（抄）／澁澤龍彥を読む

装幀　櫻井久（櫻井事務所）

回想の澁澤龍彦（抄）

バニャイア（イタリア）のランテ荘

「澁澤君」のこと

堀内路子／巖谷國士

堀内路子《ほりうちみちこ》（一九三六―）
東京生まれ。早稲田大学の学生時代に矢川澄子氏を介して澁澤龍彦を知り、のちに故・堀内誠一氏夫人となってからも、最晩年まで親しく交友した。家族旅行をともにする「旅の仲間」でもあった。

巖谷　堀内さんご夫妻は澁澤さんとは本当に長いおつきあいで、誠一さんが亡くなった月日も病気もほとんど同じだったという、どこか運命的なものを感じてしまうんですが、それ以上にご夫妻同士、ご家族同士の良い関係を保っておられました。

　それで、路子さんのほうが前からのお知りあいだったそうですね。

堀内　そうです。

巖谷　いつごろでしょう。五五年ですか。

堀内　松山（俊太郎）さんが新宿の紀伊國屋で澁澤さんとはじめて会ったという……。

巖谷　サドの本の注文のときかな。

堀内　そうそう。同じ日なんです。その行きか帰りかはわからないんですが、紀伊國屋が戦後二回目くらいの改装をしたころだと思うんだけれど、中二階になっていたことがあるんですね。階段が真ん中へんにあって、私は下から入って行ったときに、（矢川）澄子さんが、パイプをくわえて、たしかベレー帽をかぶって肩をこうやって揺すっている、すごいキザな人と降りてきたわけ（笑）。

巖谷　服装はどんなでした？

堀内　ちゃんと上着を着てて、開襟シャツとかポロシャツというのかしら、襟つきの……。

巖谷　初夏かな。

堀内　「私は何年のことかもよくおぼえてない」と言ったら、澄子さんが「それは昭和三十年の四月の二十三日か、五月の二十三日かよ」と言うから、私の感じではちょっと初夏っぽい感じがしたから、じゃ五月かな、と。

巖谷　松山さんもいっしょ？

堀内　そのときはいなかったけど、同じ日らしいです。二十三日というのが岩波の給料日だったからと……。澄子さんは六法全書の外校正に入っていて、そこで澁澤さんと知りあっていたわけ。だけど、口をきいたのがその一週間前だとか言っていましたよ。澁澤さんというのがそこにいるというのは知っていたんでしょうが。澄子さん自身が働きだしたのはきっと四月ぐらいなんだと思うんです。三月に東京女子大の英文科を卒業して、そして学習院に新しく独文ができたんだと思うんですが、そこに入っちゃった。「ともかく学生でいれば、人がなにかうるさく訊かないから」とか言って。

巖谷　澁澤さんは、校正をもっと前からやっていたんでしょうか。

堀内　そういうことは聞いたことがない。

巖谷　澁澤さんの第一印象を、もうすこし聞きたいな。

堀内　私は「ほんとにキザなやつ」と思った（笑）。うちは、なんでもいろいろな言葉をつくる家だったの。たとえば、「イチマキ」とか。

巖谷　わかる。家族だけに通じる陰語でしょう（笑）。

堀内　そのとき、ちょっといただけないものを、「オッツ」という言葉で表現していたわけ。食べ物でも、人でも。そうしたら澄子さんが、「みっちゃん、〝オッツ〟と言ったんだもの」と。
巖谷　会ったとたんに言った？　じゃ、不合格だったわけですか（笑）。
堀内　うちは絵描き（洋画家・内田巖、一九〇〇—一九五三）の家だったせいか、酔っぱらいとか、そういうのがいっぱい来てて、澄子さんの家よりは変な人が出入りしてたわけ。だけれども、文学関係であんまりキザな人というのは……。
巖谷　そのときはかっこつけていたのかな。僕は澁澤さんにキザという印象を持ったことはないですけれど。
堀内　そう。外見だけですね。
巖谷　肩をいからせちゃって……。
堀内　そして、虚勢を張るという感じで。
巖谷　澁澤さんはまだ二十代後半でしょう。
堀内　そうですね。あのころは二十七、八かな。つねにパイプを手に持って、こんなふうにしているわけでしょう。
巖谷　言葉はかわされたんですか、そのとき。
堀内　いつもの、「ヤッ」という……（笑）。
巖谷　澁澤さんの二十代って、僕は知らないけれども、写真なんかで見ると、ちょっと感じが違いますね。
堀内　変な言い方ですけど、終始とっつきやすかったですね、私には。
巖谷　キザでも？（笑）
堀内　そうそう。優しいのかな。変な気の遣い方はしないんだけど、けっこう人を楽しませてくれるんです。サービス精神もあって……。私は澄子さんとも、はたちか二十一ぐらいからつきあいだしたの。
巖谷　そうすると、早稲田の学生時代にですね。
堀内　というのじゃなくて、両方の姉同士がちょっといっしょに仕事をしていたことがあって、そしてたまたま妹同士も顔あわせて、なんとなく仲よくなっちゃった。みんなから「なんで？　いつのまに仲よくなったの」と言われるくらい、自分でも不思議だけれども、けっこう仲よくなっちゃったのね。
巖谷　矢川さんとは旅行もなさったとか。
堀内　生まれてはじめてだったんです。いっしょにアルバイトして、その資金を稼いだんですね。
巖谷　最初から福音館におられた？
堀内　じゃなくて、全然別な、日本経済調査会ってとこ。そこを主宰している人がとてもおもしろいおじさんで、私は走り使いなんかの雑用をしていたの。そのうちに父が亡くなり、遺作展があって私のいちばん良いと思う絵がそのボスと一致したんですね。十五万だったら持主が売ると言っていると話したんですよ。それからしばらくして「これ一冊やると十五万円。お父さんの絵を買いもどしなさい」ってくれたアルバイトが、福音館の豆事典の『日本人名事典』だったんです。
巖谷　当時としたら相当な額だな。
堀内　「一人でこんなことできません」と言ったら、「できるよ、できるよ」と言って。私も困っちゃって、そのとき知りあいになったばかりの澄子さんに相談して、もうひとり大人が入ったんだけれども、ともかく『日本人名事典』をでっちあげた。
巖谷　あのころは、そういう種類の本は少なかった……。
堀内　よくわからないけれど、孫引きの孫引きででっちあげたの。昔に出た平凡社の人名事典と、あとは小さい日本人名事典二、三種類を参考にしたんだけど、じっにどれもこれも孫引きしているんでびっくりしちゃった。
巖谷　それはいつごろですか。澁澤さんに会われるよりもだいぶ前ですか。
堀内　だいぶ前でもない。前の年の五四年。そのアルバイトをやったときに、福音館の松居さんと会ったわけ。
巖谷　矢川澄子さんもそのころから、ものを書いたり、翻訳なんかしておられたんですか。

堀内　そう。本当に文学少女だったですよ。多田智満子さんとも東京女子大のときからの友達だったし。そして澁澤さんなんかと知りあいになって、どんどんいろいろ書きだしていました。「未定」って同人雑誌を出しましたよね。学習院の岩淵達治さんとか、人名事典のアルバイトのとき、下請けしてくれた独文の村田（経和）君も入っていたんじゃないかな。澄子さんはW・スコッペ作、矢川澄子訳なんていうひねった形で書いてて、タイトルは忘れたけど、も、レース編みみたいな印象の文だった。

巖谷　とすれば、澁澤さんとはお似あいというか……。

堀内　そうそう。私も最初わからなかったけれども、澄子さん自身が、どんどん自分から出ていったときに、もう澁澤君よりももっと大胆だったかもしれないのよ。

巖谷　澄子さんはベレー帽？

堀内　ベレー帽じゃないけれど、けっこう奇抜なかっこうをしたりするわけ。でもこれはあとの話。最初、着るものは澁澤君が選んでましたね。はじめのストイックな感じから、真赤なワンピースを着るようになったりして。

巖谷　澁澤さんと知りあって変ったと。

堀内　それは、自分のいままで育った家庭と全然ちがう、お父さん（教育学者・矢川徳光、一九〇〇―八二）はお酒もタバコも飲まない。そして子どもとすごくよく遊んでくれるという、びっくりしちゃうくらい、とても模範的な……。

巖谷　それだけに矢川澄子さんは、お父上との結びつきの強い……。

堀内　そうですね。だから、全然ちがうものを求めていたのかしら。

巖谷　澁澤さんに？

堀内　自分の出口を。ともかく、外見は変りました。

巖谷　澁澤さんが岩波の校正をやったというのは、どういうきっかけなんでしょう。

堀内　それはわからないけれども……。

巖谷　一九五五年というと、澁澤さんはずいぶんいろいろなことがあった年ですね。結核が再発したとか、それからお父さんが亡くなったのがあの年でしょう。

堀内　そうですね。で、澁澤君は外校正を辞めたけれども、澄子さんは岩波の仕事をずっとつづけていて、「思想」みたいな雑誌もやっていました。優秀な校正者だったみたい……。

*

堀内　そういえば、高校生のときに高校文化会という——東大の民文協って知ってます？　民主主義文化連盟協議会というの。そういう左翼的なサークルがいっぱいあって、そういうのがまとまった協議会があったんです。そこが高校生の夏期講習会をしていたんです。

巖谷　ロシア民謡なんか歌って。

堀内　そうそう。そのなかでテューターとして、いまの西武の堤（清二）さんから、「フランス革命史」というのを聴いたし、このあいだ亡くなったSFをよく訳していた山高昭さんが、科学史をやっていました。このテューターという言葉もそのときにおぼえた。あと、小島美子《とみ》さん（国立歴史民俗博物館教授）がいつでもアコーディオンを弾いていました。

巖谷　堀内夫人も、ちょっと左翼少女みたいなところがあったんだな。

堀内　だって、うちが共産党だもの。澄子さんと仲よくなったひとつの理由は、父親がタイプは違っていても、両方ともクリスチャンだったんです。それから共産党になった。そして同じ共産党の人が出入りしていて、自分もまきこまれて。環境が似ていたんです。澄子さんだって、出隆《いでたかし》が共産党から立候補したとき、トラックに乗せられたとも言ってた。

巖谷　矢川澄子さんもやっぱり左翼少女だった……。

堀内　まあね。

巖谷　当時はそれが多かったわけですけれどもね。で、澁澤さんもそうだった……。
堀内　そうみたい。
巖谷　でしょうね。五五年というと、僕は中学校に入るころで、じつは僕も若干そうだったんです（笑）。あのころは家に部屋が空いていると、引揚者が来て住みついたり、秘密集会みたいなものがひらかれたり、そのせいかずいぶん歌をおぼえました。
僕が澁澤さんの小町の家に伺ったのは六五、六年くらいかな、飲んで、軍歌を歌おうというので「軍歌はちょっとレパートリーが少ない」と言ったら、「じゃ、革命歌だ」ということになって（笑）、矢川さんと三人でいろいろと歌いましたよ。
堀内　私は、けっこう軍歌も知ってたからかな、澁澤君が革命歌を歌ったのを、あんまり聞いたことがない。
巖谷　彼は歌詞の記憶がいいと自慢していたけれども、こっちが歌詞を教えたような気がします。ロシア民謡なんかは、矢川さんのほうがよく知ってたみたい。
堀内　そうでしょうね。だって、澄子さんのお姉さんとうちの姉・内田莉莎子は、中央合唱団というのがあったでしょう、あそこのアンサンブルにいて、うちの姉がピアノを弾いて、澄子さんのお姉さんがヴァイオリンを弾いてた。
巖谷　『青年歌集』なんていうのが出まわっていたころ。
堀内　そうそう。
巖谷　それでベレーで、パイプで……（笑）。
堀内　でも、もうそのころは、左翼といっても共産党じゃないですよ。
巖谷　澁澤さんには、共産党体質というのはないですね。
堀内　ないです。
巖谷　ただ、革命思想はあった。
堀内　そうですよね。

巖谷　あのころ、サドをもう読みはじめていたから、フランス革命のイメージもあったみたいです。五五年というと、澁澤さんはあれから結核が再発したでしょう。
堀内　そう。それで、これも共産党が関係するんだけれども、ペニシリンだかストレプトマイシンだか私はよく知らないんですけれど、とにかく高いわけですよ。もうそのときはうちの父親は亡くなっていたんだけれども、共産党で大事にしてくれてたので、父が癌で死ぬとわかったときに病院からうちに帰って来て、すごいスタッフが看病してくれたんですよ。インターンが四人交代で詰めてくれて。
巖谷　亡くなられたのは何年でしたか。
堀内　五三年なんです。何かで私が、そのスタッフのひとりに「知りあいに結核の人がいる」と言ったのかな。そうしたら、伝研（伝染病研究所＝現・医科学研究所）が白金にあるでしょう、あそこで薬をもらってあげるというんで、紹介されたところへ行ったんです。ごそっと薬をくれるの。それを澄子さんが、澁澤君のところへ届けたのかな。
巖谷　ペニシリンと、それからパスかなにかが出たころでしょう？　気胸でピンポン玉を入れたりとかいうのも……。
堀内　澁澤君は、気胸はしなかったと思います。
巖谷　いや、していたらしいですよ。でもそれ以外の手荒なことはされないですんだということを、何度も僕は聞いた。僕も肺の病気をしたときに入院して、手術を受けるといったら、澁澤さんがやってきて、手術なんかするな、と。
堀内　ああ、あのときね。要するに手術というものを否定していたわけなんですね。
巖谷　ええ。それで彼がそのときに言っていたのは、自分は手術を拒んでなんとか治しちゃった、と。なんとか治すべきである、と。身体にメスを入れてはいかん、やめろやめろと言うんだけれども、僕はわりと諦めが早いんで、「いや、もう決めちゃったから」と言って、手術を受けたんです。そのときにその話は聞かなかったけれども……。

堀内　あの時代というのは、みんな平気でビタミンB_2とかの注射を家でしていた時代でしたでしょう。

巖谷　そうです。よくありましたよね、うちに注射器が。

堀内　終戦直後からそういう世界になっちゃって、なんだか知らないけれども、みんなちょっと知りあいのお医者さんとか何かから……。あれは、最初は軍隊の流出品なのかしら。日常的にみんなで、ハート型のヤスリでアンプルをパチッと切っては……。

巖谷　忘れられない。ハート型のヤスリね。それでコリコリコリとやってポンと切る。

堀内　そう。それでミルクパンかなにかで注射器をいつも消毒してね。

巖谷　そういう時代だったんだな。でも非合法なんていくらでもあったでしょう。そこらの電信柱から電線を引っぱってきてパンを焼いたりね（笑）。

堀内　でも、注射液も捨てるはずのもので、いちど封を切ったものらしいんですね。そんなの、いまだったらおっかなくて使えないですよね。

巖谷　いまはもうやらないでしょう、そんなことは。妙な衛生観念があるし。

堀内　その後いつだったか、治ったから御馳走してあげるといって、澄子さんと二人で誘いに来てくれました……。

巖谷　というのは、次の年ぐらいかな。

堀内　でも、何を食べたかも全然おぼえていないし、大体コーヒー一杯五十円以下の世界でしょう。百円でライスカレーがあって、サービスでアイスクリームかコーヒーがつくんですものね。

巖谷　同じ年の後半かな、「エピクロスの肋骨」という小説を書いていますね。あれが雑誌に載ったのは、お読みになりましたか。

堀内　ほとんどおぼえていない。「犬狼都市」はおぼえているけれども。

巖谷　「エピクロスの肋骨」というのは、澁澤さんの最初期の作品ですよね。あれは肺病が治ったという話でしょう。サナトリウムから出て銀座へ行って……という幻想的な。でも澁澤さんはサナトリウムへは……。
堀内　入ってない。
巖谷　澁澤さんが治ったころ、矢川さんはもういっしょにいたのかな。
堀内　まだでしょう。
巖谷　結婚は五九年……。
堀内　そう。私のほうが籍を入れたのは先だから。私が結婚したのは五八年ですね。そのときは澄子さんは澁澤家にいっしょに住んでた。で、「結婚した」と電報を打ったの。そうしたら澁澤君が「どういう意味だ?」と言ったって……。
巖谷　それはおもしろいな。
堀内　その前に、澁澤君と最初に会って、それこそ夏くらいから始まってたみたい……。こんなこと言うと、なんでも喋るって、叱られちゃう（笑）。
巖谷　そうすると、小町のお宅にも、路子さんは矢川さんといっしょに行かれたんですか。
堀内　そう。お父さんが亡くなったという話も、聞いてます。道で倒れちゃったって。そういえば澁澤君が、堀内の『父の時代・私の時代』を読んで「こんなふうに自分の父親について書くことはできない」って手紙を堀内によこしたことがありました。でも、澄子さんが小町のお家にほとんどいっしょにいるようになったのは、お父さんが亡くなってからだと思います。
巖谷　妹さんとは?
堀内　いちばん下の万知子さんだけかな。澁澤姉妹はすごい秀才ぞろいなのよね。二番目の道子さんも東大の仏文。卒業してすぐ結婚したんじゃないかしら。たしか駒場の教室で、お祝いのパーティーをしたと聞いています。
巖谷　堀内夫人はどちらにお住まいだったんですか、

そのころは。
堀内　世田谷の経堂にいた。
巖谷　それで小町へ行かれたとき、どうでした？
堀内　すこしあとですが、行くと、たいてい泊まってた。
巖谷　澁澤さんは出版のあてがなくても、翻訳なんかずいぶんやっていたんだと思いますが。
堀内　ちょうど『大胯びらき』が出たころ？
巖谷　コクトーの『大胯びらき』は五四年じゃないかな。サドの『恋の駈引』のほうが五五年でしょう。
堀内　そうそう、それでおもしろいことは、父が亡くなったあと、うちが間貸し屋になって、土居寛之という東大の仏文学の先生が、新聞広告を通じてうちの間借人になったんです。そうしたら、ドイテン、ドイテンと言って、澁澤さんは澄子さんと二人で、土居さんのところへ遊びに来たこともあるんです。あとで土居さんが、「ともかく紹介すると、あとはさっさと自分でやってくれるから楽でいい」と、澁澤さんのことを言っていました。
巖谷　そうですね。当時は共訳という形でやっていたけど、小牧近江の場合もそうでしょう。クラウスなんか、いまノーベル賞候補らしいけど、頼まれたのを結局、澁澤さんが全部やっちゃった。それで五九年の入籍のときは、パーティーをしたんですか。
堀内　してない。年中パーティーみたいな感じだったから（笑）。
巖谷　当時のメンバーというのは、小笠原豊樹（岩田宏）さんとか鎌倉のグループも、まだ……。
堀内　私は知らないけれども、山田美年子《みねこ》さんとか？
巖谷　でも例の「撲滅の賦」は、矢川さんと会ってから書いているんでしょう？
堀内　私に澁澤さんのいろいろな作品のことを訊いても、なんにもわからない（笑）。会ったことがあるのは、小笠原さんと、それから北鎌倉の澁澤家の新居を設計した建築家の有田（和夫）さんご夫妻と……。
巖谷　松山さんもそろそろ……。
堀内　お正月には松山さんや出口（裕弘）さんも来たりしていたらしいけれども、一回も会ったことない。あと会ったのは、野中（ユリ）さんと、澁澤さんの従妹で和子ちゃんという人。
巖谷　プラハにいたかたですね？
堀内　そうです。
巖谷　そういえば澁澤さんは、いつも幸子さんをはじめ、妹さん込みで人とつきあっていた時期があるということを聞くけれども……。
堀内　つまり、お供《とも》が必要なのよね（笑）。
巖谷　僕なんかが行くようになったころは、もう妹さんたちがいらっしゃらなかったから。それで、矢川さんが妹みたいな……。
堀内　そう。「お兄ちゃん」とか言っちゃってるんだもの（笑）。
巖谷　妹になっちゃった……。
堀内　そう、それでひとつ思いだしたけれども、澄子さんだって「澁澤君」と言っていたわけ。そのころ知りあった人は、みんな。だから私も「澁澤さん」なんて言うのはおかしいようで、面とむかっても「澁澤君」。澄子さんは「堀内君」とか「巖谷君」と言うでしょう。
巖谷　いまでもわりとそうですよ。「松山君」とか。
堀内　ちょっとそれを私は、はばかっちゃうんだけれども、「澁澤君」と言うのは、いちばん若いときに知りあったせいか、そう言わないと感じが出ないところがあるの。
巖谷　じゃあ「澁澤君」でつづけてください。「お兄ちゃん」でもいいです（笑）。
堀内　それである日、小町の二階で、最初に会って二か月ぐらいあとだと思うんだけれども、澁澤君が「矢川さんなんて呼ぶのは、おかしいよな」と言うわけ。「澄子さんて言えば」と、私が答えたのかな。澄子さんは、お母さんも澁澤君のことを「お兄ちゃん」と呼んでいるから、「お兄ちゃん」にしちゃった（笑）。
巖谷　じゃ、堀内夫人も「お兄ちゃん」と言っていた？
堀内　言わないわよ（笑）。私は最初に言ったのが直せないのよ。だから私は堀内のことだって、「堀内」と人には言うけれども、なんにも呼ばなかった。
巖谷　「誠ちゃん」なんて呼ばない（笑）。
堀内　みんなが「誠ちゃん」と呼んでいるから、「私も〝誠ちゃん〟と呼ぼうかな」と言ったら、「やめてくれ」と（笑）。堀内は私のことだって、よその人とか里に行ったときなんかは「路子はいますか」と言うけれども、ふだんはなんにも言わなかった。おたがいに「そっち」って言っていた。離れているときに呼ぶのに、困っちゃってね。
巖谷　堀内誠一さんとお知りあいになったのは、いつごろですか、澁澤さんよりあとですか。
堀内　あと。だから澁澤君も興味もっちゃって、つれてこい、つれてこいと言ってね。
巖谷　堀内さんは、キザじゃなかったんですね（笑）。
堀内　すごい頼りない、ヒョロヒョロした子どもみたいな人。
巖谷　でも、当時からすごくエネルギッシュだったんじゃないかな。
堀内　父の友人に会ってもらったら、虚弱児童だって言いました。痩せて青白くて目ばかりギョロギョロして。五五年に私が早稲田に入ったのかな。だから澁澤君と会ったのは、早稲田に入ってすぐということですね。その翌年にアルバイトを世話してくれた人がいて、千代田光学のロッコール・レンズのPR雑誌に行ったら、そこに堀内がいたの。編集長と堀内と二人くらいで編集していたんですね。
巖谷　堀内さんもまだ二十代？
堀内　二十代前半。二十三か四。
巖谷　堀内さんといっしょになられてから、澁澤さんとのおつきあいのとき、堀内さんのほうはあんまり、奥さんの元からの友達だというと……。

堀内　いやなの（笑）。

巖谷　わかるな。そういうこと、ありますね。

堀内　堀内の知人が、パーティーはしてくれたのよね。それで誰でも招べというから、私の知りあいもいっぱい招んだわけ。そうしたら、そのときにすごく私にしてみれば高い会費で、一人千円だったんです。それが五八年。その翌年、私が福音館に勤めたとき、月給七千円だったんじゃないかしら。

巖谷　いまだったら会費一万円以上かな。

堀内　そのころ、私の女学校の友達に慶応と東大がいたの。東大は教室を使ってコンパして、会費五十円だって。早稲田は蕎麦屋の二階で百円だった。慶応だけが、なんと三百円だかで銀座のビヤホールでやる。それでみんな呆れちゃってね。そういう時代だったんです。それで私が「そんな会費だったら友達を招べない」と言ったら、私の友達だけ三百五十円にしてくれたんですね。

巖谷　そのパーティーに澁澤さんを招んだんですか。

堀内　そう。会費は一人だと千円だけれども、カップルは千五百円なの。

巖谷　考えてありますね（笑）。

堀内　そして、小笠原さんなんかも招んじゃったのね。小笠原さんも、ちょうどその前くらいに結婚したのかな。やはり会費制で、出版会館だかで。それでみんな来てくれて、澁澤君と澄子さんはお対《つい》のかっこうをして来た。澄子さんはワンピースで、同じ生地で澁澤君はアロハで。

巖谷　昔はそういうことをわりと平気でやったんだな（笑）。

堀内　大いにそう。なにもカップルだけじゃなくて、私たちに「おそろいのかっこうをして歩こう」と、澁澤君が提案したこともある。私がそれこそ「ああ、いやだ」と言った、オッツな（笑）。「そういうの、しない？」とか言ってね。ほんと、かわいかった（笑）。
巖谷　みんなで制服をつくろうとか言いだした、という話もありましたね。
堀内　そういうので、ノシたりするのが、ちょっとやってみたかったのかもしれない。
巖谷　一方、堀内さんはシャイな感じでしたね。彼も小町に行ったのかな。
堀内　小町につれていったときにも、無口だったけど、私が喋らない喋らないと前宣伝をしていたせいか、澁澤君に、なんだ喋るじゃないかって言われてしまった。
巖谷　いつごろかな。六〇年代に入ってから……。
堀内　私なんかが結婚したて。そうですね。五八年に結婚したてでしょう。それで六月にそういうパーティーをしたんですよ。だから、五八年の暮れとか、そんなころだと思うけど、いっしょに行ったのはその一回くらい。堀内は「なんか、自分が見世物になるようでいやだ」とか言って。一回は行かないと悪いと思ったらしくて、ひととおり、私の友達とか親類の家とかへ行ったんですよ。
巖谷　澁澤さんと堀内さんて、仲がよかったですね。
堀内　最初からじゃないんですよ、その仲がよくなったというのは、堀内の『パリからの手紙』に澁澤君が書いてくれたんだけれども、男の友情というものは不思議なもので、知りあったのはずいぶん古いけれど、いっしょに仕事をするようになってぐっと親しくなったって。堀内が内藤三津子さんを通して「血と薔薇」をやるようになったのは、ちょうど澁澤君が澄子さんと別れた直後。
巖谷　六八年じゃないかな。「血と薔薇」がきっかけですか、親しくなられたのは。
堀内　そうです。
巖谷　じゃ、編集の内藤三津子さんは、堀内さんとは前から？
堀内　古いんです。代々木あたりにどりあんという喫茶店があったのかしら。そこの「どりあん」というパンフレットを編集していて。そこに堀内はなにか書いています。ちょうど矢牧（一宏）さんと会ったのも、六一年のはじめ、堀内が最初の外国旅行から帰ってきてすぐくらい。矢牧さんが七曜書房とかをやっていたころ、どこかで会ったんじゃないかしら。矢牧さんが堀内になにか書けと言ってくれたとかいう話です。でも、内藤さんと矢牧さん、どっちが先だったかな。

巖谷　「血と薔薇」のときは、澁澤さんはずいぶん熱心でしたね。あの雑誌の企画も、堀内さんが立てたものがあるんでしょう。

堀内　そこらへんは、私は知らないんです。

＊

堀内　堀内とはきっと、どこか、おたがいにウマがあうところがあったんだと思います。

巖谷　それはよくわかる。ただ、堀内さんから、澁澤さんの書いたものについて、話を聞いたことがないですね。そういう交友じゃなかったのかな。

堀内　そう。全然違うの。

巖谷　そこがいいなと思う。

堀内　それは、「幻想文学」にインタヴューされたときに言ったお豆腐事件。あれも小町のお家に遊びに行ったときに、「堀内君て、怒ることある？」とつぜん澁澤君に言われて。ちょうどプロトン豆腐って円筒形のお豆腐が出たので、四角以外のトウフなんて昔の人は想像もつかなかっただろうねって堀内が言ったら、えっ、昔おトウフは四角だったのって私が言っちゃったんですよ。四角という言葉から、なぜか正方形のイメージが浮かんじゃって。それで、とびあがるほど怒鳴られたの。その話をしたら、自分と似てるって言われた。

巖谷　なんか、唐突に怒りだす、と（笑）。

堀内　そう。昔は全然怒らなかったんですよ。カーッと怒るというのはおぼえてるくらいで。

巖谷　澁澤さんも、そういうところがあるから。

堀内　澁澤君には一度なんか、私は首を絞められた。
巖谷　ひとの奥さんの首を……（笑）。
堀内　堀内が登場する前よ。絞められるというのが、売り言葉に買い言葉みたいで、私が「首を絞められるってどんなことなのか」とか言ったら、「絞めてやろうか」と言うので、怒ったりとかそういうのじゃないの。特別な出来事じゃなくてすぐ忘れたのに、翌日、首が痛くて痛くてどうしたのかなあって考えてみたら、首を絞められたの思いだして、こんなに痛いものかって感心してしまった。忘れたことにもびっくりしちゃった。
巖谷　そんなひどい絞め方をしたんですか。
堀内　だから、びっくりしてね。そのときは「ヤダ、ヤダ」と言ったと思うけど。ちょっとの間《ま》よ。
巖谷　ひょっとして、澁澤さんは路子さんのことも……（笑）。
堀内　そんな、とんでもない（笑）。
巖谷　とにかく抑制がきかないというところもあるのかな（笑）。
堀内　でも、澁澤君に絡まれてもというか、しなだれかかられようと何されようと……。それこそ、あんまり男の人の感じじゃないでしょう。全然平気なんです。
巖谷　子ども同士みたいな感じになっちゃう。
堀内　そうそう。
巖谷　でもやっぱり、首を絞めるというのは、ちょっとなにか、それで満足を得てたんじゃないかな（笑）。
堀内　まさか。そんな感じじゃないわよ。
巖谷　澁澤さんの友達との関係って、かなり気を許すという感じもあって。
堀内　それで、私たちも「ふーん」と思ったのは、澄子さんが澁澤君から聞いた話で、ひとつの部屋に男の人と女の人がいたらなにも起らないということはありえないと。でも、こっちはそういうのも不思議だな、と……。
巖谷　でも、プラトニックなタイプの女性に、そういうことを言ってからかったり、教えようとしていたのかもしれないけれども。

堀内　それはあると思います。

巖谷　澁澤さんて、一種独特のスキンシップみたいなものもあった……。

堀内　結局そういうのは嫌いじゃないし、土方（巽）さんのアスベスト館なんかで入り乱れて雑魚《ざこ》寝《ね》したりしてというようなことも、なんということもないんじゃない？　なにも起んないんじゃない？

そういえば別のことだけど、いつだったかパリで、出口さんたちといっしょに旅行して、澁澤君が「出口は生真面目すぎるんだよ」とか言ったの。

巖谷　それはそうですよ（笑）。

堀内　だから私が、「堀内だって生真面目よ」と言ったの。

巖谷　生真面目じゃないよ（笑）。

堀内　「生」はつけなかったかな（笑）。「堀内だって真面目よ」とか言ったら、「それとこれとは違うんだよ」と、きっぱり言われた。

巖谷　そういえば堀内さんははじめ、パリへ一人で行かれましたね。あのころも澁澤さんとは……。

堀内　けっこうね。「血と薔薇」の後遺症というのか……。

巖谷　もう北鎌倉に移っていて。

堀内　堀内のほうが、ともかく私よりもずっと親しくなってた。だから、ちょうど龍子さんが登場したころは堀内です。私はずっと話だけ聞いてた。

最初に龍子さんに会ったのは、パリに行くちょっと前で、みんなで六本木の「西の木」に行ったり、「フィガロ」で食事したりしました。

巖谷　澁澤さんたちも、お宅へ行かれたり……。

堀内　それはもっとずっと前のことで、下北沢や河田町にいたときにも……。

巖谷　東京で飲んだあとかなにかに？

堀内　いや、その前よ。昼間に来たり。そのころは澄子さんと二人で。堀内は忙しくて、ほとんどいないんですよ。東京に来たりして、何かの会に行く前とかに、ちょっと寄って軽く食べたり、そういうことはしていましたね。

＊

巖谷　「アンアン an・an」が出たのが一九六九年でしたか、最初、澁澤さんが短篇の翻訳を連載していますね。あれも堀内誠一さんが企画されたんでしょう？

堀内　そうそう。片山健さんの絵でね。

巖谷　「アンアン」は、澁澤さんがちょっと読者層をひろげたというきっかけのひとつですよ。

堀内　ポピュラーになっちゃった。

巖谷　そう。「血と薔薇」のほうは、すこし偏っていたというか、澁澤さんもなにやら露出癖を見せたりして。でも、ああいうのは……。

堀内　けっこう好きだったんだと思う（笑）。

巖谷　自己顕示欲もあった……。

堀内　そうそう。そういうヌードの写真やなにか、けっこう澄子さんも撮っているんですよ。

巖谷　彼がコクトーを好きだというのと通じますけれどね。よく自分のことは言わないとか、自分を表に出さないというようなことを文章に書いているけれども、案外へんなかっこうで出たりするのも好きだったんだ（笑）。

堀内　写真に撮られるのが好きでしょう。

巖谷　好き。ポーズとっちゃうしね。

堀内　けっこう堀内も好きだったんですよ（笑）。

巖谷　「血と薔薇」は、そういう意味で、澁澤さんのイメージがかなり大きく出ちゃって。でも「アンアン」の路線に澁澤さんが乗ったというのは、意外だったですね。だから堀内さんが仕掛人じゃないかな、と。

堀内　まあ、そうですね。「血と薔薇」の延長で仕事をしてくれたんだから。

巖谷　堀内さんが、こいつを出しちまえというので、出しちゃったんでしょう。

堀内　それは、ただ知っている人をなんでも使っちゃうから（笑）。それで、それがわりとうまくあたっちゃうんですよね。

巖谷　堀内さんは天才的でしたからね、編集のセンスが。そのへんが澁澤さんに、なんとなく影響を与えているかもしれない。

堀内　なにか、その時代の嗅覚みたいなものはすごくあって……。いいことか悪いことか、わからないけれども。

巖谷　澁澤さんも、両方を使うところがあったから。玄人うけのと素人うけのと。よくおぼえているのは、僕がフランスへ行くときに澁澤さんが、さかんに「堀内君に会え」と言って。「いいやつだから」っていう手紙も来た。

堀内　そう。巖谷さんのことを「何もできない自分と同様の男」なんて（笑）。

巖谷　手紙で？　そう思ってるんだ（笑）。それで、僕がひとりで何かをすると驚くんです。

堀内　だから私たちもびっくりしちゃって。とんでもないじゃない、巖谷さんはほっといてもひとりでどこへでも行けちゃうじゃない、と（笑）。

巖谷　それで澁澤さんの旅行の話ですが、七七年と八一年の二度、ごいっしょなさっていますね。その前に、堀内さんがいよいよご一家でパリ郊外の、あのアントニーにお住まいになったのは、いつからですか。

堀内　七四年。七三年ぐらいから、すごく頻繁に堀内がパリに行っていてね。いまはないけど、モンパルナスの駅前にインノという大きなスーパーがあって、その上がアパートだったんです。あそこに住んだのが五月かな。ちょうど知りあいの人が住んでて、日本に帰るというので、そのあとを居抜きで譲ってもらって。まず堀内が五月に下の子だけ連れて、パリ住まいをはじめたの。そのパリ住まいのことを、澁澤君から手紙で、「思いたったら屈託なく実現してしまったのがうらやましい」って書いてきたのが印象に残ってる。らしくない言葉だと思って。
巖谷　それは、らしいでしょう（笑）。七七年に、澁澤さんといっしょに南仏からバルセロナまで行かれた旅、あれははじめから予定して？　急に澁澤さんが訪れたんですか？
堀内　出口さんがまず来たんです、一年間の予定で。それですでに、いっしょにどこかへ行こうという計画があったんじゃないですか。
巖谷　澁澤さんは、あれでもうヨーロッパは三度目だから、かなり慣れていたはずだけれども、龍子さんに聞くと、あいかわらず旅行がうまくできなかったらしいですね。
堀内　それで悪かったのは、結果的にはすごく楽しんだらしいんだけれども、あの、いつもの旅行のつもりで来ているわけよ（笑）。
巖谷　殿様旅行みたいな……。
堀内　私たちと出口さんは貧乏旅行でしょう。出口さんのアベス（モンマルトル）の屋根裏アパートで酒盛をして、盛りあがって、じゃスペインで、まずダリの美術館（フィゲラス）に行こうと言って……。
巖谷　サドの城に行きたいというのが最初にあったんじゃないかな。
堀内　あ、そうだ。それがいちばんのテーマだった。で、澁澤夫妻だけ、大きなトランクを持ってきちゃうものだから……（笑）。
巖谷　大変だったらしいですね。でも、なんでトランクなんか持ってくんだろう？
堀内　だから私たちも悪かったんですよ。そういう装備について打ちあわせなしだったから。こっちは旅行といったら、ナップザックとかそういうので行くと思っているから。それなのに、トランクで来ちゃったの（笑）。
巖谷　普通なら、パリを拠点にどこかへ行くというときに、友達のところに預ければいいんだけど。
堀内　着るものだって、六月にパリに来たんですけど、「六月だったら、もっと暖かいかっこうを持ってこなければだめじゃない」と私が言ったんだけれども……。トランクには何が入ってたのかな。

巖谷　寒がりなんですよ、澁澤さんは（笑）。

堀内　それで、本当に細い人だから、中学生の娘の紺の薄手のセーターを貸したりしたの。

巖谷　だいたい澁澤さんは、夏の旅行でも背広を着ちゃうでしょう。

堀内　そう、上着を着て。

巖谷　あれは本当におかしいなと思うんだけれども、ジーンズでナップザックの人と、正装でトランクの人とがいっしょなんだから……（笑）。

堀内　龍子さんがトランクを持っても、こんなにかしいじゃうの。「じゃ、二人で持とう」とか言っても、うまく行かなくて、「いいよ、僕が持つ！」と言って（笑）。

巖谷　転がすスーツケースでしょう？

堀内　いや、それが、転がすんじゃなかった気がする。

巖谷　それは大変だったろうな。

堀内　そんなにたくさんは入っていなかったんでしょうけれどもね。ほんとに、かわいそうだったんだ。

巖谷　それで、やっぱりちゃんと上着を着て？

堀内　そう。おまけにアヴィニョンでホテルがなくて、すごい高級なところなんかには行かないで、せいぜい二つ星ぐらい。そして、ホテル・デュ・ルーヴルというのがあったのね。

巖谷　五人部屋だったとかというんでしょ？　おかしいな（笑）。

堀内　受付のおばさんが「あんたたちがみんな女の子だったらいいのにね」と言うから、「それだったらあるんですか？」と聞いたら、ダブルベッド二つと、シングル一つの部屋があると言うから、「それでいいです、いいです」と答えて。

巖谷　あるんですよね、そういう部屋が。それでラコストのサドの旧城へ行かれたわけですね。あれはタクシーで……。
堀内　そう。ちょっと不便で、タクシーでしか行かれないということがわかったら、澁澤君が、「これは僕の旅の目的だから、僕がぜんぶ出す」と言って、タクシー代をみんな持っちゃったの。
巖谷　それははじめて聞きました。あれは日帰りだったんですね。ラコストでどうでした？　彼の『滞欧日記』でも、あそこがクライマックスみたいだけれども。
堀内　すごくよかったんです。ともかく花が、生きた花という感じじゃなくて、まるで澁澤趣味にぴったりみたいな、一種ドライフラワーのような感じの花がいっぱいあったんですよ。
巖谷　時期がよかったのかな。六月で、春の花も残っていて……。
堀内　ともかく、ラコストはもう観光化という感じになりつつあって、お城の下が坂道なんだけれど、新しくガス燈まがいのものがついたりして、だんだん整備されていくという感じだったんですが、ちらりほらりと住人がいるという程度で、そんなお城を見にくる人なんかまだ誰もいない。
巖谷　澁澤さんはあそこへ行って、本当によかったですね。
堀内　すごく喜んでた。それで、その日だったのかしら、帰ってきて……。私たちだけは、食事しに出かけて。
巖谷　ヴィルヌーヴ・レ・ザヴィニョンに行かれたんでしょう。あれが『滞在日記』に「ヌーヴォーヴィル」とか書いてある。だから疲れていたのか、昂揚していたか、フランス語を間違えているんですね。
堀内　自分だけは行かなかったし。あのときは大変だったんです。行きはバスだったのかな。帰り、タクシーも簡単に拾えないし、呼ぶにもどうしていいかわからないようなところで、レストランの人に聞けばよかったのかもしれないけれども、「歩いて帰っちゃおう」とか言って歩きだしたら、雨がザンザカザンザカ降って、長い橋を渡るんだけれども、タッタカタッタカ歩きながら、出口さんが「軍事教練みたいだ」って言って（笑）。

巖谷　澁澤さんは帰ってからひとりで寝ていたんですか。あの日、日記をいっぱい書いたあとで。

堀内　でも、それから起きてきて、その日はお酒を飲みました。

巖谷　旅行中は、わりとお酒は控えていたという話も聞くけれども。

堀内　ともかく適当に切りあげて、いつまでも飲んでいるとかはしなかったですね。きちんとして。

巖谷　澁澤さんの旅行は、予定したものしか見ない、しないという傾向があるな。偶然に出会ったものというのは、あんまりない。

堀内　だいいち、「偶然出会うものなんかない！」と言っていました（笑）。私たちがパレルモ（シチリア）へ行って人形芝居を見て、すごくよかったという話をしたんですね。そんなのは、街のなかを歩いていて、たまたま出会うわけでしょう。そう言ったら怒っちゃって、「僕がそんなものに出会うはずないだろう。タクシーで目的地に行っちゃうんだから」と、そう言ったの（笑）。

巖谷　どうも旅という感じがしないね。あいだのプロセスがないんだ。

堀内　ほんとに実物を……。

巖谷　たしかめに行くんだな。そうじゃなくなったこともあるらしいけれども。あの南仏旅行のときは、どうだったんですか。偶然に新しいものを見つけて喜んだ、なんていう話はないわけですか。

堀内　ないですね（笑）。だから結局、バルセロナから行ける……モンセラット？

巖谷　モンセラの修道院。彼はあそこへは行っていないんですね。すごいところなのに。バタイユも行って書いているし。

堀内　私たちはそれを見つけて、あそこへ行こうと言ったの。そうしたら、澁澤君だけ行かなかったと思う、たぶん。

巖谷　だって彼は、気分が悪くなっちゃったんでしょう？　ガウディのサグラダ・ファミリアに、エレベーターで昇って。

堀内　私が「行こう行こう」といって、エレベーターに乗せちゃったの（笑）。

巖谷　彼は高いところもだめなんだ。

堀内　乗って外に押し出したの。そうしたら、エレベーターのところにこうつかまって、「見れば」と言っても、「いやだよ、いやだよ」って……（笑）。

巖谷　あそこは上から見るといいんですよね。

堀内　でも、だめでしたね（笑）。それから、闘牛にも行かなかったな。

巖谷　そうらしいですね。そのままホテルへ帰っちゃったんでしょう。ひとりじゃ帰れないからって、龍子さんが連れて帰ったと。

堀内　いや、タクシーをつかまえて、ひとりで乗せたと思う。

巖谷　そういう意味では、旅でおもしろい体験が少なかった人だな。

堀内　とてもいいドライバーの人と、ゆっくりとあてどもなくということができれば、それに越したことはないでしょうけど。

巖谷　イタリアのときみたいにね。

堀内　そうですね。だからパレルモの話で怒っちゃってたものね（笑）。私が「気がつかなかったの？　おもしろかったのに」とか言ったら。

巖谷　「僕が出会うはずないだろう」というのは、おもしろい発言ですね。出会いのない作家ということになる。それでフィゲラスではどうでしたか。澁澤さんはやっぱりダリの家なんかを見たがったんですか。堀内さんはもちろんだろうけど。

堀内　フィゲラスは、堀内は二度目なんですよ。ダリの美術館ができたとき、すぐに行ったから。カダケスに泊まったんだっけ。朝早くポルト・リガト（ポール・リガー）のダリの家までみんなで行って、その散歩がよかったんだな。
巖谷　いいところですよね、あそこ。
堀内　小さな朝顔がいっぱい咲いているところを踏みしだいて。
巖谷　澁澤さんは、ダリのことは何度も書いているけれども、あんまりよくは書いていないですよ。でも卒業論文を読んだら、どうもダリの展覧会が日本であったとき、ダリの影響を受けちゃって、サドのことをダリのパラノイア・クリティック（偏執狂的批評）で説明しようとしたりしていた。だからダリというのは、ずっと関心があったみたいですね。
堀内　そうそう、『昼顔』の試写会にいっしょに行ったことがあるんです。
巖谷　カトリーヌ・ドゥヌーヴのやつね。ブニュエルの。あの映画、澁澤さんは好きだった。
堀内　あのマックス役のピエール・クレマンティ、すごかった。
巖谷　あの人はいいですね。ちょっと狼みたいな野生の感じがあって。
堀内　そうしたら堀内があとからそれを見て、マックスがダリの、「内乱の予感」をあらわしているんだとか言っちゃったわけ。澁澤君にそれをちょっと話したら、「そりゃ、深読みしすぎだ」と言われちゃった。
巖谷　澁澤さんは映画を見て、すごくよかったなんて言うことありました？　あんまり僕は、それを聞いたことがないんで。彼が無条件にいいというのは、だいたいヴィスコンティあたりですけれども。
堀内　『昼顔』のときも、すごく褒めたという印象はないですね。
巖谷　そうみたいね。彼は『昼顔』へのオマージュも書いていますけれども。カトリーヌ・ドゥヌーヴのことを何度も称えている。よほど好きだったみたいだ。

堀内　そうだ、その前に、オータン・ララの映画に出てくる……。
巖谷　マルティーヌ・キャロル。あの女優も好きだったですね。
堀内　あの人のこと、とても好きだというのは聞いたことがある。
巖谷　マルティーヌ・キャロルは、若いときから老けたような女優だったけれども。お母さんみたいな感じじゃないですか。
堀内　そうですよ。おばさん女優よ（笑）。
巖谷　澁澤さんの好きな映画とか女優は、やはり比較的フランスのが多かったですね。ロジェ・ヴァディムとか。ちょっとゴシック趣味があって……。
　ところであの旅行のとき、モワサックなんかにも寄っておられるでしょう。あれは澁澤さんが行きたいと言ったから？
堀内　堀内がすすめたのかもしれない。私たちは前に行ったことがあるの。出口さんは知らないけれども。それで、私だけ別れて帰ったんです。ペルピニャンまでいっしょで。
巖谷　ペルピニャンは、たまたま寄っただけですか？
堀内　ちょうどそこが、降りるところだった。
巖谷　バルセロナから戻るときには、だいたいあそこを通るわけだけれど。ダリが「ペルピニャン駅」という絵を描いて、「世界の中心がペルピニャン駅だ」と言っているのね。だから、それで行ったのかなとも思ったんです。
堀内　知らない。もしかしたら、そういうことを男の人たちは考えていたのかもしれない（笑）。
巖谷　そのまま、まっすぐモワサックへ行ったんですか。ナルボンヌとかカルカソンヌとかトゥールーズとかには寄らないで。
堀内　そこらへんは私は知らない。私はそこで別れてまっすぐ帰っちゃったから。
巖谷　そうか。モワサックのロマネスク教会を澁澤さんが見たがったというのは、おもしろいと思うけれど。
堀内　モワサックは、前に行ってすごくいいなと思って、堀内はとても好きだったからすすめたんでしょう。
巖谷　回廊の柱頭彫刻があるし、それから澁澤さんは庭園が好きだからね。
堀内　そうですよ。いいですね、あの修道院の、じつに。
巖谷　澁澤さんの庭の理想って、まず修道院のスタイルの、囲まれた、閉ざされた庭だったんですね。糸杉が一本立っていて、井戸があって。そのモワサックとサドの城の廃墟とを、ひとつの旅行中に見たというのがおもしろい。
　そういえば堀内さんと澁澤さんは、絵の好みなんかずいぶん違いましたよね。
堀内　全然違う。
巖谷　堀内さんはルーベンスが好きだなんて言ってたから。あれは、だんだん好きになったのかな。
堀内　パリでルーベンスを発見したんです。私は意外だったんです。はじめはあんないやな絵はないと思っていたから。
巖谷　澁澤さんも、ルーベンスぐらい苦手なものはなかったと思う。
堀内　それは、パリにいて、ルーヴルに何回も行くでしょう。どうしてもルーベンスの部屋を通るじゃない。
巖谷　通る。メディシスのギャルリー。
堀内　しかたがなくて、いつも通って。ちゃんとも見ないで。それが何回もつづいたら、ある日めざめたのね。私が堀内と同じ意見だと思ったのは本当に勘定するぐらいしかないのに、そのときに「ルーベンスって、やっぱりすごいのね」とか言ったら、堀内が「ほんと、すごいんだよね」と言って、うれしかった。
巖谷　画家の本能みたいなものが、堀内さんにはあったし。
堀内　絵を描く人間の見方というのは、違うんでしょうね。
巖谷　澁澤さんは、もっぱら絵を見るほうの人だったから。
堀内　そう。でも、おたがいにそれでよかったんじゃないかしら。
巖谷　澁澤さんといっしょに美術館もまわられたんでしょう。アヴィニョンでは、どうでした？
堀内　そういう観察は、残念だけど私にはないですね（笑）。
巖谷　アヴィニョン派なんか、シエナ派に関連して、澁澤さんは興味があったはずだけれども。
堀内　お城のなか？　法王庁だったところ、私なんかあそこの壁画が好きで、その前に行ったときに好きだったからといって、また龍子さんを誘ったりしたのかな。男の人たちはみんな行かないで、カフェでビールを飲んでいて、女二人だけで行ったんです。

アヴィニョン派の絵は、ルーヴルにある「アヴィニョンのピエタ」が、堀内はとても好きだったから……。そう、あのとき、いっしょに見に行ったおぼえもありますね。
巖谷　澁澤さんも、見ているはずですよ。まあ、彼の絵の見方って、やはりちょっと特殊かもしれない。図版だけでいいようなところもあるから。何の図であるかということが主眼だから、美術のことを書くと、すごくわかりやすくなる。するとある種の絵描きからは、「あの人は絵がわからない」とか言われちゃうかもしれない。
たしか、レストランで牡蠣《かき》を注文するときに、堀内さんが絵に描いてもだめで、澁澤さんが描いたら牡蠣だと判ってもらえたという（笑）。あの話でおかしいのは、澁澤さんの絵って、子どもの図鑑の挿絵みたいでしょう。
堀内　だけれども、やっぱりコクトーみたいな「味」があるんですよ。

巖谷　ある。一筆描きみたいに、はっきりした線で描いてね。
堀内　すごく明快ですよね。
巖谷　堀内さんのほうは、もちろんちゃんとデッサンしちゃう。牡蠣を、デュフィー調かなにかで。
堀内　子どもの科学の本なんかも描くんだけれども。
巖谷　あ、そうか。堀内さんて、どんな絵でも描ける人だったからね。スタイルをどんどん変えて。
堀内　それは真似してできるから。自分で、「誰それに頼みたいと思っても頼めないから、その人の画風で描く。それがはじまりだ」と言っていたから（笑）。もうへっちゃらだから。そうそう、そういうところが澁澤君と似てるというか。真似とか、断りなしの「引用」とか、そんなのおかまいなし。
巖谷　そういうところはあるな。堀内さんも、誰それ風に描いたって、やっぱり堀内さんの絵だということはあるんです。そんな共通性は、おたがいに認めていたのかな。
堀内　そういうことに私なんかがへんに神経をとがらせると、不愉快になっちゃうわけ。それは澁澤君のほうだって同じだと思います。
巖谷　澁澤さんもずいぶんいろいろなものを文章の下敷きにして利用したけれども……。ところで、あの旅でパリに戻ってから、アントニーのお宅に澁澤さんは？
堀内　三回は見えたかな。それで、よく近所から文句が出なかったと思うけれども、ガンガン軍歌を歌って騒いだ（笑）。
そうそう、こういうことがあった。バルセロナに行ったとき、ちょうどフランコが亡くなった直後だったから、総選挙の投票日の前日だったんですよ。バルセロナ中が選挙戦で、ビラが舞っちゃっていて、ちょっとデモなんかも、小さいんだけれどやっていたりして。小さなバーに入ったら、ファシストたちがテレビで、ムッソリーニの歌、たしか「ジョヴィナッツァ」を歌ってた。そうしたら、いっしょに歌っちゃったわけ（笑）。戦争中さかんに口ずさんだ歌で。それはちょっとまずいんじゃないかと、出口さんが言ったの。
巖谷　出口さんは言いそうだな（笑）。
堀内　そこのバーの人たちは、なんて思っているかわからないでしょう。
巖谷　それじゃ、アントニーのお宅でも、やはりナチの歌なんかは……。
堀内　歌わなかったかもね。
巖谷　それから、ベルナール・ベロー（日本に長く住んでからパリで堀内誠一とともに雑誌「イリフネ」をはじめ、エスパス・ジャポンなどで活動）さんと車で旅もして……。
堀内　私は行ってない。
巖谷　そうか。でも、あの旅もよかったみたいですね。
堀内　ええ、ほんとに。それで帰るときになって、泣かんばかりでね。
巖谷　パリから日本に帰るとき？
堀内　そう。あのときはちょっとびっくりしちゃったくらい。
巖谷　澁澤さんが泣かんばかり？
堀内　だから、とっても楽しかったといって。
巖谷　そうでしょうね。サドの城のこともあったし。
堀内　飛行場へ送りに行って、みんなでお昼ごはんを食べて、それで飛行機に乗ったの。それで感きわまって……。
巖谷　アンティーム（親密）な仲間同士の旅だったし。
堀内　すごく楽しかったです。二組の夫婦のあいだで出口さんがクッション役になってくれて……。
巖谷　いいですね、ああいう旅は。
堀内　トランクをぶらさげて歩かせちゃったりとか、大変だったけど。澁澤君がくたびれちゃっても、さっさと別行動はとれたし。
巖谷　先に寝ちゃってもよかったし。

堀内　ええ。でも、けっこう歩きもしたんですよ、街のなかを。
巖谷　澁澤さんも歩くのは好きだったから。
堀内　散歩とか、そういうのはしているわけよ。
巖谷　のんびりと歩く。
堀内　いや、さっさと歩くんだけれども。外国旅行なんていうと、荷物とかあるし、やっぱりこわかったんじゃないかしら。知らないところを龍子さんと二人だけで、路地やなんかを歩くというのは。
巖谷　なにか不安になったり心配したりするというのは、澁澤さんのほうだったみたいですね。最初の旅行のときなんか、とくに。
堀内　そして、私がおそろしいフランス語で切符を買ったり、出口さんも私がなんとかやっていれば、めったなことでは加勢はしないので、だいたいそういうのはみんな私がしてたんですね。ホテルやなにかでも。そうしたら、澁澤君がすごく感心してくれちゃって、龍子さんにはできないとか言ったから、私がとんでもないと答えたの。龍子さんだって住むとなったらできるくらいのことしかしてない、と言って。絶対できますよ、それは。
巖谷　そうですよ。言葉の通じない国なんて、僕もしょっちゅう行くけれども。
堀内　だから、ほんとに最小限度のことだけ。むずかしいことでないかぎり、なんとかなっちゃう。龍子さんだって美容院にも、さっさとひとりで行ってましたよ。感心してしまったもの。
巖谷　そうでしょう。でも澁澤さんとなると、日本でもそれはしないんじゃないかな。
堀内　全然しないし、したくないから、ひとりでは動かないのよ。
巖谷　澁澤さんは方向感覚がないしね。
堀内　ああ、それもあるんだ。
巖谷　僕は日本国内を三度、いっしょに旅行したけれども、地図を見てもわからないようですね、澁澤さんは。

堀内　私もダメ。澄子さんはそういうの得意なのよね。いっしょに旅行を何回かしたけど、行く先からすべてお膳だてしてくれたの。
巖谷　以前、澁澤さんは矢川澄子さんとも、よく旅行をしていたのかな。
堀内　遠くには旅行してないんじゃない。だけど、ちょっと近所へ行くというのは……。
巖谷　伊豆や箱根なんていうのは、行ったかもしれないけれど。
堀内　小海線がステキだって葉書をもらったことがある。でも、最初は本当にお金がなかったもの。
巖谷　そうでしょうね。
堀内　でも、澁澤君という人は、およそそういうことを感じさせませんでしたね。
巖谷　だから、お坊ちゃんでお金持という錯覚が、読者のほうに生まれたみたいですけれども。でもあのころは、まともな人はみんなお金がなかったとも言える。
堀内　そうね。考えてみると、いまは贅沢になっちゃっているけれども。
巖谷　ほんとだね。
堀内　三十円ぐらいのコーヒーがあった時代からつきあっているのかしらね。
巖谷　もっと安かったんじゃないかな。僕は、六一年に大学に入ったんだけれども、あのころ、「経済ラーメン」というのがあった。なにも入っていないの、麺だけ。
堀内　かけラーメンね。
巖谷　うん。それが三十円だった（笑）。大学の前にある店で、学生向きだから、うんと安い。
堀内　そんな時代だったし、だから、澁澤君と外で飲んだことなんてほとんどない。たいてい小町の家へ行って、三人でトランプをして遊んでた。それもツー・テン・ジャック一点ばりで。二人のときには花札で、コイコイなんかをやっていたらしいけど……。

＊

巖谷　そうだ、例の六〇年安保のデモのときのことを教えてください。澁澤さんは、六〇年の六月くらいにデモに行っているはずですね。

堀内　堀内が外国に出かける直前ですね。八月に発ったんですから。あの年の六月、デモを見に行ったんだ。

巖谷　見に行ったって、参加したんじゃないんですね。

堀内　参加しない。

巖谷　どこへ見に行ったんですか。

堀内　三宅坂の国会議事堂のあたりに行って、歩いて……。

巖谷　澁澤さんはけっこう昂揚していたようですね。

堀内　でも、デモには参加しなかった（笑）。

巖谷　盛りあがって、「いいぞ、いいぞ」という感じだったんじゃないかな（笑）。

堀内　そうね。吉本隆明なんかの六月行動委員会というのができたとき、「いい名前だ」と言って、とても気に入ってました。私はそのとき、何を言ったかおぼえてないけれども、澁澤君に「オルグするの、簡単だね」と言われちゃった。デモに私はついて行けなくて、でも見たくて行ったんだけど、「これからどうする？」と詰問されちゃって、私はしょうがなくて「ただ見ているだけだ。ただずっと見ているよりほかしょうがない」と言ったら、澁澤君も「そうだ」なんて言ってた。

巖谷　あのころ、澁澤さんは片山正樹さんへの手紙に、「われわれ極左は……」なんて書いていますよ。だから、気分は乗っていたんじゃないかな。

堀内　デモに加わろうとかは言ってなかったけれど。

巖谷　デモに加わらなくても、ああいう騒ぎが……。

堀内　ええ、好きでした、それはそう。

巖谷　それと、左翼に対するアレルギーはないから。

堀内　そうですね。全然アレルギーがないですね。

それこそ、見てて「おもしろい」という感じで。
巖谷　もともと共産党とつきあってた時期もあるから。それにサドをやっていたというのは、つながっていますね。サン＝ジュストをやったり。だからむしろ、フランス革命の感じ……。
堀内　あ、いま思いだしたけれども、このあいだ澄子さんが見つけたっていう同人誌（「新人評論」）の記事、もしかしたら、澁川龍児というペンネームで書いたというあれは、サン＝ジュストのことだったのかな。
巖谷　ありうるな。小牧近江のところでサン＝ジュストの選文集を借りて、それを読んだと書いていますものね。
堀内　ちょうどあの日は、たしか樺《かん》美《ば》智子がデモで死んだ日でしたよ。あとでそれはわかったんだけれども。
巖谷　矢川澄子さんが書かれた年譜では、二十二日になっているけれども。
堀内　見に行ったのが？　そうだったのかなあ。私はデモに参加する気持にはなれなくて、ただ見ているというのもすこしうしろめたいなという気がして。ウロウロしながら見ていると、知っている人に会っちゃうんですよ。「参加しなくたって見る権利はある」とか言っちゃったのをおぼえてる。
巖谷　堀内誠一さんもいたんですか。
堀内　いいえ、堀内は好きじゃないの。
巖谷　石井恭二さんは？
堀内　わからない。どこか喫茶店に入って休んで、そういう話が出たのをおぼえてる。
巖谷　デモ見物は一回かぎりかな。
堀内　いっしょだったのはそのとき一回だけだった。
巖谷　澁澤さんのあのころ書いたものは、相当に過激な……。民青なんかからも嫌われそうなものを書いていた。
堀内　私はね、民青にいたことある。というよりも、青共（青年共産同盟）というのに入ったんですよね。

そうしたら即、民青になっちゃった。いろいろと憂鬱でした。
巖谷　でも、そういう気分の時代だったし。
堀内　はずかしいこと一杯。
巖谷　でも僕なんて、五〇年になるかならないかのころ、なぜか小学生で左翼少年だったんですよ（笑）。だから大学のころにはすこし離れて、フーリエ主義とかなんとか、ひとりだけ極端なこと言っていた。それだから澁澤さんの本がおもしろかったんじゃないかな（笑）。

＊

巖谷　最後になりますが、澁澤さんは堀内さんの、同じころの同じ病気のことを、もちろん知っていたんでしょうね。
堀内　ええ。堀内が八六年の二月から三月にかけてネパールに行って、私もいっしょに行ったけれども、そのころからちょっと風邪ぎみで、いつも喉が弱くて、帰って来てさっさと自分でお医者へ行ったんですよ、びっくりしたんだけれど。それからずっとグズグズして、五月ころかな、龍子さんにちょっと電話で話すことがあって、喉が悪い、もう三か月も治らないと言ったら、「ノドは長いのよ。うちなんか去年からよ」と言われたの。
巖谷　あの年になってから、僕のところへ、一家でいらしたのをおぼえていますけれども。
堀内　病院に入院する直前だった。だから、あのときお宅でいただいたカルヴァドスのせいかな、と（笑）。
巖谷　一九四六年のカルヴァドスで、ちょっと古かったから。
堀内　四五年じゃなかった？　ともかく「ノルマンディー侵攻作戦のカルヴァドス」とかいって飲んだんだから。
巖谷　あれが最後でしたね、僕が堀内さんとお会いしたのは。

堀内　堀内のほうが先に癌だとわかって、澁澤さんは、「俺は癌じゃないんだよな」なんて言ってた。
巖谷　澁澤さんはあまり気にしてなかったようですね。癌だということは想像していなかったのか。八六年の初夏にいっしょに福島の磐梯熱海へ旅行しているけれども、歩くのがつらそうだったので、ちょっと心配だった。
堀内　その前に、すこし頭が妙になってというのがあったでしょう。
巖谷　ありましたね。
堀内　歌舞伎を見に行っていて気持わるくなったりとかね。
巖谷　つながりがあったんでしょうね。
編集部　頭が空白になっちゃうと言っていましたね。言葉が出てこないとか。
巖谷　それにしても、澁澤さんと堀内さんと……。
堀内　なんで同じ病気で死んだのか、不思議で。
巖谷　しかも十日ぐらいのあいだに……。
堀内　八月五日と十七日。
巖谷　十二日しか離れていないんですね。あれは驚きだった。
堀内　不思議ね。私もほんとに、なんの因縁かと思っちゃう。
巖谷　澁澤さんが呼んだのかな、あれ。何だろう。僕は旅行中で、澁澤さんの死をクロアチアのドゥブロヴニクで知ってからイタリアに入って、これもほんとに偶然フィレンツェの駅で、友人の山下健一郎一家が旅行しているのに出会って、そこで堀内さんの死を知らされた。
堀内　……もうそろそろ、七年になるのね。

一九九三年十一月十一日　於・小田原堀内邸

兄の力について

四谷シモン／巖谷國士

四谷《よつや》シモン（一九四四—）
東京生まれ。当代を代表する人形作家。六〇年代に劇団状況演劇で活躍して以来、俳優としての経歴も長い。七八年から人形学院「エコール・ド・シモン」を開校。

巖谷　シモンには、「新婦人」に載った澁澤さんのベルメールがきっかけで開眼したという、同時に澁澤さんを知ったという、ほとんど伝説みたいな話がありますね。

四谷　澁澤さんにも詳しく言わなかったんだけれども、僕は本当に小さいころから人形をつくっていたんですよ。これも運命的かもしれないけれども、なんで人形になっちゃったのかもわからないんですが、結局小学校のころには、いわゆる縫いぐるみ人形もつくっていて……。

巖谷　黄緑色の縫いぐるみと言っていたっけ。

四谷　そう、縫いぐるみからはじまって、それで新聞紙をちぎったりしたものを材料に使いながら——これは僕の弟や親しかわからないけれども、いつも新聞紙に「人形」という字ばかり書いていたような子で、それで学校も人形をつくりたいから行かないし、とにかく熱狂的に人形をつくることが好きだった。人形というのは、日本の場合は工芸品のものがあって、最高峰が伝統工芸とか、日展だなんだという、そういうものだけど、僕はいつも「そうじゃないんじゃないかな」と思っていたわけです。

巖谷　もう十五、六のころから出品していたということを、前に聞いたことがあるけれども。

四谷　展覧会に出したりしては、賞金かせぎみたいなことをやっていたけれども。それで十代のころ、もう私はこれでやっていくんだと賽《さい》を振ってしまいましたので、迷うことなく。食えないのがあたりまえだという意識でやっていたから。それでずっとやっていたんだけれども、いつもモヤモヤ、モヤモヤ、頭にあったんですね。

巖谷　「人形《ひとがた》」がね。

四谷　「ひとがた」が。それで何だろうな、と。ただ、山田徳兵衛の人形芸術なんか読んでもどうしようもない。そういう人形に関する本って、あんまりなかったんですね。

巖谷　辻村ジュサブローあたりとも、つきあいがあったんでしょう。

四谷　もう十代のころから知っていた。たしかに日本は人形の王国でもあるから、気づかなかったんですね。それで僕は「現代の人形を」なんて考えちゃって。世の中がそうでしたから。それでロカビリーなんかやっちゃって、いろいろあって（笑）……。

巖谷　佐々木功のバンドにいたとか……。

四谷　前座（笑）。ロッカ・フラー・ベイビー。

巖谷　いいじゃない、佐々木功。見に行ったことあるよ。

四谷　あ、ほんと？　当時、ACB《アシベ》なんかでやってたんです。でも、いつも人形のことがあって、身体を壊しちゃって、フラーッと大岡山の古本屋にポッと入ったときに出会ったのが、「新婦人」……。

巖谷　あの婦人雑誌ね。それまで、澁澤龍彦の名前は知らなかったわけ？

四谷　知らなかった。シュルレアリスムというのは多少、ダリとか、そういうのは知っていたけれども、澁澤さんのは全然知らなくて、それで僕はびっくりしたんです。ここに「スパスム」という言葉が出てくるんですね。

巖谷　痙攣《けいれん》ね。

四谷　要するにベルメールの痙攣なんだけれども、僕は人形そのもののなかに痙攣というものが入りこんでいるというのは、これはショックを受けた。自分が本当に子供のころからやってきた人形について、この痙攣ということが、ある種の衝撃波で、その出会いで、僕がやってきたものがいっさい崩れたんですよね。

本当にあれを見たときに、最初、何なのかなと思った。身体だな、顔があるな……と。

巖谷　それは澁澤さんの文章の力もあったのかな。

四谷　そう。決定打だね、これは。僕の人生の。結局、悩んでいたという言い方はおかしいけれども、本当にいつも、人形って何だろうって思いながらやってきたところがあって、それで見たので、あ、人形とは人形だったんだというふうにね。

巖谷　なるほど。わかる。

四谷　人形って人形じゃないか、と来ちゃったわけよ。それで僕は、ああ、そうか、と。

巖谷　そういうことをズバリわからせてくれる感じの文章だね、これ。

四谷　いまは忘れちゃったけれども（笑）。

巖谷　澁澤さんて、何かについての説明、デルヴォーでもベルメールでもいいけれども、それについての知識の羅列だけじゃないから。ベルメールの場合、「痙攣」というひとつの言葉で……。

四谷　まずドンと来ちゃうからね。

巖谷　でも、澁澤さんの文章自体は痙攣してない。

四谷　してない（笑）。だから、わかる。

巖谷　醒めていて、他人事《ひとごと》のように書いている。

四谷　べっとりしていないから……。

巖谷　人形というものがくっきり浮彫にされる。

四谷　輪郭がね。解釈はこうだけれども、私はこういうものを提示しますよという、標本箱みたいな。
巖谷　あれは六〇年代のなかばでしょう。だいたい世の中は情念の時代みたいだった。なにかそんなムードが漂っていて、たとえば「痙攣」なんていう言葉があると、たちまち痙攣を演ずるやつが出てきたりした（笑）。でもシモンの人形を見ているとそうじゃなくて、やっぱり醒めているよ。
四谷　そうかな。
巖谷　だから、病気みたいなのとはちょっと違って……。
四谷　それは言えるね。
巖谷　そのルーツが澁澤さんだったというのは……。
四谷　これは決定打ね。それで僕は結局、頭が空っぽだからね。つまり、本当に白紙みたいなところがあったから、染みこみましたよ。澁澤さんという人が、本当に真っ白い紙の上に墨をたらしていったように、ブワーッと……。僕はけっこう染められた。
巖谷　わかる、わかる。
四谷　それで僕は服従ね。絶対なんだということが、そこでありましたね。
巖谷　でも当時、『快楽主義の哲学』も出ていて、なにか暗闇のボスみたいなイメージでとらえていたね、一方では。
四谷　一方では。時代としてはね。
巖谷　でも、シモンの捉え方というのは、いまの話で感ずるのは、なにかくっきりした、澁澤龍彥というのも、名前も文体も合致して、要するに物みたいにポンとあってさ、そういう感じじゃない？
四谷　物ですね。そうなの。きっと、当時の時代の捉え方とは違うでしょうけれども、自分がこういうところからということもあったかもしれないけれども、やっぱりくっきりしたことが好きだから。泥が苦手だから。
巖谷　わかる。泥がなくて、涼しいというか、なにか風の吹いているところにフッと影のように浮かんでだ、その影が輝きでもあるわけね。きちっとした形があって。
四谷　そうそう。わけわからない。でも資質としては、澁澤さんはベルメールじゃないかな。
巖谷　ベルメールというのは、感触がわかるわけだ。ツルッとしていて、冷たいでしょう、たぶん。
四谷　で、残酷ですよ、ちょっと。それで、澁澤さんはきっと最期まで――明かしたかどうかはわからないけれども――残酷なものがあったんじゃないかなとも……。
巖谷　それで、澁澤さんと実際に会ったのは、「新婦人」を見たあとの、いつごろですか。
四谷　金子（國義）が高橋睦郎と知りあい、高橋睦郎が澁澤さんを金子に引きあわせたというので……。金子も、絵を描きはじめていたころです。四谷にいた時代ですから。それで金子が引きあわせてくれたのかな。
巖谷　金子さんの展覧会があったね、六七年に青木画廊で。最初の展覧会かしら。あのとき、オープニングに澁澤さんがいたのをおぼえているけれども、シモンはいたのかな。
四谷　たぶん、いたと思いますよ。金子のオープニングで流れたんですね、銀座から新宿に。「青蛾」？あそこになんだか、僕たちもついて行って……。
巖谷　瀧口（修造）さんといた。
四谷　うん。そこで……。
巖谷　澁澤さんが例によって酔っぱらって……。どこかの畳の部屋で酒を飲んだような気がする。
四谷　それで僕は、自分でつくった人形の写真を持って行ったんですよね。売りこんじゃったんですよ。そうしたら、「なんでエロティックなものつくらないんですか」と言われた。一言。
巖谷　また、それが残酷なんだな（笑）。
四谷　残酷。
巖谷　じつは本人はいいかげんに言っているかもしれない（笑）。でも、なぜか……。

四谷　サービス精神なんじゃない？　澁澤さんのサービス精神。
巖谷　それもあるね。
四谷　僕は、正直な話、もうベルメールがいるのだから、何をやってもだめだろう、と。人形はね。五十年も大昔に、もうすでにこんなものができあがっているので、僕はどうしようと思ったんですよ。そのころに知りあったのが唐十郎。金子が芝居に出て……。
巖谷　金子さんだったんだね、最初は。女形《おやま》が。
四谷　そう。それで唐と知りあって、そうか、じゃ芝居でもやってみようかなと思ってね。
巖谷　でも、それまでに舞台の経験はあったんでしょう。
四谷　なにもない。
巖谷　ご両親は舞台の人でしょう。身についていたんじゃないの、なんとなく。
四谷　結局、人前であがらないというか、テレないんだろうね。血としては、そんなところがあるかもしれない。
巖谷　シモンは舞台の人だとも思うね。人形というのと、たぶんそれは関係があるような気がして。
四谷　ときどき思いますよね。だけれども……。
巖谷　人形も舞台にのぼるわけだ。額縁みたいなところにピタッとはまる。それはやはり、どこかシモンの昔の、原形記憶みたいのがあってさ。子供のころに、舞台の上にチョコナンと載せられたとか。
四谷　どうなんだろう。そういうのって、むずかしいね。
巖谷　それで澁澤さんとは、いろいろなところで会うようになって……。
四谷　そう。土方（巽）さんの踊りのときとかね。
巖谷　土方さんを見たのは？
四谷　土方さんを見たのは「薔薇色ダンス」。千日谷。あれがはじめてでした。その前は知らないです。
巖谷　そうすると二十代の前半ね。

四谷　前半です。それで唐の芝居に出たのが二十二のときで、そのときに澁澤さんが楽屋に来て、会ったんですよ。草月会館が最初。
巖谷　「腰巻お仙」だっけ。俺も見たけれども、あのときはまだお春さんの役じゃなかったね。
四谷　あれは、お春さんは違う人がやったの。三人のシルバーというのがいて、盲と唖といざり。
巖谷　そうなんだ。ほとんどブリューゲル。
四谷　いざり。その役、はじめてやったの。
巖谷　唐さんはあのころ、澁澤さんに相当どっぷり入っていたのかな。
四谷　でしょうね。あれだけ「腰巻お仙」のポスターで、「百花狼藉」のあの名文をいただいちゃっていたから。
巖谷　花園の紅テントへ行くまでに、新宿のピットインもあったね。
四谷　そう。金子がピットインの最初ね。「ジョン・シルバー」というの？　そのとき、みんな帰れなくなって、飲んだんですよ。
巖谷　あれは二時ぐらいからやったんだっけ。
四谷　夜中。瀧口さんがいらしてね。
巖谷　いたいた。
四谷　それで瀧口さんか澁澤さんか――瀧口さんだな、ウイスキーを、「これを飲みましょうよ」と言って……。
巖谷　それじゃ、瀧口さんとは……。
四谷　澁澤さんと同じころですよ。
巖谷　瀧口さんはだいたい、フワッといて、ヒソヒソヒソでしょう。
四谷　そうそう。こうやって聞かないと（笑）。頷いているのか、ウーンと言っているのか、ちっともわからないというやつ。
巖谷　澁澤さんのほうは、ワーッとか叫んでいて（笑）。
四谷　どうしようもないね。
巖谷　あのころの澁澤さんは、「シモン」「シモン」

と言っていたね。
四谷　そうですか？
巖谷　「あー、シモンだよ」とかなんとか言って、あとなにも説明しない（笑）。それから澁澤さんの家に、シモンの人形がポツンと置かれたんだな。
四谷　僕、持って行ったことあります。はじめて行ったのは、金子がお正月に連れてってくれたんですよ。「行ってみないか」と。
巖谷　あのころから、北鎌倉の書斎の机から見えるところに、シモンの人形があったという記憶もあるけれども。
四谷　あれは違うんですよ。あれは、だいぶあと。僕はあのころ、もうドロドロのなかで、加藤郁乎さんと知りあって、松山（俊太郎）さんと知りあって……。
巖谷　怪物の時代（笑）。
四谷　怪物にかわいがられちゃったというか、おつきあいしたでしょう。
巖谷　新宿のへんなところへ行くと……。
四谷　かならずいる（笑）。
巖谷　いるんだ。加藤郁乎なんていう人は、一晩のうちに二度も三度も会うわけ。こちらが別のところへ行って、グルッとまわって戻ってくるでしょう。そうすると、また会って抱きあったり（笑）。なんという時代でしょう、あれは。
四谷　ほんとにそう。昔の小さい「ナジャ」ね。当時、ドアを開けて、誰か知っている人がいないかな、なんて思うんですよ。そうすると、嬉しくてね。土方さんと澁澤さん、よく来てたね。何かの会の帰りでしょうけれども。
巖谷　「ナジャ」という店は瀧口さんも好きで、瀧口さんのつくったブルトンの『ナジャ』の表紙を使ったオブジェが飾ってあって。
四谷　店ではわかっちゃいない。もったいないな、あれは（笑）。けっこう坩堝《るつぼ》の時代でしたね。
巖谷　坩堝って、あったね。

四谷　ありました（笑）。
巖谷　それで、あの坩堝のころって、イメージというものがいまより強力だったんじゃないかと思う。いまだと、たとえばベルメールなんていったって、「あ、ベルメールか」というぐらい、写真でもなんでも氾濫しているじゃないか。ところがあのころは、たとえば「新婦人」でベルメールの写真をパッと見て、それで動かされて……。
四谷　ほんとだね。それはある。まさに「痙攣」なんだよね。それで『夢の宇宙誌』なんていうのは、わけわからないけれども、もうバイブルだものね。
巖谷　あれが出たころは、まだシモンは二十歳《はたち》ぐらいでしょう。
四谷　そうそう。だから、本当に服従というか、澁澤さんの言うことは絶対まちがいないという……。
巖谷　やっぱりあのころの本としては、『夢の宇宙誌』がいちばん大きい？
四谷　『夢の宇宙誌』と、あと『快楽主義の哲学』も。あれは僕、読んでいて――こんなこと書いてあるんですね。人生には目的がないというか、そんなもの、あるわけないんだ……豚というのはなにも人に食われるために生まれてきたんじゃないんだ、というようなことがずっと書いてあって、要するに、けっこう自分なりにできあがっていた頭を、偶像破壊じゃないけれども、まさにそんなふうにね。
巖谷　『快楽主義の哲学』というのは、澁澤さん自身はあとでいやがってた本なのね。でも、あれはあれでいいものだよ。
四谷　僕はあれで……。だって、人生には目的がないというか、まさにこの感じだから。人形は人形であるというのと……。
巖谷　「人生に目的があるとすれば、それは死だ」とか、なにかそんなことが書いてあったね（笑）。
四谷　誰でも人間て、なんらかの目的をもって生きているというか……。だけれども、そういうふうに言っていたら、あ、もうおしまいだ、と。だから、そんなものはありはしないというのはまさにそのとおりで、目的をもっている連中がいちばんだめなんだというのが見えちゃう。

巖谷　彼が出したのは、目的じゃなくて過程だということだと思うね、ひとつは。

四谷　そうそう、「いま」なのよ。

巖谷　「いま」だとすれば、未来っていかがわしいでしょう。未来って、目的をはらんじゃうから。

四谷　未来は要らない。

巖谷　現在があるとすれば、過去は温存されるということ。これがいちばん大事。ノスタルジアですよ。

四谷　なかなか品がいいよね。そこは品がいい（笑）。

巖谷　シモンがよく言う言葉では「涼しい」。

四谷　涼しい（笑）。

巖谷　でも、あれはカッパブックスの準ベストセラーになったし、評判の悪い本なんだ。澁澤さん自身も、「あの本のことは言うなよ」とかって。

四谷　だろうね。スタイリストとしちゃ（笑）。

巖谷　でも、意外にあの本はよかったと。

四谷　ほんと、そう。僕は「そうだ、このままこうやって生きていくだけのことしか」と、本当に思ったもの。だから、努力というのも、やめちまおうと思ったの。

巖谷　努力とか、汗を流すのはだめという、そういう思想。で、同時に一方でプッツンでしょう。あの本（笑）。

四谷　プッツンもある。三島（由紀夫）さんがそれを書いてるね。こうやってからげてシナッときて、なんていう……。

巖谷　あの『快楽主義の哲学』で澁澤さんが推奨している生き方は、岡本太郎と深沢七郎がいいと言うんだ（笑）。これはプッツンです。

四谷　最高（笑）。

巖谷　最高。澁澤さんがあのころの有名人をいろいろ探して、「そのなかで快楽主義に合う人を挙げて

くださ い」と言われたときに、一に深沢七郎、二に岡本太郎。この選び方は、プッツンであり、すばらしい（笑）。
四谷　真実だね。
巖谷　深沢さんとは、会ったことあるんじゃない？
四谷　僕は一度だけ、クマちゃん（篠原勝之）の展覧会で会いましたよ。これはもう、たまんない。
巖谷　澁澤七郎、じゃない、深沢七郎はすごいよ（笑）。
四谷　すごい。ただものじゃない。
巖谷　澁澤さんも、これには及ばないと思った。
四谷　わかる、わかる（笑）。深沢七郎というのは、あくどいよ、もっと。重厚。どう？　そうでもないか。
巖谷　いや、深遠なるプッツンですよ。
四谷　ああ、深いな（笑）。

＊

巖谷　それはそうと、このあいだ中国へいっしょに行って、漓江《りこう》をくだったね。あれは深い。
四谷　あそこね。見なきゃだめだね、現場で。
巖谷　風が吹くでしょう。三六〇度、へんな山がいっぱいあったよね。シルエットで見える。マグリットみたいな、リンゴみたいな山があったり。
四谷　おもしろいね。すごくおもしろかった。
巖谷　おもしろい。竹林なんかがあって、そこでかがみこんでいるへんな人がいるんだ。あれを見たとき、「あ、澁澤さんだ」と言ったじゃないか（笑）。
四谷　タオね。一生すわっているんですよ。
巖谷　澁澤さんて、ああいう宇宙からのいろいろなものを受け容れるような姿勢で、トローンとかがみこんでいる人だと、シモンは言ったよ。
四谷　巖谷さんが先に言ったんじゃないかな（笑）。でも、まさにそうね。
巖谷　かがみこんで、こんな細い膝を抱えこんですわっている人がいて、それを見たときにすぐにわかるわけだ。あいつは立ちあがらないだろうって。
四谷　あのままでいる、と。
巖谷　うん。あのままジーッと。
四谷　澁澤さんて、そうなんだろうね。わからないけれども。
巖谷　ホーキング博士と似てるよね、ちょっと（笑）。あそこの漓江くだりの、あの川を眺めてすわっている人を見ると、ホーキングか晩年の澁澤さんかという感じで。膝を抱いてすわっていて、ポケーッと……。
四谷　でも言ってたね。僕は知りあって、よくお酒を飲みに行って、「澁澤さんねぇ、宇宙ってね、どこまで行っちゃうんでしょうかね」と言ったら、「シモン、おまえな、ミクロコスモスのほうだって、どうしちゃうんだろうかね」と。「澁澤さん、神様っていますかね」と言ったら、「虫だよ」と言った。
巖谷　ほとんどホーキング博士の発言だよ、それは（笑）。
四谷　虫みたいなものだって。僕は虫と言っちゃうと、すぐちっちゃい虫を思うけれども、全然違う。
巖谷　澁澤さんて、それなんだよ。シモンの本で、長い対談をやっているでしょう。あれは大変なことだ。彼は対談なんてめったにやらないし、やってもたいして物を言わないから。ところがシモンの本でだけ長い対談をやって、しかも自分から望んだと書いているじゃない？
四谷　あれは削られているところがあって、要するにあの聖人の磔刑図がいちばんエロティックだ、と言った……。
巖谷　ホーキングが宇宙について言うことと同じで、まあいいかげんな話。
四谷　あ、いいかげん（笑）。
巖谷　いいかげんだから宇宙にぴったり合うわけだよ。
四谷　なるほどね（笑）。

巖谷　だから澁江くだりで感じたのは、宇宙はいいかげんである、いいかげんな宇宙のなかにポケーッとしてなにか膝を抱いてすわっていられるというのは、澁澤龍彥かホーキング博士じゃないかと……。

四谷　それはとっても快楽だよ。

巖谷　でも澁澤さんとしては、澁江の竹林の前に、深沢七郎がすでにすわっているなと思ったかもしれない（笑）。

四谷　先にね。澁澤さんはインテリだったのが、かなり致命傷だったかな（笑）。

巖谷　インテリ病だったかな？

四谷　いや、そうじゃないけどさ。でも、澁澤さんは好きだったんだろうな、お勉強（笑）。

巖谷　好きだった。虫だから。

四谷　虫だよね。

巖谷　それでシモンは鎌倉へ行って、一対一で話したことが多いわけ？

四谷　ないですよ、あんまり。だいたい正月二日、松山さんがいたり。それで澁澤さんと軍歌ですよ（笑）。いつのころからか、毎年一月二日に行くようになっていて、それでいつも、帰りに……。ベロベロですから。だからあれも知っていますよ。巖谷さんも書いていたように、朝、卵をカーッと（笑）。

巖谷　こうやって、空中でかきまぜるんだよね（笑）。

四谷　こぼれないぞ、と。

巖谷　「どうだ」とか言ってね。澁澤家の朝食って、旨いんだ。

四谷　普通でね。きちっとごはん炊いて。ああいうの、いいね。

巖谷　おみおつけで、なま卵、のり。そうするとお母さんが「あら」とかいって顔だしたりね（笑）。

四谷　そう。「あら」という感じでね。

巖谷　われわれが食堂で飯《めし》食っていると、その奥がお母さんの部屋で、お母さんが外へ出ようとすると、食堂を通るしかない設計になっているわけでしょう。そうすると、当然「あら」ということになる。

四谷　楚々《そそ》としてね。
巖谷　うん。澁澤さんて女性にかこまれて育ったんだよね。
四谷　全部女ですね。
巖谷　そういうこと、感じました？
四谷　だから僕は、優しいお兄さんだなという感じがしたね。澁澤さんは。
巖谷　別の父親を求めるということもあった？
四谷　やっぱり、あったかもしれないね。
巖谷　それが神かな。
四谷　神というか。澁澤さんに世俗のことを話したことはあんまりなかったけれども、やっぱり真実のことだけというか、本当のことだけは話したいというか……。
巖谷　わかる。あの対談でも感じるのは、澁澤さんはお兄さんとしてやっているけれども、たぶんシモンの場合は、支配されているように思ってたわけでしょう。
四谷　そうそう。服従でもあるしね。僕は澁澤さんとは対等でどうとかという……澁澤さん自身はそういうふうに扱ってくれましたけれども、僕はやっぱり澁澤さんとはけっして対等じゃない。そういうところがあったんじゃないかな、まわりの人も。
巖谷　ところが俺の場合は、松山さんに言わせると、いつも対等でけしからんというわけね（笑）。
四谷　松山さん自身が意外と立てていたから。
巖谷　たしかに澁澤さんて、どこか服従を求めるようなところも多少あったとは思う。そこがシモンの場合は、人形と関係してくるわけでしょう。人形って、ひとつ服従という要素があるから。
四谷　そうですね。人形が人形であるということからしたって……。
巖谷　人形って、Aじゃないものね。A′でしょう。
四谷　そうそう。そういうもの。
巖谷　澁澤さんの『夢の宇宙誌』には人形論があったね。神と人間の問題で人形のことを書いた。神の猿、あるいは人間の猿、猿の猿と……。あれは画期的だったね。あんなこと言う人、誰もいなかったから。人形って伝統的なメティエの世界でもあったし。ところが、あれで突如、形而上学になったんだ。
四谷　そういうものをはじめて入れたからね。
巖谷　人形をつくる人間は、神を意識すると。
四谷　結局ね。対談のときも、僕は冗談ぽくとっちゃったけれども。でも本気でしたね。
僕は悩んじゃっているのよね、いま。澁澤さんだったらなんと言ってくれるだろうかな、と。グニャグニャ、グニャグニャしていますからね。だけれども、人間というのは神に向っていかなければならないから、じゃ神に向っていかなければならない人間を模写した人形というのは、どうしたらいいのかと、そういうふうに思っちゃったんですね。
巖谷　人間は神がつくったというのは理解できる？
四谷　理解できるというか、この存在どうしましょう、というところがあるから。
巖谷　いちばんわかりやすい説明だな。
四谷　端的でしょうね。だって、どうしようもない。いちばんいいじゃないですか、それ。
巖谷　そうでなければ、人間が神になるしかない。神としてあらわれたか、それとも神によってつくられたか。どっちかだよね。だから、人間は神のイミテーションをやっているのかということも出てくるわけだ。
四谷　どうしよう。
巖谷　どうするんだ。
四谷　どうしようもないよ。
巖谷　澁澤さんの生涯における最長の対談で、そういうことを言いだしたというのは、彼にも神の問題があるからでしょう。
四谷　澁澤さん自身に？
巖谷　うん。「神のことを考えるんだろうな、シモンは」とか言っていたじゃない。
四谷　でも、人類の無意識、誕生以来でもいいですけれども、生命の誕生でもなんでもいいや、仮に蛇でもいい、こういう生命体の無意識が存在するとして、その断面をポーンと切って、それがどこを向いているんでしょうねといった話をしたことがあるんですよ。そうしたら、「それはやっぱり神でしょうね」と言うの、澁澤さんは。

巖谷　まあ、言うんだろうな。

四谷　神が好きなんだよね。

巖谷　意外に。それがあるから、彼はあんなことを言ったとも……。でも、ノンシャランなところもあるから。

四谷　うん。

＊

巖谷　それで、澁澤さんのところへ行くと、わりと真面目に話ができたんじゃないの？

四谷　いや、緊張しちゃってたね。でも、あんまり話に加わるのは……。松山さんたちと、すごいでしょう、話が。松山さんと澁澤さんの会話のなかの雑木林をフッとくぐって……（笑）。

巖谷　「澁澤さん、どう思いますか」とか訊いたんじゃない？　「神は」とか。

四谷　うん。質問したかったね。質問したかったけれども、質問しちゃ、「アッ」と……（笑）。

巖谷　質問されたって、されたということがわからなかったり（笑）。

四谷　あ、何か言ったな、と（笑）。

巖谷　やっぱり澁江くだりですよ。

四谷　それで、いつだったか忘れたけれども、前日に飲んじゃって、加藤さんなんかもいて……。あの庭へ出てね。それで、これをおぼえているの。青空に雲が見えてて。「雲、おまえは雲だ、と言った詩人がいるんだよ」と教えてくれるの。いいでしょう、それ（笑）。

巖谷　先生じゃないか（笑）。

四谷　先生してるのよ、そのとき。それで新緑の山を指さして、「おまえは毒素だと、新緑のことを毒素と言った人がいるよ」と言うわけ。僕はその二つおぼえているの。
巖谷　でも、それ、すごくいいね。
四谷　いいでしょう。でも澁澤さんがそう言うの、わかる。雲、おまえは雲だ。あたりまえさ。
巖谷　あたりまえだよ。澁澤さんはいつも、「雲、おまえは雲だ」ばっかり書いていた人だし。
四谷　よくわかるの（笑）。
巖谷　しかし毒素というのは、また別だね。
四谷　山の燃えるような緑が、毒素というのはわかるよね。それを澁澤さんが言ったのか、それとも誰かのものを引用したのかは定かじゃないけれども。
巖谷　引用と本文の区別がつかない世界に生きていたから（笑）。
四谷　ポケーッとすわって、あ、新緑、これは毒素と人は言ったが俺もそう思う、と（笑）。それで、年に一度は澁澤家にかならず行った。お百度参りみたいに。
巖谷　シモンが東京で芝居をやっていたときにも、彼はかならず見に来ていたわけでしょう。
四谷　来ていましたね。それで終ってから……。
巖谷　終ってから唐さんが、仏像みたいにドーンといて……。
四谷　あれは網元だよ（笑）。ドテラ着て。よかったな。
巖谷　また、へんな人がいっぱい来ていたし。
四谷　それで僕は、土方さんや澁澤さんなんかが来ていると嬉しかったですね、なんだか。すごかったですよ。
巖谷　すごかった（笑）。
四谷　溝がある。土方さんも澁澤さんも、一本溝があった。
巖谷　シモンにとって？
四谷　うん、僕は。加藤郁乎さんなんか、「ああ」と……。

巖谷　天才的ですよ、加藤さんって。でも、溝はないね。
四谷　加藤さんは溝はない。松山さんも溝がない。でも、土方さんと澁澤さんは……。
巖谷　並列する？　二人を。
四谷　それはある。ちょっと説明できないけれども。答えが出ていたんじゃないですか、なりに。
巖谷　あの二人なりにね。
四谷　それで来るから、やっぱり料理しやすいんでしょうね、相手は。答えを持っているから。
巖谷　答えを持っているから、説明する必要がない。
四谷　答えの道順で。かもしれないですね。

＊

巖谷　やっぱりシモンというのも、天才的だよな。
四谷　なんですか。嬉しいこと言ってくれるじゃないですか（笑）。
巖谷　傍観者でもないし、当事者でも……。
四谷　僕はときどき傍観者だという気がしますね、自分で。
巖谷　澁澤さんに対しては、傍観者だけじゃないでしょう。愛があったんじゃないか。
四谷　ラムールでしたからね（笑）。
巖谷　彼もシモンのことを……。
四谷　僕は、これはずっとこのままがいちばんいいな、と。それは、とっても僕は嬉しかったしね。
巖谷　それじゃなければ、作品はできないものね。
そういうところね。だから僕は……。
四谷　必要なくなっちゃうもの。
巖谷　ある意味ではシモンの神ではあったわけか、彼は。
四谷　そうね。出発がそうでしたからね。それが不在でしょう、いまは。僕は正直な話、「大丈夫だ、澁澤さん死んでもやっていける」なんて。澁澤さん死んでも、泣いてられないと思ったのよ。
巖谷　誰かがいるからやるというものじゃないで

しょう。
四谷　そう。でも思ったの。でも、やっぱりだめだね。
巖谷　だめ？　澁澤さんがいないと……？
四谷　困ることはないけれども、もともとなんにもなかった人間が、たまたま澁澤さんがいて、なにかこうやって、あれがあったんでやってきたのかな、とかさ。
巖谷　いや、そんなドラマにするなよ（笑）。
四谷　いいじゃない、言ったって（笑）。そうなのかな、でも本当にそうなのかなと思って。
巖谷　でもシモンの人形というのは、これからずっと、澁澤さんについての解釈をふくむんじゃないかなとは思う。
四谷　やっぱり、それだけでしょうね。
巖谷　そろそろ聞きますけれども、『高丘親王航海記』はどう思った？　最後の作品になっちゃったけれども。
四谷　一回、読みましたよ、拾い読みで。異様でしたね。
巖谷　自分にとって異質のもの？
四谷　いや、『うつろ舟』のなかで、荒れた舟ね、あのなかになにか刺繍のしてある……。
巖谷　あれ、いちばん最後の短篇。いい作品だ。「ダイダロス」というの。
四谷　それが蟹かなにか……。
巖谷　そう。蟹になっちゃうんだ。
四谷　僕、蟹の気がしてたの。ゾーッとして。あれって何なんだろうなと思っているんですよ、僕は。
巖谷　何なんだろう。自分がいないんだよね。自分が何だかわからないところへポケッと……。
四谷　これは課題ですね。でも、きれいだものね。それで、本当にファンタジー。
巖谷　それはある。ファンタジー。ファンタジー。
四谷　ファンタジーの何たるかみたいなのが……。メルヘンなんていうんじゃない、なにか違うものでしょうね。
巖谷　ただ言えるのは、人工的なものじゃないんだ。いろいろ格好をつけてファンタジーをつくりあげたというんじゃない。そうじゃなくて、ホーキングみたいにボーッと何かを出すと、それが結果としてファンタジーになるということはある。
四谷　そうね。ほっとくとファンタジーになっちゃうんでしょうね。資質だな。『高丘親王航海記』のなかで、どこかでいろいろな部屋に行く場面がありますね。暗いところの部屋で……。
巖谷　ひとつひとつ開けていって……。
四谷　それで、なにかへんな生き物、いませんでした？
巖谷　いましたね（笑）。
四谷　なにか異様な。すごいものね。映像が――絵として勝手に浮かんでくるんだけれども、暗くて黴臭いようなイメージがあって、そんなところの奥のほうの湿っているところに、そういうリアリティーがある生き物がいて、とか思うと、なにか異様な感じがした。
巖谷　それと、暑さもあるね。
四谷　あれは、どこらへんだろうな。
巖谷　高丘親王が旅立つ広州がそもそも、暑いところだ。
四谷　けっこう暑かったよ（笑）。
巖谷　あそこもシモンといっしょに行ったけど、すごい町だね。熱帯植物、あの市場。
四谷　乱暴。狼藉者という感じ。おとなだよ。
巖谷　おとな。あの市場の、アナーキー、自然。
四谷　よかったね。
巖谷　薬草ばっかり延々と続いて、ほとんど惚けたようなのが股をひろげて売ってる。澁澤さんがあそこへ行ったら、よかったろうな。
四谷　うん。すごかった。
巖谷　そこを抜けると、肉を切りひらいたり、それでみんな生きてる。狸でしょう、狸もいろいろなやつがいるんだよな。猪みたいな狸。
四谷　とんがった狸（笑）。
巖谷　それをその場で切りひらいちゃう。あれ何ですか。
四谷　何ですかと言われても……（笑）。
巖谷　でも、あれが人間の客観的な……。
四谷　でしょう。日本人だって魚をさばいているのをむこうの連中が見たら、「えっ」と思うんじゃない？
巖谷　澁澤さんてわりにそういう無秩序と、直接にプッと向きあうことができた人じゃないかと思う。
四谷　そうそう。意味なんかなくてね。関係ないんだよね。文章を書くときなんか知らないけれども、ふつうに酒飲んでこういうふうにしていると、なにか……。
巖谷　ごたごたむずかしいこと言わないで、それでいてストイックなところも……。
四谷　ある。やっぱり昭和の子どもなんですよ。
巖谷　それで、お兄さんの感じなのかな。
四谷　僕はそう思う。そういうところの輪郭は、けっこうあった。お兄さんね。
巖谷　「兄の力」があったのかもしれない。
四谷　ほんとにそう。そういう感じがするね。

一九九〇年十月十一日、於・神田川

『夢の宇宙誌』から

雲野良平／巖谷國士

雲野良平《くものりょうへい》（一九三五―）
東京生まれ。美術出版社の編集者として『夢の宇宙誌』『幻想の画廊から』などを担当、のちに雑誌「みづゑ」の編集にもたずさわり、澁澤龍彥の美術世界の確立に貢献した。

巖谷　雲野さんは美術出版社の編集者として長いこと澁澤さんとのおつきあいがあり、『夢の宇宙誌』をはじめ『幻想の画廊から』や『幻想の彼方へ』、亡くなってからも『夢の博物館』など、重要な本をつくられましたね。その間の思い出とか、いろいろ伺いたいのですけれども……最初に澁澤さんと出会われたのはいつごろですか。

雲野　まず著作を知ったのが大学に入ってから、書店で最初に見かけたのが彰考書院版の『マルキ・ド・サド選集』。それをめくっていたら、三島由紀夫さんが序文を書いていらっしゃいまして、それに導かれるようにその本を買ったんです。

巖谷　すると、学生時代から澁澤さんの愛読者……。

雲野　そうですね。一九五六年に僕は大学に入ったんです。国文なんですけれども、ちょうど三島さんの『金閣寺』の出たころで、それから同じ年に『近代能楽集』とか『橋づくし』が出て、このへんから三島さんを読みはじめたんですけれども、あれこれ、出る都度《つど》読んでいるさなかに、三島さんの序文が目に入りまして……。
巖谷　国文に行かれたというのは、三島さんに惹かれて……。
雲野　いえいえ、たまたまうちに改造社の円本「現代日本文学全集」がありまして、小学生のときに手にした「少年文学集」を皮切りに、中学・高校と、あれこれ読みふけってまいりましたので、近代の日本文学をいちばん身近な世界に感じていたものですから、おのずと、といいますか……。
三島さんは大学に入ってから、当時の新刊がはじめてです。三島さんに限らず、あのころは文学の花盛りみたいな季節で、武田泰淳の『森と湖のまつり』とか、伊藤整の『氾濫』とか、大江健三郎の『芽むしり仔撃ち』とか、石原慎太郎の『完全な遊戯』とか、江藤淳の『奴隷の思想を排す』『作家は行動する』などが次々に出て、せっせと読みふけっていました。そこへもってきて、当時、季刊の「聲」という雑誌がちょうど出はじめて、それをめくったら、第一号から三島さんが『鏡子の家』というのを……、「みんな欠伸をしていた。これからどこへ行こう」というあの書きだしと、藤野一友さんの挿絵は、いまでも鮮明におぼえています。
巖谷　澁澤さんの、あれを論じた書評がありましたね。「聲」は三島さんが編集同人で、あの原稿を頼んだのは、どうも三島さん自身らしい。
雲野　第三号に澁澤さんの「暴力と表現」という題で、マルキ・ド・サド論が出たんです。
巖谷　『サド復活』に入っているやつ。
雲野　そうそう。それと前後する形で『サド選集』の序文も読ませてもらって。「聲」というのは僕の大好きな雑誌で、その都度わくわくしながら買っていたんですけれども、次々と三島さんが書かれる、澁澤さんも書かれるというような形で、なんとなくお二人いっしょに……。
巖谷　イメージがつながっていたと。

雲野　そうなんです。
巖谷　まだ澁澤さんが自分のエッセー集を出していないころ、「聲」に長いものを発表していたわけで。
雲野　「狂帝ヘリオガバルス」とか、「キュノポリス（犬狼都市）」がそうですね。
巖谷　あれは旧仮名の雑誌でしたね。そのイメージと澁澤さんはつながるところがちょっとあって。
雲野　そうそう。大岡昇平さんとか、中村光夫さんとか、吉田健一さんとか、福田恆存さんとか。
巖谷　美術史の吉川逸治さんも。
雲野　吉川逸治さんは第一号に「黙示録」を書いていらっしゃいましたね、巻頭に綺麗な口絵を一葉入れて。
巖谷　編集にも加わっていた気がします。それで美術の面もあった。……美術出版社に行かれたということも、そういうお話と関係がありますか。
雲野　ありますね。子供のころから本と絵が大好きでしたから。美術出版社なら、好きな二つをいっしょにした仕事ができそうだと、単純に、一本槍の志望だったんです。
巖谷　入られるときに、澁澤さんに注文してみようと……。
雲野　そうですね。僕は六〇年に大学を卒業しているんですけれども、五九年に『サド復活』が出て、それを読んだら、そのなかに「薔薇の帝国」というユートピア論がありますね。あれで一気に世界がひろがる心地がして、自由な空気が溢れている、そういう非常に強いイメージをもって……。
巖谷　相当な読者だなあ。『サド復活』のような古い本を、章名と論旨まで記憶している人は少ないでしょう。
雲野　あの本のインパクトは強かったです。文中サドを評して「蛍光灯のごとき明識の持主」とありますが、これは著者のことだ、と。併行して「聲」に書かれたものを目にしていただけに、一挙に傾倒したといいますか。

巖谷　澁澤さんが最初に美術出版社の雑誌に書いたというのは、「みづゑ」のルドンでしょう。

雲野　そうです。それから「加納光於」、「悪魔の中世」ですか。

巖谷　そうそう。ルドンは「聖アントワーヌの誘惑」。あれは、ひょっとして雲野さんの注文じゃないかと思ったんだけれども。

雲野　いや、あのころは宮沢壮佳さんだったかな。

巖谷　そうすると、澁澤さんと最初に交流なさったのは、『夢の宇宙誌』のときですか。

雲野　そうです。

巖谷　「白夜《はくや》評論」の連載をお読みになっていた。

雲野　はい。ただ、「白夜評論」は六二年六月に創刊されてその年の暮れに七号目を出して休刊になっちゃいまして、僕が翌年の新年早々に小町をお訪ねした時には、澁澤さんの連載も終りを迎えていたわけです。ところが折りしもうちから美術選書というシリーズがあの前年に生まれまして……。

巖谷　あの選書は画期的なものだったと思います。装丁も、フランスやドイツのほうのデザインの感覚を、うまくとりいれていて……。

雲野　たまたまあのころ、提携していたドイツのデュモン社から同じような叢書が出はじめて、外装がとても気がきいていたので、デュモンの了解も得て、似かよった装丁で、表紙の折り返しをひらくと中にも絵や文がある、とか……。

巖谷　『夢の宇宙誌』がやはりいちばん印象に残っています。初期には瀧口修造の『近代芸術』や、土方定一なんかもありましたけれど。装丁もみごとなものです。雲野さんですか、『夢の宇宙誌』の表紙にエッシャーを使ったのは。

雲野　そうです。裏表紙は表紙と明暗を反転して。

巖谷　あのころはエッシェルと言っていた。あの本にもそう書いてある。エッシャーはまだ、日本に紹介されていなかったし。あれを雲野さんが使われたというのは、相当な目利きですね。

雲野　いえいえ、手に入れたての洋書の不思議な絵が、とても新鮮で気に入ってましたので。まあ、その美術選書に、澁澤さんにぜひ書いてもらいたいと……。

巖谷　小町の、昔のお宅のほうへ……。

雲野　そうそう、川べりの古い二階家へ。「アポカリプス美術」というテーマと、「魔宴の園」なんていう勝手なタイトルのものと、二つを持って行ったんです。

巖谷　二階の、書斎を兼ねた居室でお話をされた。

雲野　そうです。あの階段をギシギシあがって。川を見おろす部屋で。

巖谷　そのときの印象はいかがでした？

雲野　「サド裁判」のさ中でもあり、こちらは緊張しきっていましたのでね（笑）。書かれるものでイメージをつくりあげていましたから。

巖谷　美術出版社との出会いというのは、澁澤さんにとってとても大きかったんじゃないかと思います。澁澤さんはあのころ、まだ三十代のはじめ、いや、もうなかばぐらいかな。

雲野　前半……。小柄で、透きとおるように色の白い、長髪の少年のような人が、狭い玄関の上《あが》り框《かまち》に出てこられて。それがご本人で、とても親身に迎えてくださって、一気に安堵したというか、一種快い夢心地で、部屋のなかほどにすわっていたことを思い出します。

巖谷　すぐ酒を飲みはじめたんじゃないですか（笑）。

雲野　いや、酒は……。僕は飲めないということを、はじめから言ってましたので、僕の場合、酒にはならないんです（笑）。ただ、そのへんはちょっと定かではないですね。緊張しきっていたのはおぼえているけれども。

巖谷　雲野さんが持って行かれた提案は、ちょうど彼のやりたいものだったんじゃないかな。

雲野　まあ、とても好意的に受けとってくださって、

「折を見てやりましょう」ということになったんです。そして、帰りにロレンスの『現代人は愛しうるか』という白水社の……。

巖谷　ああ、福田恆存訳で「アポカリプス論」が副題になっている、あとで筑摩叢書に入った名著。

雲野　そう、それを帰りに、「読んでごらんなさい」ってお貸しいただいたのをおぼえています。それが最初にお会いしたときで、「白夜評論」全七冊を携えて伺った帰りぎわです。

巖谷　あれは六二年六月から連載してますね。雲野さんの注文された本に応えるものだったのかな、最初から。

雲野　どうでしょうか。いや、僕はその翌年、六三年の一月が初対面です。僕は前年（六二年）の暮れに二篇の企画書を澁澤さんにお送りしたのです。つくりたての美術選書二冊（瀧口修造『近代美術』とフランソワ・フォスカ『文学者と美術批評』）を添えてね。いま思うと、まさに「白夜評論」最終号が出て、その後始末の真っ最中に僕からの郵便物が澁澤さんのお手元に届いたことになります。澁澤さんからは即座に、年明け早々にいらっしゃい、とご返事をいただきました。とにかくこちらはこの連載をいただこうなどという野心はなくて、ひたすら読みかえしながら、それを鎌倉行きの楽しみに携えてゆくと、澁澤さんのほうから、そこで触れているロー・デュカの『エロティスムの歴史』とか、バタイユの『エロスの涙』とか、ブルトンの『魔術的芸術』とか、フランドル派の大判画集とか、挿絵の豊富な原書を次から次へと見せてくださって……。これらの原書には、のちに『夢の宇宙誌』をつくる段になって、挿絵構成にたいへんお世話になるわけですが（笑）……あそこで、知らなかった作家を相当教えていただきました。

　ところが翌年になって突然お電話をくださって、「じつはお受けした書きおろしはおいそれとできそうもない。いろいろ資料も読まなければならないし。

とりあえず、『白夜評論』に連載した分を美術選書にどうだろう」とおっしゃるんです。
巖谷　現代思潮社というのは、本当に力量のある会社だったし、あの版元からの雑誌の連載が、美術出版社の単行本に行ったのはすごいことです。
雲野　僕も、本当に飛びつきましたよ。だって、現代思潮社には澁澤さんの著書の輝かしい実績があるし、そこの雑誌に連載されているのだから、いずれそこから単行本化されるものと、羨ましくもあり、楽しみでもあり、というところが率直な気持でしたから。
巖谷　あの連載は、二回目からどんどんひろがっていって、最初は断章だったのが断章じゃなくなるんですね。それで『夢の宇宙誌』の原形ができていった。最初はやはり石井恭二さんのところで出す予定だったのかな。
雲野　そうでしょうね。それで僕が呼ばれて鎌倉へ伺ったら、もうすでに連載誌面がきちんと原稿用紙に切り貼りされたり、完全に書き直されたりした原稿が数章分できていましたから、……原稿用紙は僕がお届けしておいた美術出版社のを使っていらした。
巖谷　美術書を兼ねるという意図が、彼にはそのころ出てきていたんじゃないかな。それで美術出版社とのつながりも生まれたんだと思います。実際、挿絵の入れ方がうまいし、日本ではあのころ珍しかった古い木版画なんかをたくさん入れています。だから、そういう本にする意図が出てきたんじゃないかな。別に現代思潮社となにかあったわけじゃなくて。その切り貼り、どこへ行っちゃったんでしょう？
雲野　ありますよ、僕のところに。お亡くなりになったとき、龍子夫人に、そっくり僕が預ってますよ、とお話ししたら、「持っていてください」とおっしゃるので、大事に保管しています。
巖谷　お借りして、『澁澤龍彥全集』の解題で紹介させていただければと思います。
ところで、「白夜評論」の連載の初回分は『夢の宇宙誌』に使われていませんし、あと使われなかったものは、「ルネッサンス・アラベスク」もそうです。手沢誌《しゅたくし》では題名を「野蛮について」と書きかえている。「……について」というのは『夢の宇宙誌』用の改題のはずですが、結局収録されなかった。そういういろいろなことがあります。美術書という意図があったとすれば、図版の入りにくい性質のものをカットしたのかもしれない。

「白夜評論」の連載を見るかぎり、非常に充実したいいエッセーです。それをいろいろ切り貼りして構成しなおして『夢の宇宙誌』をつくったというのは、ある意味では澁澤さんの第二の誕生ですね。それまでの彼は新進気鋭のラディカルな文学者として、『サド復活』と『神聖受胎』を書き、しかもサド裁判があって、反体制的なオピニオン・リーダーという面があった。

雲野　そうそう。

巖谷　ところで、そこから脱したいという面もあった。その方向の開幕が『夢の宇宙誌』ではないか。その場合に、美術書という位置づけの必要があったとすれば……。

雲野　なるほど。そうかもしれない。「白夜評論」という雑誌そのものが、ちょうどその両面性をもっていましたね。

巖谷　そうなんです。

雲野　最後の号なんていうのは非常に苛烈な、原質だけ集めたようなものがポンと出ましたよね。それで終っちゃった。澁澤さんにとっても区切りの時期だったのかも。

巖谷　サド裁判がもとにあったしね。石井恭二さんは澁澤さん以上にラディカルだった。やはりすごい出版人でしたね。ただ、美術書のほうへは行かない感じもあった。

雲野　そうですね。

巖谷　だから、いまから考えてみると、雲野さんが澁澤さんを美術書の世界へ導いたとも言えるんじゃないかな。
　ところで、『夢の宇宙誌』の切り貼りがすでにできていたということですが、あれは分量が少ないですね。当時のエッセー集は、もっといっぱいぶちこむのがふつうだった。でも、あれは行間を大きくあけて、しかも紙が厚くて、ツカを出して……。

雲野　紙質がボサボサとして。しかし本文が少ない分、補いの図版を豊富に入れることができたのです。それは澁澤さんの意図でもあった。

巖谷　そう。あれが澁澤さんの本の、その後のスタイルになったんじゃないか。はじめの『サド復活』にせよ『神聖受胎』にせよ、五百枚以上も入っていましたから。

雲野　そんなに入っていますか。

巖谷　ところがおもしろいことに、『夢の宇宙誌』ではもとの連載の原稿を、むしろ縮小したわけです。削っていって、分量は少ないけれども、図版によって厚みを出した。つまりただ書くだけでなく、空間をつくる人になったというか、図版を配置して、視覚的に自分を表現していく。ああいうことをやったのもはじめてじゃないかと思います。

雲野　原稿を、ぜひごらんいただきましょう。

巖谷　あのころ澁澤さんは、「消費の哲学」という題名でひとつ何かを仕上げようと思っているということを、雑誌に書いています。その「消費の哲学」というのは、ついに本として出なかった。でも、それが『夢の宇宙誌』かもしれないと思う。『夢の宇宙誌』というのは、あのころの日本の、生産性のイデオロギー、労働と努力の道徳みたいなものをくつがえそうとしたわけでね。つまり、遊びと子どもとユートピアという、その三つが三位一体になって、いわば「消費の哲学」を宣言している。だから題名も非常にシンボリックです。

雲野　いいタイトルですね、あれは。

巖谷　澁澤さんの読者というのは、『夢の宇宙誌』でめぐりあったという人も多いんじゃないかな。だから、それをつくった雲野さんの功績は大きい。
雲野　恵まれていましたよ、本当に。
巖谷　澁澤さんの変貌の契機になった本で、図版がずいぶん入っていたけれども、澁澤さんがすべて用意していたんですか。それとも雲野さんが……。
雲野　澁澤さんがおおかた用意されて、あと私どもの資料室にフランスの「ルイユ（眼）」という雑誌がそろっていましたので、そこからちょいちょいと拝借して……。
巖谷　じつはそうじゃないかと思ってた。僕も、あのころ「ルイユ」をとっていたんです（笑）。どうも似たような図版がいろいろあるな、と。それに、たとえば、なんでフェリックス・ラビッスが入っているのか。
雲野　あれもこちらで用意して……。
巖谷　そうでしょう（笑）。だって、本文とあまり関係なしに魔女の絵が入ってくるわけ。
雲野　「こんな絵を、こんなにでかくするの？」なんておっしゃってました（笑）。
巖谷　やっぱり雲野さんの策略だった（笑）。
雲野　策略というほどのものではありません（笑）。
巖谷　でも、古い時代の図版ばっかりじゃ、やっぱりだめなんだ。表紙もよかったし。内容とさほど関係がないのに、ピッタリはまったのがエッシャーだと思います。そのほかにも、美術出版社の資料室のものを、そのまま使ったというのは多いですか？
雲野　そうですね。「ミノトール」とかからもね。
巖谷　編集者と著者が共謀しているというところが、ちょっとあるな。
雲野　どうですかね（笑）。表紙の折り返しのなかもこちらの資料です。資料をお持ちして、キャプションを書いてもらうんです。裏表紙のなかのカロンは澁澤さんのです。
巖谷　本文中の図版の短いキャプションは、澁澤さん自身が？
雲野　それが、ちょっと……。

巖谷　雲野さんの書いたキャプションもあるの？
雲野　ちょっとね（笑）。
巖谷　そうなると、どうするんだ？　全集では別巻にキャプションもすべて入れる予定ですが（笑）。
雲野　いや、全部澁澤さんのお目を通してもらってチェック済みですから、大丈夫ですよ。それに、わずかだし、長いものは書いていないから。
巖谷　それにしても、この本はいろいろな意味でおもしろいですね。澁澤さんはすでに著作家として自己を確立していたけれども、『夢の宇宙誌』がきっかけになって、ずいぶん彼は……。それと、澁澤さんは本当に子供のころから美術が好きだったわけですね。それがこの本で大きく出てきたんじゃないかな。自分でも言っているとおり、イメージの人になった。
　そういう変化のきっかけのところに、雲野さんが期せずして火をつけたということかもしれない。「白夜評論」の連載の最初の「エロティシズム断章」は、美術とあまり関係ないんです。それがだんだんイメージの世界に移ってゆく過程が見えて、とてもおもしろい。

＊

巖谷　その後、ホッケの『迷宮としての世界』（種村季弘・矢川澄子訳）を出されたのは、六五―六六年でしたか。
雲野　あれは六六年ですけれども、とりかかったのはもっと前、『夢の宇宙誌』が出る前でした。
巖谷　『夢の宇宙誌』でも、ずいぶんホッケを使っている。
雲野　あの本は、大岡昇平さんからご紹介を受けたそうで、「じつにおもしろい」と見せてくださったんです。新書判のペーパーバックで、はじめて見るようなめずらしい絵が、モノクロの小さな図版で二五〇点以上入っていて、その口絵だけ見ていてもきわめて斬新な内容が期待されて、大いに興味をそそられました。

巖谷　澁澤さんはドイツ語がほぼ読めないから、矢川澄子さんに読んでもらっていたのかな。
雲野　さあ……。それで、「これ、おたくでぜひやるといいですよ」と勧めてくださって、かたわら矢川さんに向って、「おまえ訳せ、おまえ訳せ」と、さかんに勧めておられました（笑）。僕はすでに大乗り気で会社のほうに企画を通しましたし、矢川さんも、やってみようかしらということになって、最初はお一人で訳しはじめたんですけれども、途中でとても一人であれだけ大部のものは困難ということになりまして、それで種村季弘さんが助っ人として登場するわけです。
巖谷　種村さんのほうが助っ人。
雲野　そうなんです。結局、分量的には、最終的に種村さんのほうが章の数からして多くなりましたが。最初は矢川さんお一人でとりかかっていただいたんです。それが六四年です。『夢の宇宙誌』の出るすこし前ですね。
巖谷　あの本は三島由紀夫が宣伝文を書いていましたね。
雲野　ええ。『迷宮としての世界』をそういう形で一年あまりかかって訳していただいているあいだに、またぞろ僕は具体的な企画を持って行ったんです。それは、「詩と美術の神話」という書きおろしのシリーズで、澁澤さんに「一角獣」というテーマをお願いする、三島さんには、ちょうど『美しい星』という小説が出た直後だったもので、「イカロス」というのを……。
巖谷　それは尖鋭な編集感覚ですね。
雲野　それ以前に、澁澤さんのお宅へ伺う都度、ポーヴェール版の「エロティシズム」のシリーズがありますね、真四角の。図版がテキストよりもたくさん入っている……。
巖谷　ええ、現代思潮社から二、三、邦訳が出たけれども。
雲野　バタイユの『エロスの涙』ですか、あれの入っているシリーズを、新着書が届く都度、見せてくださるんです。それを念頭に置きながら、あんなふうな判型でもうすこし小ぶりのもので、要するに百枚前後のテキストに、イカロスならイカロスにかかわる名画をたくさん入れた、そういうふうな本をつくれないかと思って、「一角獣を澁澤さんがやってくださいよ。三島さんにイカロス、どう思われますか?」などとご相談していたんですけれども、「三島さんはお忙しいからなあ」と悲観的で……。

巖谷　澁澤さんに一角獣というのは、ぴったりです。

雲野　そうですね。あと高階秀爾さんにサロメとか、宮川淳さんのクロノスとか、いくつか羅列して持って行ってお話ししていたんですが、まず皮切りはお二人に、と思っていました。三島さんがお忙しいということで、なんとなく僕も、無理かな、と気分的にポシャっていたんですけれども、そうしたらその翌年の春に、「批評」という雑誌が復刊されまして、第一号を見たら、ダンヌンツィオの「聖セバスティアンの殉教」というのを三島さんが訳しはじめていらしたんです。

聖セバスティアンなら西洋美術の一大テーマだし、これこそ「詩と美術の神話」の一冊としてやれるじゃないか、と。それで、たちまちその気が再燃しまして(笑)、また澁澤さんにご相談にあがったら、「僕から話してみましょう」と即座におっしゃってくださいまして、それからほんの数日後に澁澤さんが、「三島さんが会いたがっているから、じかに電話してください」とお電話をくださった。そういうことで、一気にやることになって、大森の三島さんのお家へ伺ったんです。こんなに蒐《あつ》めていらっしゃいました、聖セバスティアンの名画写真を。「旅行のたびに買い蒐めたんだ」とおっしゃりながら全部出してくださって、その場でさっそくセレクトにとりかかりました。採否を待ったなしに問われるので、面くらいながらも瞬時の印象で答えると、百パーセントそのとおりに取捨されて、二度とかえりみられないのには、本当に驚きました。

＊

巖谷　次の『幻想の画廊から』に入った「新婦人」誌の連載は、田村敦子さんの企画でしたね。あれも、雲野さんははじめから単行本にしようと……。

雲野　はい。ぜひまとめさせてほしいと、再三催促していました。

巖谷　再三どころか、しょっちゅう小町の書斎へ行かれてたんでしょう（笑）。

雲野　そうですね。ずいぶんお邪魔しました。

巖谷　お母さんの印象はありますか？

雲野　お母さんは、出ていらっしゃらなかったです。僕はだいたい書斎にあがりっきりですから。寝泊りしたり下で騒いだりということは、してないんです。あの書斎、壁ぎわは全部本でしたね。川の流れているガラス窓のところだけなくて、あと三方が本ですね。

巖谷　川の側と、もうひとつ、こっち側も窓だったでしょう。

雲野　そうそう。

巖谷　カーテンが黒いのね。映画館みたいな真っ黒なカーテンで、昼間でもそれを閉めて暗くしちゃう。それで、窓の側に中学生の机みたいなのが置いてあって、その前にこういう二段ぐらいの棚がつくってあって、そこにいちばんよく使うらしい本が入っていた。

雲野　矢川さんと机が向いあってました？

巖谷　いや、僕の行ったころには、窓に向って並んでいたようですけれども。

雲野　最初は奥のほうに向かいあわせになっていたように思ったけど……。踊り場にも書棚があったな。

巖谷　あそこには積んでありましたね。二階の奥は書庫風なんだけれども、本はかならずしもそれほど多くないという印象があった。つまり、澁澤さんはすごく本を選んでいるんですよ。その選び方というのが、原稿の書き方もそうだと思うんだけれども、垂れ流しにどんどん増やしていくんじゃなくて、ともかく基本的には、『夢の宇宙誌』の原形が「エロティシズム断章」であったように、断章の集合なんですね。世界をきちん、きちんと造形してゆくという感じがあります。

雲野　そうそう。アステリスク（＊印）で切りながらね。

巖谷　おもしろいと思ったのは切り貼りね。アステリスクの前後を逆にしても文章として成り立つ。モザイクみたいに、空間の並列になっているんです。

　それで『幻想の画廊から』が出たのが……。

雲野　六七年ですね。

巖谷　この本も、雲野さんの好みでつくられた部分がかなりあるんじゃないですか。つまり、澁澤さんが図版なんかをうるさく言ったわけではなく。

雲野　わりとおまかせくださいました。

巖谷　判型も特殊ですね、四角くて。

雲野　これは『聖セバスティアンの殉教』と同じ判型なんです。あれにそろえたんです。

巖谷　これはある意味では、紹介文を集めた本……。

雲野　そうですね。

巖谷　ところが、それがとてもおもしろい本になり、影響力を持ったというのは、みごとにひとつの世界になっているからですね。そして、いかにもうまい題名だ。

　たとえば、ふつうだったら、「幻想の画廊」でしょう。そこに「から」をつけたところがいい。澁澤さんは題名をつけるのがうまいんだ。

雲野　そうですね。

巖谷　これにくらべると『幻想の彼方へ』はつまらない題名ですね（笑）。あのとき、雲野さんは「みづゑ」にも？

雲野　いえ、当時は森口陽さんが「みづゑ」にいまして、彼から『幻想の画廊から』につづく美術論を澁澤さんにお願いしたいんだけれども、と相談がありまして、それで二人で伺ったんです。

巖谷　ところが、『幻想の画廊から』に「つづくもの」というんだけれども、ほとんど似ているんですよ（笑）。

雲野　はい、澁澤さんにご相談したら、好きな作家はそうそういないから、むこうからちゃんと新作のカラー図版をとりよせてもう一回、大判の美術雑誌でやりましょうよ、ということになったんです。

巖谷　それで同じような文章がまた出てきたりするわけか（笑）。澁澤さんはくりかえしをいとわない、というか、平気だから。

雲野　そう。ですから、図版は豪華だったんですよ（笑）。

巖谷　図版は豪華だし、こっちのほうがずっと厚い（笑）。それでその後に「みづゑ」に移られて……。

雲野　いいえ、「みづゑ」の編集は、季刊になるときからです。だから、『幻想の彼方へ』が出て、澁澤さんとのおつきあいも一段落でした。あとは「季刊みづゑ」になってから、またお宅に伺うようになります。

＊

巖谷　雲野さんのおつきあいのなかで、澁澤さんが本当に好きな絵描きというのは誰だったでしょう。それを、ちょっと伺っておきたいな。

雲野　スワーンベリとおっしゃっていましたね。

巖谷　やはりそうですか。このあいだ、シンポジウムをやったでしょう。僕が澁澤さんはスワーンベリが好きだと言ったら、「スワーンベリなんて画家じゃない」とかなんとか、松山俊太郎さんや中西夏之さんが言うわけね（笑）。

雲野　「どうして好きかと言われてもしょうがない」と書かれていますよね。

巖谷　「なんで好きかと言えば、自分だからだ」と言っているわけ。自分のなかにそれを好む傾向があるからだと。それから、古いところではウッチェッロとか、イタリアのプリミティフからルネサンスあたりを……。

雲野　そうですね。ウッチェッロは、よくおっしゃっていましたね。それから、シモーネ・マルティーニ。「季刊みづゑ」で「イマジナリア」を連載したとき、「グイドリッチョ騎馬像」を選ばれました。

巖谷　雲野さんは澁澤さんが亡くなったあとも、『夢の博物館』というタイトルで、「季刊みづゑ」の連載を本にされた。あそこで澁澤さんが最後に語った画家というのがいろいろあって、やはりまずイタリアの……。

雲野　カルロ・クリヴェッリ。あと、フランドルとドイツのルネサンス。メムリンクやクラナッハ（クラーナハ）ですね。

巖谷　「イマジナリア」も、澁澤さんのそういう好みを、最後に引きだしたものだったんですね。晩年の大事な連載でした。

＊

雲野　そういえば、途中で話がそれちゃいましたけれども、『迷宮としての世界』にいただいた三島さんの推薦文……、あれは、『迷宮としての世界』の編集がちょうど大詰めにかかるころに三島さんの面識を得たものですから、思いきってお願いしましたら、澁澤夫人が訳しておられるならやりましょう、と二つ返事で、四〇〇字詰一枚、書いてくださいました。その原稿は、映画の『憂国』が出来あがったばかりで、ごく内輪のほんの五、六名だけの試写会にお招きいただいた席上で頂戴したんです。

その折の余談ですが、『憂国』の試写中、切腹して血が飛び、腸がモリモリはみだす場面で、澁澤さんが「貧血をおこしそうになった」と、終ったあとで、蒼い顔をして告白されたんです。

巖谷　澁澤さんが？

雲野　ええ（笑）。それで、あとでお茶を飲みに行った席で、三島さんにさんざん笑われちゃったんですよ。
巖谷　彼のほうも、三島さんが畸型の写真を見られないというのはおもしろい、自分は平気だと言っている文章がありますね。ところが澁澤さん自身は、内臓に弱い（笑）。
雲野　豚の腸を使ったそうなんですね、あれは。血しぶきとともにムリムリッと出てくるんです（笑）。
編集部　思いだしたんですけれど、『ブリキの太鼓』という映画でウナギを食うところがあったでしょう。あの映画を見たとき、話をしたんです。「あれが気持わるくてしょうがなかった」と言ったら、澁澤さんが「いや、俺はあんなのはなんともなかった。あとでウナギ食っちゃった」と言ったんですよ。
巖谷　まあ、澁澤さんはウナギ好きだし、魚が好きだから（笑）。彼の処女作の『撲滅の賦』というのも、魚とのつきあいだし。要するに、形がはっきりしていればいいんじゃないかな。内臓みたいにグジャグジャしているとだめ。三島さんはカニが嫌いだったでしょう。固い甲殻類。ところが、澁澤さんはグジャグジャが嫌い。正反対ですよ。
それで、雲野さんご自身にとっては、大学の国文科以来、いまでも三島さんの存在というのは大きいんでしょうね。
雲野　そうですね。腹を切られたあと一時期、だいぶ避けようとしましたね。強いて離れようとした時期があったんです。そういう時期に澁澤さんが次々と「三島論」を書かれたじゃないですか。あれらを読んで、取り乱さない精神というか、明晰な理性できちんきちんと、三島さんの必然性を整理されていったので、あれらを読んで救われた、ということは言えますね。
巖谷　そうですか。でもある意味では、澁澤さんが三島由紀夫の死のあとに書いたものは、澁澤さんにはちょっとめずらしく感情的というか。あえていえば、内臓がちょっと見えるような文章でしょう。澁澤さんというのは防御の固い人だから、ああいう書き方はめずらしいと思いました。
　それともうひとつ、澁澤さんの読者は三島由紀夫との関係をどう見るかということがある。澁澤さんの一生のなかで、澁澤さんはあんまりほかの人間と正面から対することはなかったようだけれども、何人かはそういう相手がいたとして、三島由紀夫はその一人でしょう。それで三島から澁澤へ、という読者がいるわけ。
雲野　そうですね。最初に『マルキ・ド・サド選集』に三島さんが書かれた序文に、「サドは理性の信者であるが、同時に理性の兇暴な追求力を知っていた」という箇所があるんです。お二人の最初の出会いの書物に刻まれたこの言葉が、サドを評しつつ、そっくりそのまま三島さんと澁澤さんに当てはまるんです。結局、究極の行為と絶対の思惟の二極点に立場はわかれたけれど、あそこは変らぬ一致点で、三島さんが腹を切ったとき、あそこだな、三島さんは「理性の兇暴な追求力」を極限まで自身に向けて駆使したんだ、というふうに僕なりに理解しようとしたんです。
　それだけに、澁澤さんが即座に自分の掌《たなごころ》を指すように次々と書いた「三島論」を読んで、本当に、もうひとりの理性の信者として、思惟に徹する澁澤さんがいてくれてよかった、と。三島さんにとっても、僕みたいな読者にとっても……。
巖谷　理性への憧れは、三島さんのほうが強かった……。
雲野　そうでしょうね。
巖谷　澁澤さんのほうは、もともと生まれついて理性を体現していた人かもしれないし。そういえば、澁澤さんはゴヤのことを何度も書いているけれども、ゴヤには「理性の眠りが怪物を生む」という有名なタイトルがありますね。ああいうゴヤの発想を、澁澤さんはたぶん好きではなかったんじゃないかと思う。同時代のサドの場合は、むしろ理性の覚醒が怪物を生んだんですね、おそらく。
雲野　そうそう。三島さんはまさに……。
巖谷　三島さんについて、澁澤さんは三島さんのいいところを、ちゃんと伝えた人だとも思います。
雲野　もちろんそうですね。亡くなる前、『豊饒の海』の『春の雪』と『奔馬』が出た段階で「輪廻と転生のロマン」という評を「波」誌に書かれましたよね。あれは、三島さんの先をよくよく見通しながらも、まさかそういうことはあるまいという形で、ずっと書いていらっしゃいますね。
巖谷　そういえば、『夢の宇宙誌』は稲垣足穂に捧げた本でしょう。けっして三島由紀夫にではない。でも稲垣足穂というのは、三島由紀夫をコテンパンにやっつけた人……。
雲野　そうですね。三島さんが亡くなってから僕が稲垣さんのところへお訪ねしたとき、さんざん三島さんのことを罵倒されるんですよ、稲垣さんが。それで、澁澤さんのところであれこれ話しているうちに、足穂さんがこんなことを言われた、と話しましたら、「そこが稲垣さんのだめなところだなあ」と慨嘆されました。
巖谷　澁澤さんは優しいんだ、そういうとき。
雲野　そうなんですね。
巖谷　編集の方々に対しても……。
雲野　本当にそうですね。あの『夢の博物館』に入れた「イマジナリア」の連載も、本当に澁澤さんのご厚意によって成り立ったものです。創作一筋に目標を定められた貴重な時間なのに、たまたま僕が「季刊みづゑ」に携わったというだけのために「じゃ、やるか」と、もう離れてしまった領域に、入院される直前まで……。
編集部　あの『澁澤龍彥　夢の博物館』は、はじめから本になさろうということで？
雲野　そんなこと考えないで……もちろん「イマジナリア」は、連載を引きうけていただいたときからまとめたいと考えていたんですけれども、なにせ一冊にできないほどの分量で、ご病気で終ってしまった。亡くなられて、「季刊みづゑ」の追悼・澁澤龍彦特集号が出て、一度重版したんです。それも売り切れて、単行本にしたらどうかという話になったときに、「イマジナリア」とドッキングさせて、きちんと残しておこうと思い立ちました。

巖谷　それで、立派な画集になった。あれは澁澤さんを追悼するものとして、本当に図版の美しい本だったと思う。あれが同時に、雲野さんと澁澤さんとのおつきあいの結論でもあったわけですね。

雲野　そうですね。

一九九二年二月六日　於・神田川

次元が違う

池田満寿夫／巖谷國士

池田満寿夫《いけだますお》（一九三四―九七）
旧満州生まれ、長野出身。六〇年代から銅版画家として高く評価され、国際的に活躍。その間に小説も書き、『エーゲ海に捧ぐ』では芥川賞を受賞している。

巖谷　池田さんが澁澤さんと最初にお会いになったのは、一九六三年四月ということになっていますね。加藤郁乎作、堂本正樹プロデュースの『降霊館死学』の公演のとき。

池田　そうそう。あのとき、僕は土方巽にもはじめて会ったのかな。加藤郁乎にも。つまり、堂本正樹以外には全部。それで、終ったあと、飲みに行こうということになったわけね。新宿西口の「ぼるが」へ行ったのかな。

巖谷　松原に移ってからですか。松原は、たしか六三年の春でしょう。

池田　それも、だんだんおぼつかないんだ。春だったかなあ。あれは瀧口（修造）さんの紹介なのよ。ケイト・ミレットがいて、そのあと、ちょうどたまたま空いているからということで。

巖谷　吉村二三生《ふみお》という、僕の叔父のアトリエだった。

池田　そうそう。

巖谷　吉村がニューヨークからいちど帰ってきて、ケイト・ミレットを残して戻ったわけね。それでそのままずっと日本に帰らないことになったから、あとを借りる画家を瀧口さんに頼んだらしい。

池田　澁澤さんと会ったのは、それよりも前、つまり、まだ新宿の十二社《じゅうにそう》にいたころですね。富岡（多恵子）が、堂本正樹と寺山修司、それから河野典生といったかな、それで四人のなんとかの会というのをつくったらしいの。彼女がH氏賞などをもらったころで、ミュージカルまがいの一幕ものの芝居を書いたんですよ。

で、『降霊館死学』は俺が装置をやっていたのかな。マネキンを使ってね。

巖谷　あれは一回しかやっていないけど、そのときに澁澤さんと最初にお会いになったと。

池田　そう。そのとき、僕がいちばんおぼえているのは、僕の顔を見て澁澤龍彦が、あの甲高い声で「あ、池田満寿夫ってかわいいんだな」って言うんですよ（笑）。その一言で、僕は彼を好きになっちゃったわけよ。

巖谷　いや、ほんとにかわいかったから（笑）。僕が池田さんと会ったのもそのころらしいけれど、だいぶ年下の僕から見てもね。あのころ、まだ三十になっていなかったんじゃないか。

池田　そうだね。二十代の終りだね。その前に、東京新聞かなにかの加納光於讃歌みたいなものを読んで、澁澤龍彦という名前は知っていたの。僕も銅版をはじめていたし、加納光於というのは、まさに早く来た天才ですよ。それで腹が立ってしかたがなかったわけ。

巖谷　腹が立ってしかたがないというのは、傑作だね（笑）。

池田　ほんとにそうなんだよ。腹が立ってしかたがなくてさ。会ったこともない――いや、いちど会ったかな。

巖谷　でも加納さんは、池田さんとはだいぶ違うじゃないですか。作風も方法も。

池田　いや、彼のほうは批評家が絶讃するし……。

巖谷　批評家というより、それは瀧口（修造）さんとか澁澤さんとか……。

池田　いや、それだけで充分なんだよ（笑）。とにかく、あのころ褒めてくれるとしたら瀧口修造しかいないんですよ。だから瀧口修造ひとりに褒められれば、すべてに褒められたと同じくらいの価値があったのね。僕らにとっては。

巖谷　池田さんはまだだった？

池田　瀧口さんに僕が感謝していることは、遡るけれども、銅版画展をタケミヤ画廊でやったんです。あのころ瀧口さんがタケミヤの顧問みたいなことをしていて、いろいろ前衛的な画家の展覧会をやっていた。僕は五六年に銅版をはじめて、最初の銅版画集を瀧口さんに送ったのね。それを見て彼は気に入って、翌年の銅版画展に招待してくれたわけ。「出しませんか」ということで。それで僕は瀧口さんを知ったわけ。駒井哲郎とか加納光於、野中ユリもそこで知ったんです。

巖谷　澁澤さんは、タケミヤ画廊には見に行かなかったわけですか。

池田　来ない。まったく来なかった。そのとき僕は、銅版つくりたての、ある意味でまったく無名でしょう。それで、澁澤さんが加納光於をベタ褒めしているのを東京新聞かなにかで読んで、サドのことも言っていたかもしれないけれども、なんとなく腹が立ったわけ。「坊主憎けりゃ袈裟まで憎い」という感じで……。

巖谷　褒めてるやつまで憎い（笑）。

池田　そうそう。「なんだ！」というわけで。それが最初なんだよね。

それで、僕は澁澤龍彥に対して、なんとなく暗いイメージを持っていたの（笑）。

巖谷　よくそう言っていましたね。僕と会ったころも、「あれは暗いからいかん」というようなことを言っていた（笑）。
池田　そうそう、その前に草月（会館）で、澁澤龍彦をチラッと見たことがあるんだ。三島由紀夫といっしょにいるところを。僕は傴僂《せむし》じゃないかと思って、彼はパイプをこうやっているじゃないですか。傴僂というのは差別用語だけれども。それで僕は澁澤さんに会ったとき、そう言ったのよね。そうしたら彼はゲラゲラ笑って喜んだ。「それはおもしろいじゃないの」という感じだった。
巖谷『澁澤龍彦集成』の月報に、そのことを書いておられますね。
池田　そうそう。あそこにそれを書いたとき、僕は不安になって澁澤さんに電話したんだよ。じつはこういうことを書いた、と（笑）。
「傴僂と書いたけれども、気に入らなければ削ってもいい」と言ったら、彼はゲラゲラ笑って、「いや、満寿夫、おもしろいよ。すごい、すばらしいじゃないの。ノートルダムの傴僂男だ」なんて、喜んでたよ。
巖谷　澁澤さんの好みでもあったからね。
池田　そうそう。

＊

巖谷　実際に会ってみて、どうでした？
池田　僕も驚いた。まったく僕の印象と違ったわけよ。暗くなくて、明るくて（笑）。
巖谷　ほんとにそうですよ。
池田　それで少年ぽい、と。永遠の少年だったけれども。だから彼に会って、敵意を感ずる人なんて、ほとんどいないんじゃないかと思うけどね。
巖谷　僕もそう思うけど、書いたものに、ある種の挑発があるから、先入観を持っちゃう人もいるんじゃないかな。
池田　そうそう。だいたい、僕だってもともと、サドは好きじゃないんですよ。そのことも澁澤さんはよく知ってたよ。ブルトンもそれほど好きじゃないしね。

巖谷　僕がブルトンをやっていると言うと、「なんだ、ヘンリー・ミラーのほうがいいんだぞ」とか言って、喧嘩になりましたね（笑）。池田さんはヘンリー・ミラー派だから。

池田　そうそう。それでまた、『ナジャ』が好きじゃないんだよ（笑）。僕は瀧口さんともやったのかな。「ブルトンの何がいいんですか」と食ってかかったら、『『ナジャ』がいい」と言うから、「あれは全然つまらない」と（笑）。

巖谷　澁澤さんについても、池田さんと共通して支持する作家というのは、あんまりいなかったんじゃないですか。画家はともあれ。

池田　そうだね。僕はバタイユがまた嫌いだしね（笑）。

巖谷　フランスものが、そもそもあんまり好きじゃない……。

池田　いや、そんなことない。僕はあのころは、エリュアールとかアラゴンとか、あっちのほうだから。アポリネールなんて好きよ。だけれどもブルトンやバタイユの、あのなんとなく政治的であり、神秘主義的な、なんかわけのわからない……。

巖谷　そうすると、サドも当然だめ、と。

池田　だめ、だめ（笑）。サドは、物語風のああいう語り口がまた嫌いで。

巖谷　そうすると、澁澤さんと会って、サドの話もしたわけですか。

池田　いや、ほとんどしない。やっぱり彼は、僕がサドは嫌いだということを知っているから、話題にしないわけ（笑）。

ある意味で非常に不思議なのは、つまり澁澤さんと僕と通じるのが、大きな意味で言うとエロティシズムということになるかもしれないんだね。ところが、彼の考えているエロティシズムと僕のはかなり違うわけよ。

巖谷　正反対でしょう。

池田　正反対かもしれない。ただし、画家に対する共通項はかなりあるのね。僕は、ダリはどちらかというと嫌いな画家に属するんだけれども、感心はするんだよね。あの技術に対しては驚くんです。澁澤さんはダリが好きだよね。それにベルメールとかゾンネンシュターンとかバルテュスとか、あのへんのいわゆる澁澤さん好みの一連の作家たちは、全部澁澤さんを通して僕は知ったわけです。僕も基本的にはシュルレアリスムは非常に好きだったから。
巖谷　いわゆるマイナーと言われているものもね。
池田　エルンストも好きですよ。
巖谷　エルンストは大画家でしょう。キリコは？
池田　キリコも好きよ。僕はシュルレアリスムは好きなの。好きだけれども……。ただ違うのは、モンドリアンとか、要するに澁澤さんは、ああいう抽象、構成主義的なものはまったくだめなんだね。
巖谷　具象で、ちゃんと物が描いてあって、その物が何であるかがわからないとだめなんだ（笑）。

あと、問題はピカソだけれども、池田さんはピカソは生涯のモデルだったんじゃないですか。
池田　いまだに影響されている。
巖谷　でしょう。あのころ、「ピカソのような画家になりたい」と言っていたもの。
池田　そうね。いまでもいちばん影響されているし、影響されつづけています。
巖谷　一方、澁澤さんは、生涯ついにピカソはぴったり来なかった。
池田　来なかったのね。マチスもぴったり来ないだろうし、まずセザンヌなんていうのは、彼の口から聞いたことがないもの（笑）。
巖谷　印象派からエコール・ド・パリあたりまでにかけては、ほとんど興味がない。
池田　そうだね。ただ、モディリアーニなんていうのは好きだったろうな。
巖谷　いやあ……（笑）。
池田　モディリアーニについても、まったく彼は言わないか。
巖谷　若いことはともかく、言わないね。
池田　むしろ、エルンストを褒めたのが不思議だなと思う。
巖谷　あ、そう？
池田　だってエルンストというのは、いろいろなものを持っている画家でしょう。非常にパウル・クレー的な、あるいは構成主義的な……、とくに晩年のほうになってくると。
巖谷　時代によって違うしね。
池田　デカルコマニーあたりは澁澤好みだけれどもね。中世の森みたいなところに、動物たちがうごめいているようなイメージというのはね。だけれども、そのあとのエルンストとか、あるいは初期のコラージュとかというのは、コラージュにしても『慈善週間』とか、あの手じゃなくて、もっとダダ的なやつはちょっと違う。つまり、澁澤さんのなかのシュルレアリスムには、ダダがないんだよ。
巖谷　ただ、ピカビアなんかも好きだったから。
池田　ピカビアが好きだったかな。それは意外だなあ。
巖谷　エルンストにも共通するピカビアの人間機械論、あれはサドと似ているもの。
池田　あ、そうか。
巖谷　十八世紀的な思想をうけついで、エルンストにも、一種の機械があるでしょう。
池田　そうそう。
巖谷　ああいうものも好きだった。だからエルンストの場合、一目では澁澤好みというのと違う感じがするけれども、生涯にわたっていちばんたくさんオマージュを書いたのはエルンストでしょう。
池田　そうかねえ。意外だなあ。
巖谷　意外かもしれないけれども、エルンストのことはつねに讃美ですよ。一冊、平凡社ファブリの画集なんて、エルンストのことをひとりで本にしているし。ただ、ピカソは嫌いだったみたいね。

池田　そうね。
巖谷　あのころ澁澤さんに、ピカソ論がひとつあるでしょう。
池田　「ゲルニカ」論ね。あれは僕は、おもしろいと思った。
巖谷　あれはじつは矢川（澄子）さんが書いたようですけれども。
池田　そうでしょう。そのことで野中ユリがカンカンになって怒って、野中ユリと僕と、もうひとり誰かいたな、ちょっと忘れたけれども、澁澤家に行ったときに大論争して、野中さんが「この文章はひどい」と言いだしたわけよ。そうしたら澄子さんが「わたしが書いたのよ」と言ったの（笑）。そうすると今度、ますます野中さんが怒ったわけ。
「澁澤龍彦ともあろうものが、奥さんに書かせて自分の名前で発表するとはなにごとだ」と。僕は、「いや、おもしろいじゃないか。澁澤龍彦の名前でいい」と、逆に僕はむしろそっちのほうをおもしろがった。
それからピカソのエロティシズム——つまり「ゲルニカ」というのは、結局、政治的に解釈しているのが多いんだよね。ところが実際に「ゲルニカ」を描いていたころは、女が三人いて、あの「ゲルニカ」の前でマリー・テレーズとドラ・マールと、もうひとりが取っ組みあいの喧嘩をしているわけよ。ピカソは、おろおろしながら、ニヤニヤしながら、「ゲルニカ」の前で逃げまわったりしているわけよ。それがおかしいじゃないの。
巖谷　「ゲルニカ」というのは、なにか政治的な物語ができあがっていて、そっちのほうでみんな絵を見るからね。
池田　そうそう。あれは反戦というより、女たちのひとつの嫉妬心の闘争みたいな部分もあるんだよね、絵のなかに。それを指摘したフランスかどこかの評論家がいるというんだけれども、俺はまだそれは見たことがないんだよね。

巖谷　あの「ピカソ」は矢川さんが書いたにせよ、澁澤さんのアイデアが入っていると……。

池田　それはそうなんだよ。

＊

池田　話はちょっと前に戻るけれども、僕がアメリカに行ったのが一九六五年なんですね。六四年ごろに、例の「ぼるが」で会ったあと、たまたま僕は鎌倉にジミー鈴木という友達がいたんです。彼はアメリカ人と結婚して、アメリカに長く住んでいたのね。それで日本に来て、誰かの紹介で僕が会って、おもしろい男で、材木座にいたんですよ。

夏――いや、秋かな、シーズンが過ぎていたな、そのときフッと、澁澤龍彥のところへ寄ってみようかなと思ったの。鎌倉に住んでいるというので。それで僕は電話をしたのね。「たまたま僕はいま鎌倉にいるんだけれども、寄っていいですか」と。夜中だったな。もうだいぶ遅かったんだけれども、「いいよ、いらっしゃいよ」ということで、それがはじめてですよ、小町は。

巖谷　六四年というと、北鎌倉に移るすこし前だ。

池田　ぎりぎりのころだね。そのときは僕ひとりだったと思う。

で、非常に印象ぶかかったのは、ものすごい豪邸に住んでいると思っていたわけよ（笑）。まず、あの名前ね。銀行家かなにかの息子じゃないかと思ったり。

巖谷　事実そうですよ。澁澤さんは銀行家の息子だけれども、あのころは貧乏していたんだ。

池田　とにかくサロン風の、すごいところにいるんじゃないかと思ってたら、あんな小さな部屋なんで驚いた。それに、ガウンというのか、タオルでできたような、なんというのか……。

巖谷　寝間着かな、バスローブかな。

池田　とにかく、ガウンみたいなものね。その格好で、いちばんおぼえているのは、サントリーの白を飲んでたんだよ。それで僕は「え？」と……。
巖谷　白はいいほうですよ。
池田　当時はね。
巖谷　レッドやトリスを飲んでたときだってあるでしょう。
池田　あのころ僕らはトリスだから。まだ角壜まで行っていなかったんです。だけれども、澁澤さんが白というのは、ちょっと意外だったんだ。それが非常に印象に残ってる。
巖谷　ジョニー・ウォーカーぐらい飲んでると想像していたわけだ（笑）。
池田　そうそう。それで僕はびっくりして訊いたら、「いや、これがいちばん安くてうまいんだ」と彼が言ったんだよ（笑）。
　それで、その晩一晩、泊まったのよ。泊まって何を話したか、なんだかわけのわからんというか、もう酔っ払ってるし。
巖谷　歌を歌ったり？
池田　歌を歌ったかな。ちょっと忘れたな。
巖谷　池田さんも軍歌はやるんですね。
池田　僕は軍歌はすごいですよ。戦中派だから。第二次大戦は小学校時代だから。僕は昭和九年生まれ。
巖谷　澁澤さんは三年だから、六つ違いですね。
池田　でも、世代としては近い感じがしたね。

＊

巖谷　澁澤さんのあのころの本に、池田さんその他、さまざまな豪傑とつきあった話が出てきて、ちょっと神話化されているようだけれども、そういうものが形成されたのは……。
池田　そうね、それは『降霊館死学』がきっかけで、僕が澁澤さんの家に行って……。加藤郁乎も『降霊館死学』ではじめてだね。それから白石かずこに会ったのもあのときなんだよ。だから、あれはいまや歴史的な日なんだね（笑）。ただ、あのときの写真がないんだよね。つまり、われわれのグループでいちばん欠落していたのは、音楽と写真なんですよ。

巖谷　でも、あのころはそんなに写真を撮るという習慣が……。カメラマンでもいないかぎりね。

池田　そうそう、ないの。普通の人はまずカメラを持っていないし、持っていたって操作できないですよ。絞りとか露出とか（笑）。

巖谷　バカチョンなんかまだないし。

池田　だから、これだけ長いつきあいで、本当にないんだね。ただ、土方巽のところは細江（英公）から誰からカメラマンがびっちりついていたから、ついでに澁澤さんを撮っているのはたくさんあるんだよね。

巖谷　土方さんは写真が必要な世界にいたから。

池田　写真でしか残らないからね。それから結局、松原に移って。あれは画期的なんだよ。というのは、僕はそれまでは十二社にいたんですよ。五畳半にいて、あまりに狭いので、別の家を一軒——これも六畳一間に半坪の玄関があって炊事場がついているという、まさに貧弱だけれども、そこを住まいにして仕事はその五畳半のところでしていたんです。歩いて五分くらいのところだけれども。たまたま瀧口さんの紹介で、吉村二三生さんがいた松原のアトリエに移ったんです。

巖谷　僕もすこし前から、隣の小さな家に部屋を借りていた。だから共通の店子だったわけです。たしかあのころ、日本橋画廊で……。

池田　そうそう。僕の個展をやったときに、みんな来てくれた。澁澤龍彥、加藤郁乎、土方巽……。それで澁澤さんが絵を買ってくれたわけね。

巖谷　それが六三年ですか。

池田　六四年じゃないかな。「戸口に急ぐ貴婦人たち」という絵です。澁澤家の階段のところにかかっているでしょう。あの絵を買ってくれたわけ。

巖谷　「楽園に死す」を澁澤さんが褒めたのをおぼえている。はじめて褒めたんだとか言ってた。ついにここまで来たか、とか言ってね。題名がよかったのかもしれない（笑）。たしかにあれはいい絵ですよ。あのころは、本当に池田さんの作品は、みんな欲しがっていましたね。
池田　そうね。あのころがピークだと言うやつ、いっぱいいるからね（笑）。
巖谷　それは言わないとして（笑）。
それで、松原の家に澁澤さんを呼んだのは、澁澤さんの家に行くよりも前だったわけですか。
池田　ずっとあと。『降霊館死学』、小町、それから個展。たぶん個展の流れで、松原でパーティーをやろう、と。あれだけのスペースだから。
僕はあれは十四畳だと思っているんだけれども、もっと大きいかな。
巖谷　十六畳。あそこは僕がそのあとに住むことになったから、よく知ってる。十六畳で、しかも二階まで吹き抜けでしょう。だから広いんですよ。
池田　広く感じたよね。でも十六畳か。
巖谷　そんなものです。でも、置くものが昔は少なかったから、ガランとして、人が集まるのにはよかったんですね。
池田　たぶん僕の個展の流れで、二次会かなにかのパーティーをやったと思うんだ。
巖谷　それのメンバーというのは、錚々たるものだった……。
池田　そうそう。瀧口さんはじめ、加藤郁乎、土方、写真家の奈良原一高とか、加納光於も来ているし、野中さんが来ているでしょう。白石かずこ……。
それから、西脇（順三郎）グループとの融合は僕の仲介なんですよね。共通の友達を持っていたから。
鍵谷幸信とか。ただ、西脇さんと澁澤龍彥が会っているかどうかなんだな。
巖谷　会っているでしょう。
池田　会っていると思うんだな、僕の何かのパーティーで。
巖谷　加藤郁乎さんの出版記念会なんかに、西脇さんはいらしていたから、会っているはずだけれども、あんまり話はしなかったんじゃないかな。
池田　そうだね。
巖谷　澁澤さんは西脇さんよりも、瀧口さんのほうと仲がよかったしね。
池田　そうね。だけど、どんな話をしていたのかね（笑）。
巖谷　共通の話題があるから。瀧口さんは澁澤さんの『サド復活』をいちばん早く評価した人だし、澁澤さんのほうは、瀧口さんの『エルンスト』を絶讃していた。澁澤さんがエルンストを好きになったのは、あのころからかもしれないよ。
池田　でも、瀧口さんは何を言っているかわからないんですね。声が小さすぎて。
巖谷　ヒソヒソヒソ、とね（笑）。
池田　そうそう。
巖谷　あの松原のアトリエは、じつは、瀧口さんはその前にも何度か見えているわけです。吉村二三生とケイト・ミレットの時代に。そのころに僕は会っていたから、池田さんに招ばれたときも、たいてい瀧口さんと話をしてた。みなさんが大さわぎしているあいだに（笑）。
池田　とにかくあのころは、ほんとによくパーティーしたものだね。田村隆一なんかも来たし。飯島耕一も、みんな来ているね。
巖谷　安原顯がいましたね。
池田　そうそう。安原君は僕のファンだったんです。坂崎乙郎が自分の家に僕を招待して、それから安原君を紹介してくれた。だから松原の引っ越しのときに、彼は荷物を運んでいるの。
巖谷　そうそう。それを僕は手伝わずに見ていた（笑）。
池田　だから、そこからのつきあいですよ。あれは喧嘩ばっかりやってたからね。
巖谷　安原顯は誰とでも喧嘩する（笑）。でも、彼とはずっとつきあっているんですよ、いいやつだもの。

池田　そうでしょう。俺だっていまもつきあってるよ。ここのところ、毎月「リテレール」に原稿を書いてるよ。

だから松原時代というのは、非常におもしろかったね。

巖谷　あのころ加藤郁乎さんも澁澤さんにとって大きな存在だったけれども、それも池田さんの仲立ちなのかな。

池田　いや、加藤郁乎と澁澤さんはもっと前だよ。あれは土方。土方とは三島由紀夫とのつながりなんだよね。三島さんを通して土方と澁澤さんが、どこか接点ができたんじゃないの。

巖谷　土方さんの仕事も、池田さんはされたでしょう。草月会館の「あんま」だとか。

池田　そうそう。舞台装置はやっていないけど、僕は小さな豆本をつくった。それとポスターみたいな、小さなパンフレットみたいなね。

巖谷　ああいうときは、かならず澁澤さんがいましたね。

池田　いたね。あのころは頻繁に会っていたね。やっぱり暇だったんだな（笑）。とにかく松原に来ても、帰らないんだよね、みんな。夕方からパーティーをして、飲んで徹夜して、翌朝また迎え酒しようといって飲んで、昼ごろになって腹が減ったから蕎麦を食おう、何かとろう、と。そのうちまた夜になっちゃうんだよね。

巖谷　池田さんが味噌汁をつくったときがあったじゃないか（笑）。

池田　僕はいろいろなものをつくったよ。唐揚げをつくったり。

巖谷　池田さんが味噌汁をつくったら、具がたくさん入っていたのね。それで澁澤さんが怒ったことがある。味噌汁の具というのは一種類だけ入れるものだ、と。

池田　そうだったっけ（笑）。それは忘れたな。

巖谷　池田さんは長野だから、「具の少ない味噌汁なんか認めない」とか言って。
池田　僕は具が多くなきゃだめなのよ。くだらんことで議論したんだよね、当時（笑）。
巖谷　喧嘩が楽しくてね。
池田　そうそう。ずいぶんくだらんことでね。僕は、土方とも加藤郁乎とも、殴りあい寸前の喧嘩をしているからね。暴力でくるから。彼らは自信があるからね。僕はいちばん暴力に自信がないんですよ。だけれども、でも僕も怒ると、「なに！」と言うほうだから。
巖谷　でも、それは遊んでいる感じでね（笑）。
池田　ただ、澁澤さんにはみんな遠慮してたね。
巖谷　それはなぜだろう。
池田　なにか不思議なんだな。いま考えると、加藤郁乎にしても土方巽にしても、一匹狼的な存在だよね。でも澁澤さんには一目置いているんだよね、どこか。
巖谷　それはある。それからもうひとつは、澁澤さんは壊れやすいというか……。
池田　そう。加藤郁乎と澁澤さんが、喧嘩でとっくみあいをやるんですよ。そうすると加藤郁乎がわざと負けるの（笑）。それが目に見えてわかるんだよ。澁澤さんは柔道のあれを知っているんだな。クッと逆手にすると、加藤郁乎はいかにもまいったような顔をする。あれは僕は、やらせというか、澁澤さんに花を持たせたと思ってるんだ。
巖谷　僕の印象でも、澁澤さんて触りにくかった。加藤郁乎さんなんかとは、僕もずいぶんやりましたよ。抱きあっちゃったりね。でも澁澤さんとは握手ぐらいなんだ。
池田　そうだね。

＊

池田　僕は言っていいかどうか悩んでいることがひとつあるんだけれども、富岡（多恵子）と澁澤家に行ったことがあるんだね。まだ小町時代。酒を飲みはじめてグデングデンになって、「みんな、裸になろう」と言うわけよ。みんな裸になって飲んでいて、そのうちに「ちょっと抱こう、抱こう」と言って抱きあったりしたんだよ。そういう記憶はあるんだ。ただし、それだけだけれどもね。

巖谷　それは聞いたことがあるな。

池田　それにね、お風呂も入っているんだよ（笑）。

巖谷　いっしょに？

池田　うん。これは土方のところなんだよ。熱海に元藤（燁子）さんがものすごい別荘を買ったわけだ。それで吉岡実とかを呼んで別荘びらきをして、そのときにひとりずつお風呂に入りに行ったわけ。「俺も入ろう」と言ったら佐藤陽子がいて、「じゃいっしょに入ろう」と言うと、澁澤が「なに？　いっしょに入るのか。俺も入る」と言って、彼も入っちゃったわけ（笑）。そうしたら龍子さんも入ってきちゃった（笑）。いちばん最後に元藤さんが入って来たんだよ（笑）。五人で入ったの。

巖谷　それはだいぶあとのことですね。

池田　うん。それと、雑魚寝《ざこね》なんかずいぶんしたものね。

巖谷　そうですね。雑魚寝があたりまえだった。

池田　小町でも、そのときは野中さんとか……。

巖谷　あそこは、雑魚寝するしかない家だったし。

池田　そう。あそこで雑魚寝して、あのとき大喧嘩したな。みんなで雑魚寝をしたから、「乱交しよう、乱交しよう」と言ったんだよね。澁澤さんが「おもしろい、おもしろい。やろう、やろう」と言ったんだよね。そうしたら（矢川）澄子さんが怒ったので、われわれはシュンとなっちゃった（笑）。

＊

巖谷　池田さんは、アメリカには何年ぐらいいたんですか。

池田　十三年。ただ、アメリカから帰ってきたときには、かならず会っていたからね。蛇崩《じゃくずれ》（目黒区）

にマンションを持っていたから、やはり澁澤さんはそこに来ていますよ。郁乎とか土方とか、みんなでパーティーしていたからね。

巖谷　池田さんのことを澁澤さんが書きましたね。

池田　僕について書いたのは何だろう。本かな。何かの書評じゃないかな。

巖谷　いや、違う。ちゃんと絵のこと書いている。

池田　じゃ、僕の版画集の月報みたいなやつよ。

編集部　「日常性のドラマ――池田満寿夫の個展に寄せて」というの。これがいちばん最初です。

巖谷　これはいい文章ですよ。ちょっと距離をおいている。加納さんについて書くのとはだいぶ違うわけだ。澁澤さんは、池田さんとはやや距離があるということを前提につきあっていたようですね。

池田　うん、それはあるね。

巖谷　だから、かえってよかったんじゃないかな。

池田　澁澤さんのいいところは、友達をちゃんと褒めるんだよね。

僕はよく澁澤さんに、「とにかく澁澤さんは偉くならなきゃだめだ」ということを、しきりに言っていたのね。そしてわれわれを引きあげなければいけない、と（笑）。

巖谷　池田さんは、自分は偉くなるぞと宣言していた人だから。

池田　あ、そう？（笑）

巖谷　池田さんはピカソと、それからヘンリー・ミラーが理想型になっていたでしょう。ヘンリー・ミラーのことで、澁澤さんと喧嘩しているのを見たことがあるよ。

池田　澁澤さんはミラーが好きじゃないでしょう。

巖谷　好きじゃない。そのへんがポイントのひとつね。澁澤さんも『性の世界』なんかは多少好きで、読んではいたけれども、結局は認めないわけね。

池田　彼は、ほとんどヘンリー・ミラーについて書いたものって、ないんじゃない？

巖谷　嫌いなものについては、まず書かないから。

池田　そうでしょうね。
巖谷　でも実際、いまではヘンリー・ミラーというのは誰も読まないけれども、案外おもしろいんだ。
池田　『暗い春』なんかいいよ。僕は『暗い春』は非常に好きだ。『北回帰線』もいいけれども。
巖谷　『暗い春』は吉田健一の訳で。いい訳。
池田　そうそう。だけど澁澤さんは、アメリカ文学が好きじゃないんだな、たぶん。ほとんど書いていないでしょう。
巖谷　ポーやメルヴィル、それからカポーティあたりは別としてね。美術だってそう。アメリカの現代美術のことは、ほとんど書いていない。
池田　ポップアートを、彼はどう評価していたのか、ちょっと僕も……。
巖谷　まったく評価していないな。ポロックだとか。コーネルのことさえ、書いていない。
池田　コーネルを認めなかった？　不思議だなあ。
巖谷　コーネルはまだよく知られていなかったから。澁澤さんがアメリカの現代画家で褒めて書いているのは、なんとアンドリュー・ワイエスくらいですよ（笑）。
池田　ほんと？　議論したかったな（笑）。それは見おとしてたよ（笑）。
巖谷　晩年に書いていますよ。ワイエスがじつはいいんだ、と。
池田　それは大喧嘩になるところだったけれどもね。惜しかったな（笑）。
巖谷　だから、たとえばカルダー（コールダー）とか、ああいうものの話をしても、彼は乗らなかった。
池田　抽象表現主義がだめでしょう。
巖谷　うん。ただ、デュシャンは……。
池田　デュシャンはアメリカというよりフランスだから。
巖谷　そうそう。デュシャンの理念はいいんだけれども、そのあとを継いだと称する画家には、ほとんど興味を持たなかったようだな。ヘンリー・ミラーの絵も、認めていなかったでしょうね。
池田　だろうね。
巖谷　だから池田さんについては、ちょっと距離を置いて、自分とは違うんだけれども、ここがいいんだ、と。
池田　芸術的な共感というより、人間的なおもしろさみたいな、楽しさみたいなつきあいだったような気はする。
巖谷　そうでしょうね。
池田　ただ僕自身は、まずサドは読まなかったたし、バタイユも、いつだったか帰りぎわに、澁澤さんが「満寿夫、俺これを訳したんだ。君が嫌いなのは知ってるけど、いいから読んでみろよ」と、『エロティシズム』をもらったのをおぼえている。
巖谷　それで、読みました?
池田　三ページ読んだ（笑）。
巖谷　池田さんて、死のイメージがないんじゃない?　エロティシズムのなかに。
池田　それは僕のいちばん欠落しているところ。
巖谷　澁澤さんのエロティシズムは死だもの。
池田　そうそう。そこが決定的に違うんだよね。
巖谷　池田さんは生命を謳歌する人なんだ。
池田　そう。僕もバタイユの「エロティシズムとは死に至る恍惚である」というフレーズぐらいは知っていますよ。
巖谷　第一行目じゃないか。
池田　でも、それだけでいいんだよ（笑）。
巖谷　あとはヘンリー・ミラーのように実践すべきである、と（笑）。
池田　僕は、実践したわけじゃないんだよ（笑）。
巖谷　実践したじゃないか（笑）。
池田　そのへんになってくると、デリケートだね。
巖谷　池田さんはやはり、ヘンリー・ミラー、あるいはピカソの型ね。そういう人生を求めていたんじゃないですか。二十代から、波瀾万丈を（笑）。
池田　いや、そんなことないんだよね。それはある種の誤解だと思うんだ。
巖谷　ある種の（笑）。
池田　だって、僕は移動することが嫌い。僕はまず、もともと旅行が好きじゃないんだから。
巖谷　それははじめて聞いた。
池田　それが、なぜか旅行することになっちゃったでしょう。僕らの仕事というのはアトリエでやる仕事だから。本来、僕は怠け者だし、じっとやっているほうがどちらかというと好きなタイプなのよ。それがなにかおかしなことになっちゃったんだな。
巖谷　「日本のピカソになるんだ」と言っていたようですけど。
池田　それは言ったかもしれないけれども、女性関係は含んでいなかった（笑）。
巖谷　その予定じゃなかったと。
池田　予定じゃなかった（笑）。ただ、自分のつくったものを破壊していくということは、僕は圧倒的に好きだから。同じことをくりかえさないとか、絶対自分でそれを破壊して次のスタイルを求めて次から次へというのは、いまだに僕はそれをしたいし、生涯僕はやると思うんですよ。一つのスタイルに閉じこもらないで。そういうことを言っているので、ピカソのようにというのはちょっと違うんだけれども……。どうなのかねえ。
巖谷　でも、そうなっちゃってるじゃないか。
池田　なっちゃったか（笑）。

＊

巖谷　また話を戻しますけれど、松原や小町のころ、澁澤さんはほかの画家たちともつきあっていたでしょう。そういう関係も、池田さんはよくおぼえておられるのでは……。
池田　加納光於でしょう。それから野中ユリちゃんでしょう。それと中西夏之。そのあとは、僕は知らないんだよ。
巖谷　金子國義さんや、谷川晃一さんもいるけれども。でも横尾忠則さんなんかは？
池田　横尾忠則と澁澤龍彦の関係というのは、わからない。
ただ、南天子画廊で横尾忠則の最初の展覧会をやったのね。澁澤さんは絵を買っているんですよ。あの油絵を。彼は褒めたんだな、きっと。しかし、それ以降、横尾忠則は唐十郎とか天井桟敷とかのポスターを描いたりという関係のなかにいた。澁澤龍彦は、土方（巽）とはあれだったけれども、寺山修司は好きじゃないんだね。どっちかというと唐十郎でしょう。状況劇場なんだね。
巖谷　天井桟敷のほうは、見に行っていないんじゃないかな。
池田　そうでしょう。あれもおもしろいんだな。あのへんは友情かもしれないよ。土方とか唐とかへの。
巖谷　池田さんは、寺山修司とはつきあいがあったんですか。
池田　彼は僕のを何か推薦したり、僕の絵を買っているんですよ。僕には関心があったみたい。「ズーム」という写真の雑誌があったでしょう。あそこで現代日本のなんとかいう号で、寺山が編集して、僕の水彩を何点か色刷りにしているんですよ。
巖谷　澁澤さんは、寺山さんとはついに何もなかったのかな。
池田　ないね。あれが不思議だね。
巖谷　寺山さんのほうは、だいぶ澁澤さんを意識していたようだし、本を送ったり、働きかけたとは思うけれどもね。
池田　ラヴコールを送ってたかな。それで僕がアメリカに行って帰ってきたとき、二つの驚きがあったのね。まず横尾忠則というのを僕は知らなかったんですよ。まったく知らなかった。
巖谷　「次元」論争という有名なのがあるじゃないですか。澁澤さんが「横尾忠則はいい」と言ったら、池田満寿夫とどっちがいいかという話になって、そうしたら池田さんは、「俺はあいつとは次元が違う」

といって怒った。
池田　思いだした（笑）。「次元か。うまいこと言うな」と言われた。
巖谷　あれは、どういうことだったんですか。澁澤さんが横尾忠則を褒めだしたのかな。先になにか言ったんだよね。
池田　昔のことだから、忘れたけれども（笑）。
巖谷「横尾はいい」と言ったら、「とんでもない」と。で、澁澤さんが「池田満寿夫と同じくらいいい」というようなことを、うっかり言ったんだ。そうしたら「次元が違う」と言って怒りだして、とっくみあい寸前になったという噂もある（笑）。
池田　でも、こっちが「次元が違う」と言ったら、澁澤さんは「次元か。まいった、まいった」と言ったはずだよ（笑）。
巖谷　その後、「次元」という言葉がはやっちゃって、われわれは何かにつけて、「次元が違う」とやっていたんですよ（笑）。
池田　あのへんはアメリカ以後だな。帰ってきたら、横尾忠則と、それから第二の驚きが唐十郎なんです。
巖谷　唐さんの芝居も……。
池田　僕は知らなかった。みんな褒めあげていたけれども、僕はまったく見ていないんですよ。
巖谷　まったく見ていないですか？
池田　見ていない。一回だけ岡山の、例の岡崎（球子）さんがやっている芸術祭、牛窓の、あのときに一回だけ見た。ただ、何回か澁澤さんのところでは会っていますよ。

＊

池田　おぼえてる？　新宿の「ナジャ」で、加藤郁乎の出版記念のあとで……。
巖谷　喧嘩になった（笑）。
池田　加藤郁乎の首を絞めて。
巖谷　あれはよくおぼえているんだけれども、「ナジャ」で僕は加藤さんと並んで飲んでいたら、池田さんが入ってきて、「加藤郁乎と俺とどっちが偉いか」と僕にせまるわけね（笑）。
池田　俺が？
巖谷　うん。それで僕は、なにしろ加藤さんの出版記念会でもあるし、「加藤郁乎だ」と答えたんです。
池田　そんな低次元な質問しないよ、俺は（笑）。
巖谷　するんだよ（笑）。
池田　それは何かの誤解だよ。
巖谷　もちろん、前から加藤さんとはなにかあったんでしょうけど。
池田　加藤郁乎は権威主義だからね（笑）。僕が腹が立つのは、とにかく出版記念会でも、澁澤さんなんかが来たら、平身低頭でしょう。
巖谷　そうかなあ。でも、あのときだって、西脇さん、瀧口さんもいらしてたけど。
池田　だから加藤郁乎は平身低頭ですよ。僕は腹が立って。だいたい、われわれの仲間は出版記念なんかしない。澁澤さんはしないでしょう。俺もしないんですよ。
巖谷　加藤さんのは、お祭だもの。「かに谷」でしょう、新宿の花園神社のなかの。でかい畳の部屋で、金屏風かなにかの前でやった。有名な、細江英公さんの撮った大記念写真もある。
池田　そうそう、それでなにか順番みたいなのがあって……。
巖谷　お祭だからと、僕はあのときスピーチを求められて、加藤郁乎とキスをした（笑）。
池田　そうだった？
巖谷　そのあとでちょうど二人で飲んでいたら、「なんだ」というので、加藤さんと池田さんのつかみあいになったんです。そうしたら土方さんがまたそこに入ってきて……。
池田　違うよ、唐十郎。唐十郎が止めに入ったの。唐十郎は、そのときが僕ははじめてなんだよ。
巖谷　うん、唐さんも出ましたね。
池田　唐十郎が俺にむかって「池田満寿夫、唐十郎が止めてるんだ、やめろ」と（笑）、ドスがきいて。加藤郁乎のほうは、「俺は肋骨折ったんだ」とかやっているわけですよ。

巖谷　それで池田さんが飛びだして行っちゃったんです（笑）。「こんなやつらとはつきあっていられない」とか叫びながら。

池田　そうだった？　忘れちゃったな。

僕のあのときの苛立ちというのは、権威主義に腹が立ったわけ。順列みたいに偉い先生が上座にいたり、僕はああいうことがものすごく嫌いな男なの。

巖谷　でも加藤郁乎という人は、そこがまたおもしろくて、あれは一種の天才だから。

池田　まさにそうなんだけれども、あのころ僕はモヤモヤしてたわけだ（笑）。

巖谷　あの喧嘩のとき、澁澤さんもいたんですよね。

池田　いたかなあ。

巖谷　奥のほうにいて、「おぉ、どうなってんだ」とか言ってね。それで土方さんも立ちあがって、土方さんが出てくると大変なことになるんじゃないかと思ったら、池田さんが店から飛びだしちゃったんです（笑）。

＊

巖谷　六〇年代が終ってからはいかがでした？　澁澤さんと……。

池田　七〇年代は、澁澤さんとも、あんまり頻繁にということはなくなりましたね。

巖谷　吉岡実さんなんかとは？

池田　わりあいつきあっていました。吉岡さんがものすごく好きなのは――これも加藤郁乎の出版記念なんだよ（笑）。こんどは、「なだ万」なんだよ。楠本（憲吉）の。あれも腹立って（笑）。

巖谷　「あんなところでやる」とか言って、怒ってましたね（笑）。

池田　そうなんだよ。そのときに吉岡さんが僕のところへ来て、「池田満寿夫さんですか」と言うから、

「そうです」と答えたら、「あなたは高校しか出てない。僕は小学校」と言ったから、そこが気に入っちゃって（笑）。

巖谷　吉岡さんは澁澤さんと仲がよかったし、土方さんの踊りも、ずいぶん前から見ていましたね。

池田　そうだね。

巖谷　あのころも、ちょくちょくアメリカから帰ってきていたわけですね。

池田　そうそう。それでも、七〇年代の後半になってくると、帰ってきても会わないときがあったからね。こっちも忙しくなりすぎたりして。

*

池田　いくつかまだおもしろいことをエピソード的に言うと、「ミルク色のオレンジ」という小説だったかな、この小説をどう思うかと、僕の編集者が澁澤さんに意見を訊いたんだよね。そうしたら、「満寿夫は田舎者だから」と言って、僕が「揚羽蝶」と書いたのか「揚羽蝶々」と書いたのか、そういうところを彼はまちがいだと言ったんです（笑）。だからだめだ、と。チラッと僕は耳にして、へんなところにこだわるな、と。

僕が彼からひとつ影響を受けたのは、それまで僕は、わりあい「僕」「僕」というのが多かったんですね。ところが彼と話したら、「俺は〝僕〟小説は大嫌いだ」と彼が言いだしたわけね。

巖谷　「僕ちゃん文学」というやつ。

池田　それで俺は反省して、それもあるので全エッセー集を出すとき、「僕」を全部変えて「私」にしちゃった（笑）。

巖谷　「私」になると、文体もおのずから変ってこないかな。

池田　もちろん変るよ。でも、それからは「僕」というのを使わなくなった。

巖谷　でも、ずいぶん単純なきっかけだな（笑）。

池田　そうそう（笑）。

巖谷　池田さんは満州の生まれですよね。なにかしらちょっと離れて見ているというところがあるんじゃないですか？　澁澤さんのような東京人を。加藤郁乎さんも東京人だけれども。
池田　どうなのかなあ。離れて見ているというんじゃなくて……。なんと言ったらいいか、ちょっとうまく説明できないな。しかしとにかく、意識的になにか距離をおいているということはないよ。
巖谷　加藤さんなんかの一種の権威主義というのは、御上《おかみ》がいるというような、江戸の御家人みたいな感じもあるんじゃないかと思ってね……。
池田　彼はいまは本当の神様に凝っちゃったからね。ところで、われわれにいちばん欠けているのは宗教心なんだよね（笑）。澁澤さんにしても、むしろ反宗教だから。唯物論というわけじゃないにしても。だから、そういうことでやっぱりあれになってきたんじゃないかなという気はするんだけれども、よくわからない。まあ、あんまり人のことを貶したくないからな（笑）。もう大人になったから（笑）。
巖谷　昔だったらそうは言わないと（笑）。
池田　たとえば、澁澤さんが加山又造を褒めたのが、非常に意外だったということとか。彼はエロティックなヌードを描きはじめて、あれはいいと思ったんだろうし、職人ではあるしね、でも……。
巖谷　まあ、それとはまた別な話かもしれないけれど、澁澤さんの場合、社交的なところもある人でしたね。

＊

池田　そういえば一度、土方と（野中）ユリちゃんがやって来て話しているうちに、三島由紀夫が死んだあと、土方が「三島に対する澁澤龍彥の論評が気に入らない」と言いだしたことがあるんだよ。気をつかっていると言ったのか、遠慮していると言ったのか、何だったか忘れたけれども。「これからちょっと問い詰めに行こうじゃないか」と、彼が言いだしたわけ。もう夜おそくになんだけどね。
巖谷　それははじめて聞いた。
池田　それで、「じゃ、行こう」と、三人で行った。もう夜の十二時ごろですよ。それで土方巽が澁澤龍彦に詰問したわけだよ。すると彼は怒ったね。「三島由紀夫は俺の友達だ。それがすべてだ。文句あるか」と言ったんですね。そうしたら、「うーん」となって……。そう言われたらね。
巖谷　文句はないよ（笑）。
池田　「わかった、わかった」と言って、それでおしまい（笑）。
巖谷　土方さんは、どういうところが気にくわなかったんですか。
池田　ちょっと思いださないんだよ。僕は三島由紀夫はそれほど関心がないから、どうでもいいんだよ。僕はほとんど関心もっていない。『金閣寺』なんかは好きだけれども。
巖谷　土方さんのほうには思いがあるはずですよ。
池田　土方の思い入れは大きいですよ。
巖谷　澁澤さんにせよ、土方さんにせよ、最初は三島由紀夫の紹介で知られるようになったというところもあるし。澁澤さんも、かなり恩義という部分が強かったような気はしますね。
池田　強いね。澁澤さんがヨーロッパに行くとき、軍服を着て三島が空港へ来て……。あれ、よほど澁澤さんは嬉しかったんだな。それはわかるんだよ。
巖谷　旅行に出てからも、聖セバスティアヌス（セバスティアン）の絵を見ては三島さんを思いだして、絵葉書を買って送ったりしていますね。
池田　特別な感情はあったと思うんだな。
巖谷　でしょうね。
池田　正月に一度、これも例のごとく土方とかみんないて、小町時代の最後かな、正月の二日にとつぜん三島から電話があって、これから寄るというわけ。彼は川端康成のところへかならず来るわけだから。それでやってきて、僕は初めて会ってそれが最後だけれども、おもしろかったね。すごいガラガラ声で。三十分ぐらいしかいなかったけれども。

巖谷　澁澤さんはどういう感じでした？

池田　三島ひとりが喋って、喋りまくって帰って行ったね（笑）。アハハハと豪傑笑いなんだよ。とにかく豪傑笑いして、ひとりで喋って、小唄かなにかをうなったかな。なにかうなって、パッと、嵐のごとく……。

巖谷　人の話なんか聞いていない（笑）。

池田　うん、聞いていない。ただ、ひとつ質問したのをおぼえてる。澁澤さんに対して「誰か俺の知らない画家でかわった画家はいないか」と言うと、澁澤さんはイタリーの廃墟みたいなのを描く画家……。

巖谷　モンスー・デジデーリオだ。

池田　たぶんそうだろうね。その画家のことを言ったのかな。それしか記憶にないけど。

巖谷　そうしたら三島さんは？

池田　「おもしろそうだ」と言ってた。

巖谷　あとは例の高笑いですか。

池田　高笑い（笑）。

＊

巖谷　池田さんの場合、澁澤さんからの影響というのは……。

池田　「僕」を「私」にした（笑）。

巖谷　それは、なるほどと思ったわけ？

池田　うん。僕は、彼の文学論なんか好きだし、彼自身のエッセーは好きですよ。ただ、『黒魔術の手帖』とか、『毒薬の手帖』とかあの手のやつはだめなんだよね。僕がいちばんいいと思うのは『胡桃の中の世界』。あれはすごいね。

巖谷　あれはいい。

池田　あれはいい。僕は最高傑作に入ると思う。

巖谷　それで、あれは明るいでしょう。

池田　明るい。僕はあれを外国で読んでいるんだな。ドイツかどこかにいたころかな。あれは驚嘆したね。

これはすごいな、と。
巖谷　澁澤さん自身も、あれで方法を確立したと思っていたようだな。そういう画期的な作品……。
池田　つまり、単なるエロティシズムということじゃなくて、博物誌的なあれもあるんだけれども、人間のもっている知性とか、すさまじい欲望みたいなものを書いている。
巖谷　それをわりと硬質の結晶みたいな感じで、淡々と持っていってね。
池田　そうそう。
巖谷　それから、密室に閉じこもったという雰囲気と違うでしょう。もっとひらかれているね。
池田　そう。それと『夢の宇宙誌』なんていうのは、最初に読んだ本だけれども、あれは非常に素直に入っていけた本ですね。
巖谷　あそこから『胡桃の中の世界』へ移って行って、ひとつまとまったのかな。おそらく自分を発見したんでしょうね。
池田　そうそう。
巖谷　『夢の宇宙誌』は六四年ですから、池田さんがお会いになったあとです。お会いになったのは、ちょうど『黒魔術の手帖』なんかのころかな。『胡桃の中の世界』は七四年で、十年後です。澁澤さんの場合、『夢の宇宙誌』あたりから自分の方向を見つけて、その後十年間、六〇年代の雑踏のなかでありとあらゆることをやって、『胡桃の中の世界』でようやく六〇年代が終ったんだ。
池田　そうだね。
巖谷　その間に『快楽主義の哲学』なんて書いているけれども、あれはどうでした？
池田　『快楽主義の哲学』は、われわれ、土方も全部ふくめてだけれども、あのグループで、あれも非難囂々《ごうごう》だったの。とくに野中さんは厳しい人だから、「澁澤龍彦がこんなものを書くとは、なんだ」と言って、カンカンになった。ただ僕は、澁澤龍彦というのは彼自身が異端ですから、カッパブックスに書いたということを評価したわけ。これでわれわれの時代が来ると思って、喜んだ（笑）。
巖谷　そんな評価をしたら野中さんは怒るよ（笑）。
池田　そうそう。僕はいいじゃないかと言うんだけれども、彼女はなんでカッパに書いたかということを怒るんだよ。でも僕は逆なんだ。異端の澁澤龍彦がはじめて……。当時カッパブックスはベストセラーのメジャーだから、いいじゃないか、と。
巖谷　でも『快楽主義の哲学』は、むしろ異端というのを売りだした本ですよ。
池田　いや、「異端が」ということは、澁澤さん自身がマイナーだったでしょう。へんな出版社でしか出さなかったでしょう。桃源社とか、河出書房とか（笑）。
巖谷　要するに、反体制だったと。
池田　そうそう。
巖谷　たしかに、あのころのカッパブックスといえばすごかったからな。百万部以上というベストセラーもざらにあったでしょう。でも澁澤さんの本は、カッパブックスとしてはそんなに売れたほうじゃありませんよ、おそらく。
池田　野中さんが怒ったのはおぼえているけど、土方さんもあの本に反撥していたかな。ちょっとそのへんは明瞭じゃない。
巖谷　それで、澁澤さんの面前でガンガンやったんですか？
池田　はじめは違う。それでまた抗議に行ったのかな（笑）。はじめから澁澤さんがいたかもしれないな。話題になって、そのとき澁澤さんがどう反論したか、ちょっとおぼえていないんですよ。笑って逃げたか。
巖谷　「俺は書きたかったんだ。文句あるか」とは言わなかったですか（笑）。
池田　それは言わなかった。だが深沢七郎の文学と生き方を褒めていたのは、意外だったね。俺は深沢七郎は好きですよ。

巖谷　澁澤さんの新しい家ができたときは、アメリカにおられたんですね。あれの新築祝いのパーティーには、来なかったでしょう。
池田　それは知らない。
巖谷　もっとあとですね、あそこを訪れたのは。
池田　そうね。そのあと、わりあい行ってたよ、あそこへは。
巖谷　七〇年代に入ってからかな。
池田　そうだね。
巖谷　龍子さんになってからですね？
池田　うん。龍子さんは、その前に僕のところへ一回、取材かなにかで来たのをおぼえていますよ。
巖谷　澁澤さんと会う前に？
池田　そう、「芸術新潮」の編集者だったころ。山川みどりさんと。それだけはおぼえているの。結婚したということは、僕はまったく知らなかった。
巖谷　それでどうでした？　あの北鎌倉の新居は。前の小町の家とくらべて。
池田　あっちのほうが澁澤龍彦らしいよ。
巖谷　本来のイメージに近づいた、と。
池田　そうそう。いいんじゃない？　スーシェが置いてあったり、髑髏《どくろ》があったり。
巖谷　瀟洒でね。
池田　そうそう。
巖谷　じゃ、小町の家の印象のほうが、澁澤さんのイメージと違っていたというわけですね。
池田　小町は驚いたからね。
巖谷　松原のアトリエもかなりボロかったけれども。
池田　でも、あそこは広いもの。広いのが取柄だったわけだから。

＊

巖谷　あれからずっと晩年まで、つきあいがあったわけですね。
池田　そうね。ただひとつ、ほんとに残念だったのは、入院したときに僕は見舞いに行ったわけですよ。

彼は筆談で、最後に「ああ、酒が飲みたい」と。それで僕は「澁澤さん、退院したら、うちにロマネ・コンティがあるから飲もう」と約束したんだよね。それで退院して、いちど行こう、行こうと思っているあいだに、時間がなくて行けなかったのね。それで結局ロマネ・コンティは飲まなかった。これがいまだに申し訳なかったという気持なんだ。

巖谷　亡くなったときは、日本にいたんでしょう?

池田　うん。これが劇的で、亡くなったときは、銀座に東京電力の画廊があって、そこで展覧会してくれないかという依頼を受けて。売るとかそういうことじゃなくて、なんでも好きなことをやってください、と。それならというので、僕はでかい四メートルに七メートルの「天女乱舞」——コラージュですよね、それをまさにはじめようとしたとき、澁澤さんの訃報を聞いたわけね。

僕はすっとんで行った。それで帰ってきて、「よし、これは澁澤龍彦に捧げよう」と。こんどの展覧会(「澁澤龍彦展」)なんかにも出ている「天女乱舞」には、そういう経緯があるのね。

巖谷　僕はヨーロッパに行ってて、しかもいまのクロアチアのはずれにいたから、訃報が届いたのも三日ぐらい遅れたのかな。それで、もちろんお葬式にも出られなかったんだけれども、池田さんが弔辞を読まれたでしょう。それがよかったというような話を松山俊太郎さんから聞いたな。

*

池田　これはまた違う話だけれども、澁澤龍彦はひとつだけ、僕の文章を褒めてくれたことがある。短いエッセーだけれども、水俣なんかを撮っていた有名なアメリカのカメラマンのユージン・スミスのことを、「たった一人の抵抗」というタイトルで僕が書いたのね。彼は新潟に撮りに行ったわけよ。

巖谷　阿賀野川に第二水俣病というのがある。

池田　そう。撮りに行って、ヤクザに袋だたきにあったわけです。それで彼は失明したのかな、なにかものすごいダメージを受けた。友達とかが裁判にしろとか、みんなで言ったわけよ。そうしたら彼は、絶対にそれを拒絶したのね。「これは俺の仕事だから責任はすべて俺にあるし、俺は一切そういうことは嫌いだ」と。

巖谷　いいですね。

池田　こういう生き方は僕は賛成だと、どこかに書いたわけよ。それは褒めてくれたね。

巖谷　澁澤さんもそうだろうからね。

池田　そう。俺もそうなんだよ。そういう点の共通項はあったかもしれないね。

＊

巖谷　外国にいたときの、手紙のやりとりはいかがでした？

池田　僕がアメリカにいたとき、何通かもらった。それから、優しいんだよね。僕がアメリカにはじめて行ったとき、小包がエアメールで届いて、インスタントラーメンとかメザシとかが入ってた。

巖谷　それは澁澤さんの発想かな。

池田　矢川（澄子）さんといたころだけれどもね。驚いたよ。こんな優しいところがあったんだ、と。「こんな」と言っては変だけれども、こっちから頼んだわけじゃないのにね。

巖谷　池田さんの熱海のお宅のほうへは、澁澤さんは行ったことがあるんですか。

池田　それが、熱海に正月に来て、三十一日から来たのかな、それで、酒飲んだりしているところを僕はビデオで撮ったんですよ。それがいまだに見つからない。龍子さんからも言われているんだよね。家中さがしてもないんだよ。そのビデオだけが。

巖谷　それは誰かが持ちだしたとか？

池田　いや、そんなことない。絶対ないんだよね。撮ったのを僕はあとで見ているんだよ。だいたい、彼の映像って少ないじゃないの。土方巽の葬儀委員長のときの、あれだけでしょう。
巖谷　そう。嫌いだったし。
池田　彼は座談会も嫌いだしね。
巖谷　インタビューはわりとやっていたけどね。
池田　そう？
巖谷　テレビには出たことあるけれども。
池田　一度だけある。「エロティシズムについて」というので。
巖谷　大橋巨泉の「11ＰＭ」ですね。
池田　あれはなぜ出たかというと、「血と薔薇」のために。加藤郁乎が日本テレビにいたからね。あのとき、われわれは二時間ぐらい待たされたんだよ。
巖谷　池田さんも出てたのか。
池田　出てたの。僕と澁澤龍彥なんだ。それで「血と薔薇」の宣伝をした。
巖谷　僕も見たけど、みんな酔っぱらっていたみたいだった（笑）。
池田　酔っぱらっていたかな。僕が喋ったのは二分ぐらいなんだよね。澁澤さんはほんとに一分か二分じゃないかな。
巖谷　何を言ってるのか、よくわからなかったですよ（笑）。
池田　それから彼はもう、二度とテレビに出ないでしょう。
巖谷　ああいうのは、ビデオは残っているのかな。
池田　どうかなあ。あのころフィルムで撮っていたとしても、どうかな。フィルムで残しているか。あのころは、まだビデオないはずだよ。

＊

巖谷　思えば、澁澤さんの友達として、池田さんというのは、やっぱり変っている。意外な感じがするかもしれませんね、ふつうに見れば。仕事でつながっているという感じではないから。
池田　そうね。
巖谷　やっぱり気質の問題だな。ヴェルレーヌの

『女ともだち』だとか、仕事もいっしょにやってはいるんだけど、じつは。
池田　おとな子ども的なところは共通しているね(笑)。子どももおとなと言うの？
巖谷　インファンティリズムだ。
池田　ひとつおもしろい話があったんだよ。やっぱり飲んでて、彼はパイプを吸っているでしょう。「なんで澁澤さん、パイプを吸っているんだ」と訊いたら、「これは文明だよ」と彼は言ったんだよね(笑)。よく意味がわからなかったけれども。なぜパイプが文明なのか。それで俺がなにか言うと、すぐ澄子さんに「辞典もってこい」と言うんだ。いまの龍子さんにもね。なにか議論になってくると、「満寿夫がわからなかったら、辞典でやれ」と(笑)。
巖谷　「パイプは文明だ」で終りですか？
池田　文明だというので、僕もグーの音《ね》が出なくて(笑)。「文明か、うーん」というようなもので。
巖谷　議論も、簡単に終っちゃうわけだ(笑)。パイプはだいぶ前から吸っていたようですね。
池田　そうらしいね。
巖谷　それから、黒メガネはいつもかけていたように言われるけれども、そんなことないですよ。写真を見てもわかるけれども、六〇年代はふつうのメガネが多い。六〇年代の後半でしょう、よく黒メガネをかけるようになったのは。
池田　そうかな。彼は目が弱いとは言っていたけれども。とくに光に対してね。
巖谷　黒ぶちのや、ツルの上のほうが茶色で下が透明という、ふつうのメガネをずっとかけていた。黒いレンズのメガネをかけるようになったのは、六〇年代後半でしょう。
池田　そうかな。黒メガネの印象のほうが強いね。
巖谷　そのイメージはあとから出てきたんだよ。「異端」という言葉とともに。『快楽主義の哲学』のころは黒メガネ。『夢の宇宙誌』あたりからかな、黒メガネのムードが出てきたのは。

＊

池田　そういえば一度、僕らじゃなくて、若い連中に、澁澤さんがものすごい勢いで怒ったことがあったな。

巖谷　若いやつがバカなことを言うと、とつぜん怒りだすというのを、僕も何度か見てる。

池田　理由はいま思いだせないけれども、なんか、ものすごい勢いで彼は怒ったね。あれは土方のパーティーだったな。彼の稽古場だったと思うんだけれども、ワーッと飲んでいるとき。あれは「あんま」のときだったかな。みんな集まってサインしたりなんかしていたとき、ほんとに怒った。若い連中がグチャグチャ言うでしょう、その有象《うぞう》無象《むぞう》に対して。あんなに怒ったのは見たことがなかったね。

巖谷　でも、本気で怒ったのかな。僕が見たのは中井英夫さんの羽根木の家の「薔薇の会」のときで、だれか若い男が軍歌の話かなにかはじめて、知ったふうなことを言いだしたら、澁澤さんがとつぜん怒りだしちゃって、「おまえのようなやつらにわかるか」と（笑）。それで中井さんが困っちゃって、二階へ行って寝ちゃったんです。その寝ている下の部屋で、武満徹さんなんかと延々と軍歌を歌いつづけてた（笑）。それで「薔薇の会」どころではなくなった（笑）。

　なにか知ったふうなことを言うと、怒るというところがあったような気がするな。

池田　それも若いやつがね。

巖谷　でもだいたい、あんまり本気にならない人でしょう。

池田　そう。僕らと議論していても、彼は文章の男だから、むずかしい質問をすると、「ばかばかしい。そんなこと言えるか」というのがよくあったよね。

＊

池田　僕がいちばん困ったのは、正月に澁澤さんのところへ行くんだけれども、あのころ加藤周一さんとも友達で、彼が興味があるからいっしょに行こうと言うんですね。

巖谷　加藤周一が澁澤龍彥に興味があるって？

池田　そう。正月ね。そのとき僕は、まず澁澤さんに「加藤さんが行くと言うんだけれども、いいのか」と訊いたのね。「いいよ」と。あのころ、松山俊太郎が入りびたっていたわけよ。四日ぐらい帰らないんだよね。で、いまちょうど松山がいると言うんだよ。僕は「お願いだから、とにかく松山俊太郎だけは、加藤さんに絡まないように……」と言ったのね（笑）。そうしたら、「わかった、わかった」と。やっぱり心配してた（笑）。

巖谷　どんな話をしたのかな。

池田　そんなむずかしい話はしなかった。どういう話だったのかな。でも、おもしろい組みあわせですよ。加藤周一と澁澤さんというのは。

巖谷　案外、合うかもしれないな。文化史的な教養があるから。

池田　クモの話かなにかしてたな。そういう記憶がある。

巖谷　たとえば、林達夫なんかともよかったわけだから、教養人というのは別に嫌いじゃなかったのかもしれない。

池田　そうね。もともと彼は、ある意味のアカデミックなものに対する興味というのがある人だからね。そういうものをよく調べて、知識というものを非常に大事にしたと思うんだね。それが彼に言わせれば文明かもしれないけれども。僕は知識がなくて喋る男だから、議論にならないんだよ（笑）。

巖谷　文明というのはおかしいな（笑）。「パイプは文明」……。

池田　いま考えると、何が文明なのかなと思うんだけれども。

巖谷　でも、池田さんとの話は、ほんとに澁澤さんのエッセーに何度も出てきますね。

池田　そう？
巖谷　ともに夜を徹して飲んだものだ、なんていう話が。
池田　海苔《のり》について議論をしたとか（笑）。なにか、ばかみたいなことで議論をはじめるんだよね。
巖谷　その点は似てるんだ。澁澤さんも、そういう議論をしているのが楽しい人だから。
池田　そうなの。あらためて学術会議で言うようなことを喋ったって、しょうがない。そんなことは本を読めばわかるんだから。
巖谷　そういう話をしていた人も、すこしはいるみたいだけれども。
池田　そうだろうね。
巖谷　僕の場合も、文学論なんかやるわけじゃなかった。どこの何が旨いかとか（笑）。
池田　それでずいぶん喧嘩したね。あそこの何が旨いとか、おまえは知らないとか。
巖谷　僕が何度もやったのは、「俺はフランス語ができない」と言うから、「いや、俺のほうができない」「いや、俺だ」と、どっちができないかで論争した（笑）。
池田　これは俺も問い詰めたことがあるんだよ。「澁澤さん、ほんとにフランス語ができるのか」と僕が言ったのね。翻訳でね。そうしたら、「ばか、翻訳は日本語だ」と言った（笑）。僕は正しいと思う。「俺は日本語はうまいんだ」と。
巖谷　ああいう論争は、端で見ている人は、ばかばかしくてしょうがない（笑）。でも喧嘩にはならないんだよね。
池田　日本語はうまい人ですよ。
巖谷　そうです。たとえば基本的なパターンをよく知っているしね。翻訳でもきちんと嵌まるわけだ。
池田　そういえば、「俺は毛沢東を尊敬している」と僕が言ったの。あのころ、『矛盾論』とか、いろいろ読んでね。「毛沢東のすごいところは、あれだけ複雑なむずかしいことを、ものすごくわかりやすく書いた。俺は毛沢東の影響を受けている」と言ったら、彼はそれに感心しきっていたよ（笑）。

巖谷　それは虚をつかれたんだ（笑）。さすがの澁澤さんも毛沢東と言われると、答えようがない。それは、澁澤さんが抽象絵画がわからないというのと何かあるかな。

池田　あるね。西脇さんにもわからない。文学者には無理ですよ。次元が違う（笑）。

一九九四年七月十八日　於・河出書房新社会議室

直線の人「シブタツ」

三浦雅士／巖谷國士

三浦雅士《みうらまさし》（一九四六—）
弘前生まれ、編集者を経て文芸評論家。六九年から八一年まで、「ユリイカ」「現代思想」の編集にたずさわり、澁澤龍彦の連載エッセー『胡桃の中の世界』『悪魔のいる文学史』などを担当。

巖谷　三浦さんは優れた編集者であると同時に批評家でもあるということで、その二面からお話しいただけるとありがたいです。とくに「ユリイカ」誌の時代、澁澤さんが連載をどんなふうにやっていたか、など。あの雑誌の創刊は一九六九年でしょう。最初から編集部にいたの？

三浦　僕は、創刊というか、青土社ができたときですね。それで、好運にも準備の段階からいたわけですよ。その前に僕、巖谷さんに会っていますよ——あ、違うか、そのあとだな。

巖谷　創刊のすこしあとじゃないかしら。原稿をたのまれた。

三浦　あの年の夏ね。僕が巖谷さんの家に行くと、庭で水撒きか何かやっていたから、「お父さん、いる？」と（笑）。

巖谷　それは、僕は嘘だと思うんだ（笑）。

三浦　いや、ほんとだよ（笑）。「僕が巖谷國士です」と言われて、「え？　なにそれ」と……。

巖谷　いくら二十代でも、そんなに若く見えたはずはない（笑）。

三浦　いや、てっきり息子さんじゃないかと思ってね。名前が古めかしいから（笑）。しかも旧字の「巖」だしね。そのとき、度胆ぬかれましたけれども……それで澁澤さんに会ったのは、その前かな。

巖谷　だって、彼は「ユリイカ」に創刊号から書いてるじゃないか。

三浦　そう。「ミューゼアム・オブ・カタクリズム」というのをね。

巖谷　『黄金時代』に入ったエッセー。

三浦　そうですね。原稿を依頼されたのは清水（康雄）さんだけど、僕がとりに行ったと思いますね。一九六九年に入ってからですよ。その前の段階では、まさにサングラスの澁澤龍彥のイメージ、それからサド裁判のイメージ、「エロスの大家」というか、「秘密結社の大家」というか、「謎の男」というか……。

巖谷　あのころ、わりと週刊誌なんかに出たりしていて、異端派ダンディーみたいなイメージができつつあったからね。

三浦　というか、もうそれができあがっちゃっていた。もうすでに決まっちゃっていたというふうな感じ。

巖谷　澁澤さん自身も、その気がまだちょっとあってね（笑）。

三浦　伺ったころの僕のほうのイメージで言うと、もう大家というふうな感じがありましてね。

巖谷　でも、まだ『澁澤龍彥集成』は出ていなかったよ。

三浦　あれが出たのは何年ですか。

巖谷　七〇年です。四十二歳のとき。

三浦　そうでしょう。だから、若かったというか、若いといっても、僕は巖谷さんよりちょっと若いだけだけれども、集成が出る前の段階で、僕にとっては、もうすでにそういうイメージがあったんです。

巖谷　前からだいぶ読んでいたんじゃない？　ひょっとして、高校生くらいから。

三浦　高校時代に僕が読んでいたのは、サドの翻訳、『悪徳の栄え』『美徳の不幸』とかですね。澁澤さんの訳されたやつ。それで、僕は田舎が津軽の弘前だから、手帖シリーズや何かは、あんまり本屋になかったと思うね。それは東京に来てからですね。

巖谷　東京だって、そうざらにはなかった。

三浦　とにかく、僕のときには、すでに稀覯本《きこうぼん》というふうな雰囲気だった。

巖谷　部数が少なかったしね。『夢の宇宙誌』ぐらいからだよ、本が売れだしたのは。サド裁判と並行して。

三浦　『夢の宇宙誌』はよく店頭に出ていたね。むしろ美術選書のイメージを決定している面もあった。あれによって美術選書というのは、何というか、ちょっと強面《こわもて》するというふうな感じになったんじゃないですか。

巖谷　そうね。はじめはなんでも入れているような感じがあった。もちろん、瀧口修造の『近代美術』を復刻したなんていうこともあったけれども、澁澤さんので決まったね。

三浦　『夢の宇宙誌』で決まったという感じがした。その前の段階では、美術関係の啓蒙書的な雰囲気があったでしょう。だから僕のイメージで言うと、『澁澤龍彥集成』というのは、むしろついでに出たという感じだった。

巖谷　あのころの本では、『夢の宇宙誌』と『幻想の画廊から』が売れていたのかな。どちらも美術出版社の本で、澁澤さんも美術のイメージが強かったね。

三浦　そうですね。

巖谷　で、その「ユリイカ」の創刊時までは、やっぱりどこかで編集やってたの？

三浦　アルバイトとかなにか、いろいろなことをしたり、それから僕はその前に結婚しちゃっていたからね。とにかく、あんまりまともに生きるという気もなかったんですけれども、結婚してしまったから、これはなにか稼がなければいけないんじゃないか、と。その延長上で、すごい暇な仕事があるらしいというので、青土社というところに入ってしまったわけです。といっても、清水さんと僕の二人だけだったわけだけれども。清水さんというのは河出書房にいらしたかたで、あのころ、河出にいろいろな問題があったでしょう。そんなこともあって、多忙であんまり会社にいない感じだったんです。結果的に、編集のほうをどんどん僕がやらなければいけなくなっちゃって、暇そうなというのと裏腹に、すごく忙しくなっちゃったんですね。

巖谷　そうすると、創刊号のエッセーを注文したのは、三浦さんの発案ですか。

三浦　清水さんです。いろいろな人に相談したら、澁澤さんがいいということになったんじゃないかな。それで、僕は澁澤さんのところへ行くのって、やっぱり緊張して行って、びっくりしたんですよね。

巖谷　そこを聞きたいな。

三浦　北鎌倉のお宅へ。龍子さんと一緒になられるか、なられないかの頃でしょう。

巖谷　で、水撒きかなにかしてた？（笑）

三浦　まさか、そんなことはない（笑）。北鎌倉へ行って、急な斜面をあがって行くと、洋館風の建物があって……。

巖谷　下から見える。

三浦　そうそう。行くと、玄関自体がまさに、謎の澁澤龍彥を形象化したみたいな家なのよね。

巖谷　見るほうも見るほうだよ、それは。

三浦　いや、入口もそうだし、それからなにかポクポクと叩くやつ、ノッカーがあったじゃない。あれもそうだし。

巖谷　当時めずらしかった。ちょっと南欧風でね。

三浦　めずらしいですよ。僕、あっけにとられた。それで入っていくと、ちょっと回廊風の玄関があって、入ると、まさにドームっぽいような感じ。で、階段がある。
巖谷　あの階段は欄干がなかったんだね。
三浦　階段が部屋の一部になっている。それで、そこにビロードの椅子というか……。フロイトの長椅子じゃないけれども、長椅子風のがあって、はたしてそこに腰掛けていいものかどうか、というような感じでね。
巖谷　レカミエ夫人みたいなやつでしょう？
三浦　そうそう。それに見合ったような椅子が幾つかあって、それから分厚いカーテンがあって、奥にはなかなか行けないわけだけれども、奥のほうを見ると書斎風になっている。そこにダーッと本が並んでいるというような感じがあって……。
巖谷　伝説のとおりだった、と。
三浦　というよりも、あっけにとられたというか、やっぱり驚いたですね。あの強烈な雰囲気に。それでパイプでしょう。あの悠然とした感じで、それでサングラスをしているわけですよ。
巖谷　創刊が何月号だっけ。
三浦　七月号。七月号だから、行ったのは四月末か五月かな。それと、喋っていていちばん気になったのが、髑髏《どくろ》だね。髑髏が置いてあるわけ、飾り棚のところに。
巖谷　模造のね。本物だと思っちゃった？
三浦　僕はやっぱり、本物じゃないかな、と（笑）。まさか澁澤さんが贋物を置くとは思っていないし、はたしてこれは法には触れないのかなと思ったほどですよ。本当に僕、二十一か二のころだからね。昔の二十一、二というのは、もうちょっとませているというか……。
巖谷　いまよりはね。でも、だいたい三浦さんは早熟なんじゃないの？　なにしろ故郷を飛びだしてきちゃったくらいで。
三浦　そのころもう結婚していて、何年かになっているわけだから。結婚したのは十九歳のときだから。

巖谷　それでもなお、そういう澁澤伝説にアテられていた。

三浦　アテられてというよりも、やっぱりそれは礼儀じゃないかな。澁澤さんに対する。

巖谷　彼のほうにも、ちょっとミスティフィカシオン（韜晦《とうかい》）があって、構えた部分があったかもしれない、あの時代。

三浦　あったと思う。でも僕は、それは意図的なミスティフィカシオンだと思えないね。というのは、すぐに「これが澁澤さんなんだ」というふうな感じのことが、わかったというか……。

　僕の記憶で言うと、一九六九年から五、六年間かな、毎月行くようになったから……、北鎌倉へ。

＊

三浦　なにか連載してもらおうということは、日ごろから思っていたわけです。それはみんな思っていたんじゃないかな。あのころの編集者だったら、誰でもシブタツの連載がとれるとなったら、それはもう嬉しいでしょう。連載をとって本を刊行できたら、これほど嬉しいことはない。勲章みたいなものですよ。

巖谷　七〇年と言えば、もう澁澤さんも、仕事をまとめる時期に来ていたし……。

三浦　僕は、連載とは別の攻め方もしようと思って、なかなか単行本にならないものだから、『偏愛的作家論』のときは、集成のなかで単行本に入っていないやつを集めて、それにプラス・アルファ、いくつかうちに書いていただいたものを集めて一冊にしちゃった。僕がいちばんおもしろかったのは、澁澤さんのイメージってあるでしょう。ジル・ド・レーの話を書いたりとか、あるいはサドの話とかなんとかといった場合に、これは尋常の人ではない、という感じがあるわけですよ。これはひょっとすると秘密結社みたいに、それこそ小指をどうかするとか、なにかわからないけれども、そのくらいの仁義を切らなければ、と。
巖谷　唇を重ねるとか（笑）、血を吸われるとか。
三浦　そうそう（笑）。僕はあとで寺山（修司）さんと会ったとき、「いや、三浦さんね、ニューヨークのホモの会合のときは、入口にすごい屈強な男の人がいて、その人にディープキスしないと入れてもらえないんですよ」とかいうのを聞いたことがあったけれども（笑）。それこそ澁澤さんのところに行くには、イニシエーションとして、何かがあるんじゃないか、というくらいの感じがあったでしょ。ところが僕が二、三度かよってから、やっぱりシブタツってすごいなと思ったのは、全然そのイメージじゃなかったのよね、澁澤さんて。
巖谷　そうね。だから、三浦さんが「でしょ？」と言うけれども、自分だけそう思っていたんだよ。キスされるとかいうのは。
三浦　それは澁澤さんにキスされるとかいう意味じゃないですよ（笑）。
巖谷　イニシエーションでしょう。入門の儀礼があるだろう、と。でも、そんなのないよね。彼、フランクでしょう。
三浦　フランクというよりも、江戸っ子という感じだったね。僕は三度目くらいで、「ああ、やっぱりシブタツっていい男だ」というふうに思ったのは、江戸っ子だなという感じがしたので……。
巖谷　話が早いからね、とにかく。
三浦　そうそう。それから竹を割ったという感じが……。
巖谷　ある、ある。
三浦　竹を割ったような人だな、江戸っ子だなという感じでね。
巖谷　山の手だけれどね。江戸っ子といっても下町のしつこさはない。
三浦　東京っ子といったほうがいいかな。とにかく、さっぱりしているんですよ。そのことがまず非常に鮮烈な印象があったのと、もうひとつは、けっして付和雷同しないいんだよね。全部、自分の考えしかいわないの……。

＊

三浦　僕は澁澤さんのところへ行くのは非常に楽しみだったし、たいてい夜中なんですよ。当り前の話だけれども。夕方に行って、終電で帰ってくるんです。

巖谷　終電じゃないでしょう。次の日じゃない？

三浦　三回に一回は次の日なんです（笑）。それで、ひどいときがあったんだ。朝まで飲んじゃって、寝ていないわけね。朝一番でバッと北鎌倉まで行って、「これはやばい、きょうは大変だ」と思って東京行きに乗ったわけ。乗って、「よし、安心だ」と思ってちょっとウトウトとして、次の瞬間に目が覚めたら、「久里浜、久里浜」っていってる（笑）。東京行きに乗ったのに、なんで久里浜かと思ったわけだよね。行って東京まで帰って来るまで熟睡しちゃった。そういうときが二、三度あったと思う。

巖谷　でも、原稿はちゃんととれたでしょう。

三浦　そうですね。

巖谷　彼は早いんでしょ？

三浦　いや、そんなことないね（笑）。

巖谷　あ、それは伝説と違うね。締切より早く書くというんだけれども。

三浦　締切を守るほうです。だけれども、けっして僕は早いとは思わないね（笑）。ただ、自分の速度というのは把握していたと思うね。

巖谷　それはそうだろうな。ペースがある。行ってみたらできていなかった、なんてことはないんじゃない？

三浦　何を言ってるのよ。だいたいそういう感じよ（笑）。

巖谷　ということは、つゆ他人には見せなかったけれどもね。いつも「原稿なんか、もう終ってるよ」というような調子だったけれど。でも、部屋へ行ってみたら……。

三浦　まだ書いている（笑）。それで、僕はこっち側で待ってるわけ。つまり、ゴール何分前とかという感じで電話して、「じゃ、ちょっと待ってよう」という感じで行って、原稿ができて、それで……。

巖谷　酒盛りをやる（笑）。

三浦　そう。それで、その原稿は読みもしないし、何もしないの。パーッと枚数だけ確認するわけよ。それでサッとしまっちゃって、それから、むこうは終っているわけだから、飲むんです。

巖谷　原稿はしまっちゃう……。

三浦　僕がしまっちゃう。札束だから。

巖谷　「書き直し」とか言わせないようにする（笑）。

三浦　そうそう。それがよかったんだと思うの。あとでこういうことを言われたことがあった。「最近の編集者はアホだから、その場で読みやがったりしやがって、ふざけんじゃない。だいたい、その場で読んで俺になにか文句いう気か」というたぐいのことを言われたことがあって……（笑）。

巖谷　そりゃいいや、それじゃ前で読めないね。

三浦　もらうと、「わあ、嬉しい」とか言ってバッとしまっちゃって、飲むわけでしょう。つまり、僕は問答無用なわけです。シブタツが書いた、僕はもらっちゃった、ざまあ見ろ、もらっちゃったから、あとは飲むだけだ、という感じ。

巖谷　それ、聞いたことがあるよ。「目の前で読まれるのは嫌だよな」ってね。あれ、苦手みたいだった。

三浦　書き手には二つありますよ。目の前で読んで、はっきりとこれでいいと言ってほしい、と。つまり、これは悪いと言われたいんじゃないんだよ。目の前で読んで感動してほしい、という人もいる。

巖谷　期待している人もいる。

三浦　それともうひとつ、タイプとして言うと、澁澤さんと同じで、てめえも俺もこれでひと仕事おわったんだからホッとしようじゃないか、と。それで、あとで「校正にはくれぐれも気をつけてくれ」と言う（笑）。

それからあとの酒盛りになってからの話が、やっぱりおもしろかったね。つまり、断言的なんだよ、澁澤さんて。「あれはだめだよ」とか、「あれはいいよ」とか、「あれはこうだよ」と言うんですね。

巖谷　一瞬にして終っちゃう。

三浦　そうそう。でも、僕はずいぶんいろいろな話をしましたね。つまり、毎月行っていたわけだから

巖谷　それは三浦さんのことが気に入ってたんだよね。

＊

三浦　率直に言って、本当に僕も澁澤さんが好きだったから、とにかく緊張していましたけれども、でもやっぱり本当に好きだったね。なかなか著者と……巖谷さんのようにめずらしいかたは別としても、一般的にいって著者として対応している人と、旅行するなんて大変じゃないですか。でも澁澤さんだったら、一緒に旅行しても楽しいだろうなという感じがしたね。つまり、まったくあっさりしていて、「これはこうだ」「これはああだ」と言うだけなんだから。ゴチャゴチャ、ゴチャゴチャやらないわけですよ。それから自分の見解を押しつけない。

巖谷　そうそう。だから、てめえの勝手は言うにしても、他人の勝手も認めるんだよね。

三浦　そういうことだね。

巖谷　すごい優しいよ、そういうところは。

三浦　いろいろな人がいるというのは、はっきり認めていてね。それだけじゃなくて、へんなもの、というと悪いけれども、ファッショナブルな感じのものや流行のものに対しては、かなり一刀両断的だったね。

巖谷　それで、意外にそういう、流行のことをよく知ってたろ？

三浦　よく読んでる。

巖谷　「だめ」と言う前に、ちゃんと読んでるんだよ（笑）。

三浦　さっき巖谷さんは、下町じゃない、東京っ子だと言ったけれども、僕のイメージとして見ると、やっぱり江戸っ子ですよ。それは、どこでそう思ったかというと、だいぶたってからだけれども、あとで小林秀雄と電話で喋ったときに、本当に澁澤さんにそっくりだなと思ったのね。まずあの声、それから速度。「あ、三浦君ね、原稿ね、九時ぐらいにはできてるよ。それじゃね」、ガシャッ（笑）。そういう感じじゃないですか。

巖谷　澁澤さんは電話が嫌いだろう。

三浦　とにかく長電話はしないよ。

巖谷　自分が出ることもめずらしいらしいよ。

三浦　そうかな。そのころはけっこう出てたけど。

巖谷　じゃ、やっぱり気に入ってたんだ。

三浦　いや、それは関係ないと思うけれども（笑）。とにかく、澁澤さんてとっても高音なんだよね。それで、その声と、かつて僕がグラビアで見ていた澁澤龍彥のイメージというのが、本当に合わなかったんだよね。喋り方はべらんめえじゃないんだけれども、とにかくちょっと高音で速度が速いというか、それからあっさりしているというふうなイメージの落差が非常に鮮烈で、その声で、最近のファッショナブルなもの、たとえばあのころで言うと、「なにか最近さあ、ほら、パラダイムとかなんとかいってるじゃない」とかいうわけよ（笑）。「パラダイムだってさ」とか言って、「うちの女房なんか、パラダイスだ、パラダイスだと言ってる。なんでこれがパラダイスなんだとかさあ」と言ってケタケタと笑って（笑）、「あんなものやってて稼いでいけるんだから、いい商売だなあ」とか言って。

巖谷　案外よく知ってるんだよね。高校野球の結果を知っていたり（笑）、政治のこともけっこう、新聞を読んだりして、よく知ってた。だから関心があるんだよ、いろんなことに。書斎に閉じこもって自分の世界だけというのと、ちょっと違ったかもしれない。
三浦　そうだね。
巖谷　へんなものも読んでたし。
三浦　ほんとにへんなものも読んでたし、それからへんな雑誌がいっぱいあったよ。送ってくる雑誌が大半だと思うけれども。
巖谷　「平凡パンチ」なんかも……。
三浦　それから買っていた本の量も相当だったね。
巖谷　あのころはもう、思うように買えたんじゃないかな。
三浦　かなり買っていましたね。八重洲ブックセンターができてからなんかは、ときどきいらしてたんじゃないかな。僕は一、二度会った。
巖谷　あそこはよく使ってた。鎌倉にも行きつけの本屋があったけれども。
三浦　でも、だいたいみんな注文だよね、澁澤さんの買い方は。洋書を買うのと同じでね。
巖谷　手術後の入院中だって、龍子さんに本を買ってこさせて読んでいたものね。
三浦　好きだよ、本が。それから文章に関して、僕は澁澤さんの文章の好み、好きだね。僕自身がけっして澁澤さんの試験に受かるとは思わないけれども、澁澤さんの文章の好き嫌いというのは、どこかで品格みたいなものを要求するところがあるでしょう。澁澤さんの文章自体は、どっちかというと清涼飲料水みたいな感じですよね。つまり書いている内容というのは、ある意味でいうと人間存在の暗部というか、そういうものにも触るみたいなところがあるけれども、しかしそれが、ベタベタした触り方じゃなくて……。
巖谷　情念が絡まないんだよ。
三浦　そうそう。まさにプラトン立体というようなもので。
巖谷　それが物足りないと思う人もいるみたいだけど。

三浦　そういうふうに見ると、種村（季弘）さんと対照的ですよ。
巖谷　種村さんはある種の生理みたいなものが絡まってくるわけね。
三浦　そう。そこのところでいうと対照的だと思いますけれどもね。澁澤さんの文章の好みというのには、感心したね、僕。そのころちょうど「血と薔薇」やなにかが並行してあったでしょう。あのときたしか、川村二郎かだれかのものもあれに載せたんじゃないかな。川村さんの文章は、また本当に佶屈《きっくつ》として……。
巖谷　正反対だな。きちんと整っていながら、微妙に生理が出ているようなタイプの文章でしょう。
三浦　そうそう。種村さんとまた違ってね。そういう文体論をやると、延々とできるんですよ。それをやったときは楽しかったですね。川村さんの文体も種村さんの文体もほめていたけど、その違いを論じたりするわけです。

＊

巖谷　彼の性格というのは、まずあの簡単さね。
三浦　そうそう。
巖谷　めんどうな問題でも簡単に整理できちゃうような、そういうところがあるでしょう。
三浦　そう。それと、最終的なところで言うと、「これは自分の趣味なんだから」というふうなことですよ。つまり、思想的にどうとかじゃなくて、とにかく俺はこれが好きなんだから、これが俺の好みなんだ、それはそれでいいんだ、と。
巖谷　さっと割りきっちゃう。そうしていながら、じつは思想的なことも書いているんだけれども。
三浦　根本的にいうと、非常に思想的ですよね。書斎派でありブッキッシュであるということ自体も、思想的な問題だと思っていただろうと思うしね。
巖谷　そうやって自分を律している面もあったわけだ。

三浦　そうだね。
巖谷　たしかに生理的なものは、ふつうの人とくらべたら少ない。
三浦　僕もそう思う。
巖谷　それに、文学というのをいわゆる自己表現だと思っていないところがある、ある意味で。少なくとも心情の表現じゃない。
三浦　それは全然違う。自分のこと、および自分の周辺のこと、身辺雑記風なものを書いたとしても、しめりというものがないわけよ。非常にカラッとしているし、つまり人間関係のドロドロしたものから何かを生みだす、あるいはそこに表現のきっかけを見いだすなんていうことは、およそないね。
巖谷　いま、よくあるじゃないか、へんな言葉が。「思い入れ」とか「こだわり」とか「生きざま」とか……。
三浦　ああいうような言葉を使ったら、澁澤さんに殺されちゃうと思うね（笑）。
巖谷　まあ、三羽ガラスだね。「思い入れ」「こだわり」「生きざま」ね。これが全然なかったのが澁澤さんだ。
三浦　そうだね。そういえばいま思いだしたけれども、巖谷さんは最初に会ったころ、二言目には「五本の指」と言ってた（笑）。
巖谷　いまも言わないでもない。
三浦　「よしよし、三浦君、じゃ映画五本の指、何だ」とか（笑）。フランス文学五本の指とか、いろいろ言わせて、「だいたい、君のことはわかった」と言って（笑）。
巖谷　澁澤さんともよくやった（笑）。
三浦　その話、僕、澁澤さんともしたと思うよ（笑）。巖谷さんの話、ずいぶんしてます。
巖谷　あれは、彼もやるようになったよ。そうすると話が早いから。五本で終るからね（笑）。
三浦　そこは澁澤さんと対応するところだと思う。つまり、五本の指の人ですよ。要するに問答無用で

（笑）。

巖谷　それは、相手が何を言ってもいいんだよ。

＊

三浦　それから僕、ずっと遅くまで話がはずんでいると、「ちょっと飯食っていけよ」とかなんとか言われて、ずいぶん飯も食ったと思うんだよね。

巖谷　飯についても、簡単じゃない？

三浦　いや、味にはうるさいから、豆腐は何に限るとか、やっぱりこうやって炊くのがいちばんいいとか。

巖谷　もう決まっている。五本の指がある（笑）。それ以外のものは食わないんだよ。

三浦　おいしかったですよ。

巖谷　飯は固く炊いていなければいけないしね。僕もそうだけど。

三浦　そうそう。固いのが好きだった。銀座・曙の「げんこつ」（固焼きのカキモチ）が好き（笑）。僕は、あれで歯が欠けるんじゃないかという感じだったけれども。

巖谷　あれはやっぱり、東京の山の手の育ち方だね。

三浦　そうね。

巖谷　形がきちんとしていなければいけないし、朝は生卵がなければいけない。

三浦　そういえば、光栄にも「三浦君、澁澤さんに似てるね」と言われたことが一時期あったんです。

巖谷　そうだね。昔の写真なんか見ると。

三浦　なんか非常に嬉しかったですよ。それで、そのときに思ったのは、澁澤さんて脂っ気があんまりないでしょう。皮膚でも、少年ぽいというのか……。

巖谷　ツルッとしている。

三浦　さっぱりしているじゃないですか。つまり、風呂あがりという感じなんですよ。そういうことで言うと澁澤さんタイプかな、と思ったことはある、自分で。髪の毛とかなにかもパサパサしている感じでしょう。

巖谷　脂性じゃない。
三浦　ギトギトしてないよ、全体に。着ているものも、やっぱりギトギトじゃないよ。さっぱりタイプだよ。
巖谷　いままで言うとモテるタイプかな、それは。
三浦　そうなの？　でも、さっきの三つの……。
巖谷　「生きざま」「思い入れ」「こだわり」か。やだね。俺は嫌いだよ、そういうの（笑）。
三浦　それがモテるって言ったんじゃないの？
巖谷　モテるんじゃなくて、そんな言葉を使う人がいっぱいいるということ。「こだわりの美学」とかなんとか。それは澁澤さんとは全然違うものだよ。
三浦　正反対だよね。
巖谷　世間一般では澁澤さんを、こだわりの人だとか言うけれど。

＊

巖谷　それで、話を戻すと、最初の連載は『悪魔のいる文学史』でしたね。
三浦　『悪魔のいる文学史』をとったときというのは、ほとんど私はもう、天国にのぼるような気持でしたね。
巖谷　澁澤さんが「やるぞ」と言ったとき？
三浦　というか、徐々に、徐々に攻めていくわけじゃないですか。
巖谷　三浦さんは、そういうところ、粘り強いからね。やっぱり東北人で、われわれにはとうてい及びがたいというか……。
三浦　ちょっとひどいじゃない。さっきので言うと、こだわりのなんとか……（笑）。
巖谷　いやいや。徐々に盛りあげていく、という感じね。津軽共和国で、違う文化を背負っているんですよ。だから、みんな書かされちゃった（笑）。
三浦　澁澤さん攻略の方法で言うと、絶対に澁澤さんでないと、と言うので、毎月一回、伺う理由をつくることのほうが先だったような気がするね。つまり、特集の相談をしたいんだとか、こういうふうなことを考えてみたけれども、なんとか相談にのってもらえないだろうか、とか。そのために、サドの特集だとか、エロティシズムの特集だとか、いろいろなものを考えるわけですよ。

巖谷　そのころは、もう「ユリイカ」の編集長でしょう？　実質的には何年度から？

三浦　一九七〇年。「宮澤賢治」の増刊号から、僕が編集後記を書きはじめたんです。それで、七二年か七三年に、編集名義人になっているんです。だから、それを編集長というんだったら、七二年か七三年。そういう若い人間に編集をまかせたんですから、清水さんもすごい人だといまになってつくづく思います。

巖谷　でもすごいね、二十二歳で編集後記を書いているんだから。

三浦　そんなこと言わないでくださいよ、はずかしい（笑）。僕が言おうと思ったのは、澁澤さんの連載をとりたいとか、澁澤さんにとにかく全面的に登場してほしいというので特集を考えたということですよ。そのためには、何度か足を運ばなければいけないじゃないですか。足を運ぶ間に、なんとなくほのめかしながら、連載をやる方向にどんどん行って、「いつかやろう」というところまでこぎつける。それが密かな快楽というか……。

巖谷　彼もちゃんとわかっているんだよ。

三浦　それはそうだね。

巖谷　そういうことは、僕も話を聞いていたね。あのころ、「『ユリイカ』はいい」と言っていたから。実際「ユリイカ」の最初のころというのは、いかにも新鮮だったんだ。最初、表紙にフランス人の絵かなにか使っていたんじゃない？

三浦　そうそう。あれは清水さんが、どこか向うのほうの本をただで使っちゃったという（笑）。

巖谷　六九年だから、世の中はいわゆる全共闘運動のころで、そこへちょっとしゃれた、ちょっと雰囲気の違う雑誌がフッと出て……。最初は「復刊第一号」とかやってたでしょう。昔の「ユリイカ」と同じだといって。ところが、途中から復刊と名のらなくなっちゃった。

三浦　そうだね（笑）。

巖谷　前の詩誌「ユリイカ」のイメージが、なんにもなくなっちゃったんだよ（笑）。

三浦　いろいろありましたけれども、でも「悪魔のいる文学史」は本当に楽しかったですね。あの連載をもらいに行くというのが本当に楽しかった。

巖谷　澁澤さんも、そうとう長めに書いていたんじゃない？　彼の文章としては。

三浦　そうですね。

巖谷　あれは、専門的にもきちんとした仕事だし。

三浦　そうですね。僕もそう思います。

巖谷　仏文学者としての自覚みたいなのがあってね。たぶん澁澤さんのああいう連載のなかで、いちばん充実したもののひとつだな。分量も多いし。

三浦　いまから考えてみると、本当に僕は幸運だったですね。

＊

巖谷　あのころ、並行して単行本のほうはやっていなかったの？　さっき話に出かかった『偏愛的作家論』を最初に出したでしょう。あれは寄せ集めだけれど。

三浦　そうそう。とにかく澁澤さんの本がほしかったわけです。だから、ずいぶんいろいろなことをやっちゃったというか……。

巖谷　あれは実際に初出のものが少ないですね。『偏愛的作家論』という題名は三浦さん？

三浦　あれは澁澤さんだと思いますね。僕のほうでひょっとしていくつか候補を出したかもわからないけれども。

巖谷　澁澤さんは、じつは「偏愛」という言葉があんまり似あわない人だと思うけれどもね。

三浦　そうだね。でも、それで決めるというか、それはあったと思いますね。つまり、自分のイメージ——自分自身じゃなくて一般に流布したほうがいいイメージ——というのには、合っていたと思いますね。

巖谷　実際には、みんな正攻法で愛しているわけだから。

三浦　そうそう。もともと本当に正攻法の人ですよ。どっちかというと、まがったことの嫌いな人だと思う（笑）。ひねくれてないよ。

巖谷　テーマは偏《かたよ》った、まがったようなのが多かったりするんだけれど、それをまっすぐにしちゃう。だから、すごくすっきりするの。

三浦　そうです。それで、さっき巖谷さんがおっしゃっていたように、食い足りない人もいたりするんじゃないかな。澁澤龍彦というのを一言でいってしまうと、僕は白木の升《ます》というか、つくったばっかりの、そういうふうな感じの器を思いうかべますね。

巖谷　なるほどね。おもしろい表現だな。

三浦　そういうような感じだから、もうそれだけでいいわけですよ。

巖谷　白木の香があるとか。しかもまっすぐで、つるっとしているわけだ。

三浦　そうそう。それでさっぱりしているわけ。塗りとかなにかはないわけよ。

巖谷　どこにも曲線がない。

三浦　そうそう。そういう感じで、白磁とかなんとかいうふうなこともありうるかもわからないけれども、どっちかというと、いま言ったみたいな白木の感じ。

巖谷　そこにいい酒とか、蒸溜酒、あるいは清水を注いでいくみたいな感じもあるね。

三浦　飲んでた酒は、そういえば、だいたいウイスキーだったですね（笑）。ウイスキーかブランデー。

巖谷　早いほうがよかったんじゃない、酔うのが。

三浦　そうかもしれない（笑）。

巖谷　最初はビールを飲むんだよ、大体。
三浦　そうだね。だけれども、基本的にいうとウィスキーだった。
巖谷　それは仕事が終ったときに合うからじゃないかな。
三浦　そうです。寝る前の解放された時間というか……。

＊

巖谷　三浦さんのつくられた本のうちでも、『胡桃の中の世界』はいい本でしたね。
三浦　そうですね。大事な本ですよね。
巖谷　あれは三浦さんの注文？　澁澤さん自身が、連載をこういうふうにやろうと言っていたの？
三浦　それは、澁澤さんがそう思っていたんだろうね。もちろんこっちのほうからも、そういうふうなことを言っていたとは思うけれども。著者と編集者というのは、そういうことでいうと一体だから……。ただ、タイトルやなにかに関していうと、「これだ」というふうな感じのは、かならず澁澤さん自身がおっしゃっていましたね。
巖谷　『胡桃の中の世界』というのは、はじめからあの題名を考えていたのかな。
三浦　だったと思います。『悪魔のいる文学史』に関しても、『胡桃の中の世界』に関しても、そうだったと思います。
巖谷　連載題名は「ミクロコスモス譜」だったにしても、はじめから入れ子のイメージがあって、そのことを書いた最後のエッセーの題名を、単行本のときには総タイトルに使ったと……。
三浦　そうです。だから、いまから考えてみると、もっといろいろそのことに関連して訊いておけばよかったかな、というようなことはあるけれどもね。「メリーちゃんのなんとかミルク」とか。
巖谷　入れ子については、もっと前から何度も書いているんだけれどね。

三浦　そうそう。あのイメージははじめから彼のなかにあったわけですよ。
巖谷　そして、ミシェル・レリスで決まっちゃう。ピタッと決まって、それを書く。そこに原点があるのかな、あの連載は。
三浦　きわめて幾何学的で明晰な精神であるからこそ、逆に明晰性がもたらすめまいみたいなものに敏感だったというか、僕はその構造は……。
巖谷　つまり、六〇年代は悪魔学みたいなものでグニャグニャしたところを書いたりもしたけれど、今度はすっきりと、幾何学的に、あれで自分の領域をつくっちゃったんじゃないかな。
三浦　それは非常におもしろい指摘ですね。
巖谷　自分がこうありたいということの表現のようなところが、あの連載にはあったんじゃないかな。
三浦　そのあとに『唐草物語』が出てくるでしょう。ということは……。
巖谷　七〇年代は澁澤さんにとって、自分のオーソドキシーをつくった時期かもしれない。『悪魔のいる文学史』だって、まがっていないんだよね。これも、意外にきちんとした文学史的なものです。題名がああでも。
三浦　そうですね。
巖谷　その上で、『思考の紋章学』に移ってゆく。そうすると、もっと流れが出てくる。
三浦　そういう意味で言うと、一種弁証法的な法則がありますよ。最初のグニャグニャというか、それがサーッと明晰性になっていくでしょう。それで全部が座標変換みたいな感じになっていって、そこから『思考の紋章学』まで行って、また曲線というか、そういうふうなものを採り入れていって、『唐草物語』的なものがあって、そこの段階でよりいっそうフィクションの世界に接近していくわけでしょう。
巖谷　文章も、だんだんに、ゆるやかに流れるようになってくるよね。
三浦　そういうふうにして見るとね。

巖谷　『胡桃の中の世界』というのは、流れる直前に固めたようなところもあって、ピシッとまとまっているけれども、やはりあれがあったから、その先に移っていったわけね。また、黒メガネのイメージがあのころ消えてしまうでしょう（笑）。だから、あれは重要なんだよ。

＊

三浦　それと、あのころもうひとつ驚いたのは、しきりに旅行をしはじめたでしょう。あれは、僕が最初に伺っていたころの、澁澤さんのイメージとは本当に合わなかった。自分でも、ブッキッシュで「俺は書斎の人間だ」というふうにおっしゃっていたでしょう。動かない、と。

巖谷　一時は、絶対に外国なんかへ行くまいというようなことも、言っていましたね。

三浦　僕は何度も聞いています。だから僕のイメージでは、本当に意外だった。ヨーロッパへ行ったときには、出口（裕弘）さんが向うにいらしたわけですね。

巖谷　堀内（誠一）さんもね。

三浦　帰ってきてから「出口ってへんなやつでさ」とか言っててね、それも僕はおもしろかったの。「出口はレストランへ行って、自分の発音が悪いんじゃないかとかなんとか考えちゃうものだから、いつもピリピリしてるんだよ。ちょっとでも差別を受けたり、無視されたりすると、カーッとなっちゃうんだ」と言ってね。

巖谷　出口さんはきっと、外国では「日本男児」になっちゃうんだな（笑）。

三浦　だれでもそういうところあると思うけど、澁澤さんは、どうもそうじゃないようですね。澁澤さんが出口さんのことを話して、おかしがったりしているんだけれども、その話を聞いていて、出口さんのことよりも澁澤さんのことがよくわかっちゃったね（笑）。

巖谷　僕なんかの場合は、どこの国へ行ったって平気で、その国の言葉をブロークンでやっちゃう。でも日本人は、外国へ行くと緊張する人も多いんだよ。その緊張感が、日本の外国文学研究に反映したりすることもあるらしいけれども、僕はそうならない。澁澤さんの場合も、それはないね。どこだって同じなんだ。

三浦　でも、なにか知らないけれども、「よきにはからえ」みたいな感じでいるんですよ（笑）。どっちかというと巖谷さんは、僕もそうだと思うけれども、ブロークンでもやっちゃって、とくに一人旅だったらそうでしょう。ところが澁澤さんはまた違うんじゃないかと思うね。あれ見ていると、一種大名旅行風で……。

巖谷　まわりの人がみんなやってくれる（笑）。

三浦　「よきにはからえ」で、結果として「でかした、でかした」というか。

巖谷　『滞欧日記』を読むと、俺がこう言ったら誰々はこう答えて云々と書いてあるから、けっこう喋ったということもあるらしい。

編集部　でも出口さんの話によると、ほとんどなにも言わなかったと（笑）。

巖谷　出口さんから見れば、じゃないかな。『滞欧日記』を読むと、多少は喋ってるようだよ、外国人と。

三浦　僕は、そのイメージというのは、小林秀雄もそうだったんじゃないかという気がするんです。つまり、小林秀雄は、フランス語を流暢に喋って向うの連中とどうのこうのなんていうことは、およそてんから考えなかったと思うね。

巖谷　少なくとも、澁澤さんはそうだろうね。

三浦　まず見ることというか、目だけはすごくいいでしょう、それでじゅうぶんだったんじゃないかな。

＊

三浦　僕は八〇年代になってから、澁澤さんのお宅に伺いたいなとか思っても、遠慮が先に立つでしょう。だから残念だったなと思う。
巖谷　それはどういうニュアンスですか？
三浦　なにか悪いなと思う。それに八〇年代は、僕は物書きのほうに転じちゃったでしょう。だから、伺いたいなという気持が非常にあったんだけれども、でもお忙しいだろうと思ったし。
編集部　あのころはヒマを制限していましたね。小説書くほうに没頭しているみたいだった。
三浦　僕もそっちのほうだと思って。
巖谷　一方、八〇年代というのは、物書きはみんな忙しかったんじゃないかな。文化のバブルだったから。
三浦　そうかもしれない。
巖谷　それで、友達だって忙しいから、集まる機会も以前ほどはなかったんじゃないかな。六〇年代がいちばんすごかったわけで、集まれば三日三晩飲んだりというようなことが、よくあったから。
三浦　六〇年代の話を聞いていたから、僕はどっちかというと、それからちょっとずれているでしょう。あとで僕は巖谷さんから、松原に池田満寿夫さんがいらしたころの話も聞いたりしていたんだけれども、僕としては想像するしかなかったわけです。
でもおもしろいもので、一九六九年というと、二十年以上昔の話でしょう、二十年以上昔のことを言えるようになって思うんだけれども、やっぱり二、三年前の話、四、五年前の話でも、二十二、三歳のころの僕——少年というか、青年というか——にとっては、神話的だったんです、みんな。全然およびもつかないような雲の彼方の話みたいな感じだったから。それが現に目の前にいる澁澤龍彦とか、巖谷國士とかと地続きだという感じがなかったくらいだね。とりわけ澁澤さんに関しては。
巖谷　六〇年代が特別だったということは、七〇年代にすでにそう言われていたかもしれない。
三浦　そうそう。僕は六九年に澁澤さんのところに伺った段階で、もうすでにそんな感じがしていましたよ。

それは吉本（隆明）さんに関してもそうだったね。澁澤さんと吉本さんが僕にとってそういうふうな感じで、巖谷さんとか柄谷さんとかは別ですよ。どっちかというと同時代人という感じであって。だけれども、吉本、澁澤とかというふうになると、ちょっと違うんだよね。そのまた上になっちゃうと、これはまた普通になっちゃう。吉田健一とかは普通な感じなんですよ、かえって。

そういうのって、おもしろいですね。直前の世代というのは神話化されてきちゃうんだね。たとえば谷川俊太郎とか、大岡信とか、武満徹とかというふうな人たちの六〇年代の話に関しても、神話的な雰囲気があったですよ。そのとき、せいぜい僕は三、四年か四、五年あとというだけでしょう。その場から考えてみると。でも、そうだったんですよ。だから第一次の「ユリイカ」の話を聞いたりなんかしても……。

巖谷　それで、六〇年代で何かが終ったと……。

三浦　そうだと思う。だから桃源社の『澁澤龍彥集成』に関しては、それの記録か、まとめみたいな感じがあったの。

巖谷　あれはぴったり七〇年に出ているから。「六〇年代はこれで終った」という感じが、あの『集成』と、それから『黄金時代』のなかにある。実際にそう書いているし。そこから『悪魔のいる文学史』と、とくに『胡桃の中の世界』が出てきたわけだから、「ユリイカ」の存在は大きいですよ。それで、『胡桃の中の世界』のほうは、はじめから青土社で出す予定だったんですか？

三浦　それはそうですよ。だって、あんないい文学資産。

巖谷　『悪魔のいる文学史』は中央公論社に持ってかれたから（笑）。

三浦　僕もニコニコしているけれども、内心でいえば、ムギューと思っているわけだからさ（笑）。だから『胡桃の中の世界』のほうは、とにかく本にしちゃおう、と、それは絶対にそう思っていたわけだよ。
巖谷　あれは澁澤さんの自装ですね。
三浦　そうだったと思うね。
巖谷　ほかとくらべて、ちょっと素人っぽい。間延びがしているというか。でも澁澤さんらしいよね。
三浦　そう言われてみれば、本当にそうですね。澁澤さんというのは、そうなんだよね。けっしてゴチャゴチャ、ゴチャゴチャしているわけじゃない。「著者自装に」というのは、ひょっとするとこちら側が言ったかもしれないね。「澁澤さんがやってみませんか？」というようなことを。
巖谷　なるほど。『洞窟の偶像』もそうでしょう。
編集部　あれもそうですね。要するに文字を置いて、ひとつなにかポンと置くだけの装丁ですから。
巖谷　専門家がやると、澁澤さんのイメージをつくろうとしてゴテゴテにしちゃうこともあるけれども、彼自身が装丁をすると、ごく簡単なんだよ。
三浦　そこが、澁澤さんという人のイメージと、周囲から与えられるイメージとの落差というか、違いというのがあって、おもしろいですね。

＊

巖谷　『胡桃の中の世界』の連載を書いているとき、どんなふうでした？
三浦　行き悩むという感じは、まったくなかったね。金の卵を産む鶏、という感じだね。それを毎月、そろそろできているかな、と……。
つまり、なんというか、書いていらっしゃるところでお待ちしていても、難産しているとかいう感じじゃない。「もう終るよ」とか言って、「それまで、ちょっと、これでも見ててよ」とかいう感じで、楽しそうな雰囲気になってくる（笑）。つまり、苦吟しているなんていう感じはまったくないね。それで、資料というか、いろいろその前に読んでおかなければいけないとか、確かめておかなければいけないとか、あれとあれとあれをしなくちゃいけないとか、そういうことに関しての楽しい苦労というか、それはおありだったと思うけれども……。

巖谷　そっちのほうでは時間がかかっていると思うよ。でも、実際に書くのは、そんなに時間をかけていないような気がするな。

三浦　そっちのほうの――それも苦労話じゃないね。楽しみ話という感じだと思うけれども、そういうふうなことをおっしゃっていたと思うね。

巖谷　とくにあの連載はそうだったんじゃないかな。おそらく、自分の本来の仕事はこれだ、という感じを持っていたと思うんだ。

三浦　そうじゃないかしら。とにかく毎月行くのが楽しみで、とりわけ原稿をもらっちゃってからあとがもっと楽しみというか、それはたとえば雑誌に載っちゃう段階が楽しみなわけです。でも、それ以上に、澁澤さんと話をして、やっぱり勉強になったですよ。本当に勉強になったなと思う人はいろいろいますけれども、谷川俊太郎とか大岡信とか……。

巖谷　澁澤さんも、五本の指に入る？

三浦　もちろん。それぞれに編集上のヒントというか、いわば編集上の、これはいいというか、つまり自分もそれを獲得したい視点というふうなものを……、やっぱりみんな独特のものをもっていましたね。

それで澁澤さんに学んだというのは、さっきも言いましたけれども、自分の目で見るということね。自分の判断力以外は信用しないということだね。

巖谷　それは三浦さんの場合、物を書くのにも役立っているのかな。

三浦　それはそうだと思いますね。とにかく右顧左眄しないというか、世間的な評価では判断しないということですね。とにかく、澁澤さんの判断はいつでも参考になったね。つまり新人だとか、誰か出てくるでしょう。僕が、この新人は大体こういうふうな人じゃないかなとか、いろいろ思ったりしているじゃないですか。なんとなくそういう人を五、六人、どうしようかなと思っているときに……。

巖谷　「あいつはいい」というようなことを言う。

三浦　そうそう。名前を挙げると、パパパッと反応してくれる。これは、「そうか、澁澤さんはそう言ったかな」と。判断の基準として助かったんです。

巖谷　目がしっかりしているんだよね。

三浦　つまり、澁澤さんが「あいつはいいよ」と言ったというのが、僕のなかで相当な価値基準になったということ、それは多かった。それから、この人はすごいなとか世間一般が思っていることに関して、ケチョンケチョンに言うときもあって、それもよくわかる。「あいつ、おかしいね。なんであんなこと書くのかねえ」というようなことがあるでしょ。あとから考えてみると、「そういえばそのとおりだな」と思ったりしてさ。それでガクッと訂正しそうになったりして。

巖谷　その場では「そんなことはありません」と言ったりしたんじゃないの?

三浦　言ったりしたけれども(笑)。

巖谷　でもよく考えると、彼の言うとおりだったと。

三浦　そうそう。けっこうそのへんの話が多かったかもわからないですね。

巖谷　じゃ、原稿をとりに行って、終って酒を飲んで、そのあいだに誰がいいか悪いかというのを、延々とやっていたわけだ。

三浦　そうだね(笑)。それが編集にすごい役立ってるよ。最高だよ。しかも、雑誌そのものに関しても批評してくれていたからね。先月号でいうとこれがよかったとか、あれがああだったとか。

巖谷　三浦君の「ユリイカ」の編集後記を買っていたから、あれは澁澤さんのアドヴァイスで本にしたのかと思ったんだ。

三浦　ほとんどそう言っていいんじゃないでしょう

か。
巖谷　あれは彼がいつも読んでいて、編集後記で「ユリイカ」のその号を評価していたくらいだから。
三浦　率直に言って、僕はたいへん名誉な話だと思います。ありがたいというか。
巖谷　僕もあの編集後記はよかったと思うよ。ああいうスタイルをつくったというのは、はじめてじゃない？　編集後記というのは、なにかもっと下世話なことが書いてあったりするから。
三浦　そうですね。僕のほうは、二十二、三で、下っ端でしょう。本当に緊張しているから、ほかに当時有名な編集者がいっぱいいるわけですよ。澁澤さんと話していると、そういうふうな人のことも出たりするのよ。それがすこしすると、「何を言ってるんだ、三浦君。おまえ、じゅうぶんに優秀じゃないか」というのを一回いわれたことがあったの。そのときは驚天動地で、本当に自分でびっくりしたけれども……。
巖谷　そのくらいのプライドはあったんじゃないの？
三浦　いや、そんなことはなかった。
巖谷　東北人だから、ちょっと屈折して言う（笑）。
三浦　そんなことないんだって、ほんとに。そのときは意味がわからなかったもの、最初。それであとになってから、どうも澁澤さんがこういうふうにおっしゃってくださっているみたいだとわかって、それはやっぱり、すごい励みになった。
巖谷　あの編集後記のことはよく話題にしたもの。「今度のはよかった」とか。僕も全部読んでるから。
三浦　まいったな、きょうは（笑）。

＊

三浦　とにかく率直に言っちゃうと、僕はそれよりも何よりも毎月一回、北鎌倉へ行って——この前、龍子さんと電話で話したとき、「昔のことを調べてみたら、結局七〇年代、三浦さんがいちばん家に来ていたんじゃないか」とおっしゃったんですね。

巖谷　澁澤さんの七〇年を引きだした仕掛人かもしれないんだ。

三浦　それで僕も、じつは澁澤さんのところにはずいぶん行っていたという気持があったから、自分のなかでも非常に重要な存在なわけですよ。だから、それに見あうだけのことをしていないみたいな感じがして、内心忸怩《じくじ》たるものがあるけれども。

そういえば、亡くなられる二、三年前かな、まだお元気だったころだと思うけれども、八重洲ブックセンターで偶然お目にかかったことがあったんです。澁澤さんのほうから「ちょっとお茶飲もうよ」と言われて、あそこのお茶飲むところですこし話したとき、「遊びに来なよ」と言ってくださったんですよ。そのとき、僕が編集を辞めちゃって書いていることについても、非常に肯定的なことをおっしゃっていた。……それも嬉しかったですね。ありがたいなというか。

巖谷　彼は編集者についても、ちゃんと見ているからね。辞めたってちゃんとつきあう。

三浦　そうなんですね。

巖谷　それに、出版社についてもそうだろうと思う。

三浦　それはそうだね。出版社に対する評価もちゃんとあるし、それと義理だてとか仁義というのもあったような感じがするね。

巖谷　それもあった。それだけじゃないけど。

三浦　それだけじゃないとは思うけれども、その上に評価があってね。仁義はものすごくあったね、彼は。河出というのはいちばん最初だった。サドだって最初は河出だからね。現代思潮社や桃源社よりも前に。最初の彰考書院のだって河出から出しているでしょう。そういうこともあるしね。

巖谷　でも、仁義といっても、山の手だからね。

三浦　ベタベタしたものじゃなくてね。それから別れ際がいいというか、「あ、それじゃね」という感じなの（笑）。

巖谷　「まあまあ」とか引きとめないのね。それでへんに肩組んだりもしない。

三浦　そうそう。吉岡実もそうです。吉岡さんが江戸っ子というか、下町っ子のタイプで、澁澤さんは山の手っぽい、東京という感じですよ。それから種村（季弘）さんなんかは、池袋でピーナッツを売っていた学生のころの話とか、自分でいろいろおっしゃるでしょう。そこがまた、おもしろいですね。種村さんも別れ際がきれい。

巖谷　種村さんは人情があるし、それから東京というのを、ちょっと場末から見ているところもあると思う。つまり、種村さんのほうが批評家だよ。

三浦　それはそうかもわからないね。やっぱり人間の世界はプラトン立体でできているわけじゃないから、種村さんのほうは違うところを見ている。むしろ澁澤さんのほうは、どっちかというと造形化というか、ものをつくる人、それも非常に直線が多いというか、シャキッとしたような感じのもので、種村さんのほうは、そういうふうな並びでいけば、音楽でもないな、ある種の……。

巖谷　芝居小屋とか、人形劇とか……。

三浦　そうそう。そういう感じですよ。

＊

巖谷　ところで、『胡桃の中の世界』の単行本そのものは、三浦さんがタッチしたわけですか？

三浦　基本的に言うと、そういうことになると思いますけれども。担当は別の人だったから、要所要所で、僕が行って手助けしたりしていた。それに、澁澤さんが途中で怒っちゃったりというようなことがあったから。

巖谷　出版部の人がやっていても、三浦さんが一応すべての単行本にタッチしていたということね。

三浦　そうせざるをえなかったと思います。

巖谷　『機械仕掛のエロス』とか、『洞窟の偶像』とか、あのへんの寄せ集めの本もそうかな。

三浦　寄せ集めやなにかのリストは、だいたいみんな僕がつくっていましたね。それを持って行って、だいたい基本をつくってから、具体的な担当者に行ってもらってた。
巖谷　『胡桃の中の世界』には、図版が入っているでしょう。あれも澁澤さんが選んで入れたのかな。
三浦　図版に関して言うと、全部澁澤さんですよ。こちら側で用意するなんていうことは、一度もないね。それから増刊号とかに関しても、重要な図版やなにかというのは、澁澤さんが用意してくれた。
巖谷　「エロティシズム」の特集のときはどうでした？　彼が執筆メンバーをすべて決めたの？
三浦　そう。僕がリストアップした上で澁澤さんが決めた、という形だと思う。
巖谷　リストを見て、さらにこれを入れろとか、これを外せとか。
三浦　そう。それは澁澤さんに責任編集になってもらわないと意味ないから。
巖谷　『エロティシズム』は雑誌で出てから、あとで本にしたでしょう。加納（光於）さんの装丁で。あれをこの『全集』で著書扱いにするか。序文だけ補遺に入れるかということで、結局、著書として扱った。編著。それでいいんだろうな、そこまでやっているのならば。
三浦　もちろんそうですよ。それだけじゃなくて、彼はそのことに関して、はっきり思い入れがあったと思う。というのは、あとで単行本にしたときに、ユリイカの名付親の稲垣足穂さんが「これは書斎のエロティシズムだ」と言ったけれども、それは望むところだとお書きになっていらっしゃるでしょう。僕は、あれを読んでいて、やっぱりすごく嬉しかったんですよ。
巖谷　自分の本だという意識が強かったということだね。
三浦　そうそう、そういうこと。あれに関して言うと、どれだけ澁澤さんの波長というか、意向というふうなものを感じとれるかということでしょう。僕のほうは、それでやっているわけだから……。
巖谷　彼の書いた初出のものは四枚しかないけれども、編集の内容そのものも澁澤さんの作品とみなせるという見地ですね。
三浦　つまり、僕は澁澤龍彥の目を通して、という感じの協力者だからね。だから澁澤さんのほうで忌避するという人はまったく入っていないわけですね。若手とか、いろいろな人に関して、僕が、これいいんじゃないか、当然澁澤さんがいいと言うんじゃないか、と思って入れたのはあったかもしれませんよ。でもそれは、あくまでも澁澤さんが「うん、そうだ」と言うのが前提でやっていたから。
巖谷　澁澤さん自身、編集者の感覚があって、自分でリストアップして書いたりするの、よくやっていたね。人に相談もするし。
三浦　そういうこと自体も、僕はすごく勉強になった。つまり編集者として。澁澤さんて、編集者的なことが非常に得意な人だったと思いますよ。
巖谷　澁澤さんの責任編集した本の系列も、やっぱり大事だということだね。でも一方、三浦さんが偉いと思うのは、澁澤さん風に染まっていないよね、仕事の上で。
三浦　つまり、前に出たイメージの問題ですか。
巖谷　テーマの問題。
三浦　あ、そうか。それはそうですね。
巖谷　澁澤さんの物の見方は継いでいるのかもしれないけれども。
三浦　そっちのほうが重要だったと思うね、僕は。さっき僕が言った竹を割ったみたいだとか、東京人だというか、そういう本当にさっぱりしていて、ベタベタしてないというか、直截にものを見るというか、僕にはそっちのほうが全然重要だったな。
巖谷　まわりを気にしないんだよね。ものを見るときはまず、自分と相手との一対一になっちゃう。絵を見たって、まわりは見えない状態でそれだけを見るから、きちんと見られるわけ。
三浦　そっちのほうが澁澤さんのいちばん重要な本質のような感じがする。それは、澁澤さんの幼年時代とか、いろいろなものからずっときた、ほとんど必然的なものだっただろうと思うしね。
巖谷　それから文化的な伝統もあるし。彼の育ったところにはね。
三浦　やっぱり性格ですよ。そういうキャラクターというふうなものがもっともうまく生きたというか、そういう感じがするな。だから、書いている内容で言えば、たとえばロマン主義文学みたいな感じであるとか、いろいろなテーマに関して、いろいろな掴み方、もっといろいろな対応の仕方とかあると思うんですけれども、そのこと、つまり澁澤さんが扱ったテーマということよりも、澁澤さんの方法というか、ライフスタイルというか、そっちのことのほうが僕にはやっぱり重要だったと思う。そっちのほうに非常に共感を持ったと思うね。

＊

巖谷　じゃ、もうひとつ伺っておくけれども、三浦さんは舞台に関心があるでしょう。いまは踊りのことを中心に書いているね。澁澤さんのそのへん、どうでしたか。
三浦　澁澤さんの感化で、土方巽にしても、笠井叡にしても、僕は見たんだと思いますよ。
巖谷　それはそうだろうし、澁澤さんはバレエをけっこう見たりもしているけれども、舞台そのものについては……。あと音楽ね。音楽のこと、ほとんど書いていないでしょう。
三浦　澁澤さんは音楽人間じゃないね。
巖谷　視覚型だと自分でも言っているけれども。
三浦　視覚型だし、空間型です。
巖谷　彼は音楽を聴いたって空間に変えちゃうから。
三浦　それは言えるかもわからない。
巖谷　たとえばモーツァルトの交響楽だって、旋律をやってみせるんだよ。一応は合っているんだ、メロディーは。でもリズムはないみたいだ。
三浦　そう？　それはおもしろいね。一度、吉行（淳之介）さんと澁澤さんの話になって、澁澤さんのことをいろいろ聞いたりしたわけ。たしか、吉行さんが車でどこかへ行くので、僕は助手席に乗っていろいろ喋っていたことがあった。そのときに、澁澤さんのところへ行って田村隆一を呼んでちょっと酒盛り風になった。七〇年のはじめかな。そうしたら、延々軍歌になったんだよね。すごい記憶力で。
巖谷　最後まで歌えないとだめなのね（笑）。途中でまちがえると、はじめから全部やりなおす。
三浦　そうそう。それを僕が吉行さんに喋ったら、吉行さんは「それは本当に意外だ」と言いはじめてね。つまり、吉行さんは大正の人でしょう、生まれは。だから、自分たちとしては絶対に軍歌は歌わない、と。
巖谷　澁澤さんにしたって、あとで身につけたものかもしれないな。
三浦　そうそう。ありうるね。
編集部　この前、小学校の同級生で、青年期もずっとつきあっていた武井宏さんに、軍歌を歌っていたかと訊いたら、歌っていなかったと言うんです。
巖谷　そこはちょっとおもしろいね。
編集部　それで、新しい戦後のはやり歌があるでしょう、洋物風の。あれをいちばん最初におぼえて教えてくれた、と。シャンソンとかアメリカの歌とか。それでみんなに披露するというんですが、軍歌なんかは歌わなかったらしい。ある時期から出てきたんじゃないですか。
巖谷　澁澤さんの軍歌というのは一種の神話だけれども、いつごろか、ある時期に仕込んだんじゃないかな。
三浦　そうだね。それは六〇年代に関係あるんじゃないのかな。
巖谷　そういえば、僕が最初に澁澤さんの小町の家に遊びに行ったというのは、たぶん六五年くらいかな。そこで何をやったかというと、革命歌とかロシア民謡を朝までいっしょに歌った。
三浦　そういう時間のつぶしかたをするんだよな、あの人は（笑）。
巖谷　それで大体、どんな歌でもいいらしい。
三浦　そうなんだよ。簡単に言っちゃえば、そうなんだよ（笑）。
巖谷　歌いやすい歌ならなんでもいいんだ（笑）。
三浦　僕はそこで、吉行さんとの違いがおもしろいなと思ったのね。つまり、吉行さんは軍歌のことにこだわったからさ。澁澤さんのほうは全然こだわっていないんだろうと思うんだね。そこのところもおもしろいと思ったね。
巖谷　こちらが軍歌の世代じゃないと知るや、彼は別のを出してくる。そうすると、競争になるんだ。クラシックなんかも出るよ。たとえば「『ソドムとゴモラ』の序曲をやろうか」なんて言って、二人で身ぶりをつけてやるわけね（笑）。
三浦　すごいな（笑）。
巖谷　わりとちゃんとできるんだよ。でも、二人で気がついてみると、大まかなメロディーだけしか追えていないんだ。
澁澤さんは、矢代（秋雄）さんだったか、音楽批評家の家に行って酒を飲んだという話があって、モーツァルトの何かをその伝でやってみせた。そうしたら矢代さんがすっかり感服したと、自分で威張っているんだよ。でも、音楽の専門家が聴いたらどう思うんだろうな（笑）。
三浦　そういえば、あの部屋にはステレオとかなにかはなかったような気がする。
巖谷　いや、二階にあるんだよ。ステレオらしいんだけれども、使い方がわからない（笑）。だから、途中から鳴っちゃったり、針が飛んじゃったりして。「もう、いいや」とか言ってる（笑）。上から「おい、かけるぞ」と叫んで、シャンソンかなにかをかけたりして。だから、澁澤さんの軍歌ばかりを、それほど強調しなくてもいいような気がする。
三浦　僕もそう思うね。歌ならなんでもよかったんじゃないかな。

＊

三浦　それからもうひとつ、文章に関して言うと、これは巖谷さんはいちばんよくご存じだと思うけれども、本当に翻訳についてはうるさかったね。
巖谷　うるさかった。
三浦　翻訳の文章に関しては、大変だったね。これはいちばん厳しい評価をしていた。それから翻訳が好きだったね。苦にしていない。楽しみに思っていた。そこはおもしろかったですね。
巖谷　ある意味では彼の文章も翻訳みたいなんだよ。
三浦　ある意味ではね。
巖谷　なにか元になるものがあって、それをどうやって表現するかという勝負になってくるから。
三浦　そう。自分の観念をいかに明晰にあらわすかというふうなところがあったね。
巖谷　翻訳好きという人は、最近は減っているでしょう。若手はとくに。
三浦　減っているね。だから澁澤さんは、巖谷さんもそうだけれども、「まず最初に翻訳がちゃんとできて、それからだよ」という感じね。翻訳ができるには、まず日本語が書けなければだめだという、そういうことも、すごく教わった。僕もまったくそうだと思いますね。翻訳がうまいということは、日本語がうまいということですよ。
巖谷　ということは、元の文章をちゃんと読みとるということが前提にあるわけでしょう。
三浦　僕も、澁澤さんの翻訳に関して言うと、原文と対照してどうとかと言うことはできませんけれども、見事だなというふうに思ったことが何度もあるのと、それからほかの人の誤訳を、実際に僕に示して説明するということが何度かあった。だから、本当に彼の翻訳に関しては、非常に僕は信頼していましたね。それから、訳者として誰がよくて誰が悪いかというたぐいのことも、僕は非常に参考になりました。

そういうふうなこともふくめて、ずいぶんよく喋ったですね。本当に楽しい時間でしたよ。

一九九二年七月二十四日　於・河出書房新社会議室

胡桃の中と外

平出隆／巖谷國士

平出隆《ひらいでたかし》（一九五〇―）
福岡県生まれ。一橋大学卒。詩人・散文家。七八―八七年に編集者として雑誌「文藝」の連載『唐草物語』『ねむり姫』などを担当。のちに多摩美術大学教授。小説でも知られる。

巖谷　平出さんは河出書房新社で長いこと澁澤さんの担当をしておられて、一方では詩人として評価されていたということもあって、たぶん若い友人としては、いちばんよく澁澤さんの晩年を知っておられる方だと思います。

そこで『唐草物語』以後の澁澤さんの執筆活動について、いままでに書かれていないお話があったら……。

平出　最初のところからお話ししますと、一九七八年の五月に内藤（憲吾――『澁澤龍彦全集』の担当編集者）君と一緒に入社したんですけれども、河出はずっと経営状態が思わしくなくて、じつにしばらくぶりの採用で、しかも編集は二人だけ。それで、入社するとまたすぐ傾きまして、ちょうど『唐草物語』の連載が「文藝」の七九年一月号から始まるはずのところが、やむをえず一、二月合併号ということになった。あのときは希望退職を募ったりなんかして、それまで澁澤さんの担当だった桜井（精一）

さんが西武のほうに移ることになったんです。

巖谷　西武コミュニティ・カレッジのほうへ。たしか、『思考の紋章学』は桜井さんが担当だったと思うけれど。

平出　そうなんです。『唐草物語』も、一、二月合併号は桜井さんです。つまり、あたためる時間から、さあ連載開始というところまで。ですから最初の「鳥と少女」には、僕は携わっていませんでした。

巖谷　あれははじめから『唐草物語』という総題でしたっけ？

平出　桜井さんの段階でもう『唐草物語』として始まっていましたね。それで引き継ぎということになった。そのときにたしか桜井さんとお宅へ行って、応接間でしばらく待っていますと、上から降りて来られた。

巖谷　寝てたのかな（笑）。

平出　でしょうね。あれは冬ですから、たぶん、ガウンかなんか着ておられたんじゃないでしょうか。

そこで桜井さんが私を紹介して、「詩人でもあります」というようなことをつけ加えたら、澁澤さんはカッカッと笑って、「やあ、知ってます」みたいな感じでした。こちらは照れるしかなかったけれども。

巖谷　澁澤さんはたしか、現代詩が嫌いだとか発言していましたね。

平出　ええ。ちょっと前ですか、「現代詩手帖」での書評のついでに、今後いっさい、新しい詩集を送ってこないでほしい、当今一般の詩が嫌いだ、というようなことを書いていました。

巖谷　でも、ちゃんと読んではいるんだ。読んでいるから、ああいうことを発言したわけでしょう。

平出　そうですね。僕も嫌われるかな、と思いながら、どうしようもなくて行ったんですが（笑）。

巖谷　そこは自負があったんじゃないですか。

平出　いえ、謙虚ですから（笑）。

巖谷　最初の出会いはどんなでした？

平出　かわいた感じで、ずっとその印象は続きます

じゃなくて、自己演出で買ってきてすぐ着ているから、ほら、ここに折り皺があるだろう、なんて笑っていましたけれども（笑）。

ですから、はじめてお会いしてしばらくは、イメージを修正していました。

巖谷　階段を降りてきたときは……。

平出　ただの眠そうな人だった（笑）。

巖谷　その落差は大きい。

平出　大きいですね。部屋の空間は伝説どおりでも、もうそんなにいろいろな人は跋扈《ばっこ》していなかったし。

巖谷　空間だって、わりとシンプルじゃないですか。写真なんかでライトあてて、ゴテゴテと極彩色に見せたりしているけれども、じつはわりと落ちついた内装でしょう。僕なんかは、戦前の西洋館というイメージで見てましたね。

平出　そうですね。懐かしい感じもありますね。

巖谷　ただ、頭蓋骨が置いてあるとか……。

平出　ムササビがいるとか……。むしろ、どうやって掃除するのかなとか（笑）、そういうふうに見ていました。

＊

巖谷　たしか『サド復活』の新版の月報で、中沢新一さんと対談しておられましたね。あの本は、あの再刊のときにはじめて読まれたんですか。

平出　そうです。河出を辞めてからですからね、中沢さんとの対話は。

巖谷　『唐草物語』以後の澁澤さんの晩年の大きな仕事を担当されて、そのあとでようやく、いちばん最初の『サド復活』を読まれたというのは、おもしろいなと思いました。それであの本が、ひどく読みにくいと……。

平出　でも、その読みにくさが非常に親しく感じられたんですね。自分が詩論なんかを書くときの性急さというのも、ああいうものに近いかなという気がして。というのは、『唐草物語』以降、つねに澁澤さんの文章と自分の文章を対比しながら検討していたんで……。

巖谷　そうじゃないかと思った。

平出　あのころ、なぜこれほど悠々とできるのか、と考えていた。これは単に態度の問題じゃないですね。文体を選ぶという問題でもないし。こういうふうになれるのは、どうしてなれるのかな、と。なりたいわけではないけれども、憧れもあって、こういう文章がどういう物質的な組成で成り立っているのか、と。しかも、そのなかに世の中との喧嘩が入っていなくもない。ただ、しもじもとは喧嘩しないという態度の決定があって、そこでうまく自分のなかの波立ちをなだめているところがあるんじゃないかな、という気がした。ところが初期の『サド復活』の場合、波立ちがストレートに出ていて……。

巖谷　あれがあったからこそ、澁澤さんは『唐草物語』にまで行けたんでしょう。『サド復活』もある意味では、言語の可能性に賭けているようなところがあるし。

平出　そうですね。大変に「論理」的ですね。

巖谷　いわゆる欧文脈ですよ。あのころは澁澤さんはフランスの原書ばかり読んでいた時期で、とくにブルトンの影響が強いと思いますけれども、フランス語だと猛烈な論理で攻めていって、それがポエジーに白熱していくみたいな、そういうことが成り立つ言語だと思うけれども、日本語でもそれを、できるところまでやってみようと。

彼は弁証法という言葉をよく使っていたけれども、『サド復活』や『神聖受胎』の場合、弁証法というのもじつは一種の魔術なんですね。

平出　どうもあれ以降に、魔術そのものの質を変えてきたという感じがしますね。

巖谷　うん。彼自身は『夢の宇宙誌』で文体を確立したと言っているけれども、あそこで断片、断章のつながりになるでしょう。つまり、論理で白熱にもっていくよりは、素材とかオブジェのようなものをひとつひとつパックしてつづけていって、あいだにアステリスク（＊印）を入れれば、それでつながってしまうという文章。

平出　断章、フラグメント。あれが極意になるんですね。

巖谷　こんどの『澁澤龍彦全集』でわかったことは、『夢の宇宙誌』という本を、彼は自分で原稿をつくっているんですが、最初に発表したものを素材にしているけれども、前後を入れかえたりしているのね。ふつう文章というものは、初めから終りまで時間が流れているわけだから、入れかえなんてちょっと考えられない。たとえば僕なんか、自分の文章の前後を入れかえるというのはまず不可能だと思うんですが、澁澤さんの場合はいくつか断章を重ねる連載をしていて、それを本にするというときに、平気でクルッと入れかえたりしちゃう。

実際、最初の連載の題が「エロティシズム断章」というんだけれども、エッセーの方法を確立したきっかけが、断章、フラグメントであったというのはおもしろい。稲垣足穂にも通じていますが、『夢の宇宙誌』はその足穂を「魔道の先達」として称えて、足穂にささげているんですね。そんなふうに、澁澤さんは意外に文章の冒険をした人だと思うんです。

平出　そうですね。時間的な文章から空間的な文章へというんですか、そういう方向が見えますね。文章をオブジェ化していくということでもあるでしょうけれども。

その『夢の宇宙誌』から、たとえば『胡桃の中の世界』まで、この二つはもちろん違いますけれども、それ以上に僕が最近読みかえして意外に大きいなと思ったのは、『胡桃の中の世界』と『思考の紋章学』との違い、これがすごくありますね。

巖谷　ええ。あっちの違いのほうが大きいんじゃないか。

平出　大きいですね。いま何を指して澁澤さんの文章と言っているか、というのが問題になってくるぐらい、違います。『胡桃の中の世界』のほうは意外にレトリックが少ないんですね。中性的な文章というか、もうすこし綾のある言葉が多いかなと思ったら、ほとんど突きあたるものがないように書かれているという感じです。

巖谷　『夢の宇宙誌』で彼は一応、技というのを身につけちゃって、しかも六〇年代なかばですから、「血と薔薇」あたりまで、いわば流行に乗っていたけれども、七〇年に『澁澤龍彥集成』でまとめて、ヨーロッパ旅行をして、それから『黄金時代』あたりから変ります。時代のほうが自分に追いついてきて、澁澤さんの自己演出も風俗化されはじめていたわけだから、そこでいちど、自己隔離して、『胡桃の中の世界』という象徴的な題名ですけれども、その世界に入りこんで、次にまた、かなり意志的に新しい文体の模索をはじめる。そうしておいて、ようやく『思考の紋章学』でまた新しい冒険をして、こんどは文章がすごく自然に流れだしてゆく……。

平出　そうですね。それで、日本語の特性を引きだすような、そういう文章になってきますね。漢字と仮名の配合の妙とか、ふくみの多い副詞とかが使われて。よく時間にもまれているけれども、ふしぎに新鮮な質感をもった言葉というのを、うまくつかみだしている。

巖谷　レトリックじゃなくなってくる。

平出　ということは、やはり『思考の紋章学』というのは、小説的な作品を用意していますね。

巖谷　よく見ると、すごく無防備なところがあります。つながらないのに、むりやりつなげちゃったり。最後、結論を出すべきところを、「そういえば肝心の本題を忘れていたけれども、まあいいや、これでおしまい」とか（笑）。そんなふうにして、すごくノンシャランなスタイルになっている。『思考の紋章学』というのも象徴的な題名だけれども、紋章としてきちっと左右対称の姿にまとめるというんじゃなくて、無防備にバーッと自分をひろげていったところに、じつはくっきりした形がうかびあがってくるんだという、新しい試みですね。
平出　そうですね。その違いは大きいんです。
巖谷　それで『唐草物語』に移っていくわけだけれども、あれも過渡期的なものでしょう。あれを原稿の段階から読んでおられたというのは羨ましい。あれの連載のあいだ、彼の文章はいろんな実験をしていますから。
平出　毎回、違いますからね。三十枚なので、速い作家なら速いんですけれども（笑）。ずいぶん時間をかけておられた。とくに大騒ぎなさってたというわけじゃないんだけれども、やはりなにか長いプロセスがあるんですね、一か月の計算のしかたを見ていると。まず十日までに仕込みを終えて、というような。

＊

巖谷　今回、年譜を書くために澁澤さんのカレンダーを見せてもらったら、『唐草物語』を書くころから、どうも二週間と決めているみたいな感じがするんだな。
平出　どこからどこまで？
巖谷　小説を書く下調べから書きあげるまで。『ねむり姫』になると、二週間にわたって線が引いてあって、小説の題名が書いてある。『唐草物語』時代には、もうそれに近いペースができてきたような……。
平出　そうですね。『ねむり姫』はちょっと長いですけれども、長さではないでしょうね。あれはたしか三か月に一回ぐらいで。『唐草物語』は毎月ですから。
巖谷　毎月。それがどうも月なかば。
平出　十日から二十四日まで（笑）。
巖谷　その間どうも、「面会謝絶」で、平出さんとしか会っていない（笑）。

平出　こちらも、ほとんどその間は電話ぐらいになりますけれども。
巖谷　ああ、そうか。
平出　二週間のあいだには、お会いすることはほとんどなかったですね。いただいて、二、三日後にゲラ（校正刷）にして持っていく。ですから、月に二回はお会いするような感じですね。そのゲラのときに次回の相談をするというような形で、あとは電話で、やはり十日ぐらいに電話して、十五日をすぎたら一日おきに電話して、という感じです。
巖谷　電話は澁澤さんが直接？
平出　ええ、ほとんど直接。それは構想というより、進捗状況ですね。どのへんまで来たか、というようなことですね。そのペースが、毎月ほとんど変らなかった。
巖谷　たぶん二週間のうち、はじめのころはいろいろな本を読むんでしょうね。いろいろと類推・連想をしながら。
平出　ええ。書棚から書棚へ、ムササビのように飛び移っておられるのでは、とエッセーに書いたことがあるんですけれども。そういう感じがする。
巖谷　実際にそういうふうにしていたのかな（笑）。
平出　こちらは電話でしかわからないんですが、仕込みがあって熟成されるまでのプロセスの気配が、毎回おなじでしたね。いただきにあがったときは、やっぱり二週間の仕事が終ったあとだから、まずぐっすり二階で寝ているでしょう。その前に奥さんが清書ですよね。そのあとから澁澤さんが赤鉛筆で入れるんですね。改行のところの印とか。
巖谷　編集側の入稿原稿みたいにしてしまう。
平出　ええ。こちらが赤を入れる手間がほとんどない。ちょっと赤の入れ方が「文藝」方式とは違っていて、捨て仮名は外来語だけだったかな、入れ方が限られていましたけれども。
巖谷　そこで文章を直すということはあるんですか。
平出　ありますね。澁澤さんの字で直しが入っていることもありました。最後にほとんど寝ない二日間とかがあるでしょう。そこでいちおう仕上げて、奥さんに端から清書してもらって、それをもう一回、寝る前に読みかえしているはずですね。そこで清書に対して直しが入っています。

巖谷　清書させるということは、要するにもういちど読みたいからなのかな。

平出　そうですね。一種のゲラかな（笑）。奥さんの字が澁澤さんの字と、どんどん似てきたようですね。

巖谷　あれは、おんなじ字で書けと言っていたらしい（笑）。

平出　するとゲラとはちょっと違うかもしれませんね。逆ですね。ただ、そこに直しが多少は入っていますけれども、非常にそれが少ないですね。その段階ですでに少ないです。それから寝るんでしょう。十八時間ぐらい寝るんじゃないかな。

巖谷　二日徹夜して、二日寝る（笑）。

平出　僕は大体、昼すぎに行っていましたが、階段を降りてこられて、「できました」と。

巖谷　それで酒盛りですか？

平出　じわじわとはじまるわけです。最初は日本茶。その場で僕は原稿を読まないんですね。これは自然にそうなりました。最初、一回ぐらい読んだかもしれませんけれども、僕の感じで、澁澤さんの前では読まないほうがいいんじゃないかという気がして。

巖谷　あとで感想は求められましたか？

平出　いや、求められませんね。僕も感想を言うのが苦手で。むしろ雑談のなかでフィードバックして、ふっとひとこと言う。それに喜ばれることがあったかな。フィードバックしなければしないでもいいという感じで、自然体で、批評なんてするつもりはないという感じで。

巖谷　澁澤さんは原稿を入れたとき、本当に完成しているのかな。僕は完成しないんですよ。自動記述的に書くから、それを渡しておいて、あとでゲラを見るというのが楽しみで、そこで手を入れるんだけれども。
平出　僕もどちらかというとそうなんですけれども、澁澤さんの場合は、ほとんどできあがっていますね。二日後かな、ゲラで持っていくと、また赤鉛筆を握って、こんどは書斎で三十分ぐらい読みかえして。
巖谷　三十分ぐらいか。速いですね。
平出　それで直しが三箇所とか、そんなものですね。それもちょっとした、一字入るとか、読点が入るとか。ですから非常に少ないですね、書きこみは。二行ぐらい書き足すということは、たまに、めずらしいなと思うぐらいで。推敲はすでに、最後の長い眠りの前に終っているんではないでしょうか。
巖谷　そういう書き手は少ないんじゃないかな。
平出　少ないですね。「文藝」でいろいろな作家を経験しましたけれども、ほとんどいないです。それとこちらからチェックするところがきわめて少ない。一度だけ、ここのところの文章はほんとうはこうはならないんじゃないかと思えて、指摘したことがありました。慣れると、文章の構造が明快だから、工法の違う部分があると見わけられるようになる。前後はこういう語法ですからこうなるはずでは、といいますと、「そういう指摘はいいな」と、とても喜ばれました。

＊

平出　そういえばあるとき、古井由吉さんなんかの話になって、「古井さんとか平出君の言葉は壊れているのに、どうして僕の言葉は壊れていないんだろう」と言われたことがあるんです。
巖谷　それはなにかポイントみたいな気がするな。
平出　ええ。自分できょとんと自分の言葉を見つめている。どうしてこうなのかと、首をかしげている。澁澤さんのは、壊れようがない書き方なんですかね。君のはなぜ壊れていられるのか、みたいな言い方なんです。君の言葉は壊れていられるのに、どうして僕のは、と。

巖谷　僕もそういう話を聞いたことがあります。なにか驚いているんですね、自分で。

平出　そうです。驚いていますね。

巖谷　実際に澁澤さんの文章がそうかというと、かならずしもそうではないと思うんだけれども。

平出さんは詩集を出されて、『胡桃の戦意のために』という、あの題名は澁澤さんの『胡桃の中の世界』を意識された題名ですか。

平出　いえ、意識はしていなかったです。連載の前に書いた単発のものがあって、そのときに何かの勢いでつけた題なんです。そのあと連載になった。ただ、連載中「あれ、おもしろいね」と言われたのが意外で、それから澁澤さんの目を意識したことはあるかもしれない。

巖谷　澁澤さんの平出さんの詩集についての書評はすばらしかった。短いけれども。あのなかに、最後に胡桃を壊しているということがチラッと書いてありましたが、さっきの話はあれと関連してきますね。

平出　そうですね。「あえなく割られてしまう」と書かれましたが。時代状況の微妙な違いもあるかもしれないですけれども、『胡桃の中の世界』とこちらの詩集とをくらべると、『胡桃の中の世界』ではひとまずは閉じることにポイントがある、と。どうも澁澤さんは、あの本では割られることはあまり問題にしていない。

巖谷　だいたい、胡桃の「中の」世界ですから、閉じこもるモティーフがあるわけでしょう。ところが平出さんのは、胡桃に戦意を見るんですね。

でも『胡桃の中の世界』のほうも、じつは閉じこもる本じゃないと思う。胡桃の中から抜けだす本だというふうにも読めますから。

平出　それがまた、物語論とか、小説の実作の問題につながっていくところですね。

巖谷　ちょっとシニカルな題名でもあって、脱出をはかっている。だから、そのあとにばーっと、『思考の紋章学』みたいな八方破れの形が出てくる。
平出　そういう意味では非常に戦略的であり、状況的であり……。
巖谷　戦意がある（笑）。ただ澁澤さんの場合、内と外の弁証法というのがどうもあるような気がしますが。
平出　それがないと成り立たない魔術でしょうね。
巖谷　平出さんのは、そうじゃないわけでしょう。
平出　たぶん、そのとおりでしょうね。
巖谷　そこらへんかな。「どうして壊れていられるんだ」と彼が言っていたのは。
平出　そうですね。内部と外部という二元論に対して、あるいは僕のほうは性急な苛立ちをもっていて……。
巖谷　批判もあった、と。
平出　いや、そんなことはありませんよ（笑）。
巖谷　澁澤さんには、やみがたい形象志向みたいなものがあって、自分では、どうにもそこから抜け出られなかったんだろうか。
平出　あの書評を書いていただいたときに、むしろそこに澁澤さん自身の世界を見ているような……。たとえば、多面体の箱についている抽斗《ひきだし》をあけるとなにかオブジェがあって、それがぱちんとはじけて消えるとか。澁澤さんにオブジェがあるというのは当然で、それから抽斗というのは、コレクションでしょうね。抽斗をあけると、オブジェが「ぱちんと消える」というところに、むしろ澁澤さんの、『唐草物語』以降でも『胡桃の中の世界』以降でもいいんですけれども、なにかそこに新しい傾きが出ている気がするんですね。
　オブジェということも言われすぎるくらいに言われるし、コレクションということも言われすぎるくらいに言われますけれども、「ぱちんと消える」というところに、最終的に澁澤さんが近づいていったひとつの地点が見える気がしますね。
巖谷　『思考の紋章学』では、まだオブジェが毒々しく徘徊している。行ったり来たり、回転したり。あれは運動の本でしょう。前の『胡桃の中の世界』は空間の本で、いってみれば幾何学みたいに、その空間のなかで静止した状態から、入れ子の世界に逃れて行きます。ところが『思考の紋章学』というのは、はじめから回転がモティーフですから。

平出　独楽《こま》ね。

巖谷　ええ。ユートピアを否定して、むしろ時計、時間の観念で行ったわけでしょう。なにか流れはじめるわけです。水のイメージがどんどん出てきたりね。それでポーのメールシュトロームの大渦巻みたいに、渦動のなかでいろいろなところにオブジェが見えているという状態。でも『唐草物語』ではまた変ってくる。

平出　そうですね。あれこそアステリスクでつないでいく方法ですよね。アステリスクになるたびに新しい場面が起るわけだけれども、同時にそれまでの場面がぱちんと消えて……。

巖谷　引用の書でもあるし。抽斗をあけて、そこを覗くけど、それが閉っちゃったり、あるいはポッと消えちゃって、それでまた別の抽斗に移っていくという、そういう飛び移りがずいぶんあります。

平出　そうですね。それから、断章、フラグメントの順序を変えるということが、さらに方法化されていく。

巖谷　といって、ニーチェだとかノヴァーリスだとか、ベンヤミンなんかのような断章作家の、ポンポンポンとアフォリズムみたいに行くのとはちょっと違いますね。断片のなかにも精神の運動がちゃんとあるし。

平出　効果を計算するというか、話術の飛躍とか切り換えの効果をものすごく計算していますよね。

＊

巖谷　あのころ、新しい仕事をしているんだという意識を、澁澤さんは持っていたのかな。

平出　ええ、それはありましたね。読み手の反応についてもとても気にしておられたし、毎回文芸時評を――澁澤さんのところは新聞を五紙ぐらいとっていましたから、片っ端から目の前であけて……。
巖谷　自分のが載っているかどうかと……。
平出　ええ、そうですね。スイスイと読んで、カッカッと笑って、「これじゃあだめですね」と（笑）。
巖谷　批評を批評しているわけだ（笑）。
平出　次の、こっちはどうかな、と読んでみて、「あ、これもだめですね」と（笑）。誤読も楽しんでいる。
巖谷　それはわかる。自分の本の批評が出ると、どこかポイントを衝いてくれないかなという期待するけれども、大方は衝いてこないものでしょう。
平出　大概は、こんなとりあげられかたをされた、といって落ちこむ作家が多いと思うんですけれども、澁澤さんはむしろ元気になる（笑）。やっぱりこんなものだったね、と。

巖谷　それ、おかしいですね（笑）。
平出　『唐草物語』のころは、そんなでしたね。
巖谷　あれはジャンルとして小説に移ったというんじゃなくて、澁澤さんの文章自体が変っていったというふうにも……。エッセーそのものも、『唐草物語』以後、ずいぶん変ってきたから。
平出　そうですね。いろいろなことを試していますね。『玩物草紙』もそうですね。
巖谷　ノスタルジアというのを自由な遠近法でやるから、いわゆる思い出話じゃない独特の世界をつくりました。文体の流れ方というのが、あんまりそれまでの日本文学に見ないような形になってきた。『ねむり姫』では、アステリスクのやりかたから、ちょっと離れるでしょう。
平出　ええ。『唐草物語』のとき、「文藝」の編集でいうと、組み方がちょっと違うんですね。いまの「文藝」は全然違うけれども、それまでは伝統的な、まわりに表罫《おもてけい》があって九ポ・二十六字詰め・二十四行・二段というふうに小説の組み方が決まっていて、どんな人でもそこに入る。

それが澁澤さんの『唐草物語』の場合は、囲み罫がないんですね。かわりに飾り罫みたいなものが天と地にだけあったかもしれない。その段階は桜井さんのころですけれども、すでにほかとは別扱いなんですね。どうしようもなく別扱い。それが『ねむり姫』になると、おそらく、いわゆる小説の罫になっているんじゃないかと思うんです。こちらの希望もあり、なるべくじわじわと小説の枠のほうへ近づいていただきたいと……。

巖谷　その希望は澁澤さんに言われて?

平出　それは自然にそうなっていました。『唐草物語』が終って、次はどういうふうにしようかというとき、暗黙の了解のような形で、小説的というのは違うかもしれないけれども、もうちょっと物語的なものを、と。コントから物語へという感じでしょうか。澁澤さん自身がそれを受け入れたというよりも、むしろそう思っていらしたんじゃないかと思いますね、最初から。

巖谷　それは、いわゆる小説家になろうとか、そういう意識とは違う……。

平出　違いますね。文章の質の推移というか。

巖谷　文章家としては一貫しているわけですね。文章とは何かというのを、どんどん突きつめていくのが自分の進化であり、成長であって、ジャンル別というのはあまり関係ないでしょう。

平出　そうですね。

巖谷　晩年のエッセーの『マルジナリア』なんかに、読書日記みたいなものが入っています。起承転結を無視して、思いついたことをアステリスクでポンポンとつないでいく。あのスタイルは大きな飛躍ですね。それまでは形象志向というか、秩序志向というのがあって、きちんと収めないと気がすまなかったのが……。

平出　なにか空気を抜いていくのか、あるいは空気を吹きこんでいくのか、とにかく空気が通《かよ》ってくるという構造ですね。
巖谷　そういう意味では、壊れているような気もするんです。ただ、彼の文体の成分そのものは壊れていないけれども。
平出　結局、実質としては壊れていなくて、空間との結ばれ方においては非常に自由に、壊れていられたという感じですね。

＊

平出　澁澤さんは、晩年にますます悠々としてくるんですが、もうひとつ、『澁澤龍彦コレクション』というのをやったとき、これももう一回、河出ががたがたと傾きかかった時期ですけれども、大丈夫か、大丈夫か、と聞きながら、とても乗り気で……。
巖谷　あれ、はじめは冊数が多かったそうですね。
平出　そうです。でも、もっと前から、筑摩書房の『澁澤龍彦文学館』に結実した、世界各国集成のプランがありましたよね。あれと関連していると思います。そのときにつくったノートを開きながら……。
巖谷　澁澤さんにはアンソロジー志向というのがあって、それは前からのものでした。出発点のひとつはブルトンの『黒いユーモア選集』で、ああいうものをやりたかったということがあるでしょう。ただ、筑摩の世界文学集成はどういう作品を入れるかですけれども、『コレクション』のほうはすべて短い引用なわけでしょう。
平出　そうですね。これもまた、フラグメントにしましょうということで。そのフラグメントという形式は、最初は私のほうから提案して、それはちょっとおもしろそうじゃないか、と。
巖谷　たしかに平出さんが発想しそうだな（笑）。
平出　『胡桃の戦意のために』は、百十一ある断章を畳の上にひろげて、その組みあわせを、断章から断章に移るときの効果とか、全体の数学的な構造化とか、それをやったんです。で、澁澤さんはどのくらいそれをやられるかなと楽しみに思ってたんですけど、まったくやらなかったですね。三つのテーマにわかれてさえいれば、どんな順番でもいい、と。

巖谷　平出さんは逆に驚かれたんじゃないか。

平出　すごく驚きました。こういうやりかたもあるんだな、と。たとえば、「ひとつ追加で入れておいてください」と言うから「どこに入れますか」と訊くと、「どこでもいいから、君の好きなところに入れてください」と（笑）。

巖谷　そういうノンシャランというか、ほったらかしみたいなところはもともとあったと思うけれども、あれは彼の作品ですから、作品のなかのどこに置いてもいいというのは、やはりある境地を示しているわけですね。

平出　そうですね。それは非常に僕にはショックで、深く考えました。考えてもなんにもならないけれども（笑）。

巖谷　でも、あれはおもしろい本ですよ。

平出　おもしろいという人とインチキだという人とわかれましたけれども（笑）。

巖谷　インチキだと言う人もいたんですか。

平出　出口さんが、インチキだ、と（笑）。

巖谷　違うからね、発想が。なにか情が通っていないといけないというところが、出口さんには多分にあるでしょう。

あの本は、残念ながら、全集に入らないんです。ほとんど翻訳の引用だから。『澁澤龍彦翻訳全集』のほうに入ることになる。

平出　澁澤さんの翻訳だと言えないところもありますね。

巖谷　人の訳文を持ってきちゃったとか……。

平出　ええ、持ってきて、ちょっと直したとか（笑）。

巖谷　原文を見ていないのもある？

平出　それはありそうですね。

巖谷　そういうところが、あんまり徹底していないというか、しつこくないから。でも、ああいう本が可能な人というのもめずらしいですよ。

平出　ほんとに。

巖谷　ブルトンみたいに、文学の歴史を書きかえたいということも澁澤さんにはあるけれども、それ以前に、他人の作品に憑依するというか、他人の文章を自分の言葉にしてしまうような、そんな自我の装置を澁澤さんは持っていたから、それで可能になったという、そんな感じがする。

平出　そうですね。許されない際《きわ》どいところをやっている、というのではないですね。

巖谷　澁澤さんのエッセーも、だいたい元がありますから。それで文句を言う人もいるわけですが。

平出　ええ。でも、誰でも許してしまうような何かが働いているんじゃないかな、そこに。これは何なのか。たとえば長さとか質感とかがじつによくて、それとやっぱり配置ですね。配置の才というか、造型的に配置されていて、それが模様になっている。

巖谷　モザイクとかアラベスクとか、視覚的な……。

平出　そういう程よさがありますね。

巖谷　それからもうひとつは、彼が引用する場合、だいたいいちばん大事なところを見抜いているから。

平出　そう、ものすごく不思議なんですが、一発でつかむでしょう。時間をかけて「これだ」というよりも、一冊の本をぱらぱらめくって、いちばん重要な箇所をたちどころに探知するという、そういう感じがしますよね。またそうでないと書けないような文学でもある。

巖谷　ざっと読んでいって、キラッと光っているところに目が行くんだな。

平出　特殊な目の光線が働いていて、どんどん探知していくという感じですね。

巖谷　まわりの脈絡を捨てちゃっても、肝心のところにフッと入っていくから、引用がうまいんです。

平出　そういう特殊能力があるでしょうね。

巖谷　でも、それだけじゃなくて、ひとの書いたものを自然に普遍化しちゃう仕組があるという気がするな。

＊

平出　それは幼児性みたいなのに関係しませんか。

巖谷　どうでしたか、つきあっていて（笑）。

平出　銀座のレンガ亭で、すぐ隣の奥さんのカツレツに手がのびるという……。

巖谷　あれはよくやっていましたね。

平出　やっていましたね。そういう、ひとの皿も自分の皿もないみたいな……。

巖谷　引用もそういうことなのかな（笑）。

平出　それが幼児性で許されているのかな。

巖谷　日常の生活態度とつながっているかどうかは、ちょっとわかりませんが。

平出　わかりませんけどね（笑）。

巖谷　個人の独創性みたいなものを、はじめからあんまり考えていないということはあるでしょう。結局、説話的なところに行ったのは、それでしょうね。説話というのは作者はいないわけですから、誰がどのように再話してもいい。でも、たとえば芥川（龍之介）なんかだと、再話のなかにかならず「近代的な自我」というのが出てきて、寓意みたいなものに向うけれども、澁澤さんの場合は、わりにポカーンと前近代でいられるところがある。

平出　ええ。それと、違法性という意識がないんじゃないですか。法とのあいだの緊張というものもない。意識がなくて、法のタガというのがもっと広いから。

巖谷　掟のない世界だね。一神教的じゃないな、少なくとも。

平出　こういう侵犯行為をやったら、こういう緊張が起るという、そんなことじゃないような気がしますね。

巖谷　で、すべてが許されるわけだ。許されるという意識もないかもしれない（笑）。

平出　ええ、ないですね。
巖谷　非常に自然ですね。
平出　自然ですね。
巖谷　それが『高丘親王航海記』かな。ひとつひとつのものにこだわらないで、ただただ旅がつづいていくような。それが『思考の紋章学』あたりから予感されていた。
平出　そうですね。その違法性という意識があまりないということと関連して、日常的に言えば、差別というのもなかったですね。
巖谷　たとえば職業とか、社会的な地位だとか、それから年齢についても……。
平出　ないですね。いつだったか、ちょうどなにか差別問題が起っていて、内藤君と二人で澁澤さんの前で差別問題について話したことがあったんですが、僕は北九州で被差別部落がかなりあって、小さいころに忘れられない経験があるんですね。内藤君の出身地がちょうどそのとき起っていた事件の場所に近くて、そんな話になった。そうしたら、澁澤さんはほんとにきょとんとされて、それからめずらしく、だんだん不機嫌になって、「わからんな。みんな仲よくすればいいじゃないか！」と（笑）。「でも、そういう現実があるんですよ」とこちらがいくら言っても……。
巖谷　そういう問題自体が彼のなかにないわけだ（笑）。
平出　問題として認めない。だから、怒ったというんじゃないですが、「わからん、そんなことは」と何回もくりかえし言っていましたね。
巖谷　たぶん八〇年代だと、澁澤さんが怒ったのは見たことがないんじゃないですか。
平出　ないですね。でも、奥さんにはときに怒ってました（笑）。
巖谷　男女の差別はあった（笑）。
平出　お酒を持ってきたりすると、足でスカートめくりをなさったり（笑）。それは上機嫌なときですけれども。

巖谷　なにかおかしなことを言うと、「その言葉はなんだ」とか、からんでましたね。

平出　奥さんとの論争は、よく見ましたね。一度すごい論争があったんです。それも、「スーパーマーケットとデパートメントストアは違うとは言えない」という。

巖谷　どういうことですか、それは（笑）。

平出　名辞と実体について僕と雑談していて、スーパーとデパートは違うとはいえないと、澁澤さんが言ったんです。そうしたら横から奥さんが猛然と、「だって違うじゃない！」と（笑）。スーパーはレジがこうなってるけど、デパートはこうこうだと、どこまでもリアルに。

巖谷　構造の違いを言うわけだ（笑）。

平出　実際的でしょう、奥さんは。澁澤さんは「その構造だって変るかもしれないじゃないか」と言って、この論争が一時間ぐらい、二人とも本当に激昂して。

巖谷　編集者の前で（笑）。

平出　他人はいないも同然。結局、それがどうおさまったかというと、二人ともぐったり疲れはてて（笑）。

巖谷　両者ゆずらず？

平出　まったくゆずらず。あれを録音しておけば、澁澤哲学の骨格がすべてわかった。

巖谷　でも、なにかポカーンとして、うららかな感じがしたものですけれど、澁澤さんの最後の数年間って。

平出　そうですね。

巖谷　僕は、ホーキング博士に似ていると言っていましたが（笑）。

平出　ああ、たしかに。

巖谷　澁澤さんが亡くなったときは、平出さんは河出にまだおられたんですか。

平出　辞めてすぐに亡くなられたんです。七月に辞めて八月だから。

巖谷　辞める前に病院に行かれた？

平出　ええ、そんなには行かなかったですけれども。僕はアメリカに行っていたんですね。八五年の秋から五ヵ月ぐらい。その前から河出を辞めたい気配を澁澤さんに見せていた。草野球の審判で食って行こうかなんて言うと、しばらく黙ってから「それは駄目だと思う」って（笑）。

渡米前に辞意を表明したんですが、慰留があって。そのころ、文庫がどんどん出るようになっていて、内藤君のほうが主になって、僕はちょっと河出から離れたところに編集分室を借りてもらって、帰国後は辞めにくい状況に陥って悶々としていた。澁澤さんの病院にはあまり行かなかったですね。ただ、行ったとき、事態がどんどん変っていくのがわかりました。巖谷さんが澁澤さんの筆談した紙を持って帰ったというのを聞いたから、最後におそるおそる「私も一枚いただけますか」と言って、一枚もっています。

巖谷　それはいつごろ？

平出　八六年の最初の手術の直後かな。「三千盛をたくさん飲んだのはいつだったっけ」とか、「かわいい看護婦さんがたくさんいるのが、せめてものなぐさめ」とか、シャッシャッと紙に書いて。最後は「エレベーターまで送って行く」というので、「いや、そんな」ととめたら、「そのくらいのダンディズムは残っている」と書いて、シャッシャッと横に傍線を引いて。その紙をいただきました。

巖谷　死を意識していたかな。

平出　ええ、意識しておられましたね。

巖谷　僕は六月の末にヨーロッパへ行っちゃって、死に目にあえなかったんですけれども、亡くなったときは、どんなだったのかな。

平出　電話がすぐあったんですけど、金縛りにあったように動けなくて、翌日お会いしました。それが通夜の日の昼ですか。

失業保険の関係で渋谷の職安からまわって北鎌倉へ行ったんですね。いいお顔で、よく眠っていらっしゃるという感じでした。一作一作書かれたあとも、こんなふうにぐっすり寝ておられたのかなと思ったり、走馬燈のように思い出がめぐって。それが楽しかったことばかり、優しくしてくださったことばかりで。自分にとっても、編集者時代が夢のように終るんだな、という感じでした。

一九九五年三月六日　於・河出書房新社会議室

澁澤龍彦を読む

サッビオネータ（イタリア）のテアトロ・オリンピコ

I

フライブルク（ドイツ）の大聖堂

翻訳家としての澁澤龍彦

池田香代子／巖谷國士

池田香代子《いけだかよこ》（一九四八—）
東京生まれ。ドイツ文学者、翻訳家、説話研究家。東京都立大学で種村季弘に学び、矢川澄子・澁澤龍彦と交流。主な訳書に『グリム童話集』全巻、ゴルデル『ソフィーの世界』ほか。

池田　はじめて読んだ澁澤さんの翻訳は、『さかしま』でしたね。非常に異質な世界と、硬質な翻訳文体に惹かれました。

巖谷　日本語がグニャグニャしていないから。

池田　ええ。でも一方で澁澤さんには、「そうでもないのではあるまいか」みたいな、グニャグニャしたところもあるでしょ（笑）。ああいう長い語尾、不必要じゃないかと思ったり、当惑と抗しがたい魅力に引き裂かれるような感じで。

巖谷　たしかに翻訳の文章にも、「と言えなくもなかろう」とか（笑）、あの手の語尾はありますね。

池田　ありますね。だけど硬質なの。全体的にきちんと構築されていて。あのころには翻訳者の文体じゃなくて、もともとそういう作家なんだろうと思ってましたが。

巖谷　そうですね。資質として。

池田　サドを読んだのは、その後。サドの翻訳も硬質ですね。

巖谷　硬質に見せているけれども。サドの原文のほうはもっとグニャグニャしてる。しつこい文章です。ああだこうだと議論が長いし、単調なんですね。それに澁澤さんが、原文にはないようなメリハリをつけたとも言える。

池田　あそこに使われていたのは、江戸の廓《くるわ》文学なんかから持ってきたヴォキャブラリーだというのを、あとから知ったんだけれども……。

巖谷　「菊座」とか、「千鳥」とか（笑）。

池田　そうそう。「気をやる」とか、まったく知らない言葉のオンパレードで。

巖谷　にもかかわらず、何を言っているか、わかるでしょう（笑）。

池田　わかる（笑）。

巖谷　だからうまいんだ。知らなくたって意味がわかるという使い方。

池田　面くらいながら、いっぱい勉強させてもらった（笑）。それで、そういう言葉を使いながら、「あたし」なる一人称を使う人物が、延々と哲学を展開するじゃないですか。天下の奇観というか……。

巖谷　フランス十八世紀文学の特質でもあるけれど。

池田　サドのクネクネしたところというのは、澁澤さんの資質としては、どうだったんですか。

巖谷　たぶん、あまり合わないですね。だからサドの原文をよく読みこんだ人は、澁澤さんのサドはすっきりしすぎていると、よく言う。

池田　澁澤さんはコントに傾いていくところがあるから……。

巖谷　その傾向は、はじめからあった。

池田　クネクネクネといつまでも時間さえあれば続くみたいなものとは、水と油みたいに感じる。

巖谷　異質ですね。にもかかわらずサドに行ったというのは、そこが澁澤龍彦なんだろうね。

＊

池田　「澁澤を読んでる」と言うとちょっとおしゃ

れみたいな時期が、バブルのころにありましたよね。

巖谷　いまでもまあ、そうでしょう。

池田　そういうイメージは、ちょっと違うんじゃないかと思うんです。つまり、ナルシシズムに傾くこの時代に、彼はかっこいいナルシシストだということになっているけれども、むしろ仲間といっしょにいた、「座」の人だった。書いたものからも「座」は透視できる。しかも、その「座」のなかに、書斎で楽しんでいるただひとりの澁澤龍彦が見えてくる。その点がすごく私には興味がある。

巖谷　だから、「M君」を正当化するようなものではないんですね。自分ひとりの世界というのは、彼はむしろ嫌いだったかもしれない。他者がほしい人でしょう。一方、ナルシシズムというのもいろいろありますけれども、彼の場合は同時に「私」がない人みたいに見えるんです。「座」をつくる彼は……。

池田　そうなんですよ。そこをなんでもかんでも通過していく。大量の美しいものが通過していく。

巖谷　自分が点になってそれに引き寄せるんじゃなくて、自分が場になって、そのなかにどんどん入れちゃうから。そうすると不思議なことに、ナルシシストであり、同時に無私の人であるように見えるわけです。

池田　それがすごく不思議で、じつに澁澤的なところだと思うんです。だから、盗んだとか、出典を挙げないで自分が書いたように書いているとか、たしかにいまの規準からするとそう言えるとは思うけれども、そうじゃなくて、ほんとにおもしろかったからコラージュする、そこに澁澤龍彦がいる。

巖谷　おもしろいというだけじゃなくて、コラージュすることで自分を探しているんじゃないかな、彼は。

池田　でも、コラージュすることがオリジナリティーであるということがわからない人って、多いんですよね。

巖谷　『澁澤龍彦全集』の編集委員にだって、そういう人はいる（笑）。

池田　でも、極論すれば、言葉で何かを表現するとか、言葉を綴ることによって何かをするっていうことは、もともと言葉はありきたりのものでしかないんだから、全部コラージュなわけでしょう。

巖谷　そうも言える。ただ、そういうのと、引用を自分の文章にとりこんで翻訳文をそのまま自分のエッセーの地の文章にするのとでは、レヴェルは違いますね。

池田　もちろんね。澁澤龍彥が慣用的な言いまわしを非常に早い時期に習得してしまったということは……。

巖谷　慣用句って、フランス語で言うとリウ・コマン（共通の場所）だからね。彼は言葉自体の個人的な、心情や生理の肌あいにオリジナリティーを求めない。すごくクールに、共通の場所で骨格をつくってゆく。そういう意味では慣用句的人間ですね。紋切型。

池田　紋切型がとっても好きなのね。それが翻訳文体をも決定づけているところがあって、外国語の文章に、自分のもっている日本語の慣用句の好きな表現をいっぱい詰めこんで、そうしながら文体をつくってゆく。

巖谷　池田さんも翻訳家として、そういうことをやってる？

池田　やらない。私は、慣用句には臆病です。

巖谷　そこをちょっと訊きたい。僕も翻訳家のひとりではあるから。翻訳者の立場からすると、澁澤さんの訳し方というのは、読んでいるとわかりますね。だいたい彼は翻訳カメラ説を唱えている。原文があって、カメラで焦点を合わせてピシッときまったときに翻訳は成り立つ、と。その〝ピシッ〟というのは、ひとつには「日本語にすでにある表現に当てはまったとき」という感じかな。

池田　澁澤さんの翻訳はそれでしょうね。

巖谷　紋切型的な言いまわしでピシッとはまるもの

が見つかったとき、彼はうれしいということかな。ところが原文はそうじゃないこともある。かならずしも慣用句的じゃなくて、ダラダラとわけのわからない原文のときも、彼はピシッと決めちゃうからね（笑）。澁澤さんの翻訳のひとつの特徴として、これは初期だけれども、原文はもっと流れているのにどれもこれもピシッ、ピシッだから、非常にストイックにまとまっちゃうという感じがある。逆にいえば、澁澤さんという人は、そんなに慣用句を意識しないでも使えるのかもしれない。

池田　そうなのかしら。

巖谷　たとえば、出口（裕弘）さんには、慣用句をマスターするべく修業したという感じがあるけれども、澁澤さんの場合はもっと資質的なものでしょう。ただ、僕らは翻訳の現場にいて、原文がすごくユニークだと、どうしたらこの感じを出せるか、と工夫しますね。それをやるときに、慣用句に当てはめると既知のものに戻っちゃうから、既知に戻るまいとして、そうじゃない表現をつくろうと……。

池田　なんとかね。そこで七転八倒するんですよね。

巖谷　そうでしょう。それが普通は、翻訳によって文体をつくる、ということになるんですよ。

池田　私もそう思うわけ。たとえば、ノヴァーリスに「世界」という言葉が複数形で出てくるでしょう。そうすると、昔の名訳とされているのは、それを「三千世界」とやる（笑）。「おお、三千世界光遍《あまね》くか、すごいな」と思うんだけれども、「ちょっと待てよ。ノヴァーリスは、仏教思想をあらわそうとしたんじゃないんじゃないか。そうしたら、これは『いくつもの世界』とダサイ言い方をするのが正しいんじゃないか」と。

巖谷　翻訳のむずかしいところのひとつは、そこですね。それからノヴァーリスみたいな作家って、たとえば『断片』であれば語順というのも気になるでしょう。

池田　そうそう。語の順は発想の順だもの。

巖谷　出てきた順にわれわれは読むんだからね。その順で訳したいんだよ。下手な人だと、はるかうしろのほうの関係代名詞のかなたから先に訳して、わけのわからない文章になっちゃったりする。

池田　で、どうしてる？（笑）

巖谷　僕は全部、できるだけ語順どおりにやりますよ。

池田　ほんと？　できます？

巖谷　やっちゃってる（笑）。もちろんある程度だけど、語順どおりにする術のほうが、僕の場合は問題ね。ところが澁澤さんは、語順のことはあまり気にしない。

池田　そうですね。文そのものでも前後させたり。

巖谷　澁澤さんは、それができるんです。というのは、翻訳カメラ説に従えば、原文にある観念というのが透明に出てくればいいわけだから、語順はあまり……。

池田　翻訳X線カメラ説だ。でも普通はそのへんは非常に悩ましい、翻訳をやっているかぎり逃れられないところですけれど。

巖谷　普通はちょっと困るところでね。

池田　ノヴァーリスを「三千世界」とかやってすむものだとしたら、あらためて翻訳する必要はない。こっち側にもとからある観念なんだから。だけれども「さまざまな世界」とやっちゃうと、なにかぎこちない。非常に悩ましいところで、私なんかどうしていいかわからない。

巖谷　だから翻訳って決断の問題だと思う。踏んぎりをつけること。どうしたらいいか考えてさんざんやっているうちに、「えーい、めんどうくさいから、これにしちまえ」と（笑）。それがその人の解釈なんで、そこにその人が出ているわけ。そんなふうにしてやっているのに、本来そういう意味じゃないだろうとか、部分的に誤訳を指摘したりする人がいるけれども、いい翻訳者ならば自分を賭けて、ある言葉を選んでいるんだと思う。ところで、そういう原文の機微に密着していこうとする翻訳文体とは、澁澤さんのはちょっと違う。

池田　翻訳はインタプレタツィオン、解釈だから、自分を賭けて決断するという……。

巖谷　最後の言葉の選択ね。

＊

池田　矢川（澄子）さんの下訳の話になるんですけれども、最後の選択こそが創造行為なのだということからすれば、『O嬢の物語』は……。

巖谷　澁澤さんが下訳を使うことは少なかったろうけれども、あれは前の夫人の矢川さんがまずはじめに訳したという話ですね。

池田　矢川さんは、あれは自分が下訳をして、澁澤が全部手を入れて澁澤の作品になっていった、というふうに言っていますね。

巖谷　その事実は確認できるらしい。

編集部　翻訳の断片が出てきているんです。澁澤さんの字で書いてありました。

池田　原稿が出てきたの？

編集部　原稿の断片で、それはすべて澁澤さんの字です。『O嬢の物語』の原本のなかに挟まっていました。箇所、箇所に。ですから、明らかにそこは澁澤さんの字で訳しなおしているわけで、最後の仕上げは澁澤さんがなさっているんじゃないかと思います。とくにいわゆるエロティックな場面は、ほぼまちがいなく澁澤さんです。

巖谷　なるほどね。『O嬢の物語』の解題は種村（季弘）さんが担当だけれども、そこでもっと具体的にわかるんでしょうね。ただ、矢川さんと澁澤さんの分担については、僕は第一巻の解題で触れておいたけれども、澁澤さんがもっていたジャン・コクトーの戯曲小品集を見ていたら、目次のいくつかの作品に、鉛筆で「澄子」と書きこんである。二人でいくつかずつ翻訳してコクトー戯曲選をつくろうというプランですね。そういうふうにして、共同作業で何かをやるということも、ごく初期にはあったようです。
池田　でもその後、サド裁判という、文学と関係ない社会的なことにまきこまれていくわけですよね。そうすると澁澤龍彥の名前の露出度がすごく高くなるじゃないですか。そのときに、なんとか筆一本で立っていきたいと思っている若い二人が、矢川さんに言わせれば共犯関係になって、二人で世間を欺いてやったみたいな感じで、手に手をとって喜んでいる図というのは想像にかたくない。
巖谷　矢川さんのほうが共犯関係と感じておられるんでしょうが、そういうケースは多くないと思う。澁澤さんというのは、たぶんほかの人と仕事をするのはあまり好きじゃない。共訳や共著が少ないでしょう。共訳は高橋たか子さんくらいですね。共著となると、彼が病気でどうしようもなかったので僕を代役に指名した『裸婦の中の裸婦』だけ。あれほど本を出した人としては少ないです。そういう人が矢川さんに頼むというのは、忙しかったということもあるし……。
池田　それに、決定する自我というのはひとつしかなかったんじゃないかな。残酷な言い方だけれども。
巖谷　だから矢川さんが自己表現として『O嬢の物語』の翻訳をやったわけではないと……。
池田　矢川さんご自身、「澁澤という人が表現してくれれば、私よりうんとかっこいいし、上手だし、私はそれだけで満足で、自分がいまこういうふうに表現者になるなんて、そのころは夢にも思わないで、澁澤かっこいいと思ってただけだ」と言っている。
巖谷　矢川さんはむしろ別のところで、彼女の文学というものを進行させていたんだろうと思う。
池田　ええ、抑えがたくね。でもいっしょのときには、惚れているという気持のほうが勝ってしまっていた。それで、原稿料で食べてゆくために分業をして、町工場の社長と奥さんみたいな感じで夜なべ仕事をしていたというのが、よかったんじゃないですか。

調べ物とか、清書とか、そういう補佐的な仕事もあるでしょうし。一般論ですが。

巖谷　とにかく、実際にどうだったかというのはプライヴェートなことだからわからないけれども、澁澤さんが強引にやらせたとか、焚《た》きつけたとかいうんじゃない。

池田　けっしてそうじゃないでしょう。ただ、そのときは矢川さんはそれで幸せで満足で、けれどもその後、やっぱり矢川さんももうひとりの表現者だから、だんだん異和感みたいなものが沈澱していってゆくんです。

巖谷　矢川さんの文学が展開しはじめた、と。

池田　またそれも、もうひとつの真実で。

巖谷　そもそも実際に澁澤さんの文体じゃ書けないわけだしね。

池田　自分を見失うほどに惚れちゃうことの快楽と、そのあとに自分にまわってくるツケを体験してしまったところに、矢川澄子という表現者が確立してゆくんです。

巖谷　それで、一種のフィクションと言ってもいいと思うけれど、一九六〇年代後半までの一時期が、矢川さんの文学的テーマになるわけですね。

池田　破綻した関係を、矢川さんは表現者として乗りこえようとして、ある普遍的なテーマをさぐりあてたけど、同じものを澁澤さんは、生活者として克服したと思うんです。矢川さんは、澁澤の家来だったとか言ってるけれど、澁澤龍子さんのほうは家来じゃなかったみたい。伴侶だって他者なんだということを、澁澤さんははじめて龍子さんから学んだんじゃないかな。文学をこととするかたではないし。龍子さんが他者として澁澤さんの前に登場したことは、澁澤さんにとって救いだったと思う。

*

池田　サドって、男には甘く女には厳しいみたいな、いわゆる二重の規範を糾弾しているじゃないですか。

巖谷　サドは意外に優しいんだよね。死刑反対論者だし。
池田　いまならいっぱしのフェミニスト。
巖谷　そう。だけれども、澁澤さんはサドを男の世界として論じている。
池田　そうだわね（笑）。
巖谷　サドって、両性具有的な作家でもあったと思う。いわば理性のとりこですから、理性を突きつめたところにある種の狂気が生まれるという構造になっていると思うけれども、ただサドにはカオスがあるよね。それは文体にもあらわれています。澁澤さんは、そこをあまり言わないけれども。
池田　そうね。それを今回、私は発見した。澁澤訳は男っぽい。
巖谷　それは自分を律していたんじゃないかな。
池田　男って、律しないと男っぽくないの？
巖谷　いや（笑）、彼にだって女性的な部分はあるのに、それを抑えていたというところがあるでしょう。それもだんだん流れていくんじゃないかな。たとえば『高丘親王航海記』には両性具有的なところもあるでしょう。流れて、崩れていったんですよ。そこも彼のいいところです。
池田　ああ、そうですね。すごくいい形に崩れてゆく。
巖谷　自分を開いて、どんどん変ってゆく。流れにまかせはじめると、それができた人だから。
池田　そうですね、説話をもとにして小説を書くようになったあたりから、私なんか非常におもしろい。
巖谷　サドや『さかしま』以後の翻訳については？
池田　たとえばペロー（『長靴をはいた猫』）なんか……。
巖谷　あれは「アンアン」の創刊号で、堀内（誠一）さんが、なにかコントみたいなものをやってくれ、と。挿絵を入れてゆくというので、一部を連載したんです。
池田　じゃあこれは、頼まれ仕事という感じ？

巖谷　頼まれ仕事の部分もあると思う。堀内さんから直接そう聞きました。というのは、この翻訳は澁澤さん自身にとって、ちょっと片手間という感じだし……。

池田　あんまり身を入れていないの？

巖谷　もともと原文に親しんでいたわけではない、という意味ではね。だからペローを読んで彼の説話研究が発展したというのとは違うと思う。ただ説話的な文体について、いろいろ工夫している。

池田　そうね。

巖谷　僕がいくつかの既訳と対照してみたら、語順や言葉つきは江口清訳あたりと似ていて、もしかすると下敷きにしていますが、澁澤さん特有の語尾でコントロールして、自分独特のものを出そうとしている。それと十七世紀のフランス語だという意識をあまりもたずにやっている。そういう点が厳密ではないけれど、おとぎ話の文体にはなっている。これはほんとに微妙な本で、おもしろいですよ。だいたい巻末の解説が不思議でしょう？

池田　不思議。ちょっとズレてる（笑）。

巖谷　ペローを素朴だと言っているようだけれども、なんで素朴なんだろう（笑）。グリムにくらべて素朴なんて、とんでもない。グリムのほうが、はるかに素朴です。

池田　「グリムにくらべて古拙の味わいがある」と。ペローのほうがギャラントリーなのに。

巖谷　ね。グリムのほうが古拙に傾いたのであって……。

池田　つくられた古拙ね。グリムはそっちを意識しているけれども、ペローはまったく逆の方向。

巖谷　これは十七世紀末の社交界文学ですよ。だからこのなかには、ありとあらゆるエロティックな含みとか……。

池田　くすぐりがいっぱいあるし。

巖谷　女性に対するくすぐりね。ウーマンリヴが怒るようなことも書いてある（笑）。それを古拙と言っているんだから、ずいぶん不思議な読みちがいです。
池田　グリムより百年古いという先入観？　ひょっとしてグリムを知らないとか……。
巖谷　もちろんグリムは子どものころに読んでいるだろうけれども、澁澤さんのメルヘンの体験は、たぶん『ピーター・パン』とか、ああいう創作物のほうが強いのかもしれない。ヨーロッパの古いフェアリー・テールズの流れには、そんなに強くなかったのかもしれないな。
池田　でも、末尾の教訓なんか、楽しそうに訳してる。
巖谷　そうそう。いよいよもって、なんで古拙と言うのかわからない（笑）。けっこうしたたかなふうに訳しているんだから。
池田　すごく楽しそうに訳してる。教訓大好きなんだ。
巖谷　そこが不思議でね。ペローも十七世紀の世紀末文学なんで、フランスの爛熟した社会の、ルイ十四世の宮廷がひどく頽廃した状態にあるときに、女たちが集まって根も葉もない話をするという流行が前提にありますから。その女たちのなかに男がひとり割って入って、ちょっと女たちをからかってやろうという、それがペローですよ。だから皮肉でしたたかな内容をもっている。会話なんかでもチクチクやったりする。それが「古拙」ならぬフランス宮廷文学の傾向なんです。
　ところが澁澤さんは、そういうふうにペローを読まないで、一方ではほんとにメルヘンが好きで、たぶんフッと自分の少年時代から届いてくる、メルヘン一般への郷愁で解説を書いちゃったのかなという気もする。
池田　最初に新旧論争のことが書いてあるのが唐突で、変。こういうことがあったと言っておきながら、あとでこれはいわないとか言うのね（笑）。変なんだ。

巖谷　新旧論争というのは、ペローは近代派の論客だったというのが大事だから。近代というのは、要するにギリシア・ローマじゃなくてフランスだということだけれども……。

池田　新しくフランス語で書いたもののほうが上だ、と。

巖谷　それでフランス人のあいだに流布している民間伝承を語りなおす。それもラ・フォンテーヌがイソップの再話でやったように、寓意・教訓をあとにつけて教えさとすという形をとりながら、機智と理性を盛りこんで、近代文学に仕立てている。だから「古拙」じゃないんだけれども、澁澤さんの訳文自体には、ペローの気分がいちおう出てはいる。

池田　巖谷さんの講談社文庫（のちにちくま文庫）版の全訳（『眠れる森の美女』）とくらべてみると、澁澤さんのは、物語のなかでポッと、コメントなんかが現在形に書かれていたり……。

巖谷　それは半過去といって、過去における現在で文章が続いているから、現在形に訳すこともできるわけです。ただ、澁澤さんの場合は、一般化できるところだけ現在形にして、他の文と区別しちゃうわけね。

池田　そうなの。そうすると、言いまわしが慣用句に近づくみたい。澁澤さんの訳文には、そういうのがところどころにしのばされている。

たとえば「それがかえってお姫様には好ましく感じられました。多くをしゃべらなくとも、愛情さえあれば事足りるものです」と現在形だから、諺みたいになっているのね。

巖谷　それが半過去、過去現在っていうやつです。

池田　こういうところがすごくおもしろいなと思う。巖谷さんの訳文のように、「それがかえって好もしくきこえました。雄弁でないことが、大きな愛をあらわしていたのです」と言うと、個別の事例についてコメントしている感じ。ところが、澁澤さんはここを諺にしちゃう。ステレオタイプにしてしまいたい（笑）。

巖谷　そういう志向がある。極端にいえば、澁澤さんの全部がそうかもしれない。

池田　そう、私が言いたかったのはそのことなの。それをやりたいために物語を語ったって言いたいぐらい。小説なんかに、そういうのを感じるんですよ。段落のいちばん最後のアフォリズムのために、それまでの数行があるみたいな。

巖谷　別の見方からすれば、教訓好き……。

池田　教訓とか決まった言いまわしとかを、すごく使いたいんじゃないかと思う。小説では、絶対に太刀は腰にぶちこまなければいけないとか、衣紋《えもん》はとりつくろわなければいけないとか、決まったパターンがあって。

巖谷　形容語なら、「わらわらと」とか（笑）。

池田　そうそう。雪は「霏々《ひひ》として」降らなければいけないし……。

巖谷　石川淳式の「濛々《もうもう》たる闇」とか。

池田　そうそう（笑）。「いわんかたなき」とか。

巖谷　いちばん最初の訳書『大胯びらき』なんかも、あれは一種の青春小説なのに、ほとんどアフォリズム文学に変っているわけね（笑）。

池田　そういうものが融通無碍《むげ》にちりばめられた言葉の饗宴みたいなもの。コントというか、ペローなんかもそうだと思うけれども、ある種の文人の手になる説話ですね。ああいうスタイルがすごく合ってると思うのね。

巖谷　合ってますね。おとぎ話はみんなそうだけど、ペローもほんとに紋切型の洪水です。たとえば美しいというときには、「見たこともないほど美しい」と決まっているわけね。

池田　それ、澁澤さん、すごく好きでしょう（笑）。

巖谷　でも、原文が紋切型ばっかりのときには、かえって変えたりしている（笑）。

池田　へえ、そうなの。おもしろいな。

巖谷　おもしろい（笑）。だから僕がペローを全訳したときは、澁澤さんの既訳も一部あったし、逆に原文に忠実にやってみた。ただ、問題は十七世紀のものだということ。十七世紀のフランス語だと、使っている言葉の意味が違っているだけじゃなくて、いまは存在しないものがいっぱい出てくるわけです。

池田　澁澤さんはけっこうそういうのを飛ばしてる。

巖谷　うん。飛ばしちゃってる（笑）。そのかわり、澁澤さんの翻訳の特徴が出たと言えるかもしれない。語尾によってリズムをつくってゆくときに、独特の彼らしい臭みがあるでしょう。

池田　ある、ある（笑）。

巖谷　「……であるかのように思われたのでありま す」みたいに、語尾をすごく長くしてみたりするんですね。原文では「……のようでした」ぐらいであっても。

池田　何かをちょっと変えるだけで、そこを浮き立たせるということを、おもしろがってやっているのかな。

巖谷　小説やエッセーでも、教訓好きというのはすこしあるね。「何々とはこういうものである」式の言葉というのは、『唐草物語』に多いでしょう。「鳥と少女」なんかでも、ちょっと余計なことを書くのね。

池田　ちょっと余計なことを（笑）。

巖谷　あれだってドラマですよ。女性をどうしようもない女の子が死んじゃう。セルヴァッジャという女の子が死んじゃう。女性をどうしようもないんだ、ウッチェッロは。それが死んじゃって、「うつけたような顔で泣いた」でおしまいにすればいいのに、「いくら世間知らずの画家であったとはいえ、人間の死ということを彼が知らなかったはずはなかろうとも思う。これは私の意見である」というシメかたをするわけね（笑）。

池田　そうそう、それそれ（笑）。「髪切り虫という妖怪が出た」でやめとけば余韻が残るのに、「そういう痴漢がいまも出るのは周知の通りである」なんて（笑）。白けさせるというか、あれは何なんですかね。
巖谷　結びの言葉で、わりと醒めちゃうというか。
池田　そう。しかも、そこにすごくエネルギーを費やしていると思いますよ。ぶちこわしにするのに。
巖谷　自分だって興にのっているわけよ。普通だったら余韻をのこすかなんかするところで、よけいな一言をわざとつけくわえる。そこはちょっとペローと似ている。ペローというのも、したたかな、変な近代人だからね。
池田　そうか、似てるんだ（笑）。ペローの、「鵞鳥おばさんの話」なんていう別名はまったくの仮面であって、おまけに息子が書いたなんてもうひとつ仮面をつけてね。
巖谷　そう。あれはサロン文学ですよ。
池田　そうですよ。フランスの典型的な。
巖谷　それが自分に合っちゃったので、「古拙」とかなんとか言ってごまかしているのかもしれない（笑）。

＊

池田　そこで、『高丘親王航海記』がそうだけれども、説話がどんどん内面から澁澤さんのなかで……。
巖谷　説話のプールがほんとにひろがっていたから。
池田　強いて影響があるとしたら何ですか。石川淳？
巖谷　それはもっと早くにあったでしょうね。だけれども、石川淳というのは、あくまで知的に説話を……。
池田　そこは違うんでしょうね。
巖谷　違います。似ているのは花田清輝が、晩年に『小説平家』とか『室町小説集』に行ったときに、あの人も根がダイダロスで、自分の世界を紋切型的に構築してきたのに、なにか流れだしたでしょう。『室町小説集』なんて、水の流れる小説世界。
池田　石川淳の作品の登場人物だと、ひとりひとりが元気というか、すさまじいんだけれども。

巖谷　石川淳には神話的原型があって、『西遊記』でいうと紅孩児《こうがいじ》みたいな少年アナーキストがパターンだから。最後は波が寄せてきたり爆発しちゃったりして、かっこよく終る。だけど本当に説話的な、太古に遡るようなノスタルジックなものはないですね。説話の骨格を使ったものは『紫苑物語』なんかが典型的だけれども、あれだって近代的なコントですよ。

池田　澁澤さんのはスーッと消えていっちゃう。たとえば「ダイダロス」でも、独白とかせりふとか、誰が言っているのかわからない。そして最後に、蟹がハサミでシャカシャカシャカシャカ。あれ、とっても気持いいじゃないですか。

巖谷　蟹が対象と一体になっちゃって、どっちがどっちだかわからない。アイデンティティーが最後に融けちゃう。そうなると、高丘親王の旅はもう用意されているようなものでね。

池田　そうですね。私はそっちのほうに関心があ

る。いろいろなエッセーを書いていた澁澤龍彥より、『高丘親王航海記』にいたる澁澤龍彥のほうに……。

巖谷　じゃあ、『高丘親王航海記』の女性像はどうですか、たとえば藤原薬子《くすこ》というのは……、説話の地母神みたいなところがあるかな。

池田　でも地母神は、偉大な子宮を誇る女でしょう。けれども薬子は頻繁に鳥と転換して、子宮なんか持ってないようなふりをしたがる。卵生だとか、単孔の女とかも出てきて、ヴァギナもこの作品からは閉めだされている。転換といえば、パタリヤ・パタタ姫も薬子ダッシュですが、身ごもったと喜んでる姫にも、想像妊娠かもしれないなんて、意地悪を言っている。もしも子どもを産んでも、姫は母にはならない。その時点で死んでしまうのだから。女をどうしても母にだけはしたくないわけ。ああいうのを出してきちゃうということは、あんまりなかったように思います。

巖谷　まあ澁澤さんの女性像って、特殊だよね。

「鳥と少女」のセルヴァッジャのような、自然を代表する野生の女もいるけれど、それに魅かれつつもウッチェッロのように死に追いやってしまう。そうやって切り捨てているわけですね、女性を。ところが薬子というのは、むしろ高丘親王を包みこむところがある。

池田　それでいて母ではないですね。とことん母を排除して、かわりに呑みこんでくれるものとして、そこに何をもってくるか。これは、それをめぐる作品のような気がします。薬子も親王の母じゃないかららいい。

巖谷　意外に澁澤さん、女性のことは書かなかった。ヴィーナスなんかのことは書いたけれど。自分の理想の、娼婦であり同時に処女である、とかね。

池田　勝手なことをね（笑）。

巖谷　元来ヴィーナス、ウェヌスはアフロディーテーでしょう。アフロディーテーというのは、オリエントから来たもので、原形は地母神ですよ。だからこわいところもあって、子どもを食べちゃったりとか。でも澁澤さんの女性は、そんなほうへは行かなかった。

池田　踏みこみたくないんでしょうね。

巖谷　お尻がちょっと可愛いとか、そういうところでとどまる（笑）。

池田　でないと、母性に触れなくてはならないから。ここまでの母性拒否って、何なんでしょうね。

巖谷　薬子というのは、ファム・ファタル風でもあるよね、すこし。同時に、やっぱり説話に根があって……。

池田　それがずっと全篇を通じて変奏されていくわけですね。探されている、と言ったほうがいいかもしれない。

＊

池田　時間的には、『全集』の第一巻の前に『翻訳全集』の四巻だか五巻だかが位置するようだけれど、それ、すごくおもしろいと思うの。そうやって、母語と非母語のあいだに身を置いて、格闘して、自分の文体というか、表現者としての自分を見つけていく、というのは。

巖谷　松山（俊太郎）さんなんかも、死んだ澁澤さんという生涯の友とのやりとりを続けていて、誤訳であれ何であれ、すべてが澁澤さんという人間の性格に還元されるように解題を書くから、ちゃんと救っているわけです。

池田　ああいうことができる人は、心がきれいだと思う。

巖谷　松山さんは心のきれいな人ですよ（笑）。

池田　ひとつひとつの翻訳作品としての位置づけのほうは、巖谷さんがなさるのね。

巖谷　それはするけど、僕の場合は自分も翻訳者だから。さっき言ったように、翻訳って、ぎりぎりのところで訳語を選ぶという決断の仕事ですよ。ここは普通にはこういう意味だけれども、と考えぬいて、ちょっと違えたりする。これは誤訳に見えがちです。だけれども、そこに解釈がこもっていることもわかったりするから、僕のほうは誤訳の指摘をほとんどしません。

池田　人の翻訳っていうのは、アラがよく見えるものですしね。岡目八目ってよく言ったものだけれども、翻訳をしている現場というのは、また別なんですから。

巖谷　たとえば、ちょっと筆が走るじゃないですか。こうやりたい、やっちゃったけれども、どうも原文からすると戻したほうがいいというときに、戻さないことがあるんだよね。

池田　もう確信犯。

巖谷　そこにその作家と自分との関係があったりする。翻訳って、作家に乗りうつることが必要だし。

池田　乗りうつったらいちばんいいんだけれども。少なくとも、相性の合う作家じゃないと自分の日本語が出てこない。そういう意味では澁澤龍彦という翻訳者は、全部いいものを選んでいる。自分にとって。

巖谷　自分に似た者を発見する一種の装置があるでしょう、彼には。コクトーからはじまって、彼の出会った作家というのは、いわば自分の鏡ですね。自分に似たものを、澁澤さんがすでにいて相手のなかに探すんじゃなくて、出会ったときに「あ、これが自分だ」という作用があると思う。自分を発見するんですよ、むしろ。

池田　澁澤さんは、読むことと翻訳することとの関係を、どういうふうに位置づけていたのかな……。

巖谷　かなり合致させていたんじゃないかな。

池田　読むことはすなわち訳すことである、と。

巖谷　置き換えながら読んでいる感じがする。若いころにフランス語を身につけてから、翻訳しつつ読むということをはじめていますね。

池田　コクトーの『大胯びらき』でも、ずいぶん長いこと……。小林秀雄も、なんで訳すかというと、「よく理解するためだ」と言っているじゃないですか。それは引っくりかえすと、日本語の発想に置き換えてみなければランボーがわからないということでしょう。それは澁澤さんにも当てはまる？

巖谷　初期には当てはまるでしょうね。松山さんによれば、澁澤さんは生涯『仏仏辞典』を使わなかったと。

池田　そうですってね。フランスの辞書を使わなかったなんて、ほんとにびっくりした。

巖谷　つまり置き換えということがすごく大事なんだね。フランス語そのもので理解することよりも。

池田　というのは、フランス語よりも日本語ができるということですか。

巖谷　それはいつも言ってた。僕と二人で、どっちがフランス語ができないかということを三回ぐらい論争しているけれども（笑）。たがいに「俺のほうができない」と言いあって、一時間ぐらい譲らなかった。

池田　そういえば長谷川四郎さんが、私はあのかたのカフカとか大好きなんだけど、「語学ができたら翻訳なんかできないよ」と言ってた。それは逆説なんだけれども、真実を含んでいますよね。澁澤さんはどうなのかな。フランス語のまま呑みこむということはあったのかな。

巖谷　それはもちろんできたろうけれども、日本語にしないと気がすまないところがあったんじゃないかな。

池田　そうなんですよね。気に入ったものは自分の日本語にしないと気がすまない。

巖谷　僕も人の文章を下敷きにすることは多少やっていて、その場合は原文で大意をつかんでから自分流に書くというふうになるんだけれども、澁澤さんはそのまま訳しながら使っちゃうからね（笑）。『胡桃の中の世界』なんて、澁澤さん的なとてもいい本だけれども、どのエッセーも原書のままの箇所を含んでいる。

池田　でもそういうときは、澁澤龍彦さんは自分自身の表現であると思ってお書きになるわけですよね。

巖谷　その変換作用というのが、澁澤さん独自の個性でしょう。普通は要約して書くものですよ。ところが澁澤さんは全部ちゃんと訳して入れちゃうんだから（笑）。バシュラールだってなんだって。だから原文と同じところが出てくるわけで、それに気がついた人は、鬼の首でもとったように「剽窃だ」とか言う。逆に僕は、そういう人には、一つ二つ見つけたくらいで驚くな、と（笑）。澁澤さんは何百冊も使っている。それ自体がすごい。

池田　そうそう。翻訳するのがかったるくなって自分の言葉で言い換えちゃうことはあると思うんだけれども、そうじゃないというのは何なのか、ということなのね。

巖谷　憑依するというより、自分と変換できちゃうんじゃないかな。それが不思議ですよ。

池田　そう、不思議。そりゃ、私だって長年やってれば、こんなのが書きたかった、でも自分はきっと書けないだろうから、訳していればもう幸せっていう作品に出会わないともかぎらない。でも、それは僥倖的な、例外的なことだって、最初から思い定めてる。ところが澁澤さんは、いろんなテクストを訳したとたんに、百パーセント自分の表現、てことは自分の発想だ、みたいに思えた人。そういうものを見つけて、そこまでやることが翻訳だ、というか、翻訳は創作の代償行為ではなくて、翻訳者が原テクストの生殺与奪の権利をにぎってるって感じ。
巖谷　それで、その発想を誰の文章からとってきたということもいちいち断らないから、出口さんみたいな真面目な人は怒るわけ（笑）。だけど、それが何百冊にもわたってできるということのほうが、澁澤さんという作家のポイントだから、僕はそっちに興味がある。
池田　そうですよ。個人の翻訳全集が出るというのはレア・ケースもいいところなんだけれども、そういう稀な作家だということが前提にあるわけね。

一九九六年十二月五日　於・河出書房新社会議室

繁茂する植物界

谷川晃一／巖谷國士

谷川晃一《たにがわこういち》（一九三八―）

東京生まれ。六三年に画家としてデビューし、澁澤龍彦と出会う。美術批評家としても活躍、宮迫千鶴と「アール・ポップ」を唱え、プリミティヴ・アートにも傾倒。八八年に伊豆高原に移住し、独特の表現世界をひらく。主著に『戦後風景と美術』『雑めく心』など。

巖谷　澁澤さんが最初にヨーロッパへ行ったのが一九七〇年でしたね。あのとき、いっしょに羽田空港へ見送りに行ったのをおぼえてます。

谷川　長い見送りでしたね、あれ。五時間か六時間いました。なんか飛行機が遅れて、延々と空港にいましたね。よくあのレストランが怒らなかったな。

巖谷　レストランにいたんでしたっけ。それはおぼえてないけれど、たしか土方さんがいました。

谷川　いや、種村季弘さんも三島由紀夫さんも、みんないましたよ（笑）。

巖谷　あのころはもう、谷川さんはだいぶ澁澤さんとおつきあいがあったんですか。

谷川　そうですね。僕がお会いしたのは、まだ小町にいらしたころですから。

巖谷　小町から山ノ内へ引っこしたのが一九六六年かな。

谷川　僕が澁澤さんを最初に知ったのが六二年です。『サド復活』を読んで。だから『サド復活』も出たばっかりじゃなくて。それで、読んでびっくりして。

巖谷　あれはびっくりする本ですよ。

谷川　過激な本が出たな、と。それで読みおわって、澁澤龍彥っておもしろいなと思っていたら、すぐ『神聖受胎』を見つけたんですね。もう出てたんです。そのころ、僕は絵描きをやろうと思って……。

巖谷　まだ出発していなかった……。

谷川　出発するかしないかという感じのころだったんですけど、僕の友達に高校の同級生で小杉武久というのがいたんですよ。

巖谷　音楽の人で、ニューヨークに行った……。

谷川　そうです。アヴァンギャルドで、フリージャズからインド音楽をやって、ミュージック・コンクレートとかシュトックハウゼンに興味を持ってやっていて、ジョン・ケージまで行っちゃった人です。ものすごい反芸術の……。

巖谷　瀧口（修造）さんとおつきあいがありましたね。

谷川　そうです。で、反・音楽の旗手だったわけですよ。だもんだから家に来ると、そんな古い絵を描いてちゃだめだとか言うわけ（笑）。自由美術展という団体展があって、そこへ出品したと言ったら、「そんなものに出してちゃだめだ。読売アンデパンダンに出せ。そこに出して、赤瀬川原平とか中西夏之という仲間がいるから、そういう連中とつきあわなきゃだめだ」なんて、どんどん言われてね。

巖谷　それまでは、テンプラを揚げておられたとか……。

谷川　テンプラだけじゃなくて（笑）、料理人をやっていたんです。小杉と一緒に芸大を受けに行って、小杉は受かったんですけど、僕は落ちたものですから。頻繁に家に来て、いろいろ言うわけですよ。あれをやっちゃいけない、これをやっちゃいけない、型にはまったことをやっちゃいけないと、とにかく型を破ることばっかり言うわけです。僕も感化されて、トイレットペーパーにゴム印で押すような、いわゆるネオ・ダダをやった。ただ、どうもピンと来ていないんですね。

巖谷　読売アンデパンダンの末期でしたね。

谷川　末期でしたし、そういうことをやっていていいのかと、自分でも疑問があったんです。そのときたまたま神田で春日井建と知りあいました、短歌の。

巖谷　よく出会って、知りあうんだ、いろんな人と。あのころは。

谷川　そうなんだ。で、あれは定型でしょう。定型でも非定型のネオ・ダダにはないおもしろさがありますよね。短歌というのは当時は老人文化だと思っていたから、関心なかったんだけれども、春日井建の『未成年』という歌集を見て、おもしろいなと思って。

巖谷　澁澤さんも書いたよね、春日井建のことは。

谷川　そう。『神聖受胎』を見たら、春日井建が載ってるじゃないですか。「あ、これだ」と。

巖谷　はまってきた。偶然というか……。

谷川　そうなんですね。『神聖受胎』には、土方（巽）さんと加納光於と三人のことが書かれていましたね。

巖谷　日本人を扱ったのはその三本。

谷川　その三人と一、二年のうちに知りあうわけですけれども。そうこうしているうちに、青木画廊でゾンネンシュターン展を見たんです。一九六三年です。

巖谷　二度あったでしょう。二度目は大きかった。

谷川　二度目のやつは僕が企画したんですよ（笑）。それで六三年の青木画廊のときなんですが、あれは要するにネオ・ダダでもなければ定型でもない。瀧口さんがゾンネンシュターンのことを「根源的なもうひとつの絵画」と言いましたけれども、あれがいちばんショッキングな出会いだったですね。自分のやる方向が定まった気がしたんです。

巖谷　要するに、「魔術的芸術」に目ざめたという……。

谷川　そういうことですね。そのゾンネンシュターンに対して、澁澤さんが諸手を挙げて賛成しているでしょう。全部そういうふうにつながってきたわけですね。

巖谷　そういうことが多かったですね、あのころ。僕がお会いしたのも、たぶん六〇年代前半じゃないかな。

谷川　そうですね。僕が展覧会をやってるときに巖谷さんが電話をくれたんですよ。「いまから行きます」と。嬉しかったです。

巖谷　中西さんや赤瀬川さんにも、あのころはじめてお会いしたんですけど、アンデパンダンも僕は見に行ってた。ただ、まだ学生になったばかりだったし、ケイト・ミレットを知っていたからかな。

瀧口さんとは、アンデパンダンのときには、もうお会いになっていたんですか？

谷川　いや、あとです。ゾンネンシュターンを見てから自分の描いていく方向が……。トイレットペーパーじゃなくて、ちゃんとした絵を描こう、と。

巖谷　アンデパンダンと澁澤さんというのは、意外につながりが見えないけれども。

谷川　見えないですね。ただ、スワンベルク（スワーンベリ）が最初に出てきたのも、アンデパンダンなんですよ。

巖谷　そういうのも、瀧口さんがつなぎ役だったかもしれない。澁澤さんも、瀧口さんと出会ってますね、アンデパンダンのころに。加納さんにつれていかれて。

谷川　それから「魔術的芸術」に類するものは、「世界今日の美術展」とかで、いろいろ来てるんですね。ヴィフレド・ラムをそのときはじめて見ました。

巖谷　そうそう。それで瀧口さんが、角川の世界美術全集の現代篇かなにかで、ブルトンの『魔術的芸術』のアンケートの一部を紹介してる。それが日本に紹介された最初でしょう。そのとき図版にスワーンベリや、ゾンネンシュターンが入っていた可能性もあります。

谷川　いまでは、スワンベルクじゃなくて、スワーンベリというわけですね。

巖谷　あれは、スワーンベリ自身が「スワンベルクじゃない、スウェーデン語の読みでスワーンベリと表記せよ」と言ったらしい。澁澤さんが河出で画集を出したでしょう、『骰子の7の目』シリーズのを。あれではマックス・ワルター・スワーンベリとなっているけれども、澁澤さんはその後またスワンベルクに戻ってしまう（笑）。

谷川　僕も、「新婦人」の記事のときから見てるから、スワンベルクでなきゃいけないのかと思ってた（笑）。

巖谷　まあ、どっちでもいい。銀座のフマ画廊でそのスワンベルクの展覧会があったでしょう。あれは僕も参加しているんだけれども、七三年じゃないかな。あのときからスワーンベリになったんですね。ところが澁澤さんはあとでスワンベルクに戻っちゃったせいか、たいていの人はまだスワンベルクと言ってますね（笑）。

＊

谷川　僕が澁澤さんに会ったのは一九六五年です。六五年に個展をしたんですよ。そのとき、ある批評家から「彼はゾンネンシュターンの影響がある」と言われたんです。自分でそのつもりはなかったんだけれども。そのときに「美術手帖」で図版を一点だけ載せると言われた。宮沢壮佳さんが来て「これを載せる」と指さした作品を、僕は「S・Tの花」と題していたんですね。

巖谷　S・Tね。瀧口修造とも澁澤龍彦とも読めるけど（笑）。

谷川　「題名はあるか」と言われたんですが、なんとなくそれを言うのが恥ずかしくて、実際は澁澤さんへのオマージュのつもりで描いた絵なんだけれども、「これは〝無題〟にしといてください」みたいなことを言った。でも力が入ってなかったと思うんです（笑）。雑誌に出たのを見たら「澁澤龍彦讃」となっていて……。
巖谷　「S・Tの花」という題名なのに「澁澤龍彦讃」になっちゃったんですか。
谷川　「S・Tの花」とは言わなくて、「無題」にしてくださいと言ったんですけど。それで、澁澤さんに対してなんとなく恥ずかしいなと思っていたんですね。そうしたら突然、手紙が来たんです、澁澤さんから。気に入ったというんですね。実物を見たいと書いてあった。ところが、それは生まれてはじめて売れた絵です（笑）。澁澤さんが見たいと言うなんて夢にも思っていなかったし。
巖谷　売れた先は？
谷川　虎ノ門にいる金貸しのおじいさんで、その人はなかなかのコレクターだった。ゾンネンシュターンなんか持ってた人で、そのおじいさんが買ってくれたんです。
巖谷　変った金貸しもいるもんだ（笑）。
谷川　その人が届けてくれといって、値段をむちゃくちゃ値切るわけですよ（笑）。それで届けに行ったら、古い家で、ボロボロなんです。魔法使いみたいなおばあさんが出てきて「奥にいますから、どうぞ」って言うんですけど、歩いたら体が傾くんです、廊下が曲ってるから。その上でなにか生臭い匂いがする。「くさいな」と思ったら、カラスがカアーと鳴くんですよ（笑）。
巖谷　カラスを飼ってるわけ？
谷川　部屋のなかに飼ってる（笑）。それで真っ暗で、九メートルぐらい歩いて行くと突きあたりにドアがあって、すこし明りが見えるんです。おばあさんが「奥にいますから」というので、バッと開けたら、正面にゾンネンシュターンの「大鷹にさらわれる天使」というすごいやつがあって、その前におじいさんがすわっているわけですよ。「谷川ですけれども、絵を持ってきました」と言うと、「僕は年寄だから、もうじき死ぬんだ」と言うんです。

巖谷　開口一番ですか？

谷川　そう。「だから死のイメージが好きなんだ」って言うんです。

巖谷　いいね。なんだか映画みたいだ。

谷川　そういえば骸骨やらなにやら、死者の絵がいっぱいあるわけです。「でも、ちょっと気が変ってきて、君の絵はそういう絵じゃないけど買ってみたんだ」と言う。そうしたら、またカラスがカアーと鳴くんです。「ちょっと匂うかもしれないけれども、カラスがいま生肉を食べてるから」って（笑）。その匂いなんです。

巖谷　すごい家だな。ゾンネンシュターンには合うね。

谷川　そこに売っちゃったけど、なんとなく、澁澤さんに見せるために貸してくれと言えなくてね。

巖谷　そこへ澁澤さんをつれていけばおもしろかったけどね（笑）。

谷川　それには気がつかなかった（笑）。

巖谷　その絵はいま見られるんですか？

谷川　いや、持主が死んでからどこに行っちゃったのか、わからない。

巖谷　ここに載せられるとおもしろいけれど。「澁澤龍彥讃」という題名で残っているんなら。そうすると、澁澤さんのほうは空振りだったわけですね。

谷川　しょうがないから、僕は手紙を書いたんですよ。手元になくなっちゃったから、と。そうしたら別の絵でもいいから見たいというので、遊びにこいと言うから別の絵を持って出かけていったんです。小町へ。

巖谷　それが六五年だとすると、僕も同じころに小町を初訪問していますね。

谷川　あのときは、行ってみたら出口（裕弘）さんがいましたね。「出口」って、玄関みたいな名前だろうと澁澤さんが紹介してくれました。

巖谷　あれ、困るんだよね。澁澤さんの旅日記に「出口のところへ行く」と書いてある（笑）。普通名詞なのか固有名詞なのか、わからないからね。
谷川　とにかく、酒のんでましたね。
巖谷　谷川さんは酒のまないから大変でしょう（笑）。
谷川　それで、その年の夏だったかな。加藤郁乎の『終末頌』の出版記念会があって……。
巖谷　駿河台かどこかで。
谷川　ええ。澁澤さんが女装したりしてね。
巖谷　そうだ。そういうことがあった。
谷川　それで吉田一穂がいて。
巖谷　そうそう。それじゃ加藤郁乎さんともおつきあいも進行してた。
谷川　いや、加納さんと知りあったら「加藤郁乎を紹介する」と言われたんで。

＊

巖谷　澁澤さんも参加した『絵次元』の出版は、七〇年代になってからですね。
谷川　そのくらいですね。ただ、豪華本『絵次元』の前に「血と薔薇」があったでしょう。
巖谷　「血と薔薇」が六八年かな。そういえば、そのあいだの四～五年間って長かったな。
谷川　そうそう。まったく時間の感覚が違ってました。
巖谷　違ってた。永遠の暇があったような気がする。土方さんが澁澤さんのことを書いた文章で、「生来の閑暇」と書いていたけれども、あのころは閑暇の時代。谷川さんも池ノ上にいて。
谷川　あそこへ松山（俊太郎）さんがよく来て、三日ぐらい遊んでました。
巖谷　花札……コイコイなんかやってた。
谷川　寝ないで……いや、寝てたのかな。よくおぼえてないけど。
巖谷　寝るのも、ついでみたいにね（笑）。
谷川　みんな仕事なんかしてなかったみたいですね

（笑）。
巖谷　でも、じつはしてるのね。澁澤さんはものすごくしていた、あのころ。どういうんだろう。一年が長かったのかな。七〇〇日ぐらいあったような気がする（笑）。
谷川　澁澤さんが時計のことを書いてるじゃないですか。
巖谷　「ユートピアとしての時計」とか、いろいろある。
谷川　そういう時計自体も違うんだよね。
巖谷　ユークロニアという言葉を使うけどね。時間のない世界。でも澁澤さんはどんどん仕事をしていて、美術についても幅をひろげていましたね。「新婦人」に連載した「幻想の画廊から」の影響は、ずいぶんありましたよ。
谷川　僕なんかもずいぶん影響を受けてました。
巖谷　最初はデルヴォーとベルメールとか、スワーンベリも出てきたし。瀧口さんがその前に紹介はしていたけれども、澁澤さんが書いて一般化させたというか……。澁澤さんのやっていたことが、そのままシュルレアリスムと結びついてました？　谷川さんにとっては。
谷川　僕も、シュルレアリスムに魅せられていました。
巖谷　彼は「傍系」という言葉をよく使うでしょう。あのころは傍系のシュルレアリストを自分はやるんだという態度を示していたから。でも、そのうち飽きちゃうのね。ところが最終的に残ったのは、どうもエルンストですよ。あとは好みの画家として、最後まで残ったのがスワーンベリとか、バルテュスとかね。
谷川　澁澤さんの美術観で言うと、素朴と変身というか畸形、綺想と、それからデジャ・ヴュ（既視）と、エレメンタル（要素的）なもの。そのくらいに分類されるんじゃないですか。
巖谷　そうですね。エレメンタルといっても、いろいろな要素が絡まっているけれども。

谷川　ダブってきますからね。

巖谷　はじめはサドの研究者としてのポーズもあったから、妖しいエロティシズムをシュルレアリスムと結びつけていたけれども、そうすると傍系が多くなる。モリニエとかフィニとか。そのへんがだんだん落ちていって、それこそエレメンタルなものへの好みが残る。

谷川　そうなんですね。タンギーなんか書いていますけれど、ヴォルスなんかは、チラッとは出てきても書いていないものね。

巖谷　澁澤さんの絵の好みって、はっきり物が描いてあるのだから。

谷川　僕はとくに、素朴と綺想の部門が好きだったんです。だからスワンベルクとか、ゾンネンシュターンが……。ベルメールなんかにも、綺想的なところがある。

巖谷　素朴だとは言えないけれども。

谷川　素朴はない。ただ、ビュフォンの怪物の定義じゃないけれども、人体の配置を変えてしまうことがベルメールの綺想ですね。

巖谷　あれは長いヨーロッパの幻想芸術がしっかり入っている感じの綺想ですね。それから、エレメンタルなところもあります、結晶みたいになっちゃったり。線がね。

谷川　そうです。僕は加藤郁乎の俳句を読んだとき、これは言葉のベルメールだと思いました。

巖谷　なるほど。それで澁澤さんが『絵次元』のときに谷川さんにささげた文章も、そういうエレメンタルなところを書いていたんじゃないかな。

谷川　あのシンメトリー論ですか?

巖谷　あれは、たまたまヘルマン・ヴァイルか誰かのシンメトリー論を読んで……。

谷川　だから、あんまり僕のことは出てこなくて。あとでもう一回書いてみます、とかなんとか……(笑)。

巖谷　でもあれは、ほかの大画家と並べて「わが谷川晃一もまた……」というふうに出てくるんじゃなかったっけ。
谷川　あそこだけでしたね（笑）。
巖谷　『胡桃の中の世界』とダブっていますね、シンメトリーというのは。プラトン立体とか、ああいうエレメンタルな形態や物質を考えてたころのエッセーだから。
谷川　そうですね。あの当時ですね。
巖谷　谷川さんの絵も、シンメトリカルじゃなくなっていったような気がする。
谷川　たまたま何点かシンメトリーの絵を描いたら、すごいこだわっているように思われました……。
巖谷　シンメトリーというモティーフは、さっきの「素朴」というのとも結びつくけれど。ゾンネンシュターンにもちょっとあるし、クレパンとか……。
谷川　そうそう。ジュフロワが、「素朴というのは作品の深さの条件だ」と言っているけれども……。つまり、素朴というのは芸術の原形質みたいなものですね。
巖谷　そうすると、ナイーヴよりもプリミティヴに近いかな。その意味での「素朴」は、澁澤さんはあんまり表には出さないけれども、持っていたな。
谷川　持っていましたね。ゾンネンシュターンに魅かれたわけだし。
巖谷　やはりゾンネンシュターンがポイントですね。
谷川　僕自身はもう、ゾンネンシュターンにはいっぺんに持っていかれましたから。
巖谷　いまだにそうですか。
谷川　そうですね。どうしてももう一回見たいと思って、それで自分で展覧会を企画したんですよ。東京新聞の出版局へ行って、画集を出しませんかと言ったんです。
巖谷　それを種村（季弘）さんが河出書房でやったのかな。
谷川　そうなんです。東京新聞では「ゾンネンシュターンって何だ」と訊くから、説明したら、出版局じゃなくて事業部の人がおもしろがるんじゃないかというので、また事業部で説明したら、展覧会をやろうという話になって、それはいいと。種村さんに監修をやってもらって……。とにかくその当時は、ゾンネンシュターンがどこにいるのかわからない。

巖谷　ベルリンの壁のそばでうろついていたともいう。

谷川　行方不明になっていたんです。

巖谷　浮浪者みたいなものでしょう。

谷川　そうなんです。池和田《いけわだ》侑子さんが最初にゾンネンシュターンを紹介した人で、彼女は僕の古い知りあいだったので、連絡して、なんとか探せないかと。種村さんに行ってもらって、探せなかったら探せなかったで、探せなかった経過を書いてもらえばいいと思ったの（笑）。

巖谷　種村さんが行ったんだ。

谷川　そうなんです。探して、見つけたんです。見つけたところが、作品もなにもなくて、どこかの精神病院に閉じこめられていて、「プロフェッサー、いいところへ来た。何も見せるものがないから、これでも見たらどうだ」と言ってお尻をまくってね（笑）。種村さんはお尻の穴かなにか見て帰ってきた。

巖谷　そういえばあのとき、僕も「種村大博士」とかいうような文章を書きましたよ。

谷川　種村さんは帰りにマルメ（スウェーデン）に行って、スワンベルクにも会ってきた。

巖谷　谷川さんも行った？

谷川　僕は行かないです。カタログを編集していたから。それで澁澤さんに書いてもらおうと思ったんだけれども、すでにいい文章を書いているから、あれを再録すればいい、と。

巖谷　アール・ブリュットとか、アウトサイダー・アートとか、ああいうのでくくってゾンネンシュターンが出てくる場合もあるけれども、澁澤さんはそういう扱いをしていなかったですね。

谷川　そうですね。アール・ブリュットのことなんか書いていないですね。
巖谷　クレパンとか、ああいうのも出すわけですけれども、精神病学的にやるというよりは、形態ですね。エレメンタルなものを見つけて、シンメトリーとか装飾性とか、そういうものに反応するというのが澁澤さんの特徴。

＊

谷川　巖谷さんが澁澤さんの南下志向のことを書いていたけれども、ラテンアメリカまではいかないでしょう。ボルヘスは書いているけれども、ラテンアメリカの美術については書いていないんじゃないかな。ラムとか。
巖谷　書いてないですね。ラムなんかは好きじゃないでしょう。マッタあたりもね。
谷川　メキシコ美術についても全然書いてませんね。
巖谷　メキシコには反応していない。澁澤さんは新大陸に反応しないんですよ、だいたい。
谷川　あ、そうか。
巖谷　アメリカもだめだもの。
谷川　ポップ・アートが嫌いで、怒ってたものね（笑）。
巖谷　アンドリュー・ワイエスだけじゃない？　アメリカでは。ちょっと好きだったみたい。あれはなんでだろう（笑）。
谷川　ノスタルジアじゃないですか。つまり、デジャ・ヴュじゃないですか。
巖谷　それからある種の物質感ね。ノスタルジアというのは、晩年、そうとう澁澤さんはそっちのほうに行ってる。気分がね。それとワイエスが奇妙に合っちゃったということかな。
谷川　アフリカもないね。
巖谷　アフリカもない。地域としては地中海か東南アジアですね。共通しているんじゃないかな、島がいっぱいあって。あとはインドだとかペルシアとか、あのへんは多少ある。
谷川　そうだ、『骰子の7の目』シリーズは買っていましたけれど、僕はラムの巻を待っていたんですよ。
巖谷　ラムが好きという人はあまり多くない。
谷川　今年そのラムの大展覧会がひらかれるはずでしたが、急に中止になっちゃった。遺産相続の問題で。
巖谷　ラムは、ヨーロッパやアメリカではかなりの大画家ですよ。
谷川　僕はずっと好きでしたね。
巖谷　わかるな、それも。不思議な人となりでしょうね。五か国ぐらいの血が流れてて。
谷川　もちろん魔術的で。
巖谷　そうそう。ブードゥー教とよく結びつけられているけれども、なにかもっと根源的なものがありますね。
谷川　そうですね。植物の精気というのは、ああいうものだろうなと思って。僕も林のなかを歩いたり畑を作ったり、いろいろやったけれども、植物ってすごいですよね。どんどん生い茂る。
巖谷　谷川さんは昔、種子みたいなものを描いてたけれども、いまは、もっと具体的にジャングルのような?
谷川　ジャングルを相手にしています。とにかく繁茂って、すごいですね。
巖谷　「繁茂」ね。そうだな。澁澤さんも、だんだん繁茂に向っていた。『高丘親王航海記』にはちょっとそれが匂います。
谷川　匂いますね。
巖谷　『犬狼都市』なんかのころとは、まるで違う世界だ。澁澤さんも『胡桃の中の世界』なんかでいったん要素化して、それからだんだん繁茂してきたんですね。そうすると、美術の好みもすこし変ってきます。
谷川　そうですよ。エルンストだって植物でしょう。

鉱物もあるけれども。

巖谷　エルンストにはいろんな要素があるけれども、途中から植物も繁茂してくる。デカルコマニーなんて、鉱物のようでいてじつは植物。そういえばボマルツォの怪物にしても、石なんだけれども、「聖なる森」と言われているわけで……。

谷川　あれ、いいですよね。僕は行ってないけど、よくわかりますね。澁澤さんの、近づいていったときのワクワクした感じが。

巖谷　『滞欧日記』にあるね。あのへんかもしれないな、ほんとに澁澤さんが何かを感じていたのは。ただの「確認」じゃなくてね。でも、そういうのが子どものときからあったといえば、あったんだろうけれども。

谷川　そうですね。大島正満を読んでいたでしょう。

巖谷　動物のほうじゃない？　あれは。

谷川　動物です。動物だけれども、やっぱりジャングルですよ。草原の動物じゃなくて、ジャングルの動物です。

巖谷　澁澤さんは、昆虫とか、あっちのほうじゃないかな、子どものころに好きだったのは。

谷川　僕も昆虫少年だったですよ。それも蝶々じゃなくて、甲虫だったんです。

巖谷　僕は違う。植物少年だったんです。子どものとき、庭に花を植えたり、花壇をつくったりしてた。変な子どもですね。それが最近、何十年かぶりに復活しているところもある。庭園が最近テーマのひとつになってきているのは、そういうことです。庭園といっても、きちんと区画整理された幾何学的なのとは、だいぶ違うんですけれども。植物の生命みたいなもの。それこそ繁茂する。まあ昆虫少年がだんだん植物に傾くというのと、基本は同じかもしれないけれども。

谷川　そうですね。ただ昆虫というのは単体ですけれど。

巖谷　石とか貝殻とか、あっちに近いね。

谷川　そうそう。ところが植物はそうじゃないですよ。
巖谷　複合体。
谷川　群という感じ。繁茂というのは、個別的に分けられない。うちの畑なんかそうですよ。放置農業と言ってるんですけど（笑）、雑草のなかにトマトがある。
巖谷　雑草、いいですね。畑というのはふつう雑草を抜くわけですが、いっしょにやると、トマトも雑草化する？
谷川　雑草のなかにトマトがなってるという感じです。
巖谷　いいな。
谷川　探すとナスなんかあったりして（笑）。効率は悪いけれど、快感になりますよ、探すのが。探しあてますから。
巖谷　文章も繁茂してきません？
谷川　文章はもう枯れそうです（笑）。
巖谷　澁澤さんの場合は、どうだろう。
谷川　『高丘親王航海記』なんかは……。
巖谷　何だろうね、あれ。文章そのものが繁茂しているわけじゃないでしょう。
谷川　イメージが繁茂している。
巖谷　文章はわりとすっきりしていて、繁茂しているといえば、最初の『サド復活』のほうが繁茂してる。ところが『高丘親王航海記』は、わりとのんびり平板な文章なんだけれども、なにか植物が匂う。
谷川　一見するとクリュニーの一角獣のタピスリーみたいだけれども、じつはそうじゃないですね。もっと草ぶかいですね。
巖谷　ヴェトナムあたりのジャングルのなかを歩いている。ああいう感じは不思議です。短篇小説には、そういうのがあまりなかったし。
谷川　澁澤さんの最初の『犬狼都市』の巻末にあった「マドンナの真珠」は国枝史郎みたいでね。
巖谷　赤道の話が出てくるのはあれだったっけ。あのころにもう南があったんですね。
谷川　あったんですね。
巖谷　だけど、北も強かったんだね、あのころは。ルドルフ二世のプラハとか、ルートヴィヒ二世のノイシュヴァンシュタインとか。それからスワーンベリも北でしょう。北の観念的、神秘的世界。
谷川　北だけれども、南っぽい北ですね（笑）。
巖谷　北の華やぎみたいな感じもあるけどね。スワーンベリはランボーと結びつくところもあるし。
谷川　僕は今年、北の森をはじめて見たんです。
巖谷　カナダですね。
谷川　ブリティッシュ・コロンビアの、人がほとんど入ったことのない森に行ってみました。人がいないというのは、すごく清潔なんですね。「北のエデン」という感じでびっくりしました。地衣類がきれいで、ほんとにエデンですね。さわって、フワーッとしてる。
巖谷　木は幾何学的でしょう。針葉樹中心で。
谷川　幾何学的。だけど針葉樹だけじゃない。ブルーベリーだとか、ああいうのがたくさん繁茂している。
巖谷　北欧やロシアなんかもそうだな。北の森というイメージは、澁澤さんにもありましたよ。
谷川　エルンストがそうですからね。
巖谷　エルンスト論というと、北の森というパターンで書いてた。ところがかならずしもそうじゃなくなってきた。
だいたい森って、ドイツあたりでも植林ですからね。規則的に幾何学的なのが立っていて、それでみんな天に昇っていくという、神秘的なものと結びついた世界だけれども、南のほうはもっと入り乱れた森で……。
谷川　北も、手を入れなければいいんだけれど……。
巖谷　繁茂というのとは違う気もしますが。
谷川　いや北でも原始的な状態だったら、繁茂しますよ。

巖谷　湿気や、季節によるでしょうけれども。
　それにしても、ブリティッシュ・コロンビアの原住民の芸術はすごいですね。ブルトンなんか、あそこのが好きでコレクションをしてたし、エルンストも……。

谷川　エルンストは、南西部のインディアンのほうでしょう。

巖谷　そうそう。アリゾナに住んで、ホピ族とかね。飼い犬にカチーナという名前をつけていたな。

谷川　僕はびっくりしたんだけれども、自分の描いている絵が、カチーナ・インディオのなかにあったんですよ。同じ顔してるのね。それでサンタフェで個展をしたら、インディアンがやってきて、「おまえの種族はどこだ」って言うんです（笑）。要するにバックグラウンドですね。だから「伊豆だ」って言ったんです。

巖谷　「イズ族」というのがあってもいいわけですね（笑）。

谷川　だって、顔はほんとうにいっしょですから。

巖谷　オーストラリアも行っておられたですね。一時はアボリジニがいいと……。

谷川　だいたい僕は、巨大な王権があったところというのは、あまり好きじゃないし。古代じゃなくて原始がいい。澁澤さんからは、まずそういう話は聞かなかったけれど。

巖谷　彼はどっちかというと、王権の人のような気もするけれどね。ヴェトナムなんかを想像しても、すぐ越南国の王女かなにかの話になるし。

谷川　澁澤さんもブリティッシュ・コロンビアあたりへ行ったら興味をもったと思うけれども、時間がなかったんですね。

＊

巖谷　澁澤さんの本では、どのへんをとりますか。

谷川　『胡桃の中の世界』が好きですね。

巖谷　七〇年代の初期。あの連載がはじまって本が出たとき、ちょっと変化したという感じがしたものです。

谷川　そうでしたね。僕は花田清輝を読んで、『胡桃の中の世界』へ行ったんですが、つながっていておもしろいなと思った。

巖谷　花田清輝を澁澤さんはずいぶん読んでいて、だいぶ真似していますよ。

谷川　ちょうどゾンネンシュターン展の初日に澁澤さんが見に来て、それでいっしょに食事したときに、その前の日かなにかが花田清輝の死んだ日だったと思います。惜しい人がまた死んじゃった、と言ってました。

巖谷　『胡桃の中の世界』は、たぶん自分のエッセーのスタイルをつくろうとしているから、見たところ花田的ではないですけれどもね。

谷川　でもなんとなく、拮抗しようとしているんじゃないかな、と。

巖谷　それはあるかもしれないな。花田清輝の『復興期の精神』にあたるもの？

谷川　そうそう。僕はそう思いましたね。

巖谷　あそこでは「私」が主役になるけれども、その「私」がすこし枯れてきて、いくぶん抽象的になっているから、『胡桃の中の世界』だと僕らも同じように、澁澤さんが好きだというものを好きになれる。

谷川　それと、いまますます澁澤さんの仕事というのが二十一世紀的だなと思うのは、澁澤さんて唯物論じゃなかったでしょう。中世の仕事をやっているわけですから。

巖谷　シンボル志向みたいなところがある。紋章とか、形の問題になる。

谷川　形の問題になるし、アレゴリーやシンボリックな思考が、これから重要だと思う。

巖谷　中世に戻るということですか。

谷川　そう、もうひとつの神秘主義。それは唯物論にくらべてのことですけれど。

巖谷　たとえば森を見ていても、それぞれの木や花がみんなそれなりの言葉をもっているというような。
谷川　そうです。
巖谷　アニミズムに戻りますか。
谷川　僕のように田舎に暮していると、そう思いますよ。
巖谷　そういう二十一世紀像ね。まさにブルトンの『魔術的芸術』の世界。
谷川　そうなんですよ。
巖谷　あれはようやく全訳を出すところだけれども、河出から（笑）。魔術的思考というのは、世界が科学的に解釈されたものの並列されたカタログではないということ。そういうことがもうわかってきたからね。世界はつまり、もっと生きてるんです。
谷川　生きてるんですね。
巖谷　ちょっと楽天的だけれども。
谷川　いや、アニミズムの世界は豊かで救われますよ。
巖谷　僕はむしろ「魔術的思考」と言うけれどもね。魔術というのは単に「万物は生きている」だけじゃなくて、すべてのものがすべてのものと関係をもっているというアナロジーの発想。そういうふうに持っていかないと、ちょっと不健康だな、いま。
谷川　なるほどそうなんですね。澁澤さんがスワンベルクを発見したのも、そのへんですね。
巖谷　『魔術的芸術』のあとに、『シュルレアリスムと絵画』の決定版が六五年に出ていますけれども、あれにスワーンベリ論が二つ入っています。
谷川　『シュルレアリスムと絵画』では、僕はブルトンがタマヨのことを書いているのにびっくりしました。
巖谷　いいでしょう、あれ。メキシコの画家のことをいろいろ書いている。
谷川　カマチョとかね。
巖谷　フリーダ・カーロとか。カリブ海、メキシコや中南米というのが、ブルトンには見えてきたわけです。澁澤さんはあっちのほうには行かなかったけれども、『魔術的芸術』の世界には入って行った。あれはもともと、序論だけは澁澤さんの訳で出る予告のあったものですよ。僕がやったけど。

谷川　ブルトンはアメリカ・インディアンのところへも行ったでしょう。

巖谷　そう。驚くべきことに、ブルトンはホピ・インディアンの部落で、シャルル・フーリエを読んでいる。それでインディアンの世界とフーリエ的世界が融合するんですね。何が共通なのかというと、それこそ「素朴」と、アナロジーでしょう。

谷川　空気が違いますからね、あそこらへんへ行くと。サンタフェなんかは、町は小さいんですけど、ものすごい荒野でしょう。あんまり広大すぎて手がつけられないから、太古のものが当然、残っている。牧場なんていったって囲いきれないし。牧場のイメージというのは牛なんかがいるんだけれども、どこに牛がいるんだろうというような感じで牧場とは思わなかった。そのくらい広いわけです。だから、ファーザーズスカイ、マーザーズアースとかいうけれども、ほんとに神様がいるという感じがしますよ。

巖谷　それは先祖返りみたいに、ツッと来るのかな。

谷川　来ますね。

巖谷　まあ『魔術的芸術』の全訳がようやく出るわけだけれども、澁澤さんにもういちど、感想をきいてみたかったですね。

谷川　本当にそうですね。

一九九七年九月十日　於・河出書房新社会議室

デザイナー、澁澤龍彦

菊地信義／巖谷國士

菊地《きくち》信義《のぶよし》（一九四三―）
東京生まれ。七七年にブック・デザイナーとして独立。日本の装幀界をリードしつつ独自の世界を築く。澁澤龍彦の本の装幀も多い。著書に『装幀談義』『菊地信義の装幀』ほか。

菊地　河出文庫が澁澤龍彦ラインをつくるということで、装幀の依頼があったのは一九八二年です。文庫のシリーズと聞いてほんとにびっくりしました。『東西不思議物語』『世界悪女物語』『異端の肖像』が最初の三冊。

巖谷　あの文庫本の装幀スタイルは、それまでの澁澤さんのイメージとちょっと違っていて、かなり派手なものでしたね。

菊地　「いままでの澁澤龍彦のイメージを払拭してください」と、アジりにアジられて（笑）。

巖谷　初期の加納（光於）さんや、『澁澤龍彦集成』に代表される野中（ユリ）さんのイメージ、それから桃源社のスタイル、あのへんが六〇年代から七〇年代にかけての「澁澤龍彦」だったんでしょうが、それを一変させてしまった。それにしても、要するに、どこが変ったのかな。

菊地　この妙なフォーマットは、写本時代の聖書の表紙の様式なんです。

巖谷　中世だな。

菊地　当時の本は非常に重い、教会の台の上に鎖で固定され、物のように置いてあったわけです。表紙の角に三角の革をあて、それぞれ鞄の底にあるような鋲がつけてあった。表紙がすれないように、それに宝石なんかもついていたから、まさに「物」なんですよ。

要するに、もっとも古い姿をまとわせた。四つの半球がグラデーションで、立体的に見えるようになっています。これで特徴のある額縁にしたわけです。図版は澁澤さんから「これで勝負しろ」というふうにきますので、一冊ごとに考えたのは色と、文字なんです。

巖谷　空間に限定を与えたわけですね。それが澁澤さんのイメージに重なって、読者は無意識のうちにもなにか新しさを感じた。それまでの澁澤さんの本には、こういうのはなかったからね。

それから『マルジナリア』ですね、単行本では。あれがとくに印象的だった。澁澤さんの書いているものが変ってきたのに対応して、いい装幀だと思った。澁澤さん自身も書いていますね、そのことを。

菊地　私の本に書いていただいたエッセーで、激賞してくださった。

巖谷　ああいうことは珍しいでしょう、澁澤さんの場合。『マルジナリア』という題名は要するに余白のことで、ノートブックみたいなもの。それが箱に入ってる。琳派かなにかを引いたんじゃないかな。

菊地　ええ、そうなんです。これは光琳の松のドローイングです。それを隅へ押しやって、余白をつくった。

巖谷　澁澤さんが日本のものにだんだん移っていったということも考えられますね。

菊地　その予兆ですね。『マルジナリア』だから余白というんじゃなくて、いままでの澁澤さんの本のイメージを排除してゆく。来たるべき澁澤さん本の姿をつくろうと、燃えてましたね。

巖谷　澁澤さんの本のそれまでのイメージというのは、なにか密集している感じがありました。
菊地　そうですね。ひとつのイメージへ操作するもの、それを余白へ持ち出した。
巖谷　自分でも言っている空間恐怖というか、なにか物がないといけなくて、イメージで埋めちゃうようなスタイル。それが澁澤さんの装幀だったし、自装した場合もかなりそうでした。その逆を行ったところが新鮮だった。
菊地　澁澤さんの装幀は、あくまで文字は意味を伝えるもの、イメージは文字から発生させんぞというひとつのコンセプトがありますね。
　一貫して流れていたのは、だいたい洋書のスタイルだったと思うんですけれども、タイトルがあって、ちょっと小ぶりに著者名がセンターあわせであって、下にワンポイント、ヴィジュアルを置いてある。一九五〇年代、六〇年代の本でも、編集者がやった装幀でも、それは外《はず》していませんからね。
巖谷　いわゆるハイカラな流れというか、澁澤さんにはそういう位置づけがあったから、ほんとに『マルジナリア』が出たときには驚きました。
　中身も、おもしろい本なんだ。まさにマルジナリア的なスタイルですが、新しい世界ですよ。もとに体系がなくて、読んだ本をすこしずつ思いだしながらサッサッと書き継いでいる。その自由さは、じつは小説における『高丘親王航海記』に近いものを、最初に出した本かもしれない。
菊地　僕もそう思いますね。
巖谷　読書の航海記のような感じがしたわけ。それがこういう装幀で出たというのは、幸せだなと思いますね。中の組方もおもしろいし。
菊地　ノンブルからなにから、すべてやりました。
巖谷　分量は少ないのにある程度の厚みを出して、紙もふつうより厚いでしょう。ちょっとフランスの本みたいな感じも加わっている。
菊地　造本のスタイルから言うと、手帖装というんです。この仕事で澁澤さんに認めていただけた。すでに文庫の仕事はあったんだけれど。

巖谷　色で金が出てきたというのも、僕には印象的だった。前にもあったんですが、黒やグリーンと合わせるという古典的なスタイルでしたから。

菊地　『エロティシズム』の装幀で、加納さんが金を使っています。

＊

巖谷　菊地さんご自身、単に装幀家としてだけじゃなくて、これまでに何十年も澁澤さんを読んでこられたわけでしょう。

菊地　けっしていい読者じゃなかった。最初が大学生のとき『夢の宇宙誌』。あれを読んで、はじめて澁澤龍彦を知ったんです。

巖谷　『幻想の画廊から』は？

菊地　読みましたが、強く残っていません。僕は『夢の宇宙誌』一冊で、澁澤さんがわかっちゃった気がしたんですよ。非常に自分に近いものを感じた。「これでいいや」という気になった。

巖谷　あそこにもう、ひとつの宇宙が収められているみたいな感じかな。

菊地　ですから小説を書きはじめられるまでは、あまり興味を持たなかった。

巖谷　『夢の宇宙誌』の世界がそのまま何十年か続いたと……。

菊地　たしか六四年、大学の三年のときから。

巖谷　加納さんとはもうおつきあいがあった？

菊地　加納さんを知ったのは六二年なんです。加納さんのところへしょっちゅう出入りするようになって、「自称」弟子でしたけれどもね。加納さんは「絶対、おれに弟子なんかいない」と、まだそれを言っていますけれど（笑）。

巖谷　でも、「自称」弟子はかなりいたんでしょう。

菊地　そうそう（笑）。六五年の「MIRROR33」展のときかな、オープニングのパーティーがはねて、亡くなった南画廊の志水（楠男）さん、瀧口（修造）さん、澁澤さん、私、それに加藤郁乎さんと池田満寿夫さん、その六人で銀座の小さな焼肉屋で焼肉を食べましてね。瀧口さんはお帰りになったんだけれど、次に行ったのは、たぶん加藤郁乎さんのお宅だったと思うんです……。

巖谷　早稲田の近くの、古い日本家屋の。

菊地　四畳半か六畳ぐらいのところへそれだけの人数が転がりこみまして、朝までどんちゃん騒ぎ（笑）。大酒盛りになりました。

加納さんの「自称」弟子としては、僕は一番弟子ぐらいなんですよ。

巖谷　それが六二年だと、早熟ですね（笑）。大学に入ったころに加納さんとつながるというのは、早いですよ。

菊地　飛びこみですよ。新聞で、ちっちゃな「燐と花」の図版を見て、なにがなんでも版画家に会いたくてね。大学に入った年の、四月です。鎌倉のお宅へ飛んでいっちゃった。そうしたら、わりあいにサラーッと入れてくれるの、「来いよ」って、仕事場へ。最初から、彼が仕事をしている場所からだった。そこからいい時間が流れてね。

巖谷　加納さんは、まだモノクロの版画の時代ですね。

菊地　そう。青が登場する直前。

巖谷　僕もあのころ、加納光於を見て、感動しました。あの人の登場はすごく印象的だった。『神聖受胎』の装幀にしても、すごいね。本そのものが澁澤龍彥のイメージを補強しちゃってる。

この時代の加納さんの装幀は、やはりデザイナーならぬ絵描きによる装幀だったと思うけれども、戦後の日本の装幀史にある程度、影響を及ぼしているんじゃないですか。

菊地　私はもっとも影響を受けた。いちばんいいところを、もらったと思いますよ。僕の装幀の原点は、加納さん。それと駒井哲郎さんがいるんだけれども……。

巖谷　駒井さんはもっとクラシックだな。

菊地　駒井さんの、粟津（則雄）さん訳の『ランボー全詩集』やブランショの『文学空間』や、加納さんの仕事が僕の出発点です。そこから本への憧れが生まれた。

巖谷　駒井さんと共通するところもあるけれども、加納さんのほうがラディカルでしょう。野中ユリさんも重要です。彼女の装幀はもうすこしあとかな。『狂王』をはじめ、『集成』が代表的だけれども。

菊地　野中さんも澁澤さんの装幀を考えるものとして、はずせませんね。

＊

巖谷　あのころは、画家が装幀するケースが多かったね。

菊地　ほとんどが画家の仕事でしたね。

巖谷　七〇年代以後、それがどうしてブックデザイナーの領域のほうが大きくなったんでしょう。画家がなかなかやれなくなってきましたね。

菊地　七〇年代に入ると、文芸書の売れゆきにかげりが出てくる。本も商品という側面から、装幀に対する見直しがはじまる。

巖谷　ただ澁澤さんの本については、その流れじゃなかったでしょう。

菊地　七〇年代後半になって、装幀を中島かほるさんとか長尾信さんあたりが手がけるようになるけれど……。デザイナーのチョイスが、じつに澁澤さん的だと思う。あの時代のなかでも、穏やかなデザインをする人たちだからね。六〇年代あたりの本のセンスをわきまえて、生かしてくれるという。洒落っ気があって、すっきりしてますよね。

巖谷　澁澤さんは、いわゆるデザインがあんまり好きじゃなかった。一種のダンディズムもある。本というのも衣裳を着ることだから、独特の形で本を意識していましたね。自分で装幀をやることもあったし。

菊地　僕は『夢の宇宙誌』でなにかわかってしまったという言い方をしたけれど、それは、「この男、デザイナーだ」と思ったの。

巖谷　ああ、なるほど。

菊地　自分を戦略的に演出する。自分をデザインしているのね。

巖谷　おもしろいね、その見方は。彼の文章のスタイルも、いろいろなものをコラージュしてゆく。その配置のしかたも、デザインということになるかな。

菊地　ある種、幼児的な資質を澁澤さんは持っていらっしゃる、僕にもある。その幼児性をどう生き抜くかというとき、僕はデザインというひとつの方法を身につけた。自分の資質的なものを温存して生きるためにどうしたらいいか。自分の欲望をそのまま社会化して生きるために、自分の欲望が社会の欲望にもなるよう自己演出するということかな。

巖谷　自己演出って、いわばデザインであるとすれば、そういうふうに生きてる作家は、自分の本の装幀も気にするわけですね。

菊地　澁澤さんくらい、自分の本の装幀を、意識してやった人はいないと思いますよ。そういう意味でデザイナーを嫌ったというのは、よくわかる。自分以下のデザイナーは認めないというところがあったんじゃないか。一九七〇年の澁澤さんの万博批判。えせデザイナーを徹底的に排斥する文言に、真のデザイン的主体とは何か、僕は読みとったけどね。

巖谷　それがじつは、本来のデザイン感覚にもとづいていると……。ポスト・モダンもどきにつながるその流れを、彼が拒否したというのは、いま考えてみても大きいですね。

菊地　僕は、澁澤さんからデザインのデザインたるものを学んだと思っているんですよ。

＊

巖谷　澁澤さんは戦前の中学生時代からずっと本ば

かり読んできて、好きな装幀の本というのがあったと思うんです。昭和十年ごろの本で、たとえば第一書房のノヴァーリスの『断章』なんかみたいに、すごく味のある装幀が多かった。さっきの文庫のカヴァーの三角の縁ということで思いだしたけれども。あのころの一種ハイカラなデザイン、シックなセンスというのが、そのまま澁澤さんのなかに持ちこされているという感じもある。

菊地　そうですね。ところが日本の戦後のグラフィックデザインやブックデザインの歴史にまったく残らなかったんです。

巖谷　アメリカに占領されて日本の感覚が変ったんですね。ひとつの文化を排除していった流れがある。

菊地　僕がグラフィックデザインになじめなかったのは、ヨーロッパ的なものや日本的なものを拒否し、デザインの思想性を不問にしたからです。

巖谷　キャンディーの包装紙とか、ああいうのとあんまり変らないところまで一時は行っちゃったからね。それにしても、どこがいけないんだろう。何が嫌なのか言いにくいけれども、とにかく嫌なところがある。

菊地　デザインとは、目的に対する手段なんです。しかし、戦後グラフィックデザイナーと称する多くが、デザインを目的にしている。アーティスト、それも二流のアートでしかないのにグラフィックデザイナーと名を変えて、結局「私」を主張しているだけなんだよね。

巖谷　自己表現ばっかりしているのね。それは建築なんかも同じだ。澁澤さんの家も、有田和夫さんのデザインとしてすばらしいというのは、ちゃんと建築家の自己主張じゃない家になっているからですよ(笑)。

菊地　澁澤さんはデザインする人なんです。

巖谷　それはいままであんまり言われたことがないんで、おもしろい見方ですね。文章そのものにもそういうところがある。選別と配置で出来あがっているから。

菊地　デザイナーは自分で描かない、描けないんです。既存のものを選ぶ。イラストレーターや、アーティストになんらかの主題を与えるにせよ、人を選ぶんです。つくらないんです。選ぶということは、デザインという知恵にとってひとつのポイントだと思うんです。澁澤さんというのは、そういう意味で一貫して選んでいる。

巖谷　エルンストのコラージュ論を思いだしますね。エルンストの場合、自分は作者ではなくて観客だという。へたなアーティストがコラージュをやると、どこかしら自己主張になっちゃうけれども、本当はもっと客観的な作業です。エルンストの何がすごいかというと、まず自分がなくて、出来あがったものこそがエルンストになるということ。だからいいんですよ。

菊地　澁澤さんの好きなアーティストたちを見ていると、まさに選ばれているのね。澁澤さんにとっては、澁澤龍彦というものをつくってゆく。いわば衣裳なんだよ。

さっきの話に戻りますけれども、はじめて加藤郁乎さんのお宅に行ったときに、ほかの人たちが酔っているなかで、澁澤さんだけが、いくら酒を飲んでいてもパイプをくわえて、隅で……、最初からみんなを見ているんですよ、炬燵《こたつ》に足を入れて。僕はそこで、ある儀式のいけにえにされそうになった。最後のいざというときに、澁澤さんが一声、「おい、もうそのへんでいいよ」と言ってくれて、それで、ファーッとおさまっちゃった。

巖谷　澁澤さんはなぜか端っこにいたわけだな。観客になりながら、人間関係の配置をやったのかもしれない。

菊地　それ以降は、お会いする機会もなかったけど……。六五年に儀式を澁澤さんの一言で免れてから、不思議に澁澤さんの人脈といろいろなご縁ができた。唐（十郎）さんとか、堀内（誠一）さんとか……。

＊

巖谷　そろそろ『澁澤龍彦コレクション』三巻本のことを伺いたいんですけれども。いちばん最後の巻の「編集者による序」で、澁澤さんは「本質的にデザインの要素をふくむ」仕事だと言いながら菊地さんのことを挙げていて、企画段階からもう菊地さんが加わっていたことを匂わせていますが……。
菊地　河出の編集者だった平出（隆）さんから、澁澤さんの本をつくりたい、版型や造本の相談にのってほしい、という依頼がまずあったと記憶していますす。ある程度イメージができたところで、澁澤さんのお宅に伺いました。加藤郁乎さんの家の春の夜から、ちょうど二十年ぶりぐらいかな。
巖谷　この本は、澁澤さんの作品のなかでも、いちばんユニークなもののひとつだと思う。
菊地　『マルジナリア』である程度の手応えを感じておられて、この本では来たるべき小説の時代へ調整をなさったというか、そんな気がしてしかたがない。
巖谷　この『コレクション』が、じつはまさに類推・選別と配置の本なんですね。おもしろいと思ったのは、引用断片には長いのも短いのもある。レイアウトしにくいところですね。
菊地　通常は本文の位置を決めるんだけれど、これは透明な額縁だけつくって中は自由にするしかなかった。
巖谷　つまり、すべて右側の偶数ページから始まるというスタイルですね。そうすると短い引用文の場合、奇数ページは白になっちゃう。これはずいぶん意識的なんじゃないかと思ったんですよ。平出さんの記憶だと、著者は順序なんかどうでもいいというふりを見せた、と。そうすると、苞《つと》に入れてバラバラにして組みあわせるということも可能だったかもしれない。
菊地　綴じて本にしないと書店に出せないわけで、

いちおうこれで収束させたわけだけれども。
巖谷　菊地さんもおそらくゲラで読んでおられて、この本はおもしろかったんじゃないですか。
菊地　楽しみましたね。しかし、行数を数えるのがつらかった（笑）。単行本というよりも、一冊の雑誌をつくっていくように、全ページ割りつけたんですから。
巖谷　そうか。一見、ふつうの本みたいに見えますけれどもね。白紙のページに「柱」があるというのも、おもしろいね。
菊地　一種の標本箱、採集したさまざまな姿の昆虫を入れるような、そういう発想です。バラバラな感じだけは出せたと思っている。
巖谷　あっさりしてますね、このカヴァー。
菊地　あえてです。ヴィジュアルはまず必要ないと思ったし。澁澤さんの本で文字に表情が出てきたというのは、このあたりからだと思います。それを許してもらえたというか。こんな書体に、すこし長体をかけるなんていうのは、彼の嫌うものだったんじゃないかしら。
巖谷　かもしれないな。クラシックな明朝《みんちょう》が好きだったしね。
菊地　『マルジナリア』あたりで、ご自身が溶けてきて、自己をデザインすることから解放され、本づくりを楽しんでくださるようになった、という気がしますね。
巖谷　作品の内容も文体も、すこしずつ変ってきた時期ですよ。『マルジナリア』もその転換点のひとつだった。
菊地　書くという行為がある種、無防備になっていった。それまでは書くことが非常にデザイン的だったと思います。
　変られたのは、八二年からの文庫の成功がひとつあったと思うんです。担当の内藤（憲吾）さんが教えてくれたんだけれど、最初の文庫を届けたとき、手にとってしげしげと眺めて、「文庫って変なもんだねえ」って（笑）。澁澤さんが言う〝変なもの〟って何だろうなと思った、親本は意識的に造本や装幀をして、おっかなびっくり世の中に渡していったものでしょう。それが文庫となると、数万という数字で刊行される。澁澤さんの本で、そんな数字ははじめてだったと思うのね。自分でぎりぎりに守ってきた澁澤龍彥というひとつのブランドが、なんらデザイン意識なしに――僕にデザインされているんだけれども――社会化できた。自分は自分のままでいいという意識が生まれたんじゃないかな。

菊地の装幀を信頼するということじゃなくて、要するに、もう自分が自分を生きていればいいんだというような自信というのか……。

巖谷　それもあるのかな。ある時期までは自分というのをそれこそデザインしていたわけで。それを外に開いちゃって、他者にゆだねたという形で、そこにまた新しい澁澤龍彥を自分で予感していたわけですね。

＊

菊地　作家としての大きな変り目で再会できたことは、僕にとっては幸せでした。二十年の待機、澁澤さんに会うため要した時間でした。

その間、ひとつのエピソードがあるんです、七五年ぐらいだったかな、そのころある企業のPR誌の編集をやっておりまして、加藤郁乎邸から十年ぶりぐらいに、電話で澁澤さんに原稿の依頼をしたんですよ。既製服メーカーのPR誌で、衣生活にまつわる動詞を拾いだしてエッセーを書く――「着る」「脱ぐ」とか、単語を拾って彼に書いてもらおうと思った。とってもおもしろく話を聞いてくれて、ところが仕事の最後の追いこみの時期だから私は無理だと言って、ポンポンポンと他の人の名前を挙げるわけ。その企画はおもしろいから。この人とこの人とこの人と、と挙げて、結局、高橋睦郎がいいだろうと言うんですよ。「君のプランは高橋睦郎が受けとめられるから、僕が絶対推薦する」と、編集長をやっちゃうんです（笑）。こっちは編集担当になっちゃって。ますます、「うーん、やっぱりこの男はデザイナーだ」と。

巖谷　アンソロジストだよね。だから監修や責任編集みたいな仕事が好きでしょう。そういう感覚でつくった本ですね、この『澁澤龍彦コレクション』も。何をどこに持ってくるかというのは、彼特有の編集・配置の感覚であって、自分が好きだからというのとはちょっと違う。そうすると、『夢のかたち』の巻でも、夢のことを語っていない文章をヒョッと挿んだりする。しかもひとつひとつの配列のしかたで、こいつを入れて驚かそうとか、そういうこともあまりないような気がする。もうひとつ、順序はどうでもいいと平出さんに言ったというのも、おもしろいエピソードですね。ただ、初めと終りをおさえているのは間違いないけれども。

結局これは、コレクションとして閉じこめられているかに見えながら、じつは密集した、整理整頓された、たとえば自宅の書斎みたいな「胡桃の中の世界」じゃない。もっと開かれている。何を入れてもいい。そこへ白紙のページをつくったでしょう。それがすごくいいと思う。きちっとレイアウトして、中にぎっしり詰めちゃうと、単なる箱や密室になるからね。ところがこの本はむしろ、未知への扉になっているでしょう。

菊地　僕のフォーマットは、魚を飼う水槽のようなものだから、透明で、魚が自由に泳ぎまわる、そんな話をした記憶がありますね。

巖谷　そういえば澁澤さんは「水槽」の人でもある。最初期の「撲滅の賦」からして「金魚鉢」が出てくるほどだから。

＊

菊地　単行本の装幀では、没後出版の『エピクロスの肋骨』の前に『うつろ舟』があります。

巖谷　『うつろ舟』は、澁澤さんの本としてはやはり意外でしたね。ハイカラというのが前提にあったから、突然こういうのが出てきたというので、それがまた話題になったと思います。

内容的には日本が題材だけれども、かならずしも日本的な本じゃなかったと思うんです。

菊地　日本的なものをつくろうとは思わなかったんですけれども、これ女の人の髱《かもじ》なんです。毛を崩して、マン・レイがやったみたいに、印画紙の上へ置いて露光してつくった図像なんです。めずらしく自分で図をつくった。この装幀はちょっとこわかったですね。どんな反応が彼から出るか。だけど、校正段階で見たとき、非常に喜んでくださって。これから『高丘親王航海記』へのラインが、僕のなかではつくれたんです。

巖谷　女性的だね、この本。円地文子あたりの装幀にしてもおかしくない。それまでの澁澤さんにはガッチリ攻めてゆくような、きちっと空間が収まっているような感じがあったけれども、これはやさしくヒューッと流れてゆく風情。題名もそうだし。

菊地　いままでの彼の本の題名には絶対に出てこないですね。これから自分が書いていく急所みたいなものを、しっかりとおさえられて、デザインはもういいんだ、あとは菊地にまかそう、というようなことだった気がします。

巖谷　それ以前の『唐草物語』というのが最初の小説集でしょう。まさに空間をビシッと埋めた幾何学的な本でした。

菊地　ええ。表紙にも唐草を置いた、中島かほるさんの装幀です。

巖谷　作品の変化は、『うつろ舟』でもずいぶん感じましたよ。ここらへんで澁澤さんは自分をもっと開いちゃった。

いちばん最後に「ダイダロス」という短篇が入っているでしょう。ダイダロスというのは、まさに自分が何だかわからなくなってゆく。自分が溶けちゃって、蟹だか実朝だか作者だか、わからない。完全に自我がなくなって、まわりと溶けあう境地にいたるわけです。
菊地　彼に一貫してあったデザイン意識が、このへんでずっと消えていったという気がするんです。
巖谷　そうでしょうね。髷はどういう発想ですか。
菊地　作中にうつろ舟という妙な宇宙船みたいなのが出てくる、なかに女がひとり乗っているんですよね。小さな窓から見える、その女のうなじなんですよ。
巖谷　ああ、なるほどね、あのUFOのなかの。宇宙人の髷かもしれない。
菊地　溶けてきているというのは、僕も澁澤さんの文章を読んできて気づいた。いっしょになってその世界にくつろがしてもらったという感じね。
巖谷　溶けてきたところが好きですか、やはり。
菊地　好きですね。自分自身がデザイン的にしか生きられない、先輩が溶けたというのは嬉しかった。「しっかり僕が形にするからね」という感じ。
巖谷　あのあたりは多分に女性的なんだ。自然のほうへひろがりはじめたからね。晩年は両性具有的になっているんじゃないかな、澁澤さんは。
菊地　そうですね。
巖谷　そこで髷を使ったというのは、おもしろいな。やっぱり内容をよく読んでおられますね。
菊地　でも、『うつろ舟』の見返しでは、それまでの澁澤さんにオマージュをしているんです。固いもの、彼の大好きな球体……。

＊

巖谷　『澁澤龍彥全集』のほうの表紙のグレーというのは、どういうことですか。これも澁澤さんの本にはあんまりなかった色ですが。
菊地　黒のイメージを持っていた人ですが、黒を消していきたいというのはありましたね。グレーは最初の『犬狼都市』の表紙の刷り色なんです。これが澁澤さんの小説の最初の仕事だと思う。じつは『犬狼都市』がほしくて、ずいぶんさがしまわって、やっと古本屋さんで買った。好きな装幀なんです。

巖谷　菊地さん自身がいろいろな作品の系譜を配置して、澁澤さんの世界をデザインしなおしているわけですね。

菊地　デザイナーをデザインしている（笑）。デザインとはこういうものだと、澁澤さんに見せつけたかった（笑）。でも『全集』の装幀までさせていただくことになるとは思いませんでした。

巖谷　『全集』の場合というのは、龍子さんの希望だったけれども、澁澤さんもそう思っていたらしいですね。ところで『澁澤龍彥翻訳全集』のほうになると、ワインカラーで、また澁澤さんの色に戻ったという気がしましたけれど。

菊地　『翻訳全集』はね。僕も自分自身で、こんな姿形になるとは思いもしませんでした。

巖谷　楕円が出てきたのがおもしろいと思った。

菊地　卵ね。最後、何を彼にオマージュするか。やっぱり卵だろうな、と。もう一回、卵の世界のなかに入れてみる。

巖谷　卵であると同時に、メダイヨンというのか、ロケットというのか、古くからヨーロッパにあるスタイルです。そのなかに世界を嵌めこむという、古典的な感じもありますね。

僕は『全集』でまず、ワインカラーを使われるんじゃないかと思っていたんですよ。澁澤さんが好きだったから。グレーだったので「おや？」と思った。そうしたら『翻訳全集』のほうがワインカラー。

菊地　『全集』が売れてくれたという喜びと、最後に花をたむけたんです。

巖谷　僕もグレーって好きなんだ。じつはシックで非常にエレガントな色です。洋服でも、家に使っても。たとえば僕の家の壁は漆喰で真っ白だけど、窓の枠とかドアとかは全部グレーのグラデーションです。そういえばパリの屋根なんかも、グレーのスレートに統一してありますね。

菊地　フランスの伝統色はすごいですよ、グレーの色の種類が。逆に日本でいちばん貧しくなったのがグレーですね。フランスの色見本帖から悩ましいグレーを選んで、羽二重《はぶたえ》を染めたんです。

巖谷　女性のある種のランジェリーにあるような艶、そんな感じがしますね。『全集』がこの色によって売れたということもあるかもしれない。

菊地　澁澤さんの仕事が、溶けはじめるあたりから装幀をやれるようになって、グレーまでこれた。そうでなかったら、まず『翻訳全集』の赤を使ったと思うんだ、文庫をやって、手応えもあって……。それこそ「サドって何ですか」という読者の質問を、僕まで受けたくらいですから（笑）。谷川俊太郎さんとトークショーをやったとき、高校生の女性が、「私はこの会場で澁澤さんの本を買ったんですけど、サドって出てくるんですが、サドって、何でしょう」って言うの（笑）。そういう読者が文庫で登場したからね。これは赤じゃいかん、と。『夢の宇宙誌』で出会ってから三十年、僕の澁澤龍彥像の現在をデザインしたグレーなんです。

＊

巖谷　澁澤さんが亡くなってからの菊地さんの装幀って、また変ったような気がする。『滞欧日記』や『裸婦の中の裸婦』。要するに、世界がわかりやすくなった。

菊地　戸惑っているところがありますね。生前も一冊一冊澁澤さんからコメントがあったわけではないけれども、作品と著者のイメージに立ってデザインしてきた。当のご本人がいなくなっちゃったので、作品だけを独り歩きさせなくてはならないからね。

巖谷　亡くなったことで、円環が閉じちゃった感じもあるから。『裸婦の中の裸婦』は、円を割った形が使われていましたが、あれはうまいまとめかただなと思いました。

最後に『高丘親王航海記』のことを伺いたいんですが、あれでひとつ印象的なのは、澁澤さんの手描きの地図（見返し）でしたね。

菊地　龍子さんから、これを使ってほしいという条件がつきました。それとキルヒャーの一冊本をボンと渡されましてね。菊地に渡して、この本のなかのどの図版でもいいからというのが、龍子さんの口を通した澁澤さんからのメッセージだったんです。

巖谷　亡くなってすぐだったでしょう？　遺言みたいなものだな。

菊地　ほんとのところ、この仕事が僕に来るとは思っていなかったんです。文春の編集者から依頼の電話があったときも半信半疑だった。

澁澤さんの仕事は、八二年から五、六年だったけれども、この仕事がまわったということは、僕のデザインが認めていただけたんだと……。ほんとに涙が出ました。お通夜の日に玄関先で龍子さんから、「菊地さん、『高丘親王』よろしくね」と言われ、本当に僕が装幀していいんだ、とまた涙が出た。

巖谷　『高丘親王』は、日本のクラシックな、それこそ昭和十年代にあった本のような感じもします。

菊地　色のこともあるんでしょうね。白に金の、この質感がそうかもしれませんね。

巖谷　結局この本が賞もとったし、装幀の賞も……。

菊地　ダブル受賞なんですよ。

巖谷　それもあって売れたわけでしょう。だから『全集』が可能になったとも言えるね。没後最初の本がこういうふうに評価されたということが、澁澤さんのブームの大きな特色ですよ。装幀もいままでの本とは違う感じで、あえていえば最後のハレの衣裳みたいな雰囲気です。それまでと違うものをパッとまとったというか。

菊地　巖谷さんが日本的なとおっしゃったけれども、花嫁衣裳と死装束を一つにしたような装幀にしようと……。帯に「遺作」と入るのはわかっているわけだし。

巖谷　そうですね。分量のわりには薄くて、ポーッと魂が抜けたような雰囲気。そのあたりがいい。

菊地　キルヒャーのこの絵を選んだよ、と澁澤さんに言えなかったのが、いちばん悔しいですよ。

巖谷　そう、死んでからの本だものな。僕だってそうです。澁澤さんのことをちゃんと書いたのは亡くなってからですよ。生前には、書いてほしいと言われてはいたけれども、あんまり書く機会がなかったから。

菊地　この本の最初の重版の電話が飛びこんできたときは嬉しかったですよ。こういう小説が日本にちょっと途切れていましたでしょう。えせ私小説的なものがのっぺりと覆っていて……。

巖谷　そう。風俗的なね。

菊地　異物をマーケットへ投入したいというか、澁澤さんの遺作を異物化して、書店の平台へバーンと持ちこみたい、という思いがムクムクと湧いた。

巖谷　だいたい澁澤さんとつきあった人って、そういう何かを受けとめているよね。澁澤さんはあんまり自分を押しつけない人だし、なんとなく観察・配置しているような人なんで、いっしょになってそれをやれる人間がつきあうわけ。ポカンとあいた器みたいな感じもする。そのなかにいろいろなものを取りこめるような。はじめのころはその器は狭かったし、ゴツゴツしていたようだけれども、だんだん大きく開いていったんですね。

一九九七年十一月二十一日　於・北鎌倉澁澤邸

アンソロジストの本領

中条省平／巖谷國士

中《ちゅう》条《じょう》省《しょう》平《へい》（一九五四―）
神奈川県生まれ。仏文学者・学習院大学教授。映画や漫画の批評家としても知られる。著書に『最後のロマン主義者――バルベー・ドールヴィイの小説宇宙』ほか多数。

巖谷　中条さんはフランス文学をやりながら、澁澤さんの本も長いこと読んでこられたそうですけれども、だいたいどのあたりからの読者ですか。

中条　中学のころに、マルキ・ド・サドの翻訳です。要するにツッパッた中学生が、できるだけ級友をおどかそうとして、かつエロ本として『悪徳の栄え』を読むというところが始まりです。

巖谷　中学生にも読者がいたんだな（笑）。

中条　遠足かなにかにそれを持っていったおぼえがあるんですが（笑）、そこで「こんなすごいのがあるんだぞ」と自慢したんですね。

　僕は訳者がどんな人か知らなくて、まずひとつは「澁澤龍彦」という字づら、あの迷宮みたいな字の感触、それからもうひとつは、角川文庫版はたしか口絵がサド侯爵をビアズリー風に誇張した、黒い眼帯をかけたみたいな絵で、小説の中身にも驚きましたが、むしろ口絵についている絵で、澁澤龍彦というのは白髪のおっかない老人で、ステッキかなにか持って女性を縛って打っているんじゃないか、と（笑）。
　訳文は漢字の使い方が独特で、サド的な鈍重さとはまったく無縁な、優雅な文章になってる部分がありますよね。それからルビのふりかたでも、「桃金嬢」と書いて「ミルト」と読ませるとか、それで完全に手もなく……。
巖谷　参ってしまった、と（笑）。
中条　それから、なんといっても解説がうまいですよね。長くダラダラ書くのとはまったく対極で、しかも、歴史的なこともおさえるんだけれど、個人的な事情をちょこっとはさむ。
巖谷　それでいて、よけいなご挨拶がない。
中条　そうなんですよ。
巖谷　まわりを気にして、自分はこういうところが至らないとかへりくだる人もいるけれど、そういうことを彼はいっさい書かない。すっきりしています。
中条　「忌憚のないご意見」を請うたりもしないわけですね。ですから解説を読んだだけで、なんとなくサドと澁澤さんが、幼い読み方ですけれども、二重うつしにピタッと像を結んだ感じがあって。
巖谷　そこからバルベー・ドールヴィイのほうへ行ったわけですか。
中条　ええ、その間いくつか、澁澤龍彥の作品は本屋で手にとったりはしましたけれども、やはり決定的なものは最初の『悪徳の栄え』と、次が、もしかしたらきょうの話題の中心になるかもしれない『怪奇小説傑作集』なんです。
巖谷　その前に『列車〇八一』があったけれども。
中条　そっちはまったく知らないです。
巖谷　一九五九年に『列車〇八一』というのが「世界恐怖小説全集」というシリーズに入って出ていて、『怪奇小説傑作集』の原形になった。ただ、作品の選択はあんまり恐怖小説的じゃないし、解説を読んでも「恐怖小説」なんてひとことも書いていない（笑）。

それが最初ですが、澁澤さんは長いこと、そういうものの案を練っていた形跡があるんですよ。大学時代にブルトンの『黒いユーモア選集』を読んで、その後いろんな本を自分でコレクションというか、アンソロジーの枠に加えていって、そういう選集を出したいと思っていたところへ、何かのきっかけが生まれたらしく、『列車〇八一』が出たわけです。その段階ではまだ思いどおりではなかったかもしれないけれども、それをその後、一九六九年の『怪奇小説傑作集』でうまくまとめなおして、あのときにはめずらしく非常に長い、いい解説を書いている。

中条　ほんとにいい解説なんですね。

澁澤さんのアンソロジーは、毛色の変ったものばかり集めているように見えて、なんといってもすごいのは、サドで始まってカリントン（キャリントン）で終るというセンスのよさ。じつはそれがブルトン直伝だというのはずっとあとになってわかるわけですが、でもブルトン臭みたいなものを感じさせなくて、こんなふうに自分の世界に引きこむようにできる人がいるのかと、口はばったい言い方をすれば、ものの見方が変ったし、パラダイム転換という感じで……。

それともうひとつには、独特のおもしろい言いまわしがあって、それが学者にはない独自の個性として出てきますよね。「ゆくりなくも……」とか。

巖谷　あれは埴谷雄高からじゃないかな。

中条　そこから来ているわけですか。なるほど。

巖谷　彼は紋切型のコレクターでもあるのね。だから、堀口大學風とか……。

中条　呉茂一風とか。

巖谷　そうそう。呉茂一の「……だっても」とか、ときどき、いいところで使おうとする。埴谷雄高の「ゆくりなくも」とか、花田清輝の「しかしまあ」とか、石川淳の「仕儀」とか（笑）、そういうのをちょっと距離を置いてポンと出すという、あの流儀が翻訳文体にもある。

中条　ありますね。そして、まさに彼はそうやって対象に距離を置くんだけれども、それが無味乾燥になるのではなく、逆説的に澁澤さんの個性をかたちづくっているところもある。
巖谷　解説でも、距離を置いて客観的に書きながら、主語はあくまで「私」なんだ。「私」で書くから、凡百の学者とは違ってくる。
中条　そうですね。
巖谷　その「私」というのが、じつはひとりの心理的な「私」という存在ではなくて……。
中条　もっと大きいんですね。
巖谷　器みたいな感じで、そのなかにいろいろ取りこんでくる。その取りこんでくる操作みたいなものには、ブルトンと共通したところがあります。ブルトンの『黒いユーモア選集』は一九五〇年の増補版で読んだわけですが、そこにひとつのきっかけがあったんでしょう。
中条　そうなんですね。『怪奇小説傑作集』をそうやって見ると、ネルヴァルは別として、クロスというのはクロと言うのが正しいらしいんですが、エロ、クロときて、アレもカリントンも、すべてブルトンが扱っている作家。「最初の舞踏会」や「恋愛の科学」にいたっては、作品自体がブルトンのアンソロジー中に入っている。

＊

巖谷　『列車〇八一』からすでにバルベーも入っていました。中条さんは専門家だから、バルベーの起源をちょっと考えてみたいんですけれども、これは『黒いユーモア選集』には入っていない。ただ、ブルトンが好きだったものもあって、例の「緋色のカーテン」ですが、あれはその後アストリュックの映画になりました。
中条　邦題は「恋ざんげ」（笑）。
巖谷　ブルトンはあれを映画化しようと言っていた。
中条　それは知らなかった。

巖谷　そう提案していたはずです。
中条　僕が知っているかぎりだと、ブルトンの『シュルレアリスムと絵画』のなかに狂ったヒロインたちの系譜を称えているところがあって、そこで「緋色のカーテン」のアルベルトを、O嬢なんかと並べていますよね。
巖谷　ピエール・モリニエの描く女について、エドワルダ夫人とか、ジョイス・マンスールのリュシーとか。
中条　そのなかにアルベルトも入っていました。
巖谷　そんなふうに、バルベーのことをブルトンはときどき言ってはいるけれども、作家としてさほど好きだったかどうか……。
中条　僕も、ちょっと資質が違うような気がします。
巖谷　ちょっと違いますね。映画にしたいと考えていたというのは、ほかならぬ「緋色のカーテン」だからでしょう。アストリュックのあの映画については、澁澤さんも好きだったわけですが……。
それで今回、どうやってバルベーを彼が見つけたかというのを解題に書いてみたんですけれども、大学で渡辺一夫がやったらしい。
中条　それは辻邦生さんからも聞きました。
巖谷　あと菅野（昭正）さんがちょっと書いていますね。それで「ひょっとしたら」と思ったら、そのときの教科書らしきものが澁澤家から出てきた。タイプ印刷で、わら半紙に刷ったようなやつで、それが「緋色のカーテン」なんです。いたるところに書きこみがあって、苦心して訳語を設定していたりして、どうやらバルベーに関するかぎりその教科書が始まりかな、と。ただ、授業には全然出なかったと書いている（笑）。
中条　好きな授業には、かなり真面目に出ていたということもありえますよね。
巖谷　でも、バルベーの作品を選ぶときに、「緋色のカーテン」を選ばなかったのは……。
中条　あの作品は、赤いカーテンがヒラヒラしているのを見て、その蔭に何かがあるのかもしれないと想像するところから始まりますね。周囲は真っ暗闇のなかに赤がある。ところが「罪のなかの幸福」のほうは、色でいうと、白昼の動物園から始まりますけれども、そこに黒豹がいて、そこに黒ずくめのカップルが出てきて、黒い手袋でバシッと豹を叩くということで、白い陽光のなかにブラックホールみたいなものがある、というイメージです。そのほうがアンソロジー総体のトーンとは、なんとなく渋くて合っているなという気がする。

タイトルも非常に象徴的で、プラーツが「まさにこれがロマン主義のバイロン的な主題の要約だ」と言っていましたけれども、そういう意味では、一応バルベーの作品をだいたい読んだかぎりで言うと、このタイトルと冒頭の鮮やかな黒のイメージは、ものすごく渋い、いい選択だと思います。それに、「緋色のカーテン」のほうがずっとよく知られていますし。

巖谷　少なくともバルベーの短篇集をすべて読んだ上で選んだという……。

中条　それは間違いないです。

巖谷　なるほどね。僕は、澁澤さんがどのくらいバルベーを読みこんでいるかというのが気になっていたんです。というのは、『列車〇八一』と『怪奇小説傑作集』の二段階で出る澁澤さんのアンソロジー、あれで訳した作家については、たいていあとでエッセーを書いている。シャルル・クロについても、フォルヌレについても。でも、バルベーのことにはあんまり触れていない。

中条　僕の記憶ですと、「デ・トゥーシュの騎士」という長篇に近い作品があって、あれも自分の手でできれば訳したいとどこかで言っていましたし、あと「ホイスト勝負のカードの裏側」も訳したいというようなことを言っていましたね。

巖谷　それ、澁澤さんの試訳があるんです、完成していないけれども。トランプの話……。

中条　ホイストをやっているうちにある事件がおこる。ヒロインがゴホゴホ咳きこんでいて、それはじつは母親が指輪に仕込んだ毒をまいていたんだということ。

＊

巖谷　またアンソロジーのことだけれども、澁澤さんの初期はこれへの志向が強くて、『怪奇小説傑作集』風のものをいろいろ計画してたらしい。「フランス綺譚集」とか「怪異短篇集成」とか、手帖にプランを書きこんでいる。

中条　もうすでにプロデューサー的に考えていたんでしょうね。

巖谷　その発想というのが独特でね。

中条　そうですね。それもまさにブルトンの『黒いユーモア選集』のやりかたで。つまり、ブルトンのあのアンソロジーの驚くべきところは、量的な制約があったかどうかは巖谷先生に伺いたいところですけれども、ともかく短い断片でその作家の特質が鮮やかに出なければいけないというのをゲームの規則として課していて、だけれども、その全体はブルトンのものなんですよね。このあいだ出たプレイヤード版のブルトン全集に、ブルトン自身の文章じゃない、アンソロジーの全文が収録されていますが、あれにはびっくりしますね。

巖谷　あれは、ブルトンの口あるいは手を通じて過去の人々が語る、そういう本ですよ。

中条　そうなんですね。

巖谷　澁澤さんは若いころから、『黒いユーモア選集』はとにかく翻訳したがっていた。ブルトンの翻訳はやっていないと思われたかもしれないけれど、この『翻訳全集』にもじつはひとつ入ります。

中条　そうですか、あるんですか。

巖谷　ルイス・キャロルの章の序文（第12巻所収）ね。それからブルトンのものだと、澁澤さんは自分のエッセーのなかにどんどん訳しながら入れちゃっている。『サド復活』のいちばん最初のエッセーなんかは、『黒いユーモア選集』の縮約版です。ブルトンの文章を利用しながら、なかにいろいろ引用してゆくスタイル。

中条　ええ、フォルヌレとか、クロとかについて。

巖谷　だいたいみんな出そろっていますね。ブルトンのテクストでも、たとえば『自由結合』みたいな、自分にぴったりくる造型的な詩は全訳しているし、一時ブルトンの翻訳を目ざしたことはまちがいないと思います。

『黒いユーモア選集』は、人文書院の『アンドレ・ブルトン集成』のときに彼は大いにやる気で、でも結局、時間がなくてはたせなかったのが残念。

中条　悔やまれてならないですね。

巖谷　それでちょっとおもしろい話があって、まもなく国文社から、こう言ってはなんだけれども、やや怪しげな翻訳が出たでしょう。

中条　上品に言えば玉石混淆とでもいいますか（笑）。

巖谷　あのときに、澁澤さんも僕も注文を受けたんですよ。国文社から訳者リストが来て、四十何章かあるんだけれども、それを二十何人で分担して、みんなでやりましょうというような主旨で。澁澤さんがそれを見て怒ったのをおぼえています。

中条　怒ったんですか（笑）。

巖谷　いや、こりゃ違うよと言ったわけね。僕も同じで、二人で「じゃ、降りよう」と（笑）。というのは、その根拠は単純なんだけれども、これはブルトンひとりの本だからひとりで訳すべきだ、と。

中条　国文社版は思想的にまちがっているということですね（笑）。

巖谷　本のとらえかたがね。いかにアンソロジーであっても、いろいろな作家が集められていようとも、これは彼らがブルトンひとりを通して語っているのだ、と。ただ、ひとりで訳すとなると大変。それで結局、むずかしいということがひとつと、時間がないということもあって、本格的には翻訳にかかれなかったんでしょうね。

＊

巖谷　それで、ブルトンがすべての始まりだったということはあるけれども、同時に、あのころフランスでは、ほかにもいろんなアンソロジーが出ていた。

中条　そうですね。それで、僕がひとつ大きな誤りをおかしていたのは、ピエール・カステックスのアンソロジーがありますね。

巖谷　『コント・ファンタスティック（幻想短篇選集』。

中条　はい。あのカステックスのアンソロジー、僕らが親しんでいる版は同じ版元のジョゼ・コルティですが、じつは配列が違っているというか、現行版ではサドとフォルヌレが脱けているんです。ネルヴァルとロランは残っている。この四つがまるまる残っていれば、澁澤さんが使ったのはブルトンと並んでカステックスだとすぐに確信できたんですが、僕らが見ていた版は、似てはいるけれどもサドとフォルヌレがないものですから、悪い言い方をすれば、そこまで澁澤さんがカステックスからいただいていたというふうには思っていなかったんです。ところが古い版から四つとってきたということなんですね。

巖谷　コルティから出た最初のカステックスのアンソロジーは四七年かな、かなり古いですね。ただ、澁澤さんの私蔵本の汚れ具合はごく少なくて、作品の選択を参考にしたという程度じゃないかと、僕は思っていたんですが、サドの短篇についてはあそこからとっているのは間違いないでしょう。

中条　そうですね。澁澤さんはカステックスの歴史観をだいたいにおいて受けついでいるわけですが……。

巖谷　いや、ほとんどそのまま使っているエッセーもある（笑）。

中条　解説なんかはそうですけれども。ところが、これは結果論じゃなくて、本質論として言いたいのは、カステックスの『幻想文学史』は、十九世紀で言えばノディエから始まりますが、その先蹤《せんしょう》として挙げているのはカゾットなんですね。ところが澁澤文学史だと、まずサドがあって、その後にノディエにつながる。

巖谷　それからもうひとつ、澁澤さんはゴシック・ノヴェルスのほうとつなげたがる傾向もある。

中条　そうなんですね。ですから、カゾットとサドがあって、どっちをとるかといったときに迷わずサドをとったというのは、ひとつはカゾットの『悪魔の恋』は革命以前に出ていますね。サドは当然革命以後の文学で、「大革命が暗黒小説を生んだ」という文学論もある。だから、サドと大革命を経由した地点から始めている点は、たまたま澁澤さんがサドをいちばん専門にしていたということ以上に、幻想文学史の上ではけっこう大胆な読みかえになっていて、いまおっしゃったように、そこに当然ゴシック・ノヴェルスという重要な血脈が流れこんで、サドで始まるという構想のセンスのよさというか、カステックス以上に文学史の大胆な読みかえをやっているというところがあって、そこがすごく格好いいんですね。

巖谷　そうですね。澁澤さんのサドのとらえかたというのは独特ではあるけれども、巨視的に見ると、文学史をちゃんとおさえていますよ。それが出発点になっているから、そのあと自分の好みを持ってきたりしても、うまく収まってしまう。そういう構造が早くにできあがっているんです。

中条　そのとおりなんですね。ノディエはたしかに時代的には、そのあとにくるボレルの師匠格にあたるけれども、ボレルは精神的にはノディエを飛びこえてサドに結びつくわけで、だから澁澤さんがほんとに好きでたまらなかったボレルとフォルヌレに、サドをうまくつなげているなという気がするんです。

巖谷　澁澤さんがサドをどうとらえたかというの

は、一般にいろいろな批判がありうるでしょう。前に松山（俊太郎）さんと、澁澤さんのサド観で斬新なのは博物学者としてのサドというのを書き加えた点ではないか、と話したことがあるけれども、僕は、もっと彼の視野は広いんじゃないかと思いつつあるんです。というのは、十八世紀のいろいろな流れを、彼は一応すくいあげていますからね。たとえばラ・メトリーあたりの人間機械論とか、ヨーロッパ的規模でのプレ・ロマンティスムの一環として、ゴシック・ノヴェルスとつながる線とか。さすがにルソーあたりをおさらいするところまでは行きませんが、じつはそこが澁澤さんのいいところでもあり、ロマンティスムをいたずらに「自我」のほうへもっていかないという態度をつらぬく。

中条　そこがすばらしいんですね。

＊

巖谷　源泉としては、もうひとつはマリオ・プラーツの『ロマンティック・アゴニー』あたりかな。あれもよく読みこんでいた。

中条　そうですね。マリオ・プラーツをオックスフォードから出た英語版で読んでみたら、澁澤龍彦はここからいただいていたのかと思って（笑）。セリグマンの『魔法』を読むと同じような……。

巖谷　『黒魔術の手帖』なんか、セリグマンから借用したものがだいぶある。

中条　それでかすかな落胆はあるんですけど、だからといって澁澤龍彦が嫌いになるとか、そういうことは全然なくて……。

巖谷　かすかでも、落胆はありますか（笑）。

中条　やっぱり神様じゃないな、と（笑）。

巖谷　神様じゃなくなって、ちょっと落胆した人たちのなかには、それから澁澤さんの批判にかかる人もいますね（笑）。僕なんかの場合、ある時期からはまあ同時代的に原書を読んでいるので、澁澤さんが何を使っているかというのはだいたいわかりました。で、そのまま使っちゃっていても、じつはその使い方がすごいというのが僕の意見。そして、その使い方、あるいはまとめかた、それがアンソロジーなんです。文章そのものが、じつはアンソロジーなんですよ。

中条　そのとおりなんですね。そのときにやっぱり、あれはセリグマンやプラーツを頂いているというふうに言う友人もいたんですけど、僕は「でも、ほかの人にはできないから」と答えましたね。ほんとにすごいと思うのは、自分でも意識しないうちに、それこそ近代の自我みたいなものを超えたところに成立するアンソロジーという方法論を、もうすでにブルトンのなかに発見しちゃって、それを自分の内部に組みこみながら、新たに大きな世界をつくったというところですよね。

巖谷　ブルトンの読み方も彼の場合は独特だったけれども、『ナジャ』だって、最初の「私とは誰か」というところに引っかかっている。問うたとたんに、ジャック・ラカン風に他者の問題が見えるわけでしょう。あの構造は考えていたはずです。

中条　そうかあ。

巖谷　もうひとつ、戦後のフランスでシュルレアリスムが実存主義なんかに押されて、一時アナクロ扱いされたころがあったわけですが、じつはあのころこそ、澁澤さんがシュルレアリスムを発見した時期だということ。当時のフランスで、シュルレアリスムについて欠かせない事実は、出版界に『黒いユーモア選集』の影響が及んでいたことです。戦後、雨後の筍のごとくいろいろな出版社が出てきますね。コルティなんかは戦前からだけれども、たとえばアルカーヌとか、ポーヴェールとか、あとエリック・ロスフェルドとか。ああいう系列の出版社のやったことって、まあ『黒いユーモア選集』の延長なんですね。

中条　なるほど。

巖谷　フォルヌレにしても、澁澤さんはアンソロジーからとっているわけじゃなくて、ブルトンでフォルヌレを知って、アルカーヌ版の全集で読んだのが最初です。

中条　ブルトンの序文がついて出たというやつですね。

巖谷　そう、黒い表紙の作品集です。あれが澁澤さんの愛読書だった。ブルトンの序文がついているんだけれども、なんのことはないので、『黒いユーモア選集』のなかのフォルヌレ論をそのまま……。

中条　あ、そうなんですか。

巖谷　どうも、ブルトンが触発してああいう本を出させた。シュルレアリスムというものには、出版史そのものを動かすところがあったんですね。ポーヴェールなんかも、ブルトンの口添えがあったりして本を出す。エリック・ロスフェルドやパリミューグルあたりまで、ずっとそうです。澁澤さんがじつは、あのへんの小出版社のものをほとんど買っていたんです。

中条　つまり、大学の図書館にあんまり入れないようなものを（笑）。

巖谷　だから、彼の初期の仕事を支えているのは、ポーヴェールをはじめ、シュルレアリスムの影響をうけた出版社の独特の活動だったということです。

中条　つまりブルトン、シュルレアリスムというのが、澁澤さんの精神的主柱であると同時に、物質的主柱でもあったということになるわけですね。

巖谷　それだけじゃないけれども。

中条　もちろんそうですが。

＊

中条　『怪奇小説傑作集』にもボレルとフォルヌレが入っていますが、澁澤さんは終始一貫してボレルとフォルヌレが気になっていて、七〇年代のはじめに『悪魔のいる文学史』でほんとに澁澤節きわまれりというのがボレル論で、あれはいちばんいいなと思ってます。いまでも憶えているのは、ボレルが一八五〇何年かにアルジェリアで暮したときに、「ここでゆくりなくもアルチュール・ランボーの後半生を思い出しはしないだろうか」とか言って、そのあとで何をフッと思ったか、「そういえば五五年はネルヴァルがパリの陋巷で縊死した年でもあるが、これはボレルの耳には届かなかったに違いない」と、勝手に言っているんですよね。

巖谷　勝手に（笑）。

中条　ほんとになにか根拠があるのかもしれないけれども、そのつけ加え方がなんともいえず澁澤さんの流儀をあらわしていて、すごくいい文章ですね。

巖谷　そうね。ボレルの訳がいちばん古いでしょう。「未定」という同人雑誌に載せたのが最初だから。

中条　そうでしたか。

巖谷　そのときの解説以来、ブルトンを通じて知ったアルジェリアの逸話がかならず出てくる（笑）。

中条　しかもその後、落語みたいにどんどん洗練されていくんですね、語り口が（笑）。ブルトンがボレルについて書いたあとで、「アルフォンス・ラッブなんかもこれから順次論じていきたい」みたいなことを言っていますが、そういうのを見るとパッとやるんですね、澁澤さんは。しかも、ずっと時間がたって七〇年代になっても、きっちりとすごくおもしろい評伝を書く。

巖谷　ボレルというのは、ブルトンも気にしていた人ですけれども、一九二四年にまとまったエッセー集で『失われた足跡』というのがありますが、あれもよく読むとアンソロジーなんですね。ダダ時代のなまなましい論争的な文章も載っているけれども、同時にここには、たとえばベルトランとか、ジャリとか、いろいろな過去の作家をとりあげている。画家ではデ・キリコやドゥランやデュシャン、エルンストなど、それぞれが章になっている作家論の集成です。あれがブルトンのアンソロジーの最初の方針で、しかもその続篇も出すつもりでいたらしい。そのころにボレルのことをまず書いている。

澁澤さんは、もちろんそんなことは知るわけがないんですね。ブルトンが若いころにボレル論を書いたなんて、プレイヤード版でもなければわからないですから。にもかかわらず、彼も似たようなことをやっている。かなり体質の違う二人だけれども、どうもブルトンに憑依しちゃうようなところもあったみたいです。

中条　ものすごいセンスのよさというか、勘のよさも共通していますよね。

＊

中条　僕がバルベーをやるようになったのも、きっかけは『怪奇小説傑作集』以外の何ものでもないんです。

巖谷　そうだったのか（笑）。

中条　はじめはもちろんフランス語ができませんでしたが、映画が好きだったので、どうしても『恋ざんげ』を見たいと思い、見ることができた。ところが、いい映画だけれども、澁澤さんの訳したものと全然美学が違うんですね。バルベーにはすごくバロック的でハチャメチャなところがあるのに、映画のほうはきれいにかっちりと固まっていて、本当のバルベーには触れていないのかなと思って……。

巖谷　あの映画は、あんまりカオスがないな。

中条　ないですね。ほんとうに白と黒でかっちりと構成されていて。遊びの部分も多少、いっさい台詞を排して、やたらに食器の音がカチャカチャ響くというようなところもありますけれども。原作を当時は知りませんでしたが、ちょっと澁澤さんが紹介しているイメージとは違うなという感じがして……。

巖谷　あの映画は、ナレーションですよ。一貫して。

中条　はい。アストリュックはそれについては、原作のトーンを維持するために、あえて台詞を外したと言っています。アストリュックなりの、バルベーの独特の語り口を映画に移した場合の方法なんだ、と。

巖谷　「緋色の……」というのを、あえてモノクロで撮ったこともおもしろいけれど。

中条　そうですね。一種の想像力をかきたてさせるという感じがあって。

巖谷　それにしても、中条さんがそこから出発してバルベーを専攻したというのは独特だな。

中条　そうですか（笑）。ともかく実際に読んでみたら非常におもしろくて、澁澤さんが解説している、ガチガチのカトリックなんだけれども変なものを書いちゃうという、あの感じがよくわかりました。バルベーの文章は、たしか澁澤さんは光彩陸離というような表現を使っていたと思いますけれども、そういう感じを澁澤さんからあらかじめ教えこまれていたせいか、むしろすんなり読めるような文章だと思いました。

巖谷　澁澤さんのバルベー理解は正しい、と。

中条　はい。僕はすごく作家の本質をつかんでいると思います。

巖谷　あの作家名、澁澤さんの表記がずいぶん変るんですね（笑）。最初は「バルベエ・ドオルヴィリ」でしたが。ほんとは「ドールヴィイ」ですか。

中条　フランスでも専門にしている人は「ドールヴィイ」ですけれども、そうじゃない人は「ドールヴィリ」と発音しています。たぶん「ドールヴィイ」が正しいんだと思いますが、どっちでもいいみたいです。

巖谷　どっちでもいいのか（笑）。ただ、澁澤さんはだいぶ苦心していますね。出すたびに表記を変える。でも「ドールヴィイ」にはいかなかった。最後まで「リー」です（笑）。

中条　「ドールヴィイ」というのは、音の上で格好悪いですね。原音尊重とかいうので、僕もそういうふうに書いていますけれども、小さい「ィ」の後に大きい「イ」がくるというのはなにかおさまりが悪いので、澁澤さんが耳の響きとか目で見た感じでそっちを選ぶというのは、ひとつの見識じゃないかと思うんですけど。

巖谷　あくまで好意的な読者ですね（笑）。

中条　はい（笑）。その前はユイスマンというのに、しかたなくスを入れるようになったり……。

巖谷　あれは不思議なんだけれども、初期は「ユイスマンス」と表記している。それが突然、桃源社あたりから「ユイスマン」になって、また「ユイスマンス」に戻る。どっちでもいいと思っていたのかな（笑）。

中条　どうなんでしょうか（笑）。

ただ、それとつながるかどうかわからないけれど、だいたい日本のフランス文学の訳というのは、視覚的な感じのものが多いじゃないですか。齋藤磯雄とか、鈴木信太郎だって視覚的な感じの訳文ですよね。

ところが澁澤さんは、むしろ僕は音楽的だろうという気がするんです。最後の『高丘親王航海記』なんていうのは、平仮名をものすごく多用して、ちょっと見ると谷崎潤一郎かなというような、すごくなよやかな文になっていますけれども、漢字を多用している時代でも、音の響きやリズムが強調されていて、とても耳にいい感じがするんですね。

巖谷　それはありますね。点の打ち方まで考えて、リズムをとっているところもあります。

中条　ええ。だから、そういう意味では彼の口癖が単に記憶に残るというだけではなくて、とっても憶えやすい。堅く書かれているんだけれども、「語り口」と言えるようなものがあって、初期からやはりまちがいなく一級のスタイリストだったと思います。

巖谷　それがサドと合わなかったんじゃないかという見方もありえますけれども。

中条　でも、それを言ったらサドなんて、そのとおりに訳したものは読めるかといったら読めないですよね。

巖谷　サドの原文はくどいしね（笑）。

中条　澁澤さんはサドのいちばんおいしいところだけを……。多少は脚色したかもしれないけれども、それがサドの本質であるかないかということは日本語で読む読者にとっては二の次だし、学者がガタガタ言うことはないいんじゃないかと思いますね（笑）。

巖谷　それからね、澁澤さんは、題名だってうまいですよ。レオノーラ・キャリントンの「デビュタント」（社交界にデビューする娘の意）なんて訳しにくいものね。

中条　日本語のもうひとつある訳だと、「おぼこ娘」（笑）。

巖谷　それだって原語とは違うけれども（笑）。対して『最初の舞踏会』というのは、うまい意訳ですよ。

中条　いいですね。華麗な感じもあるし。

それと、僕も自分でも翻訳をやるからよくわかっていますけれども、翻訳って絶対に誤訳がないということは不可能なので、それは他人には目につくんですね。そこで目についたものだけをあげつらってもしょうがない。澁澤さんのバルベーだって、もちろん小さな誤りはいくらもあるわけですが、そういうところは翻訳の本質ではないので、木を見て森を見ないみたいな批判になったらいけないと思うんです。

＊

巖谷　そういえば、『悪徳の栄え』の抄訳について、イタリアの地名で抄出の箇所を選んでいるということを、松山さんが『全集』の解題で説いているようですが、そういう気ままなところも、すでに『高丘親王』的だよね、やっぱり。

中条　そうですね。『悪徳の栄え』の旅は、空間的なオブジェの世界から時間的な流れへ、という後期の澁澤龍彥の変化の先駆けですね。そうした変化について巖谷先生がはじめて論じられて、それに従って僕らの澁澤龍彥の見方がだいぶ変ったんですね。サドの抄訳からすでにそういう流れがあるんだと感動します。

巖谷　逆に考えている人が多かったからね。でも、『全集』が出て、ずいぶん澁澤さんの読み方も変ってきたんじゃないかな。仏文学者としての澁澤さんについてもね。

中条　ほんとにそうですね。

たとえば、それこそテクスト・クリティークのテーマになると思うんですけれども、最初の『列車〇八一』のときにはバルベーの位置がゴーティエの前に来ていますね。たしかに年代的にはゴーティエより数年生まれるのが早いので、ごく単純にそういう配列だったと思うんですけれども、ところが『怪奇小説傑作集』のほうになったときに、バルベーの位置をゴーティエと差しかえているわけです。つまり、最初はだいたい年代順でやっていけばいいという考え方か、もしくはそこまで考えなかったのか。ところが、後の版になると、文学史の組みかえとして、ゴーティエを一九三〇年代の作家にくっている。

巖谷　それが本来です。

中条　ノディエから始まってゴーティエまでくるという考え方があって、それでバルベーをあえて外したんだと思いますけれども、そこにネルヴァルを入れることによってさらに三〇年代性が強まるんですが、意外にゾロッペのように見えて、そういう細かい配慮のしかたには、すごく鋭い勘もありセンスもあって、僕は感動をおぼえるんですよ。

巖谷　学者的配慮もちゃんとあったと……。

中条　ええ、そうなんです。

巖谷　『悪魔のいる文学史』という本にしても、最初の連載のときとだいぶ違う。大幅に書きかえています。

中条　そうなんですか。

巖谷　その過程で、ずいぶんいろいろ彼は調査もしたし、あの本の場合は典拠もわりとちゃんと示しています。自分の七〇年代の大きな仕事のひとつというふうに考えて、『悪魔のいる文学史』で初期のアンソロジーの根拠を語っている。そのときの丁寧な仕事もちょっといい。
中条　あれも、もちろんボレルとフォルヌレがピークなんですけれども、最初にエリファス・レヴィを出してきて……。
巖谷　おもしろいんですね、構成が。
中条　そうなんです。どう考えてもレヴィはペラダンあたりにつなげたほうがいいのに、一応レヴィで時代の風土みたいなものを出して、徐々に小ロマン派の話に入ってゆく。あの持っていきかたなんか、学者的じゃないけれども、こっちのほうがむしろ見識に貫かれている。
巖谷　周到に練りあげたプランでないところに、よさがあると思う。彼のやりかたは、かなりオートマティックじゃないかな。それで、どこから書きはじめても流れをつくれる自在さがある。あれはエリファス・レヴィについての本が出たから、読んで書いたわけです（笑）。『魔術の歴史』とか『高等魔術の秘法と祭儀』とか、いろいろフランスで復刊されたしね。それからエルヴェ・ド・サン＝ドゥニなんかもそうです。あれは待ちかまえていたら本が出たので、読むとすぐに書いちゃった。そんなふうに偶然の要素も強いけれど、でもあの連載を結果として見ると、ちゃんと流れができている。
中条　できていますね。
巖谷　それから、フォルヌレのことも、「草叢のダイヤモンド」を澁澤さんが初期に発見したというのは、よかったと思いますね。珠玉じゃないかな、このなかでも。
中条　すばらしいですね。翻訳もほんとにいいし、博物誌ということにつなげると、ミシュレとはちょっと違うかもしれないけれども、ポエティックに誇張されたホタルの話を博物誌的な記述で紹介するところが、まずミソですよね。あの導入部からヒロインの話に移る。
巖谷　それで、かならずしも視覚的にきちんとまとまるのではなく、不思議な情念が加わってきてね。
中条　そうですね。テーマとしてたぶん澁澤さんがお好きだったのかもしれないけれども、空間を超えたある種の情念の暗合みたいな主題が最後のところでいきなり示される。神秘的でもあるし、すばらしい感動もあるし、あれはほんとにいい短篇だと思います。
巖谷　澁澤さんはポエジーを排する傾向もあったけれども、じつはいくつかの翻訳には独特のポエジーの流れるときがあって、これなんかがいちばんいい例かもしれない。
中条　そうですね。
巖谷　その後、『草叢のダイヤモンド』だけの版本がフランスで出たんです。それも、ふつうのカタログにはなかったかもしれない本ですが、スワーンベリの表紙なんですよ。鳥女がキスしようとしているシーンを表紙に配した、手づくり風の版本が出ている。
中条　「草叢のダイヤモンド」の、いろいろな色のホタルが飛び交うという、ホタルを象嵌したみたいなイメージになるわけですね。
巖谷　そう。まさに、「やった」という感じだったな。澁澤さんは、現存する画家でいちばん好きなのはスワーンベリだと言ってました。そのスワーンベリとフォルヌレを結びつけた出版社の発想が見事だけれども、そうすると澁澤さんとフォルヌレとの関係というのも、なんとなく客観的偶然みたいに感じとれたりして。
中条　ほんとですね。それは驚きです。
巖谷　まあ、澁澤さんはフランス文学ではサド研究者として業績があるということになるけれども、僕はこのフォルヌレやボレルをはじめ、小ロマン派についてもいい仕事をした人だと思いますよ。
中条　ほんとにそうです。それは間違いないですね。

一九九六年十一月二日　於・河出書房新社会議室

『大理石』とイタリア体験

四方田犬彦／巖谷國士

四方《よも》田《た》犬彦《いぬひこ》（一九五三―）
箕面生まれ。東京大学で宗教学を、同大学院で比較文学を学ぶ。明治学院大学教授として長く映画史を講じる。映像と文学、演劇、漫画、料理等の文化現象を批評。翻訳も多い。

巖谷　何年か前、イタリアで一年すごされて、澁澤さんとつながる場所にもだいぶ行かれたんでしょう？

四方田　このあいだ『滞欧日記』を読みなおして見たら、あそこに出てくるところはだいたい行ってましたね、カプリの隣の島を除けば。

澁澤さんは、一回目には大都市をまわられて、絵なんかを細かく見られるわけですよね。でも、二回目に行かれたときに、はっきり「南」というふうに、プーリア州に的を定めるでしょう。このはまり具合ってわかるな、という感じがしました。

巖谷　澁澤さんの旅って、それまで自分がやってきたことと関係のあるところへ行くという、ある意味では律儀な旅ですね。イタリアは一回目にはじめて体験したけれども、たとえばマッジョーレ湖のイゾラ・ベッラへ行ったのは、まさに『大胯びらき』だからね。『滞欧日記』では、「憧れの島なり」なんて書いてある（笑）。あと、ボマルツォもそうでしょう。最初の旅行はそんなふうだった。ところが第二回目からは、その間にマンディアルグの『大理石』を訳したことが大きいんじゃないか、と。

四方田　『大理石』は僕もとても好きですね。

巖谷　イタリアといえば、もう一方にはサドの『ジュリエット』(『悪徳の栄え』)があるけれども。

四方田　そうなんです。おもしろいのは、『ジュリエット』に出てくるイタリアの風景はまったくめちゃくちゃなわけですね。アペニン山脈に密林があって断崖絶壁があって、でっかい湖があって……なんて、まったく空想的で。実際にサドは行っているはずなんですけれども、フィレンツェは淫蕩な街だ、とかね(笑)。

巖谷　そう。フィレンツェは空気がよくない、健康に悪くて、ほとんどの人が眼鏡をかけている、なんて、そんなの嘘だよね(笑)。

四方田　サドのあれは、ほとんどフェリーニの『サテュリコン』の世界です。

巖谷　十八世紀のサドの時代には、イタリア旅行というトポスがもうあったわけだから。

四方田　ゲーテなんかの裏返し版ですね。だから、たとえば一九五〇年代にサドを訳したときの澁澤さんは、どういう感じだったのか……あのころはもう『大理石』を読んでおられますよね。

巖谷　原書が出たのは古いんです、五三年だから。これを訳したのがいつかというと、七〇年から七一年にかけてらしい。澁澤さんが旅行から帰ってきて、高橋(たか子)さんの訳をもとにして新しい原稿をつくったのか、旅行に行く前にやっていたのか、いまではわからないけれど。ただ、もしあれをちゃんと訳してから行ったとすれば、澁澤さんの場合は翻訳することが創作とつながっているし、行動ともつながってくるから、第一回目の旅行のときにもうすこし濃厚に出たはずだと思う。

四方田　そうですね。もっと南へ行くとか。僕はたぶん、第一回目の旅を終えてから訳されたんじゃないかと思う。

巖谷　そんな気がしますよ。

四方田　マグナ・グラエキア（大ギリシア＝イタリア南部）のプーリア州へ行くには、日本人にはガイドブックもないし、行った人もほとんどあの世代ではいないし……。それで一回目の旅行のときは、最後のほうで疲れているから、やっぱり大きな町を選んだということじゃないかしら。

巖谷　ローマまでで、南へは行かなかった。それから、誰かが待っている町を選んだわけです、最初の旅は。ローマでは小川熙さんね。それがよかったので、第二回目は小川さんの案内で南をまわる。

四方田　いいですね。車でまわっちゃうんだから。昔だったら馬車に乗るところでしょうけれど。

巖谷　まあ、殿様旅行（笑）。最初の旅は、ローマにすこし長くいたけれど、ボマルツォへ足をのばすのがひとつの目的だったみたいで、それも小川さんの車で行ってる。そのとき、マンディアルグの『ボマルツォの聖なる森』でなじんでいたというのが、すごく大きかったと思う。これもあとで訳しましたからね。

＊

四方田　僕は『大理石』の訳を、みんなきっちりとじゃないですけど、ちょっと気になったところだけ原書と照合してみたんです。

巖谷　それはすごいね。

四方田　いや、たとえば食い物の名前についてですよ。つまり、あれは架空の語り手みたいなのを設定して、いろいろな町を北から南へおりてゆく。でもそれが、いわゆる観光ガイドで行くような大都市ではないわけです。

巖谷　『大理石』では、はじめがモデナだったっけ。

四方田　たぶん。ひとつも固有名詞が出てこないから、推測するだけですけど。ある小さな公国の首都だったけれども、イタリア統一で併合されちゃったというし、食い物は発泡性のワインとソーセージ、モルタデッラなんかが出る。それと、奥さんのボナというのが、モデナで育っている。マンディアルグは結婚して二、三年で書いているはずなので、モデナじゃないかな、と。

巖谷　それで、やがて水辺に行くでしょう？

四方田　第三章のプラトン的立体は、地図だと、ラツィオ州に湖が三つあるんだけれども、そのどれかですね。そのあと南へ行くけれども、東側にはまだ抜けてない。

巖谷　ナポリ経由。アマルフィ海岸なんか通ってるかな。

四方田　ナポリを通って、アマルフィかソレントか、そのへんの淫蕩な感じの海岸に出る話になっている。そこで、「海松露」というのを食べるの。イタリア語でいうとタルトゥーフォ・ディ・マーレ、日本でいう赤貝です。

巖谷　海の松露なんて、古い漢字を使って訳してる。

四方田　そのほうが雰囲気が出て謎めいた感じがするけれど、『イタリア・ガストロノミー辞典』というのを見てみたら、タルトゥーフォ・ディ・マーレは赤貝のことを言うんだ、と。

巖谷　タルトゥーフォはトリュフだから、いまの訳者なら「海のトリュフ」とやるかもしれない。

四方田　赤貝ですから、開けてみると血だらけの目が出てきて、膿《うみ》のようなものをグッとえぐるとか……。

巖谷　われわれだと、寿司屋でいつも……（笑）。

四方田　北イタリアでは食わないけれども、南では貝を生で食いますからね。

巖谷　そのナポリ近辺からバジリカータ州へは、エボリなんか通っていったのかな。

四方田　あのへんも通ったと思う。それで、苦労して車でプーリア州へ出た。

巖谷　バーリへ出た。

四方田　それからロコロトンドのへんを抜けて……。

巖谷　そういえば、ボルゴロトンドっていう架空の町が出てくるね、『大理石』に。あれはロコロトンドかな。

四方田　ただ、澁澤さんも書いているけれども、ロコロトンドというのは外側から見たらおもしろいんだけれども、中に入るとそんなにおもしろい町じゃないですね。アルベロベッロほどじゃない。

巖谷　すこし北の、カステル・デル・モンテも澁澤さんはのぞいているね。

四方田　ちょっと憶えていないけれど。

巖谷　ナポリからバーリに向って行って、途中でカステル・デル・モンテをのぞくわけ。神聖ローマ皇帝のフェデリコ二世のつくった大きな城砦。

四方田　あの皇帝はナポリのへんをざーっと支配したんですよね。

巖谷　正八角形の城でしょう、幾何学的な。中世のゴシックの時代なのに現代芸術みたいな幾何学立体だといって、澁澤さんは喜んでた。そのころはもう『大理石』の主人公気分で……。

四方田　だと思う。車をサーッと飛ばしていく感じというのは、あの小説にもありますから。

巖谷　そっくりです。だから『滞欧日記』を読むと、『大理石』をなぞってるな……と。で、当然、アルベロベッロが目的地になるわけね。

四方田　そうそう。

巖谷　アルベロベッロに行ったのも、やっぱり『大理石』ですよ。かなり重要な翻訳体験で、極論すれば、『高丘親王航海記』の原形のひとつをあそこで把握している。

四方田　まさに不思議旅行記ですからね。

巖谷　松山（俊太郎）さんは、サドの『食人国旅行記』や『ジュリエット』は『高丘親王航海記』につながってくる、といっている。それもあるけれど、『大理石』がもうひとつのポイントかもしれないと思うのは、六三年に、小説の構想らしきメモを手帳に書きこんでいてね。それがドーマルの『類推の山』、『ポーゾール王の冒険』、その次に「マンディアルグ」と書いてある。
四方田　それはなにか決定的な証拠ですね。
巖谷　「マンディアルグ、植物誌、ユートピア的」と書いてある。だから、ひょっとしたら『大理石』をすでに読んでいたのかな、と。だいたい翻訳をするとき、澁澤さんはかなり原作に同化して、一種の創作気分でやっているからね。それで七三年の旅では、『大理石』の旅を演じることになった。

＊

四方田　たとえば、僕のことで言うと、ニューヨークに住んでいたころ、ポール・ボウルズを訳そうと思ってタンジールのポールに手紙を書いたら、「モロッコを見ていないと訳せないぞ」と言われて、それで行ったんです。澁澤さんは、そういう意味でいえば、行かなくても訳せちゃう。プロとはそんなものです。それでいて、単に書いたものを表象してゆく訳し方とは違うんですよね。
巖谷　デジャ・ヴュがあるから、彼には。
四方田　自分が文字のなかで構築していくという翻訳姿勢をとっているから、そういうことができるわけで、僕にはとてもそんな自信はないですね。
巖谷　トポスというのがデジャ・ヴュになっているから、実際に現地に行っても、現実はあまり見ないという傾向があります。それで旅そのものが、どことなく抽象的になる。
四方田　澁澤さんの場合、旅はデジャ・ヴュの確認なのかな。
巖谷　『旅のモザイク』という旅行記がそうですね。あれも『高丘親王航海記』を考えるときには、ヒントを与えるところがあるかもしれない。
四方田　南におりてゆくとだんだん変っていくぞ、なんていうところはね。
巖谷　そうそう。植物をいちいち記録しているよね。どういう種類のがふえてきたとか。

四方田　あれは馬車とか、いまでいうと車の旅でこそ、ああいうふうに植物のグラデーションに見えるので、僕みたいに寝台車を乗りついで行ってると、朝おきてみたら変ってた、というふうになる。ミラノを夜に発って朝おきると終点がレッチェですから。あれは出稼ぎ列車ですよね。

巖谷　澁澤さんはレッチェまでは行ってないね。『大理石』には出てくるのに。バーリから、マルティーナ・フランカを通ってアルベロベッロ。あそこで食事して、あとはターラントへ行っちゃった。

四方田　ターラントの旧市街は、あんまりおもしろくなかったと書いている。

それでおもしろいのは、『滞欧日記』のイタリアのところだけ見ると、「大きいものだと思ったら実際は案外小さくて」というのが何回も出てくるんですよね。

巖谷　そうなんです。絵もそうでしょ？

四方田　そうそう。そこがおもしろいです。

巖谷　彼には縮尺がないんだよ（笑）。観念はあるけど。だから大きさがわからないわけ。プラトン的立体なんて、大きさはどうでもいいものだし。

四方田　観念として形さえあれば……。フォルムのほうが大事で。

巖谷　だから、行ってみると大きさがイメージと違っていたというのは、確認じゃなくて、出会いになる（笑）。

四方田　昔、澁澤さんが若いころに書いていたことで、コクトーが「物には大小というのはないんじゃないか。遠近しかないんじゃないか。小さいものというのは遠くにあるだけなんじゃないか」と。あの考え方は、すごくおもしろいですね。

巖谷　マンディアルグもそうでしょう。『大理石』というのは、土地の移動でもあるけれども、大と小との行き来をやっているから。

四方田　たしかにそうです。

巖谷　虫や微生物のミクロの世界から、とつぜん目の前に巨大な建物があらわれるとかいうような、切りかえが驚異になっている。

四方田　プラトン的立体でも、ヘルマフロディトスの、お尻の穴みたいなところからスーッと中に入ってゆくと、不思議な光景がひろがるとか、あれもやっぱり大と小なんですね。

巖谷　たしかサドが『ジュリエット』で、「地上でイタリアほど昂揚するところはない」とか書いているでしょう。マンディアルグも同じ。澁澤さんはあれを通してイタリア・マニアになっちゃった。

四方田　それで、二度目の旅行が大きいというのは、プーリア州って、はまると抜け出られないところですから。

巖谷　僕も大好きなところです。

四方田　ところでマテーラは行ったのかな。

巖谷　行ったと書いてあるけど、見なかったらしい。

四方田　通りすぎちゃった？

巖谷　だってトポスがないわけだから、彼に。本で読んでなきゃ、興味を示さないらしい。僕だってマテーラのデータはなかったけれども、行ったらとにかく昂揚した。『澁澤龍彥考』に一点、マテーラの写真を入れてあります。

四方田　巖谷さんと澁澤さんの旅は、まったく対照的なんですよね。

巖谷　たぶんね（笑）。それでそのあと、澁澤さんは一気にサレルノまで出ているでしょう。アマルフィも、残念ながら、ちょっと通りすぎただけ。ラヴェッロも行ったらしいけど、おそらくルーフォロなんかの庭園は見ていない。すばらしいんだけど。

四方田　フィレンツェでも、ボーボリの前の美術館は見ているけれども、庭園は見てないんですよ。

巖谷　そうそう、ピッティ宮へ行ったとき、ちょっとのぞいただけね。

四方田　男性美の極致といわれるバッコス像とか、ほかにグロッタもあるし、見てくれればよかったのにと思うけど。

巖谷　サドは見てるのにね。
四方田　書いてるんですか？
巖谷『イタリア紀行』で、ジャンボローニャとか、ボーボリ庭園の彫刻作品を愛でてますよ。アマルフィにいたっては、『ジュリエット』のなかで「世界でいちばん不思議な場所」だと、サドは絶賛していたはずだけれど。
四方田　たしかに、あそこは変ですよ。崖がせりだしていて、港があって、地形全体が女性の性器みたいな……。
巖谷　それにあのカテドラルなんて、澁澤さんが見たら喜びそうな建物だよね。ほとんどアラブだし。もっと前に、もし『ジュリエット』を前提にして行ったら、彼はかならずあそこへ逗留したんじゃないか……。
　だからイタリアの発見は、まずマンディアルグ経由だろうと思うんです。
四方田　ならばレッチェなんかも見てほしかったな。
巖谷　ほんとだね。超バロックの町で。
四方田　超バロックで、シーンとしてて、絵葉書を買おうと思ったら、売ってないんですよ。観光という意識があまりなくて、人が住んでるだけみたいな感じで、夜までそれが続いている。
巖谷　建物という点では、世にも不思議。
四方田　どこにも天使の彫刻があって。
巖谷　劇場空間だよね。建物の正面が装飾過剰で、細い道のなかにひとつずつ姿をあらわす。だけど、澁澤さんはそういうところへ行ったとしても、はたして……。なにかトポスにはまらないと、反応しないところがあるから。
四方田　つまり、巡礼みたいなものですね（笑）。目的地は、いろいろトポスが用意されていて、そこに手配されてから行くわけだから。それも日本の旅のひとつのパターンですよ。旧跡やなにかとか、名にし負う都とか。
巖谷『東海道中膝栗毛』だと、熱田神宮へ行けば型どおりに何かがあるとか、戸塚の大金玉とか(笑)。五十三次の戸塚の宿といえば、大金玉の人間がいてすごい評判だから、それを見に行く。
四方田　そうなったら、まさに『山海経』の世界じゃないですか(笑)。
巖谷　十八世紀のサドがやった旅だって、それがある。フィレンツェの女はひどく気位が高いけれども美人はいないとか(笑)。サドがそう思ったというよりは、もともと風評があって、サドはそれをオーバーに書くわけです。

*

四方田　それにしても、いきなりシチリアへ行ったというのが……。
巖谷　龍子さんに聞いたところでは、『大理石』のプーリア旅行をしてローマに戻ってきても、やっぱり南というのが気になっていて、それでどうもシチリアが見たくなったらしい。当時の彼らとしてはめずらしい、案内人なしの旅でしょう。つまりシチリアというのは、確認というよりは、未知ですよ。未知との遭遇というか……。
四方田　それで、どこよりも繁茂しているんですよね、シチリアの庭園は。
巖谷　あそこで植物園と出会うのね。小川さんの推薦したパレルモのジョリというホテルの隣に、ヴィッラ・ジューリアという庭があるから。南の樹木や花を見ながら、ブラブラ散歩したと言ってた。
四方田　そういうのが、ずっとあとになって響いてくるんですね(笑)。
巖谷　響いてくるようですね(笑)。
四方田　だから晩年の澁澤さんの、『フローラ逍遙』にしても、『高丘親王航海記』もそうだけれども、あとでジワーッと出てくるんですよ。ちゃんと無駄なく仕込んである。僕なんか、ただボケーッと見ているけれど。
巖谷　植物が出てくるといっても、七四年の『胡桃の中の世界』はわりと鉱物的な世界ですが、同じころに『ヨーロッパの乳房』を書いている。あれは植物の本で、フローラ的です。

四方田　僕もあのへんから、こういう気さくな本も書く人なんだな、と。それまでは植物というと毒薬とか、ブッキッシュな世界の澁澤さんだと思っていたのがガラッと変って、こっちは結婚されたのも知らない単なる読者だったから、「こういうものも書くんだな」と驚いた。

巖谷　あのあたりでちょっと変った、と。

四方田　『澁澤龍彥集成』を出しちゃったから、以前の自分から自由になれたというのもあります。

巖谷　それに旅行の体験も重なってる。『ヨーロッパの乳房』ではっきり出てきたのは、バロック嫌いかな。

四方田　もう飽きたというか、わかった、という感じかな。

巖谷　もっと自然に流れるようなものが好きになった。それと、南を発見した。

四方田　南といえば、澁澤さんはイランにも行かれたけれど、もし元気だったらもう一回、こんどはモロッコにぜひ行ってほしかったという気がします。

巖谷　澁澤さんに行ってほしかったところ、たくさんあるね。イタリアのなかでも、ちょっとアラブ的なアマルフィや。シチリアの一部へは行ったけど。

四方田　ああいう南のほうにはまっちゃうと、ミラノとかトリノって、やっぱりつまらないですよ。留学とか商用で行くんならいいけど。

巖谷　彼はヴィスコンティも好きだったけどね。『夏の嵐』とか、ああいう北イタリア的なものも、トポスとしてあったはずなんです。ただ、ある時期からすこし変化した。「好きな監督アンケート」かなにかで、ヴィスコンティよりも上位に、フェリーニを入れてますね。

四方田　フェリーニはリミニの出ですが、ちょっと違いますね。変なものをどんどん出してきて。

巖谷　ローマ的、いやボマルツォ的かな。

四方田　フェリーニはそう。それも本当は大のこわがりやでね。ヴィスコンティのほうは堂々としてるんですよ。どこに行ったって。

巖谷　型どおり。『山猫』のシチリアだって。だから澁澤さんには、体質的にヴィスコンティは合うところがある。ただ、ミラノ的、ゲルマン的でしょう。

四方田　そう。オーストリア文化というのにもかなりヴィスコンティはかかわっていますものね。ミラノ公国の人ですから。

巖谷　ロンバルディア州はランゴバルト人の土地だから、ゲルマンの気風が残っています。

四方田　シチリアとはまったく違う。

巖谷　シチリアはまだ澁澤さんにとってはおそろしい世界で、『滞欧日記』で読むと、たとえば空港からのタクシーの運転手がイヤな顔つきしてたとか、道行く人がこっちを怪しげな目で見てるとか……。

四方田　そうそう（笑）。それから神父さんに「ここは悪いやつがいっぱいいるんだから気をつけなさいよ。私は日本人が好きだから、いろいろ教えてあげます」とか言われて、緊張して疲れたとか。でも、そういうことになったおかげかどうか、南をまわって、なにか度胸がついちゃったみたいなところがある。

巖谷　そうね。シチリアのパレルモから、バゲリアへは行きました？

四方田　いや、行ってないんです。

巖谷　あそこのパラゴリア荘というのは、町なかにある小さなところで、まわりは近代アパートが建っているから、洗濯物を干していたりしてね。それを背景に不気味な小人の彫刻がずらりと塀の上に並んでいる。澁澤さんは『滞欧日記』でも長く書いていて、物語にしてるね、ちょっと。へんなおばさんが出てきて……。

四方田　そのおばさんがけっこう物知りで、「パラゴニアというのは本当はアラゴンから来てるんだよ」と言うから、「お、知ってるじゃないか」と思った、とかね。でも、土地の人ならとうに知ってるわけですよ（笑）。

巖谷　知らないだろうと思ってるところがおかしいな（笑）。傴僂の真似をそのおばさんがすると不気味だとか。あそこで物語がつくられている。

四方田　あのへんは本当に短篇小説みたいな感じがしますね。小さなマンディアルグがはめこまれているような感じで……。

*

巖谷　マンディアルグの原文のほうに戻ると、やはりまず食い物の件ですか？

四方田　僕は、一九七〇年の段階でイタリアの料理のことを日本語でどのぐらい再現できたかというと、すごくむずかしかったと思うんです。

巖谷　澁澤さんの訳文では、たとえばスパゲッティ以外のパスタを表現できていない（笑）。

四方田　そう、「細いスパゲッティ」とか言ってる。いまだったらヴェルミチェッリって書くところかな。六〇年代のイタリア料理って、六本木にアメリカ経由の店が何軒かあるくらいだったと思うんです。

巖谷　「シチリア」というのは昔からあった。それから「キャンティ」があった。

四方田　ただ、パスタの種類がいろいろ出ている本もなかったしね。だから苦労されたろうけれども、スパイスも立麝香（タチジャコウ）とか迷迭香（マンネンロウ）とか、きちんと日本語に訳されている。僕は、あれはあれで格調だと思いますね。

巖谷　迷迭香はよく出てくるね。あれをローズマリーと訳しても芸がないし。

四方田　ローズマリーだとかタイムとか、片仮名ばかりでずっと続けてしまうと、あの構築的な文体のリズムが崩れると思うんです。漢字を使って、立麝香というややこしい字にすることで、刻みこむような感じになる。

巖谷　つまり、鉱物的になる。
四方田　難しい字の、象形文字のカチッとした感じが好きだったんじゃないかな。
巖谷　片仮名をあまり使わないところも、『大理石』の翻訳の特徴がありますね。イタリア語でもそのままはやらない。それと、松山さんも指摘しているように、澁澤さんは原地表記にあまりこだわらないからね。プーリアもアプリアでしょう？　古代の呼称を使ってアプリアになっている。
四方田　そういえば、バゲリアの傴僂の真似をしたおばさんが、「エルコレ」と言ったというところがありますね。
巖谷　エルコレなら、ヘラクレスだね。
四方田　いや、僕はそうじゃなくて、「これを見ろ」という意味の「エッコロ」を聞きまちがえたんだと思うんです。それを、おばさんがシチリア訛りだから、「エリコロ」とかなんか言ったんじゃないかと思う。シチリア訛りというのは、わからないですからね。
巖谷　わからない。僕はシチリアへ行くとロマーノと言われる（笑）。べらんめえ調だから、ローマ式の発音なんだって。それにアクセントも違う。バゲリアもバゲリーアと言っちゃだめで、バゲリアなんだ。
四方田　とにかく「エルコレ」の連発で、「何を言ってるかわからない」と書いていた（笑）。
巖谷　そういう微笑を誘うところ、いろいろありますよ。「ペトラとフローラ」では、「さあ、スパゲッティだ」というくだりがある（笑）。
四方田　そんなふうに見ても、『滞欧日記』はおもしろいですね。『旅のモザイク』や『ヨーロッパの乳房』にしても、ある角度のもとに、ある世界観のもとに見ていくような旅行記という意味で。日本は本来はトラベル・エッセーの伝統がないところでしょ。
巖谷　たいがいの作家が外国へ行くと紀行文を書く。

ただ、中味はほとんど蘊蓄《うんちく》なんだよね。それに政治情勢かなにかを読みとったりするパターンが要求されるけれども、澁澤さんは一切それをやらない。

四方田　それはやらない。だいたい観念の確認です。それは本当にそうですね。

＊

四方田　『大理石』というのは、正式に言えば『大理石あるいはイタリアのもろもろの神秘』なんですね。でも、その「イタリア」以降をとっちゃうわけです。

巖谷　それで、あの主人公のフェレオル・ビュックは、ピエール・ド・マンディアルグの自画像でもあるけれども、自称・色情狂でしょう。

四方田　そうそう。

巖谷　あの部分が澁澤さんにはないね（笑）。

四方田　それに、いっぱい食べるよね。赤貝を二十個も三十個も海にもぐって食べたら、淫夢ばっかり見たとか、そんなことを書くでしょう（笑）。

巖谷　食べるとすぐ寝る。シエスタですよ。寝て消化して、また遊ぶ（笑）。ちょっとゲップが出そうな生活だけど。

四方田　イタリア人が『大理石』を読んで、どういう反応を見せるか。SF小説というか、架空旅行記として読むでしょうね（笑）。

巖谷　澁澤さんの愛したサドとマンディアルグというのはイタリア・マニアだから、そことうまくつながっていますね。コクトーはかならずしもそうじゃない。マッジョーレ湖はともかくとして、むしろグレコ・マニア（ギリシア狂）でしょう。

四方田　コクトーはそうでしょうね。

巖谷　それからブルトンとなると、イタリア嫌い。観念として嫌いらしい。いろんな要素があるけれども、デ・キリコは引っかかるかもしれない。キリコを異常に愛したからね、ブルトンは。

四方田　キリコは、北のフェラーラですね。

巖谷　キリコ自身、フェラーラのあの不思議な、幽気ただようような世界に惹かれたと言っている。

四方田　キリコの絵というのも、イタリアへ行く前は不思議な風景だなと思っていたけれども、ほんとうにああいう町ってあるんですよね。

巖谷　あります。僕は『ヨーロッパの不思議な町』に書いてるけれど。

四方田　ふつうの白昼の夏の日に、人がだれも歩いてないとか、あるいは女の子がパーッと走ってゆくなんていう感じ……。

巖谷　無数のキリコがひそんでいるような国ですね。ただ、生まれはギリシアでしょう。

四方田　そうですね。ギリシア系ですね。

巖谷　マグナ・グラエキア（大ギリシア）としての南イタリアのイメージもあるね。本人は北の人だけれども、南イタリアのほうにキリコ的な町があったりする。

四方田　そうそう。キリコについては、初期が偉くて後年はだめだみたいな言い方をよくするけれども、僕は終始一貫してると思うんですよ。馬の絵を偏執狂的に描くという、あれなんか南の血のなせるわざでしょう。

巖谷　ただ、一九一〇年代末に筆が変っちゃった。ファシズムに同調もした。それがブルトンのイタリア嫌いのきっかけのひとつです。

四方田　堕落したと感じたわけね。

巖谷　あれからキリコは急に変化して、ラファエッロの真似をするとか、ルネッサンス的なアカデミズムにはまっちゃった。イタリア芸術にはすごく保守的な要素もあって、それがやがてファシズムに結びついてゆくでしょう。そこらへんがブルトンと合わない点です。

ところがイタリアでも、ブルトンが『シュルレアリスム宣言』のなかで、ただひとり過去のシュルレアリストとして挙げている画家が、ウッチェッロなんです。これは大きいよ。

四方田　あれも変な画家ですよ。戦争なのに馬のお尻がバーッと出てるように見えたり（笑）。
巖谷　フィレンツェのやつね。
四方田　たしか澁澤さんの『記憶の遠近法』の表紙はウッチェッロでしたよね。
巖谷　そう。『唐草物語』の「鳥と少女」なんて、ウッチェッロその人が主人公だもの。
四方田　そうそう。ウッチェッロ、鳥という名前から生まれた小説ですよね。
巖谷　だから、ブルトンからはウッチェッロを受けついだと言えなくもない。みごとに無駄なく、先人の好みをとりこんでいる（笑）。
四方田　ただ、ウフィツィ美術館に行ったときには、ウッチェッロの「サン・ロマーノの戦い」のことを『滞欧日記』に書いてないですね。
巖谷　ちゃんと見なかったのかな（笑）。
四方田　はじめの部屋か、二番目ぐらいがウッチェッロでしょう。大きな画面の前で馬が何匹も逆立ちしたり、巨大な尻を並べたり、僕も好きなんですけど。彼がこだわっているのはソドマのようなマイナー画家で、どこに行ってもソドマのことを書いている。
巖谷　あれは三島由紀夫が気になってたのかな。最初の旅はバロックやマニエリスムがテーマで、まず北方から入っていって、イタリアに着いてからも、ソドマとかグイド・レーニとか、三島好みのマニエリスム・バロック系の画家に目が行っていますから。プリミティフをまだじゅうぶんに発見してない。だけど、シエナでついに発見したんだと思う。あそこでシモーネ・マルティーニなんかを見てから。
四方田　シモーネ・マルティーニというのは、どうもうまく説明がつかない絵なんですね。本を読んでても、よくわからないなんて書いてあったりして、分類不可能なところがある。馬の絵とか。
巖谷　国際ゴシックの元でしょう。それに、ちょっとモダンなんだよ。ビザンチン風に装飾的で、どこか稚拙なところがあって、しかもモダンだと。澁澤さんはそこに反応してる。

四方田 ルネッサンスのあとの絵なんかにはないところですね。われわれが考えているいわゆるルネッサンスとはまったく違う、ほんとのプリミティフ。あのへんになると澁澤さんも、自分の価値観をどんどんつくっていますね。とるものはとるというか。

巖谷 だいたいサドとも好みが違う（笑）。サドは十八世紀の人だけど、いちばん好きなのはティツィアーノとか、あのあたりでしょう。だけど澁澤さんは、ティツィアーノの部屋があると、うんざりだといって通りすぎちゃう（笑）。

四方田 ヴェネツィアにはいろいろありますけれどもね。

巖谷 ヴェネツィアで彼がいいのはカルパッチョでしょう。カルパッチョ、ベッリーニ父子からジョルジョーネまで。

四方田 そういえばジョルジョーネについては、案外小さかった、と書いてましたね。

巖谷 例の「嵐」ね。案外小さかったものにこそ反応してるんじゃない？

四方田 小さくて喜んでいるんですね（笑）。その驚きを喜んでいる。

巖谷 あれもそうでしょう、アルトドルファーの「アレクサンドロスの戦い」も。ミュンヘンで実際に見たら小さかった、と。

四方田 ほんとはみんな小さい絵なんですよ、それは何だって。ただ、美術雑誌とか本で読んでいると、縮尺がわからない。ミケランジェロにしても何にしても、みんな同じ大きさになっちゃうから。美術全集の功罪はそれですね。僕は日本の西洋美術史というのは、ある時期までは西洋美術写真史だと思っていますから。

巖谷 澁澤さんの場合も、写真による美術批評かな。写真を眺めてそこに描かれているものを読みとるわけだから、パンチュール（絵）ではなく、イマージュ（図）を見てるわけ。

四方田　彼は「本物の実感」なんていう言い方は全然しなかったし、そこが非常に清潔な感じがするんです。つまり、「やっぱり本物は現地に行かないと」なんて、よく言うじゃないですか。澁澤さんはそれを言わない。

巖谷　現地に行かなきゃなんて言うけれど、行く人がバカだったら、いくら行ったってだめでしょう（笑）。

四方田　だから、「本物は人を沈黙させる」とか、ああいう説教じみたことは絶対に言わないということですね。

巖谷　小林秀雄の反対だね。

四方田　あの重力圏とまったく関係のない無重力のところで見ていたから、よかったんだと思います。

巖谷　でも実感がないわけじゃない。とくに植物との出会いは大きかったと思う。

四方田　そう。絵を超えたというか、観念を超えたものに出会ったわけですね。

巖谷　それさえも観念にしちゃう自分を反省したりしているよね。『フローラ逍遙』の「あとがき」がそうです。でも実際には、植物の世界というのもけっして型にはまった観念じゃなくて、もっと具体的なもの。それを晩年には観念も抽象も溶かして、花の世界にただよっていったような感じ……。

＊

四方田　澁澤さんは、たとえばスウィフトのことときか、やっぱり一度は書いてほしかったと思うんですよ。

巖谷　チラッと出してたけどね。昔はユートピア論をやっていたから、そのなかで……。

四方田　僕は、あのへんにすごく影響を受けたんです。

巖谷　澁澤さんのは、スウィフトもブルトン経由ですからね。

四方田　『集成』の第六巻にある「ユートピアの恐怖と魅惑」とか、あのへんはすごいですね。僕は何十回も読んだかな。

巖谷　あれはみごとな論文です。スウィフトも出てくれば、フーリエも出てくる。芸術と政治というのを対立的にとらえていて……。

四方田　僕がスウィフトを志したのは、やっぱりブルトンの『黒いユーモア選集』からです。あれのいちばん最初がスウィフトですよね。それからサドやなにかにずっと進んでいって、現代の新しい人にまで行くんだけれども。

巖谷　ブルトンのスウィフトについての文章は、かっこいいものね。

四方田　いわゆる英文学者がスウィフトを扱うと、十八世紀のイギリスはどうのこうのというふうな、政治の人、理念の人スウィフト、中庸の人スウィフトという、英文学の枠内でのスウィフト像というのなら、それもわかるんだけれども、ブルトンはまったく違う、スウィフトからサドとか、リヒテンベルグ、フーリエへと……。

巖谷　スウィフトから現代のシュルレアリストまで、ブルトンという器のなかで「近代」というものを凝縮してみせているわけね。だから『黒いユーモア選集』というのは、とほうもない本ですよ。

四方田　僕のスウィフトは、発想はそこから始まっていて、英文学の人たちとは全然違うことをやっているから、修士論文を書いたときも、『食人国旅行記』と『ガリヴァー』の比較をしたりしました。英文の人は「なんでサドなんか出てくるの？」という感じだったけれども、スウィフトが年老いて痴呆状態に陥った一七四〇年ぐらいにサドが生まれて、彼が死んだ翌年にゴヤが生まれているわけですね。

だから、ブルトンがああいうアンソロジーで自分の文学史というか、系譜学をつくったというのはすごく大きなことで、こちらは決定的な影響を受けてしまった。

巖谷　澁澤さんのやった仕事も、やはりブルトンの延長にあると思う？
四方田　ええ。気質は違いますけど、『澁澤龍彥文学館』を見ると、ブルトンのあれに相当するものをいまの時代につくろう、という意気ごみが感じられます。文学者は最終的にアンソロジーを編むことが目標だと思うんです。いいアンソロジーを。
巖谷　僕は澁澤さんについて、「アンソロジー的な自我」といっているんだけれども……。

*

巖谷　ところで、四方田さんが「犬彥」というペンネームをつくったのは、「龍彥」に倣《なら》っているんですか（笑）？
四方田　そういうことを言われたことはあるけれども……。ただ母親が「丈彥」という名前をつけたかったというんです。それで丈彥というペンネームで物を書こうと思ったら、誤植されて「犬」になっちゃった。そのあとも「太彥」なんて誤植されたことがある（笑）。
巖谷　「太彥」もいいような気がする（笑）。
四方田　『映像の招喚』という本をはじめて出して澁澤さんに送ったときに、お礼状をいただいたんです。その手紙をいまだにとってありますけど、「『ユリイカ』の連載のときから、あなたのは読んでいたけれども、本になって非常にめでたい。自分の『ねむり姫』と、『マルジナリア』を同時に通底するような書評を書いてくれて、非常にありがたい」と。『ねむり姫』が全国の病院をたらいまわしにされる植物化した病人を連想させるとか、『神聖受胎』とかを絡めて書いたんですけれども、それが非常にうれしい、と。
　それで「澁澤龍彥」と署名してある。ところが「四方田犬彥様」の「彥」と、「澁澤龍彥」の「彥」という字がまったく違うんですね（笑）。「四方田犬彥様」は金釘流の字で真面目に書いているんだけれども、自分の「彦」のほうはタツノオトシゴみたいになっていて。僕はその手紙をときどき見るのですが、この二つの「彦」の差は何だろうと思ってね（笑）。「君がここまで行くには、何十年もかかるぞ」みたいな……。

一九九七年七月十一日　於・河出書房新社会議室

II

ボスラ（シリア）の古代劇場

モダンな親王　澁澤龍彦

谷川渥／巖谷國士

谷川渥《たにがわあつし》（一九四八―）
東京生まれ。東京大学卒。美学者。國學院大学教授を経て現・京都精華大学客員教授。マニエリスム研究をはじめ、現代美術批評でも知られる。著書多数。『イコノエロティシズム』など、澁澤龍彦芸術論集も編集。

谷川　澁澤龍彦の読者は大きくわけると三つの世代にわたると思います。一つはすこし年下の友人である巖谷さんをふくめた友人たちの世代、このかたたちがこんどの全集を編纂なさっているわけですね。それから僕らの世代がつぎに来る。中学から高校時代に澁澤の名前を知って、読みはじめている世代で、一九六〇年代です。そのつぎがまあ文庫本の世代かな。僕は高校の一年か二年のとき『夢の宇宙誌』を読んで鮮烈な印象を受けた記憶があるんですが、そのあたりから僕自身にとって、澁澤龍彦の名前は特別なものとしてずっと持続しています。

巖谷　年齢でいうなら、僕はむしろ谷川さんと近い。五歳くらいの差でしょう。ただ、澁澤さんは五〇年代なかばから活動していて、最初のエッセー集『サド復活』は五九年です。つまりそのころから本格的な読者が登場しはじめたわけで、僕も読みだしたのはその時期でした。あのころの古本屋には、澁澤龍彦の本はいくらもありましたから。

谷川　『快楽主義の哲学』という作品が、高校のときに出て、同時に山田宗睦の『危険な思想家』が出た。僕は両方とも買いましたが、山田宗睦の本は話題になりましたね。
巖谷　あっちのほうがよく売れたのかな。
谷川　たぶん、そうだと思います。山田宗睦の本がきっかけで、明治百年か、戦後二十年か、という二元論的な論争が起きましたからね。『快楽主義の哲学』は澁澤さんが復刻とか、著作集に入れるのを拒否されつづけてきた本だと知って、じつはさもありなんという気がしました。
巖谷　そうですか。でもその前提があったわけで、いちばん大きいのは、谷川さんが最初に読んだという『夢の宇宙誌』で、これはかなり過激なものでした。それまで労働、努力、汗というもので計られてきた体制的なイデオロギーじゃなくて、その正反対の遊び、ちゃらんぽらん、汗を流さない、ユートピア、というふうに覆していって、外見はちょっと好事家的で密室にこもったような、反動的な姿勢をとりながらも、じつはきわめてラディカルだという画期的な本で、それを谷川さんは六〇年安保世代の先端部分に受けたわけです。それを谷川さんは第一世代というんだと思いけです。ところが澁澤さんはその先へすぐに行ってしまいます。僕は『澁澤龍彥考』で書いたけれど、彼は一見かわらないようでいながら、徐々に自分で計画的に括弧つきの「澁澤龍彥」を創っていく。その最初の試みが『夢の宇宙誌』だったということが、今度の『全集』でわかります。
『夢の宇宙誌』の原形は雑誌連載の「エロティスム断章」を換骨奪胎して本にしたと「あとがき」に書いてますが、こんど出てきた原稿を見ると、書きおろしに近い。徹底的に書きなおして、すべて組みかえて『夢の宇宙誌』という文字どおりのミクロコスモスを意識的につくった。澁澤龍彥は、サドの研究者であり、ズバリものをいう反体制イデオローグでもあった自分を切り捨てて、新しい「澁澤龍彥」

のポーズを見事につくったのだと思う。
谷川　巖谷さんの出されている澁澤の主体の問題、「私」の問題についていては、僕もとても興味がある。しかしすこし時代的なことをいいますと、三島由紀夫が『サド侯爵夫人』を書いたときに澁澤が序文をつけましたね。三島も好きだったから僕はそれを読んで、澁澤と三島のつながりがもろに出ているので、とても羨ましい感じがした記憶があるんです。
巖谷　羨ましいって、どっちに？
谷川　両方にです。こういう形で仕事ができるというのは、羨ましいなという記憶があるんです。すでにその時代から三島と澁澤とが、なんとなく僕の頭のなかで、違いはするんだけれども連係している。一九七〇年に澁澤龍彦が桃源社で『澁澤龍彦集成』を出して、三島が同じ年の十一月二十五日に死にましたね、このあたりがちょうど境目になるんです。僕が大学三年のときです。
巖谷　あの年に澁澤さんは、生まれてはじめてヨーロッパ旅行をした。国内もあまり旅行しなかった人が外へ出たのは、それまでのまとめを意識していたはずで、僕は羽田に見送りにいったけど、三島由紀夫も見送りに来たのね。
谷川　そうらしいですね。
巖谷　楯の会の制服を着てよそよそしいというか、儀式ばっていたけれども、正式のお別れといった感じを漂わせていました。
谷川　そうですか。僕自身にとっても一九七〇年は忘れがたい年ですけれども、『集成』の刊行と三島由紀夫の死が同じ年だということは今度はじめて意識させられた。
　巖谷さんが澁澤さんと最初に会われたのはいつですか。
巖谷　一九六三年かな。新宿で酒を飲んでて紹介されたという、偶然の出会いだった。それ以来ずっと澁澤さんの本は発表の直後に読んでいる。おもしろいことに、澁澤さんは僕よりも十五歳も年上だけれども、まったく年の差を感じさせない人で、少年のようでいて老人のようでもあるという、年齢のないような人だったから、不思議に仲よくなって、なにかあるたびに酒を飲んだり歌をうたったりした。その体験でいうと、『夢の宇宙誌』がすごくエポックメイキングでした。

六四年に、澁澤さんは自分の好きなことをやって遊ぶという姿勢がじつは反体制的であり、ラディカルであるということを示したわけですね。ところがそのラディカリズムというのはしばらくすると、むしろ世の中のほうが遊ぶようになってきたから、澁澤さんが特別には見られなくなってきた。それを澁澤さんは知っていて、『集成』を意識的にまとめようとした形跡もありますね。

谷川　どうもそうらしいですね。

＊

巖谷　『澁澤龍彦集成』には、それまでの僕らから見てかなり重要なエッセーを入れていない。いちばん大きいのは『サド復活』で、最初の序論にあたる長篇エッセーをカットし、おまけに「デッサン・ビブリオグラフィック」という『サド復活』の題名の由来になるエッセーもカットしている。「集成」するふりをしながら、じつはいろんなものを振りおとして、『澁澤龍彦集成』における「澁澤龍彦」をかなり自覚的につくった、ということが『全集』をみると全部わかる。だから『集成』で澁澤龍彦を読みはじめた世代は、もう括弧《かっこ》つきの「澁澤龍彦」を読んでいたことになりますね。

谷川　そうですね、僕よりも年下ですけどね、それが第二世代ということになるかな。澁澤は『集成』を出してから旅行をすると最初から決めていたのですか？　あとがきに書いてありますね、あと何日後に旅行に出るということが。

巖谷　そう、決めていた。あの旅行がきっかけで彼は変化していくわけで、これも僕の『澁澤龍彦考』

の仮説ですけれど、逆にいえば結果なのかもしれない。『集成』を機に旅行をそろそろしなけりゃ、というのもあったでしょう。
谷川　まともに澁澤龍彥を論じているのはほとんど巖谷さんだけだと思いますが、「庭から旅へ」というひとつの卓抜な図式を出された。僕は三島由紀夫と澁澤龍彥とはかなり相互補完的な存在のような気がする。作家と作品という関係を考えると三島は自己作品化、つまりある時点からボディービルをやり剣道をやりして、肉体をつくって映画にも出て、そして自分自身の生を意志的に絶つことによって人生そのものを作品化してしまったところがありますね。
澁澤さんのほうは自分の意志で死んだわけではないけれども、自分の死と重ねあわせる形で、たまたまといっていいかもしれないけれども、『高丘親王航海記』というフィクションと自らの現実的な死を見事に重ねあわせ、つまり自分自身の生を作品の中に入れていった。三島の場合はいわば小説の世界から出るような形で、自分自身の生をフィクション化したと考えられるわけだけれども。
いずれにせよ、見事に形をつけたということで、あらためて澁澤さんの偉大さをあの死のときに感じたんです、いわば円環を描いたということでね。
巖谷　いわゆるユークリッド的な円環じゃなくて、いつでも非ユークリッド的に時空を動けるような思考と文体と、それに人格があったからね。三島由紀夫の死をどこかで考えて、それを超えようとしていたことはあるでしょう。ただ、三島さんとの関係は、一時は対《つい》になっている感じがあったけど、タイプが違いますね。
谷川　正反対かも知れませんね。

＊

巖谷　両者とも身体が弱かったとか、なにか現実との距離を持たざるをえない育ち方をしたとかの共通点はありそうだけれど、気質は正反対です。ただ、澁澤さんと三島さんとの関係は、最初、サドの翻訳で澁澤さんがデビューするときに序文を書いてもらっているわけで、おもしろいのは三島さんに序文を頼もうと思ったけれど、澁澤さん自身がはずかしくて電話をかけられなかったのね。
谷川　妹さんがかわりに電話をかけた（笑）。
巖谷　そう、妹さんがかけたらすぐオーケーを得られた。澁澤さんとしてはまず、年長の尊敬すべき人物と思っていたわけですよ。
谷川　面識はなかったのですか。
巖谷　電話のときはなかった。でもそういう出会いがあったから、年長者として三島由紀夫をつねに立てていたこともある。そのあとで雑誌「聲」を三島由紀夫がやっていたときに、澁澤さんに原稿の注文を出して書かせていますが、三島由紀夫がボツにしちゃったものがあるんです、大江健三郎論。
で、にもかかわらず澁澤さんは、自分は三島さんによって仕事をはじめられたという思いがあって、年長者、先駆者への礼儀を守りとおしたという面が強いと思う。
谷川　あの「大江健三郎論」を今回読みまして、僕は澁澤龍彥の公正さ、精神のおおらかさというものを感じました。新人の大江健三郎に対してあれだけ的確にかつ度量の広い評論を書いていておもしろいですね。ボツにされた原稿をどこにも出さずにいたことに感心したことがひとつと、もうひとつ、三島がなにかある種の大江に対する嫉妬じゃないけど、こんなの載せたくないという気持があったのではないかという感じがしますね。澁澤龍彥というのはたいへんな批評家ですね。
巖谷　博物館に閉じこもっていろんなものを蒐集している「オタク」の祖みたいに見られる面があって、アクチュアルな発言をしないなどと括弧つきの「澁澤龍彥」をあがめてしまう読者も多いけれど、彼は本当はアクチュアルなんで、あの「大江健三郎論」なんて相当ナマだよね。

谷川　土方巽についての文章のなかで、六〇年代なんてことを気楽にいう連中を見ると腹が立つと書いてありますね。あれはとてもおもしろいんだけれども、いま、九〇年代に入って考えてみると、結局、広い意味での六〇年代の人たちの仕事の再評価のサイクルが来たという感じが強くしますね。芸術や文化のバブル現象というのが弾けて、じゃ何があるかというと、やはり六〇年代に視点を据えるしかないのではないのかと。

巖谷　八〇年代のバブルのほうが異常なんだから。それで『快楽主義の哲学』は澁澤さんの六〇年代の一側面だった。彼は労働や努力を一義とするような考え方をひっくりかえして、遊びを通して世界と本質的なかかわりを得るという生き方を示したけれども、それもたちまち風化しはじめた。七〇年代へ向けて高度成長が進むころ、それをみごとにカッパブックスが捉えたんですね。

谷川　それからは、コレクションものというか、いろいろなオブジェ論を書きつづけますね。美術論もふくめていろいろありますが、『胡桃の中の世界』とか『思考の紋章学』が代表作でしょう。しかしこのあたりの文章は、密度の高いのもあれば、そうでないのもある。なかでは「人形愛」についての議論なんかがおもしろいと思います。

巖谷　「澁澤龍彥」は何人もいるわけで、博物館主としての澁澤龍彥と、思考のダイナミズムをくりひろげて『思考の紋章学』から小説のほうへ行った澁澤龍彥と、平坦な白分の庭を耕していく澁澤龍彥というのもあるけれども、『快楽主義の哲学』はそこへ行くための彼の捨て石だったと思う。

谷川　澁澤でもうひとつ言っておかなければいけないのは『さかしま』の翻訳ですね。たいへん大きな意味を持ったと思う。デ・ゼッサントのイメージとダブって澁澤の存在があったといってもいいくらいですからね。

巖谷　読者にあるイメージを与えることを計画的に

やったから。『快楽主義の哲学』は『さかしま』とダブっていた本で、カッパブックスの人が、澁澤さんになにか喋らせてまとめたと思われていたのが、今回わかったのは、あれも全部自分で書いたんですよ。それもかなり早い時間で書きあげている。

谷川　素直に考えが出ていますよね。しかしありきたりすぎて、読んでいてこちらがはずかしくなるところがある（笑）。いや、正直いって、僕はこの本を読破するのに何度も挫折しました。

巖谷　理想的な生き方として、深沢七郎を挙げるのはいいけれど、もうひとりが岡本太郎だからね（笑）。この二人が快楽主義をつらぬいているモデルだというのは、読んでいて微笑ましくなる。澁澤さんは反省して、あの本は再刊してはいけない、といっていた。だからこんどの全集でも、どうしようかという話になったが、全部自分で書いている作品を入れなかったら全集をやる意味はないしね。

澁澤さんは自分のイメージをつくって本が売れなければいけないという立場にいた人だから、売文的な仕事もいっぱいしていて、それで澁澤龍彦のイメージをつくっていった。どういう肖像写真を出すかということもふくめて。

谷川　サングラスをかけているのは目が悪いんですか？　サングラスをかけなければならない必然性はあったんでしょうか。たしか「新評」でしたね、澁澤龍彦がなんだか立派とはいいかねる裸体の写真を載せたことがありますよ、ペニスサックをつけて。あのときは驚きましたね。

巖谷　澁澤さんのナルシシズムが自分のイメージをつくるほうに傾いていたから。目はすこし悪いけど、サングラスはまあ格好をつけたという面もあるでしょう（笑）。『快楽主義の哲学』はいわば捨て石で、自分のイメージを置きざりにするために書いたという感じがあるな。ただ四谷シモンのように、あれがよかったという読者もいる。

谷川　澁澤ファンが多い理由のひとつとして、大学の教師のような月給とりにならないで、文筆一本で食べているということも、ずいぶん関係していると思うんですよ。
巖谷　澁澤さんは一種貴族趣味のところもあるし、悠々自適という感じもあるけれど、経済的余裕があったわけじゃない。あの当時はみんなたいてい貧乏だったこともあるけれど、石川淳や花田清輝や埴谷雄高とかにも感じられた一種のダンディズム。澁澤さんはそれをつらぬいた人だね。
若いころに病気を乗りこえたことがまずあるにしても、やはりサド裁判が意外な贈り物で、澁澤さんは話題の人になった。本が売れるようになったのは六〇年代のなかば以後で、版を重ねたのはやはり『夢の宇宙誌』あたりが最初でしょう。
谷川　澁澤龍彦がだんだんポピュラーになるにつれて、時代の流れもあるでしょうが、異端がいわば風俗化して一般化してしまいましたね。ついには文庫本にまで入るようになって、かなりしらけたな。
巖谷　それは澁澤さんのせいかどうかは別として、日本の世相が八〇年代に未曾有の情報バブル時代になると、なにかとおもしろ情報を組みあわせて、それでどんどん注文があるし売れてしまう。すると澁澤さんがやっていたことはそんなにめずらしくなくなったという見方もありえました。
谷川　澁澤のエピゴーネンみたいなのがずいぶん出てきましたからね。主題に関しても、文体に関しても。しかし澁澤の自我というか、「私」といいますか、それが流れはじめたのか、それともたまたま旅行をはじめて、すこし変ったかもしれないけど、自我そのものの殻は崩れなかったのか。むしろますます鮮明になっているような気がしますが。
巖谷　ただ、彼の自我というよりは、「私」という主語が徐々に崩れ溶けていったと僕は見ます。しかもそれは一人になったという感じがする。六〇年代の彼は「私たち」という言葉が多い。『夢の宇宙誌』には、私たちはこう思うとか、私たちにはこう思われるとか。あれは澁澤さんの一種のレトリックなんですね。本来なら「私」というところを「私たち」ということによって、読者とのあいだにコミュニケーションを成り立たせる。それが澁澤秘密結社になって、ひそかにそこに共存させられるような、誰にでも共通するうしろめたい悪の部分とか、異端的な部分とかで釣るようなところがあった。

谷川　非常にうまかったですね、文体で引きこむところが。

巖谷　その文体が完成されたのが『夢の宇宙誌』でしょう。あそこでは自分のことしかいっていないのに、読者が俺もそうだと思うような誘いがあって、その誘いが澁澤さんの大衆性を支えていたと思う。

谷川　それに澁澤龍彥の書斎の写真がときどき出たりして、みんなそこに入りこんだような気持になる（笑）。

巖谷　だから作品を完結した世界として読むだけじゃなくて、いわば澁澤さんの人格の読者になる。ところが七〇年代のものを見ると、「私たち」ってほとんど使っていない。澁澤さんは読者とのあいだに甘い共有世界をつくって、それが澁澤龍彥博物館を構築し、澁澤龍彥の庭園を造成していたのかもしれないけれど、世の中がみんな庭みたいになってきたので、それもいやになった。もう異端なんてありふれてきたから自己隔離して、逃亡していこうと考えはじめていたのではないか。それで『思考の紋章学』を経て、小説に行ったということでしょう。

谷川　文庫本で出て僕もはじめて読んだのですが、巖谷さんが解説を書かれている『撲滅の賦』も、「賦」はフランス語でブラゾンですから、まさに紋章ですね。考えてみれば澁澤はあまり変っていない、といえますね。処女小説にはすべてがあるといいますけれども、僕はあれを読んで澁澤の原点というのはまさにこれなんだなと、とてもよくわかりました。

巖谷　あれは処女小説として、完成度があまりにも高いでしょう。ただ、スタティックな「私」じゃない。むしろ動的な澁澤龍彦というのが、最後の『高丘親王航海記』まで残ったわけで、暗い閉ざされた世界でひとりだけ黒めがねかけて、パイプをくわえている澁澤龍彦はポーズだったともいえるね。
谷川　澁澤の人生は「エピクロスの肋骨」から「プラスティックのように薄くて軽い骨」へと円環を描いたともいえるのではないかな。
巖谷　『犬狼都市』を桃源社から出すときに、五篇もっていったところ、協議して二篇を省いてしまった。それが最初の澁澤龍彦の自己演出ではないか。でも、亡くなる前に「撲滅の賦」と「エピクロスの肋骨」を発掘してほしいと言いのこしていたのは、もういちど全部、自分を最初から洗いなおしてほしいということだったと思う。
谷川　「撲滅の賦」は男と女と魚とザリガニですけど、見る・見られる、鏡の問題、それから主体の変換の問題などかなり出ていますね、澁澤の問題意識が。しかも話の最初と最後とで円環を描くようになっている。
巖谷　彼の生涯を考えると象徴的だな。ただ、あれは体験から来ているんで、あの女主人公にはモデルがいて、生前は出しにくかったということもあるでしょう。

＊

谷川　僕が訳したピエール＝マクシム・シュールの『想像力と驚異』には、『胡桃の中の世界』の下敷きとして用いられているところがあるんですが、それに気づいて、ちょっとがっかりした記憶があります。
巖谷　それをがっかりすると澁澤龍彦の読者としては、ちょっとね（笑）。だって澁澤さんの作品はたいてい元の本があるわけですよ。ブルトンからバタイユから、みんな下敷きにしているし、『犬狼都市』のマンディアルグもそう。でもそういうことができる「私」の構造を見ないといけない。
たとえば「撲滅の賦」の書きだしだって石川淳調

があるし、埴谷雄高のイメージも使っている。アフォリズムはジャン・コクトーからとっていたり、ちょっとコラージュみたいにしてできあがっている作品。ところがこの処女作にはどろりと流れ出る、情念のこもったところもある。それもあの小説のよさだと思います。

谷川　澁澤龍彦の最晩年、いちばん最後の文章でしょうか、「都心ノ病院ニテ幻覚ヲ見タルコト」を読むと、巖谷さんの御本の書評でも書きましたけれども、「私」が流れていくというよりも、むしろますます固まっていくような強靭な男らしさ、凜々しさを強烈に感じないわけにはいきません。あそこまで毅然とやれた人もめずらしいと思います。

巖谷　意志の人ですね。意志の人であるがゆえに、「私」というものの自己演出まで自然にできた。自分の変貌も、読者が感ずるより前に察知して、次へ行くという流れがあって、全集を見るとそれがよくわかる。ただ作家人格として彼の使う「私」と、彼自身の人格の間の微妙な動きは独特のものです。

＊

谷川　澁澤は洋学派の一典型と僕は見てますけどね。それは最終的に日本や中国への回帰ではないけれども、そういうものも全部とりこんだ形で、小説世界をつくりあげたわけで、日本の独自性に対するヨーロッパの知識といううしろめたい二元論じゃなくて、あっけらかんとね、なんでも知識をとりこんで、いま流行りの概念でいうとパランプセストを徹底的にやった人、ひとつの形を徹底的に創り出した典型的な人物だと思いますね。

巖谷　彼の好きな言葉に「遠近法」というのがあるけれども、ヨーロッパは遠くにあって日本は近くにある、というのじゃないんですね。彼のイメージ世界そのものに遠近法があるだけで、ヨーロッパが遠いわけじゃない。むしろヨーロッパも日本も併立している。だから彼が日本のものをやるようになったのは、いわゆる日本回帰とは違うんです。

谷川　そのおもしろさじゃないかな。晩年に東洋回帰や日本回帰をされると、またかと思うけれども、けっして回帰というかたちではなく日本も東洋もとりこんだという凄さがありますね、たしかに。それは軽さといってもいいし、独特の距離感覚といってもいいものだと思います。

巖谷　澁澤さんの作家人格をつくってゆく過程でやはり、生まれ育ちも関係している。彼は埼玉県の名家を背負って出てきた人で、やや風土的なものもあると思いますよ、背景に。だからヨーロッパを専門にして出発したけれども、日本のものをあとから発見するのではなく、はじめから蓄積もあった。晩年に埼玉の澁澤本家を調べて書きたいといっていたらしい。それでひょっとすると日本のある一族についての、彼独特のやり方の文学作品が生まれていたかもしれない。回帰とは違います。

谷川　花田清輝がやっていたことと似ていますね。『胡桃の中の世界』や『思考の紋章学』も、結局『復興期の精神』の延長線上にありますよね。

巖谷　ちょっと似ているよね。初期のエッセーがすでに『復興期の精神』をモデルにしているところがある。花田清輝には日本の近代のエッセーの文体として良かれ悪しかれ、完成されたものがあった。澁澤さんはそれをかなり意識していたと思う。

谷川　ちょっと前のものを見ていたら、カフスボタンを飲みこんだ記憶を書いている文章があったんですが、これもみごとに真珠を飲みこむ話につながって円環を描いているんですね。

巖谷　真珠を飲みこむイメージはごく初期から持っていたものかもしれないな。自分の幼年時代をすこしずつ再発見していった人だから。その後のたとえば『狐のだんぶくろ』は、自分の幼時体験をぼんやりした、それでいてピントのみごとに合っている文章に乗せたもので、すばらしい。

谷川　とても幸せな人ですよね。思い出話がそのままオブジェ論というか、まさに『思考の紋章学』になるわけですから。
巖谷　もういちど自分を発見しなおして、つぎの作品に進もうとしていた。『高丘親王航海記』のころに病気になったというのは偶然ですね。そして死が訪れたというのも。死ぬ気ではなかったでしょうから、すぐには。
谷川　最後は意識して書いてますか、その真珠を飲みこむ章は。
巖谷　というか、そのひとつ前の「鏡湖」の章で死は予感しているでしょう。ただ、自分がそんなにすぐ死ぬとは思っていなかったようです。僕は彼が死んだとき旅行中だったけれど、六月の出発前に別れるときに、彼は涙ぐんでいた。やはり死を予測しているとは感じていたけれども、あと二年だろうと思っていた。
谷川　自分でおっしゃっていたのですか。
巖谷　筆談からです。だからつぎの手術がうまく行かず、予想よりも早く亡くなったということでしょう。『高丘親王航海記』でひとつ円環を閉じたけれど、もう次の作品の構想を残しているわけだから。
谷川　『玉蟲物語』でしたね。
巖谷　そう、玉蟲三郎の物語というのは、ちょっとしたメモでしかわからないけど、ただ僕も病室で聞いたことはあります。時空の枠がなくなって、過去も現在も未来もいっしょにあらわれる小説。澁澤さんはアナクロニズム（時間錯誤）が好きだから、『高丘親王航海記』のなかでも、とっぜん蟻食いが登場したり、居るはずのないやつが出てきて、自分はアナクロニズムだなんて発言したりするけれど、それよりずっと自由に行き来できる時空、非ユークリッド的な時空に展開するというのが『玉蟲物語』らしい。まるで玉虫色みたいにいつも、変化して見える。そういう次回作を書こうとしていたというのは、やはり自分の人生と関係があるんでしょうね。
谷川　『高丘親王航海記』の薬子の存在はとても女

性的な、母親あるいは恋人的なイメージとして出てきますけれども、澁澤さんはそういうものを強く持っていた人ではないでしょうか。つまり子宮のなかを泳いでいるというか、ある種の球体幻想があって、女性的なところにつねに帰れるような幸せな人だったのではないかなという気がするんです。

巖谷　いわゆるフロイト、ユング的な意味での胎内回帰は誰でもあるから、そこに普遍性も生まれている。ただ澁澤さんの女性像はちょっと微妙ですよ。澁澤さんにはむしろ女嫌いの感じのするところもある。母親への思いはむしろ抑えていた人じゃないかと思う。少なくとも、子どもを産む女性のイメージは避けていますね。

谷川　澁澤さんは鎌倉の自宅にいろんな人を呼びましたよね。もちろん巖谷さんもそのひとりだけれども、自分の家に呼びたがるのは、ホスピタリティーの問題もありますが、女性的感性というか、女性性となじんでいないとね、なかなかできないと思う。

巖谷　他方、自分から出ていって未知の人と出会うというのは、そんなに好きじゃなかったでしょう。交友関係をひろげるとかいうことにはあまり興味がなかった。だからこそ自分のところに集まってくる人たちとの小宇宙は、澁澤さんの居心地のいい世界だったのかもしれない。家庭を犠牲にしても、三日三晩飲んで歌をうたいつづけるなんてことをやる友だちがいるわけだから。これをまあ、洞窟のなかにいて満たされる、胎内志向と見ることも可能でしょうが。

谷川　書斎がそういう感じがしますね。

巖谷　文章の書き方にしても、お母さんのお腹のなかでのんびりするといったようなことが、ひとつの理想だったことはあるでしょう。剛直な造型思考とはまた別にね。

谷川　『高丘親王航海記』は南に行きますが、巖谷さんもお書きになってますが、南というのは決して単なるアジア志向じゃないと思いますね。そこが僕は好きなんです。あれがいわゆるアジア志向という形に短絡されるとちょっとうんざりするわけですけれども。

巖谷　アジア志向とはちょっと違いますね。もうひとつ、北と南ということで言うと、澁澤さんは一時ヨーロッパの北にひかれていた。『サド復活』から『神聖受胎』、『夢の宇宙誌』のころはどちらかというと北方の国際ゴシックとか、マニエリスムの暗い観念的な世界、森を背景にもった世界への憧憬があったと思う。どっちが先かわからないけど、旅行が関係してくるのはたしかですね。そんな自分から抜けだすために旅をしたのか、あるいは旅をして南を発見したのか。どっちが先かわからないけれども、やはり七〇年以後のイタリア旅行に典型的にあらわれている。

谷川　いずれにしても、ひとつの感性の形といいますか、そういうものを強烈にわれわれにアピールした人ですよね。つまり何が好きで、何が嫌いかをはっきりと押し出すような文章を書きつづけた人はほかにいませんでしたからね、あの当時。

巖谷　好き嫌いということを言うと、ふつうは個人の内面に還元されて終るんだけれども、澁澤さんの好き嫌いはなぜか読者を巻きこみますね。それが澁澤龍彦の「私」の特異さだとも思う。それは文体にもあらわれているわけで、彼の書き方は自分のかけがえのない体験とか、印象とかではないところから出発している。内心に強い情動があったとしても、けっして表に出さない。ストイックに抑えておいて、それでなぜこれが好きかと客観的に記述してゆく。これは技術ではなくて生まれつき持っていた文体だと思うけれども、それによって好き嫌いがいわば普遍的なものにつながっていく。

谷川　客観的に記述しながら、しかしまあとかね、申すまでもないとかね、独特の文体がありますね。そしてとつぜん「私」に結びつける。その巧みさは大したものだったですね。

巖谷　ふだんもそうだったからね。俺はこういうのが好きなんだよとかいって、それっきりですから。あんまりこだわって自分の内心の告白にはつながらない、何を言っても。

おなじ美術を扱っていても、六〇年代の『幻想の画廊から』だとなにか鎧《よろい》を着ていて、こういうものが私は好きで、なぜ好きかということを客観的に組み立てて、異端的なふりをして、読者を引きこんでいたわけです。その後バルデス・レアルについてのエッセーのなかで、私は絶対に感動を書かない、感動というものの外的な事情をただ記述すれば、それでいいと言っている。自分の感動に対してストイックでありたいと。ところが晩年の八〇年代のエッセーでは、ずいぶん素直になっている。

谷川　ほとんど対象は変っていないという側面もあって、慣れたという側面もあると思いますけどね。つまり前に論じたことをもう一回論じているので、自分自身のなかでこなれているんじゃないでしょうか。

巖谷　論ずる対象も、美術の場合にはすこし変ったのではないかな。

谷川　変りましたか、ほとんど対象は変っていないんじゃないでしょうか。

巖谷　六〇年代から七〇年代にかけて、『幻想の画廊から』から『幻想の彼方へ』まではもっぱらシュルレアリスムとマニエリスムで、途中でイタリア美術へ行った。『幻想の肖像』はイタリアや国際ゴシックや前期ルネサンスが圧倒的に多い。

谷川　そうですね、肖像画の問題になるとそうですね。しかし、広い意味でのマニエリスムじゃないでしょうか、澁澤さんの美術というのは。

巖谷　マニエリスムの概念をうんとひろげればそういえるかもしれないけれど、彼自身はその枠組も捨てていったと思う。晩年には美術論の文体も変ってきています。昔の澁澤龍彦を知っている人間にとっては不思議な、内心からすうっと出てきた言葉が見られるようになった。シモーネ・マルティーニとか酒井抱一を書いたエッセーがそうです。これは彼の「私」が変ってきたことだと思う。それまでの武装した、できるだけ客観的に書かなければいけないというのが徐々に崩れて、思いついた感想をすっと述べるという書き方になってきた。

谷川　やはりサド研究家であり、翻訳家である澁澤龍彦は往々にして、いま忘れられがちなんだけれども、相当に大きな意味というかな、出発点の澁澤のね、それをずっと抱えていたんでしょうね。

巖谷　やはりサドというのは大きかったでしょうね。澁澤さんの卒業論文は『サドの現代性』という題名の、まあ、かなり即席の論文で、シュルレアリストの文章を引用したりして、引用を引用とことわらずに書くようなところもすでにあるわけです(笑)。その論文はサドを文学史的に位置づけるというだけではなくて、いまサドが生きているという捉え方をするのね。『サド復活』もそうで、現代の作家としてサドを復活させ、現代人としてサドを自分の問題にとりこんでいる。澁澤さんの好む対象はほとんどの場合、自分に似ているから、鏡のなかを見て書いているようなところがある。その鏡の奥にいる大きなものがサドだったんじゃないか。

＊

谷川　そこらへんが澁澤のエロティシズム論とか女性観の問題と係わってくると思うんですが、じつはそれがいまいちよくわからない。

巖谷　女性観は微妙なんだな。薬子もそうでしょう。パタリア・パタタ姫とか、それからおもしろいのは、『裸婦の中の裸婦』の対談の相手の女子大生とか澁澤さんの名作といっていいと思うけれど、『鳥と少女』に出てくるセルヴァッジャという女の子とかね。

谷川　あの作品は傑作ですね。

巖谷　あれもそうだけど、作品に出てくる女性のほとんどが、見る対象です。
谷川　人形愛ですか。
巖谷　概して女性との人間的交流はないんですね。女性を人間としてとらえがたいというのは、男性至上主義的にもとれるけれども、同時に女性そのものに接近できないという面もあった。
谷川　ピグマリオニスムに人形愛という翻訳語をあてたのは自分だって、澁澤さんは書いてますよね、この問題は厳密に考えなければいけないけれども、あれですね。
巖谷　薬子はそれの裂け目だったかも知れないな。自分を温めてくれる母親で恋人、羽根のなかへ入れて温めてくれる鳥みたいなね。卵生だから子どもは産まない。そういうものを一方では求めていた。
谷川　じつにエロティシズム論を微に入り細にわたり書いてくれていて、あそこまで詳しく書いた人はまずいないと思いますけど、いまいち澁澤龍彥の女性観の、核になる部分によくわからないところがありますね。
巖谷　父性憎悪の思想は初期にはあったようです。彼自身どちらかというと、父親タイプなんだろうけど、まとめて面倒みるみたいな。
谷川　やはり妹さんが何人かいて、女性のなかで育っているところがあるでしょう。
巖谷　谷川さんが澁澤さんの家族、母親とかに興味をもたれるのなら、こんどの『全集』はそういうところまでふくめてつくっているから、とくに月報を見てください。亡くなる前のお母さんにもインタヴューをしています。母親の語る澁澤龍彥、妹の語る澁澤龍彥、それから澁澤さんにとって重要な編集者、そういう人たちにもインタヴューしていますから、それを読んでくださるとおもしろいと思う。
谷川　僕のなかでは三島由紀夫と澁澤はまったく違う人だけれども、問題意識においてパラレルなものとしてあるんですね。それは高校時代からのある種の問題意識の持続なわけですが。作家と作品との関係という点で澁澤龍彥の晩年のありかたはとても考えさせるものがあるんです。

しかし、一言でいえば、澁澤は戦後の文学者のなかでも徹底したモダニストのひとりですよね。そういうモダニストの全集が出るというのはとてもおもしろい。

巖谷 これは「モダンな親王」にふさわしい、不思議なくらい本格的な全集です。澁澤さんはいまになってみると、じつは全集で読むタイプの作家だったんじゃないかと思う。澁澤龍彥の読者が体験する共通のこととして、単行本をひとつひとつ見ているかぎり、完結した世界を感ずることができる作家ではあるけれども、同時に初めから終りまで彼がどういう人間だったかという、澁澤龍彥という人格そのものに興味をいだかざるをえないところがある。そして澁澤さんに興味を持つと、どういうふうにいままで作家生活を送ってきたかという、書いたものをすべて通して見るという欲求が生じてくる。

『全集』がこんなに本格的なものになったのは、澁澤さんがそれを誘っていたのではないか。『全集』の刊行が遺言としてあったというのは、最後に自分の全体像を出してほしいということだったと僕は思っています。

一九九三年四月三十日　於・週刊読書人編集室

『澁澤龍彦全集』刊行に寄せて

川本三郎／巖谷國士

川本三郎《かわもとさぶろう》（一九四四―）
東京生まれ。東京大学卒。朝日新聞記者を経て、映画・文学・漫画の批評、紀行・都市論、翻訳などで活躍。著書に『荷風と東京』『マイ・バック・ページ　ある60年代の物語』ほか多数。

巖谷　一月に出た『滞欧日記』（河出書房新社）はごらんになりましたか。

川本　澁澤さんがヨーロッパ旅行を楽しんでいる様子が伝わってきますね。とくに美術館を丹念に見ているのが澁澤さんらしい。一種のヨーロッパ修学旅行。

巖谷　アレンジはほとんどしていませんが、澁澤さんがヨーロッパを旅行したときの日記を全部まとめたもので、しかも、いままでにない澁澤龍彦というのがあらわれているような本です。澁澤さんは四回ヨーロッパ旅行をしていますが、ほとんど毎日、律儀に日記をつけているんです。それもちゃんとしたノートにきちんと書いてある。ちょっと武装していて、本当の澁澤龍彦とはどこか違うけれども、でも普通の本には出ていないような、かなり日常的な面も読みとれます。

川本　じつによくメモをとっているのに驚きますね。毎日、ノートをつけている。

巖谷　これは彼の作品の特徴でもあると思うけれども、文章に独特の人格の覗き見えるところがあって、彼の愛読者というのは、その人格を読んでいる面もあるでしょう。五月に河出書房新社から『澁澤龍彦全集』が出はじめますが、この全集ではいわゆる伝説や神話としての澁澤龍彦ではない「本物の澁澤龍彦」があらわになるのではないかと思える。それが最大の特徴でしょう。

川本　澁澤さんというのは、なんとなく寡作の人だったというイメージがあったのですが、こうしてまとまってみると、すごくたくさんの作品を書いていた人なんですね。

巖谷　すごい数です。だいたいあまり長いものは書かないし、新聞や雑誌に注文を受けて書いたものというのはたいていまとめて本にしてしまって（笑）、本に入っていないものは少ないのではないかと思われていたんだけれども、実際にはまだまだいっぱいあった。それを今回すべて「補遺」として入れました。各巻にあって、巻によっては百枚を優に超えます。

川本　どういうものがあったんですか。書評もあるんですか。

巖谷　それもすこしありますが、意外なものもあって、たとえば、かなり初期のころだけれど、推理小説の時評を書いていたことがある。

川本　へえ、そんなのも書いているんですか。おもしろそうですね。読んでみたいな。映画評などはどうですか。

巖谷　あるある。増村保造の批評とかね。あと意外なのは音楽のことを書いているのもある。彼自身、自分は視覚型の人間だと決めてしまって、音楽のことは書かないようにしていたようだけれど、じつは初期にクラシックやシャンソンのこととか、ちょっと書いたことがあるんです。

川本　それは意外ですね。これまで単行本になったもので、澁澤さんが音楽について語ったものといううのはほとんどないんじゃないですか。美術についてはあれだけ語っている人が、音楽についてなにも語っていないのは不思議でした。

巖谷　自分では音楽は苦手だといっていたし、そういうものは単行本には載らなかったからね。単行本に収録されていなかったものだけでも、全部あわせるとおそらく二千数百枚になるでしょう。

川本　単行本にすると七冊分くらいの量になりますね。

巖谷　そうですね。もうひとつおもしろいのは、驚いたことに、自分の書いたものをほとんど全部とってあるんです。しかもそれに手を入れて、ときどき自分で見直していた形跡もある。彼は自分の書いたものを単行本にするとき、収録作品を自分で厳密に選んで構成していますから、今回「補遺」として入れたものを、以前なぜ落としたのかを考えると興味ぶかい。というのは、出来の悪かったものや気づかずに落としたものだけではなくて、ある意味では澁澤さんの本音を吐いたようなものだったりするんです。つまり澁澤龍彦というのは、「澁澤龍彦」であろうとした作家なのかもしれない。自分の像を、その時代時代に自分自身の意思をもってつくっていった形跡があるんですよ。

川本　そうですね。あの写真の写り具合というか、ポーズを見ていると、やっぱり自己演出をする人なんだなと思いますよ。六〇年代はちょっと時代というか状況に接近していて、それから書斎の人、それもほこりをかぶったアンティークな書斎の人というふうに完全にイメージを変えましたね。

巖谷　時代に応じて「澁澤龍彦」のイメージの変ってゆく過程を、この『全集』を通して、はじめて見ることができると思います。

＊

川本　それにしても、自分の書いたものをちゃんと全部とっておいたというのはすごいですね。

巖谷　あれだけきちんとストックしていた人というのも珍しい。他方、澁澤さんというのは一部の読者にはマニアックなコレクターみたいに思われているでしょう。でも、そうでもないんです。物事へのこだわりというのがそんなにない。本なんかでも、めずらしい本を集めるのではなくて、必要なものだけを置いておくというタイプだし。

川本　いわゆる愛書家ではないですね。

巖谷　部屋に置いてあるオブジェなどでも、徹底的に集めるというのではなくて、たまたま気に入ったものがあったから置いておくという程度だから、コレクターではない。でも、自分の書いたものについてはコレクターだ（笑）。

川本　やっぱりその点はナルシシストだったのかな。

巖谷　独特のナルシシズムのあらわれではあるでしょう。それに、自分のスタイルを持つ人という意味ではスタイリストだったから。不用意にロマンティックなだらだらしたものは絶対に書かなかったし。

川本　それは一貫してましたね。私的な事柄、身辺雑記は絶対に書かない。

巖谷　抒情的なものを拒むところもちょっとある。だから、初期のエッセーでも文章はきちんとしています。その点も普通の文学青年とは違う。でも案外、本来の古典的な文学青年だといえるかもしれない、言いまわしがかなり紋切型だから。いわゆる漢文脈で。たとえば対句を用いてみたり、形容するのにも、ただ「驚いた」というのではなくて「度肝を抜かれた」とか、「大男」だと「山のような大男」とかいうようなパターンがあるでしょう（笑）。

川本　「ゆくりなくも」とか（笑）。

巖谷　そうそう、「さもさらばあれ」とか。初期を読むと、そういう言いまわしがすでにあるんです。

川本　あと、「仕儀」とか。意識的に使っていたんでしょうね。花田清輝もそうだった。

巖谷　石川淳風の「仕儀」なんていうのは、下手な文学青年が使うとみっともないんだけれども、澁澤さんはそれをきちんと心得ていて、うまく文脈にのせている。
川本　漢語を差し挟むのがうまかったですね。仏文のかたなんだけれども、漢語をぱっと差し挟みますよ。
巖谷　それから、一九四〇—五〇年代の「新青年」系の文学とか、戦前の剣豪小説みたいなものの言いまわしも頭のなかにファイルされている。
川本　ときどき伝法な言い方をしてみたり。
巖谷　山の手の東京人の意識もあったから、言葉づかいが御家人風というか。それでロマンティックな心情吐露みたいなものは、そのスタイルによっても排除されていたのではないかな。
川本　たしかにスタイルを持っていると強いですね。私も若いころ澁澤さんの影響を受けて、自分の内面吐露を自分のスタイルによって封じこめるというやりかたを学びました。とくに六〇年代、あの熱狂的な時代は情念吐露みたいなものがもてはやされた時代だったでしょう。私も一時はそれに巻きこまれたけれども、だんだん照れくさくなってきて、そこから離れるときにひとつのお手本としたのが澁澤さんだったんです。
巖谷　そういうバネの役割をはたしたかもしれませんね。六〇年代には彼もそうとう情念をいだいているけれど、紋切型というか、言葉の定型、常套句のために、なかなかその情念が表に出ない。そのせいもあって、あのころは読者が限られていた。
川本　でも、結局そちらのほうが古くなりませんよね。文章というのは古典的な文章のほうが最終的には残って、その当時の新しい文章というのは、またたくまに錆びついてしまうでしょう。
巖谷　そうですね。だから、澁澤さんもあのころは異端という位置づけをされていたけれども、江戸時代からの文章の歴史から考えると案外、澁澤さんのほうが正統ではないかということになる。だいたい文学というのは、説話的なものならほとんどが常套句です。それに反するものとして私小説みたいな流れがあって、自分だけのかけがえのない体験を吐露するという(笑)。

川本　それは澁澤さんから見ると、この田舎者めということになる。

巖谷　でも、澁澤さんの常套句の鎧も、七〇年代からだんだんとれてゆく。旅行がひとつのきっかけになったのかもしれない。

川本　後半はいろいろな意味でリラックスされていますね。自分の型に妙にこもろうともしていないし、文章もあっちへ行ったりこっちへ行ったりしているし、なにかいろいろなことから自由になられたなという感じがする。それと、龍子夫人との出会いがとても大きかったような気がするんですが。

巖谷　そうですね。彼女と結婚したのが六八年です。それで一世を風靡した『澁澤龍彥集成』(桃源社)をまとめたのが七〇年、外国旅行に初めて行ったのも七〇年、三島由紀夫が死んだのも七〇年。澁澤さんというのは六八年から七〇年の間に過去を総まとめして、別の澁澤龍彥を目指したのではないかということです。

＊

川本　澁澤さんがこんなに売れるようになったのは、いつごろからですか。

巖谷　いちばん売れたのは亡くなってからでしょうが、やはり変り目という意味では文庫本に入ったころでしょう。文庫化を組織的にやった河出書房新社では、最初これはとうてい文庫本の規模では売れないと見ていたらしいけれども、出したら売れてしまった。たまたま時代と合ったということなんでしょうね。

川本　八〇年代ぐらいからイデオロギーの時代ではなくなって、趣味の時代に変りましたね。

巖谷　澁澤さんはいやがってもいた。基本的に売れたくはない作家だから。売れないことにプライドもあった。事実、彼が力を入れた本というのは、いまでもあまり売れていないようです。
川本　たとえばどんなものですか。
巖谷　たとえば処女エッセー集の『サド復活』（弘文堂、日本文芸社）。これはあまり売れない。文庫本にもまだ入らない。それから『神聖受胎』（現代思潮社、河出文庫）も。文庫でいちばん売れているのは『世界悪女物語』（河出文庫）という婦人雑誌に連載したものらしくて、エピソード集みたいな気軽に読める本です。でも、あれはかなりいいかげんな本ですが。
川本　そうですか。私はむしろ『サド復活』は売れていると思った。
巖谷　あんまり。つまりいまの読者というのは、澁澤さんを話題を増やすタネにしている人とか、いわゆる澁澤オタクとか。
川本　わかります、わかります。お墓に指輪なんか置いてくるんですよね（笑）。
巖谷　そういう人たちは澁澤さんの好みを勉強するんだけれども、好みを羅列したものではない理論的なものは敬遠する。そんな澁澤龍彥は嫌いだなどと公言する人もいるようで。だから『世界悪女物語』みたいに、澁澤さんが手を抜いていた本がよく売れて、力を注いだものは売れていないというのは、案外、澁澤さんは正解だったということではないか。そんなに売れるものばかり書いていては、やっぱりだめだから。
川本　そう思いますね。そこそこには売れてほしいけれども……（笑）。
巖谷　そこそこは売れているでしょう（笑）。ただ、初期のころは売れなかった。ある程度売れるようになったのは『夢の宇宙誌』からでしょう。あれは澁澤さんが意識的に自分をつくった最初の本だと思う。ただ、澁澤さんの本というのは、集成本や文庫本に入ったときに収録エッセーが変ってしまったものも意外に多い。そのときそのときの表記がずいぶん変っていたり、最初に雑誌に発表したときと単行本にしたときではまるで違ってしまったというのも何冊かあって、それがいちばん激しかった例が『夢の宇宙誌』です。

川本　あれは美術出版社でしたか。

巖谷　単行本として出したのはね。最初は現代思潮社の「白夜評論」という過激な雑誌に「エロティシズム断章」というのを連載していて、僕などには非常におもしろいものだったんだけれども、あれを換骨奪胎して『夢の宇宙誌』にしたとき、大幅に書き直してしまったり、切り貼りをやって構成し直したりして、あの名著といってもいいほどの完成された本ができた。あれがいわゆる澁澤龍彦というものの出発点です。ただ、雑誌には書いたもので『夢の宇宙誌』に入れなかった回のが何本があって、そのほうがおもしろいところもあった。こんどの『全集』の「補遺」に入りますけれども、そのへんを読むといまでもわくわくします。

川本　いいたいことをいっているんですか。

巖谷　そうですね。

川本　雑誌に書くものと単行本にするものとはどうしても違いますから。私も雑誌で書いているときにはわりといいたいことをいっているけれども、いざ単行本にするときには、ちょっとよそいきになってしまいます（笑）。

巖谷　ちょっと鎧を着てね。なによりも雑誌の場合は、こういうふうに書けとか注文があったりするでしょう。枚数にも制限があるから、単行本にするときにはたいてい長くなる。澁澤さんの場合、それを激しくやったのが『夢の宇宙誌』。それから『悪魔のいる文学史』（中央公論社）あたりが澁澤さんの変り目のポイントになる本かな。いわゆる趣味人・遊ぶ人としての澁澤龍彦というイメージは『夢の宇宙誌』からですね。

川本　サドおよびサド裁判のイメージから解放され

たかったのでしょうね。
巖谷　それはあったでしょう。かなりアクチュアルなものと絡みあっていた時期があって、それをいったんぱっと抜いてしまった。その方法を確立したのが『夢の宇宙誌』でしょう。どんなことでもひとつ幕を張っておいて、クールに過去のことを書くというスタイルですね。澁澤さん自身、その系列がいちばん好きだったみたいです。
川本　そのスタイルは多いですよね。
巖谷　それと『胡桃の中の世界』『思考の紋章学』、この三冊が自分のいちばん好きな系列だと言っている。『思考の紋章学』では文章が流れはじめていて、あのあたりから小説に傾いていくんですが。
川本　小説といっても、普通の日本の近代文学とは全然ちがうんですけれども、またイメージが変りはじめたなという矢先に亡くなられたのは、ちょっと残念でしたね。
巖谷　そのせいか、やっぱり未完で終ったなという印象もありますね。今度の全集を編んでみて、それはあらためて感じたな。

＊

川本　澁澤さんの初期のころは、どうしてもフランス文学者というイメージが強いですよね。ところが徐々にそれが変ってきて、後半になると日本文学の古典の教養をちりばめたような文章がものすごく増えてきたでしょう。一般の文士によく見られる古典回帰なのかな。
巖谷　それは僕自身にもありますが、日本のことを書いたりすると回帰だといわれるけれど、かならずしもそうではない。もともと日本で生まれ育っているんだから。ただ、役割分担させられてしまって、そういう方面の注文が来なかったということが大きいと思う。それから、澁澤さんの世代は日本の古典などをそれほど読みこんではいなかったかもしれないけれど、一時、現代思潮社と関係が深かったでしょう。社主の石井恭二さんの勧めがあったかもしれません。

川本　岩波書店で古典文学全集の校正のアルバイトをやっていたと聞きましたけれども。

巖谷　二十代のなかばぐらいに、岩波文庫などの校正をやっていました。

川本　それが意外と日本の古典に親しむのに後半になって役に立ったのではないですか。私はお亡くなりになったずっとあとに、澁澤さんの家にはじめてうかがったとき、ちょっと書庫を見せていただいたのですが、日本のものがものすごく多かったのには驚きましたね。

巖谷　晩年は体系的に集めていたからね。

川本　とくに事典類が多かったですね。

巖谷　『群書類従』とか。ちょうど澁澤さんが古典をやろうと思ったころに名著普及会から『廣文庫』が出たし、『大語園』もよく利用している。澁澤さんの場合は、本を索引から読んでいるようなところがあって、あるイメージ、何でもいいけれども、たとえば龍なら龍というのがあると……。

川本　その龍について書いたものばかりを読んでいくんですよね。

巖谷　南方熊楠風にね。ちょうどそれが『廣文庫』『大語園』の復刻版が出たのと重なっているのではないか。だからあれだけ集中的に読めたのだと思う。そのへんは国文学者の読み方とは違うでしょう。

川本　羅列というのも私は澁澤さんに習ったな。いまおっしゃったように、龍なら龍でわっと並べてみたりするやりかた。種村（季弘）さんにもそれはありますね。

巖谷　でも、あれはやりすぎると、ちょっとね……（笑）。

＊

巖谷　こんどの『全集』でもうひとつおもしろいのは、とにかく本格的な全集にしてしまおうというので、澁澤さんが活字にしたもの、発表したものは全部のせて、ヴァリアント（異文）があればそれも徹底的に調べあげる。解題もふつうの研究者と違う編集委員が書いてしまう。それだけではなく、澁澤さんの特徴のひとつとして、澁澤龍彥という人格と彼が書いたものとあいだに微妙な差異が生じていたり、書いたものに澁澤龍彥という人格があらわれていたり、彼が誰なのか、何者だったのかということとの、いろいろなバランスの問題があったりして、それも出すために、月報をインタヴュー形式にした。普通、全集の月報というのは文学者やなにかがエッセーを書くものですが、全部やめてインタヴューにしてしまったんです。

川本　だれに聞いているんですか。

巖谷　お母さんとか。

川本　関係者ですか。それはおもしろい。お母さんはまだご存命なんですか。

巖谷　いや、インタヴューをとったあとにご高齢で亡くなりました。あとはいちばん上の妹さんとか、小学校時代の友だちとか。

川本　オーソン・ウェルズの『市民ケーン』みたいですね。

巖谷　「バラのつぼみ」ね。あとは澁澤さんの本をたくさんつくった編集者とか。でも、文学者はほとんどいないんです。

川本　それはいいですよね。一般に月報というのは、ものたりないご挨拶ばかりで……。

巖谷　知りあいだと逆に構えてしまったり。愛読者の読むものだから、厳しいことは書きにくかったりする。それで全部インタヴューにしてしまった。ちょっといままでにない月報で、盲点だったかもしれない。編集者のインタヴューもおもしろいですよ。友だちもちょっと変った人で、文学者としてつきあっているのではなくて、かなりプライヴェートな交友のあった方々です。四谷シモンとかね。お母さんからはじめたというのも、ちょっと普通の全集ではやらないことでしょう。これをたどっていくと澁澤さんの人間像が出てくるから、それと書いたものとのあいだのちょっとした微妙な差とかバランスも感じられるんではないか。子どものころのことなどもかなりわかります。それと、僕らも普通の研究者ではないし、普通の編集ではおもしろくないので、彼の家系とかいろいろと調べたりしたから、そんなことも総合的にわかるでしょう。

川本　澁澤さんが意識的にいわなかったこととか、フィクションにしていたことはありましたか。

巖谷　それはあまりないのではないかと思う。ただ、よく彼は東京人ということをいいます。芝の生まれだなんて文章に書いている。たしかに生まれたのは芝高輪だけれども、ほんの数か月すごしただけで、家柄としては埼玉です。血洗島が澁澤家の本家で、数年間でしたが川越で幼少期を送りました。

川本　そのあと滝野川に移ったんですね。

巖谷　生まれたのは高輪だけれども、それはお母さんが出産のために実家に戻っただけで、家は川越にあった。だけど、彼は埼玉出身だとはいわなかった（笑）。別に隠していたわけではないけれども……。

川本　澁澤さんらしいですね。書簡はどうですか。そうとうあるのですか。

巖谷　書簡は原則として発表されたもの、活字になったものだけです。そうしないと、ちょっと支障があるから。まだ生々しいでしょう。

川本　明治の文豪とは違いますものね。

巖谷　それに偏ってしまう。書簡を発表してもいいという人は限られるでしょう。身近な人はまず発表しようとしないでしょうからね。でも、筆マメではあった。手紙はずいぶんいっぱい書いているのではないかな。あとはアンケート類なども、そんなに多くはないけれども、全部入ります。別巻は一冊だけではすまないかもしれない。旅行の日記だけでかなりあるから。『滞欧日記』ももっと厳密な校訂をして入れるということになると思います。

＊

巖谷　でも、自分の書いたものをあれだけまめにスクラップして、しかも単行本に入れるときに全部読みなおして、細かく校正しなおしてゆくという作業をやっていたというのは……。作品で人生を完結しようという意思もあったかもしれない。もうちょっと遊べばよかったのにとも思う。そうとう無理して早死にしてしまったのではないかと。

川本　三島由紀夫が何かのときに言っていたけれども、フローベールだったか、作家として成功したあと、あるとき公園のベンチにすわっていて、むこうから子どもを連れた家族がやってくるのを見て、ああ自分にもこういう人生もありえたのだなと思ったという有名なエピソードがあるそうですが、どこか澁澤さんにもそういうものを感じますね。

巖谷　亡くなったときにふっと思ったのは、とにかくものすごく仕事をしたでしょう。あれだけ書いて、そのためにちょっと命を縮めたかなということです。しかも、最後の作品で円環を閉じるようにしたでしょう。そのあたりに澁澤さんの意志力と悲しみみたいなものを感じます。もうすこし長生きしてほしかった。『高丘親王航海記』の最後の章は癌の手術後に書いたわけですが。

『裸婦の中の裸婦』というのを途中で連載の続きを頼まれて、やむをえず僕があとを引きうけたんだけれど、あれも澁澤さんにすべて書いてほしかった。亡くなるすこし前に僕はヨーロッパ旅行に出たのですが、帰ってきたらきっと再手術が成功していて、うまくいけば一年ぐらい大丈夫だと思っていた。もういちどやりなおして澁澤さんひとりの本にすればいいと思っていたんだけど、二度目の手術がうまくいかなかったらしい。

川本　しかもしゃべれなかったのでしょう。池内（紀）さんとの対談は筆談かなにかだったというのがありましたよね。

巖谷　声帯を切除されてしまったから。じつは八六年の初夏に、僕はいっしょに旅行しているんです。そのときはもう声がかすれていて、喉にポリープかなにかができているので、通院しながら薬で治すといっていた。そうしたらその年の九月に、咽頭癌が発見されて声帯切除をして、大手術は十一月。喉のあたりを全部とってしまって、腿の皮膚を移植してという、大変な手術だったんです。そして暮れに退院して、書いて、七月にまた手術をしたけれど、頸動脈から癌を剥がせなくて、それで八月五日にとつぜん破裂と、一気に来たんです。

だけど、病室ではすごく明るかったな。ちょっと涙ぐんだりしたこともあったけれど。最期が来ることは自分でもわかっていて。

こんどの『全集』では、そういう……文庫版などではちょっとわからない肌あいというか、偶像化された澁澤龍彦ではない澁澤龍彦が見えると思います。ぜひはじめからおわりまで、通して読んでいただけたらと思います。

一九九三年三月二十六日　於・山の上ホテル

澁澤龍彦と新しい美意識

四方田犬彦／巖谷國士

四方《よも》田《た》犬彦《いぬひこ》（一九五三―）
二七四ページを参照。

「眼識」の人

四方田　「澁澤龍彦　幻想美術館」展の監修をされるそうですね。

巖谷　まず作品を集めるのが大変でね。平凡社から図録を兼ねた大きな本が同じ題名で出る（本『コレクション』第Ⅲ巻所収）ので、それを見てもらえばわかりますが、主に国内にある作品を三百点くらい。

四方田　それはすごい。これがふつうの作家展だったら、中心となる作品を二、三十点と、あとはおまけの資料なんかで構成するんだろうけど、澁澤さんの場合は三百点の出品作すべてが、平均的に「直球」でしょうから。

巖谷　しかも年代を追って展示するわけで、年譜的に見ていかなくてはならないし。美術作品以外に漫画本や映画関係の資料展示もあります。子どものころに愛読した『のらくろ』や、マン・レイの撮影したカトリーヌ・ドゥヌーヴの肖像、マルレーネ・

ディートリヒ……。彼は本当にカトリーヌ・ドゥヌーヴが好きだったらしくて、オマージュを何本か書いている。

四方田　ひとりの人間が好きだったイマージュだけを三百点も集めるとなると、やはり澁澤龍彥はこれ、三島由紀夫はこれ、誰々はこれっていうように全然違ってきますよ。澁澤さんのオブジェとして好きだったものを集めることで、彼の主観が出てくるのではないかな。

巖谷　たとえばどういう美術が好きだったかというと、いまの読者には意外かもしれないけれど、最初は銅版などの細密画、ミニアチュール的な世界だった。澁澤さんは一九六〇年代のはじめにはミニアチュール礼賛をくりかえしています。細密画でしかもモノクロの銅版画。典型的なのはアルブレヒト・デューラーや、それにヒエロニムス・ボス。それで、最初に本格的に出会った日本の画家というと、加納光於なんです。

四方田　サドの翻訳や雑誌エッセーなんかで、どんどん活躍しだしたころでしょ。

巖谷　それから十年後、澁澤さんが責任編集をした六〇年代末の「血と薔薇」の時期になると、かなりどぎつい彩色のものにも好みが行って、たとえば絵金なんかもとりあげているけれど、基本にあったのはモノクロのミニアチュール。一方では自然物も好きで、初期のころから結晶とか化石とか貝殻に惹かれていた。六〇年代というと澁澤さんも「観念の時代」で、ラディカルな思考を展開していたけれど、七〇年代に入ってからは、だんだんとオブジェを再発見するようになっていった。

四方田　僕がおぼえてるのは、巖谷さんが澁澤さんについて書かれた文章のなかで、「世間の人は彼を知識の人だと見ているが、そうではなくて「眼識」という言葉を使いたい」という意味のところ。目ん玉の識、「眼識」という言葉を使われていたのが僕には非常に印象的で、なるほどと思った。

巖谷　その後に「知」のなんとかって言い方がもてはやされたけど、澁澤さんには合わないよね。澁澤龍彥は知識にみちみちているように見える、それはそうなの。猛烈な記憶力があったしね。でも、実際には「見る人」ですよ。自分は「視覚型」で、形のあるものから発想しないとだめだと言っていた。見ることから出発するのが特徴で、観念やイデオロギーから発想するのではない。それは六〇年代の一般の流れとはちょっと違って、最初から「物を見る」というのがあった。子どものときから。

「モダンで稚拙」

四方田　巖谷さんがだいぶ前に出された『澁澤龍彥空想美術館』（平凡社刊）には、澁澤さんの好んだ三十人の画家たちの作品が登場しますが、そのいちばん最初がシモーネ・マルティーニで、あの有名な「グイドリッチョ騎馬像」が出てくる。澁澤さんは自分がこの絵をどう見たかを、のびのびと的確に書いていますね。

巖谷　あれは八〇年代に入ってから書いたエッセーですね。「グイドリッチョ騎馬像」が大好きだったというのは、すごくよくわかる。これはシエナにある壁画だから日本に持ってこられないけれど、彼は現地まで見に行っているし、もともとシエナ派が好きだった。それにシエナ派からアヴィニョン派を経由して北方にひろがった国際ゴシックも好き、たとえばクラーナハも。どういうのが好みなのかを彼の表現でいうと、「モダンで稚拙」なところかな。十四世紀シエナの作品なのにモダンという言い方をしている。レアリスムではなくて、ちょっと稚拙なのがいいと。そういえば、澁澤さんが子どものころに好きだった武井武雄もそうだ。田河水泡の「のらくろ」なんかもそうで、昭和初期の童画や漫画はモダンで稚拙だからいいと……。

四方田　田河水泡も杉浦茂も、本当に「ゆっくり画面を見てください」という絵ですよね。画面が物語に従属してなくて。

巖谷　そうそう。手塚治虫以後と違って、ひとコマひとコマがタブローになってるんだから。

四方田　フォルムがきちっとしてる。絵画についてはたぶん、澁澤さんは一度もセザンヌとか印象派について書いてないでしょう。日本の明治以後だと印象派がいちばん偉いということになっていたけど。いわゆる西洋崇拝の人たちの、大正以後のそういう美術史の序列をまったく無視して、澁澤さんはちょっと異例のものを、自分がどう好きかということだけ書いて紹介した。

巖谷　しかも彼は、自分が好きだということをすぐ普遍化できるからね。自分の好みだといいながら、その理由をいろいろ探索して、どうして好きなのかを書くときに精神分析学とか、民俗学や人類学なども動員して説明しているうちに、「おっ、自分もそうだ」（笑）と読者に思わせることができるというのが、澁澤さんの強みだった。いわゆるオタクの好みとは違うんだよ、普遍化しちゃうから。これは澁澤さんの不思議な大衆性のポイントのひとつで、なんでもわかりやすく書ける。シュルレアリスムだってそう。スワーンベリだってゾンネンシュターンだって、すでに瀧口修造が発見していたから、澁澤さんのシュルレアリスムは「再発見」になるんだけど、でも、澁澤さんは大衆的な物語の書き手だったから読まれたんです。

「シブサワは読むな」

四方田　澁澤さんは世界中の先進的な理論を知っているわけですね。バシュラールやエリアーデからロラン・バルトやミシェル・フーコーまで読んでいる。しかも彼はあらゆる理論家のなかに原型的なものを見いだして、それが自分に似ているからわかるという……。

巖谷　まあ自分に似ているものが原型、つまりアーキタイプにつながるんだけど、その自分というのは個人的ないわゆる内面じゃなくて、オブジェみたいな自分があるんだよね。それが読者にとっては普遍的なものに見えちゃう。ユング的な集合的無意識というか、澁澤さんの認識を、無意識のうちに読者が自分のこととして感じたりする。

四方田　おかげで、われわれもようやくリラックスして絵を見られるようになったわけでね。それまでは西洋絵画の鑑賞に偉い偉くないの序列があって、まず小林秀雄みたいに絵と自分が向きあってから、体験として感動を語るものだというのがあった。澁澤さんはそれをいっさい否定した。

巖谷　体験はない、感動はない、体験や感動を書くのはモラルに反するといって、体験というものをむしろ外側から囲いこむ。囲いこむときには一般的・普遍的な言葉を使いたい。そうすると客観化できる。そういう発想だから、小林秀雄とは正反対。

四方田　それでわれわれも、それでいいんだと認識できた（笑）。

巖谷　じつはわれわれ自身も好きだったものを、彼がちゃんと言ってくれるという感じかな。澁澤さんは意外に美術と出会うのが遅かったんですよ。それは物心ついたら戦争がはじまっていたからしょうがない。子どものころに見られたのは、武井武雄や初山滋の童画や田河水泡や阪本牙城の漫画や、戦争映画の円谷英二の特撮セット。あとはせいぜい修学旅行で寄った神社とか。それで旧制高校に入ったら、戦争が終った。そんなわけで逆にヨーロッパ美術について、余計な常識ぬきに書けたのかもしれないね。自分の好き嫌いを最初に書いたのが六二年ごろで、まず印象派が大嫌いだと（笑）。ぐちゃぐちゃしたた形のないものはいやだと。それから流行のルオーも大嫌いだと。

四方田　説教くささや押しつけがましさが嫌いだった。

巖谷　こんどの展覧会でも、いろんな美術館の学芸員から、美術史の先生に「澁澤龍彦は読むな」と言われていたという話をきいた。澁澤龍彥を読むのは危険だと。
四方田　たしかに危険だよね、先生を馬鹿にしちゃう（笑）。
巖谷　ただ、いまの日本の美術史学の制度的な枠組では、澁澤さんを排除せざるをえないところがあるんでしょうね。澁澤さんの美術エッセーには「注」がないからいけないとか。美術史学というのは、注をつけて出典をいちいち明らかにするといった約束事が徹底している。それに美術史の特殊用語を使わなきゃいけない。そういうある種の画一性や方法論の制約もあるから、それに合わない澁澤龍彥は読むなと教えられたりする。
四方田　だからね、日本の大学における美術教育とか美術史学は、澁澤龍彥を読んで期待してやってきた人間にも、もうちょっとしっかり応えられるように変らなくてはだめだよ。僕が教えている映画史に関しては、そういうことはしたくないですね。

ルドン、ワイエス、エルンスト
巖谷　澁澤さんのとりあげた作家を見ていくと、日本で常識的に主流とされてきたルネサンスから印象派までの流れには入らないものが多い。そのひとつが中世以来の細密画で、行きついたところに十六世紀のマニエリスム。その典型がパルミジャニーノやアルチンボルドだった。十七世紀ではジャック・カロくらいで、いきなり十八世紀のサドの時代に飛んでしまう（笑）。
四方田　十八世紀というと、資質的に澁澤さんがいちばん合った時代なのかな？
巖谷　やはりサドは関心の中心であり出発点だからね。サドの同時代でいうとピラネージやゴヤです。ゴヤというのは近代のはじまりに位置するけれど、澁澤さんにとってはサドも近代、というか現代のはじまりだった。
四方田　だから、本当は澁澤さんの隣にはミシェル・フーコーがいるのかもしれない。彼も監禁と懲罰と狂気の話ばかりにとりつかれていた。

巖谷　実際に澁澤さんはフーコーをけっこう読んでいた。『澁澤龍彥幻想美術館』には、「澁澤龍彥をめぐる二六〇人」という名鑑のページをつくったんだけど、そのなかにフーコーも入れちゃった。フーコーの十八世紀研究を彼はいろいろと参考にしていて、後年にサドのことを語りなおしたとき、新しい視点として使っているのがフーコーやロラン・バルトだったから。さらに、澁澤さんの十九世紀はゴヤを経て、ルドンとギュスターヴ・モローからはじまる。ルドンとモローはよく並び称されるけど、両方とも好きだった。モローについては、どうもマリオ・プラーツの本を利用して書いているんだ。

四方田　ああ、ドラクロワとモローを比較しているところでしょうね。でも、ルドンのほうが黒という色を使ったから……。

巖谷　ルドンのほうがモローより評価が上なんだね。ルドンは晩年にパステル画なんかで、色彩の世界へ行った。それについても「黒の中から色があらわれた」というような見方をしている。澁澤さんはいろんな美術家論を書いているけど、わりと真剣に何度も書いたのはゴヤとルドンだった。ゴヤはサドのほぼ同時代人だし。

四方田　イギリスはどうですか？

巖谷　世代的に英語圏への反撥があったのか、とくにアメリカ美術は嫌いだったね。イギリスの美術はそうでもないけれど、クローズアップするのはフュースリとラファエル前派の一部、ビアズリーくらいかな。文学ならトマス・ブラウンやスウィフト、それにオスカー・ワイルドがいるけれども。

四方田　じゃあ、アメリカ人の文学者は？

巖谷　エドガー・ポーが好きだった、あとはメルヴィルと、一部の推理作家・SF作家かな。美術では意外にもアンドリュー・ワイエスが好きだと言ったりしている。

四方田　ワイエスは物をきちっと描くから？

巖谷　じつは池田満寿夫が亡くなる前、僕は彼と澁澤龍彦について対談をやったのね。そうしたら「ワイエスなんか好きだとは問題だ！」と池田さんが怒ってた（笑）。ワイエスを馬鹿にする人は多いけれど、あの一種独特の不思議なノスタルジア、それが澁澤さんにはよかったみたい。ただ、本当に好きだった画家というと限られる。さっきのシモーネ・マルティーニ、クラーナハ、それから現代ならベルメール、スワーンベリ……。

四方田　マックス・エルンストはどうかな？

巖谷　五本の指に入るね。若いころに最初に好きになったのがたぶんエルンストで、ダリの絵とも出会ってはいるけれど、ダリは両極反応でおもしろいという程度。でも、エルンストはもろに好きだったかもしれない。とくにコラージュ・ロマンの『百頭女』やフロッタージュ集の『博物誌』がね。

四方田　鳥があって、植物があって、いろんな博物が出てきて、しかもデフォルメがある。

巖谷　だから『百頭女』や『博物誌』も大好きで、本を持っていた。コラージュの世界とフロッタージュの世界。予想外のオブジェを組みあわせるのと自然物をこすってつくるオブジェと。一方、嫌いなのはピカソだね。あんなふうに時代に合わせて変化してゆくのはどんなものかといって、「時代と寝た」画家と評している。

『澁澤龍彦集成』の世代

四方田　僕が中学・高校のころ、美術や文学を読もうかなと漠然と思っている直後に、桃源社の『澁澤龍彦集成』が出たんです。それまでの澁澤さんの著書は高くて買えなかったんだけど、あれが普及版として七冊も出たというのは、僕らの世代の美意識をつくりましたね。

巖谷　その前に雑誌「血と薔薇」もあったでしょう。

四方田　うん、「血と薔薇」も買ってました。

巖谷　ませてたんだ（笑）。

四方田　ませてたけど、坂本龍一なんかもそうですよ。みんな「これはすごい！」というのがあって、僕らは澁澤さんの本を読んでカタカナ名前をおぼえた。バタイユよりもあとでバルザックを読む世代というのは、僕らがはじめてだった。いわゆるフランス文学の、日本のアカデミックでオーソドックスな序列とはまったく違う読み方をはじめられたのは、澁澤さんの影響が大きい。

巖谷　澁澤さんはいろんな時代にいろんな読まれ方をした。団塊の世代が読者としては大きかったわけだけど、それ以後の世代でも、最初の出会いが澁澤龍彦だったという人は多いね。その典型的なものが『澁澤龍彦集成』で、これは六〇年代までの澁澤龍彦の文章を取捨選択した「まとめ」だから、カタカナ名前であれ、日本のアンダーグラウンドであれ、そういうものを澁澤龍彦から学ぶことで、ある時代の美意識が形づくられたわけです。ところが澁澤さん自身は、『集成』を出してからすぐにヨーロッパへ行ったでしょう。で、帰ってきたら大恩人の三島由紀夫が死んだ。しかも大阪万博の年。一九七〇年というのが時代の切れ目だった。

四方田　はじめて外へ出たわけですよね、ヨーロッパへ。

巖谷　そう。それで七〇年代に入ると、いわゆる六〇年代的なものから逃走しはじめる。その後の読者もまた違うね。戦中生まれの僕なんかは、大学に入って処女エッセー集『サド復活』を読んでから、偶然二十歳のときに澁澤さんと出会って、それからは著書のほとんどを送ってくれていたので、なんでも出版直後に読んだという読者です。それで、どの時代にもつきあってきたけれど、七〇年以降の読者となると、読むものが違ってきたんだと思う。

四方田　たぶん巖谷さんは、澁澤さんから見て最初にあらわれた年少の継承者だったと思う。澁澤さんも会ってはじめて「自分の次の世代」を意識されたのではないですか？
巖谷　それは会ったときに言われた。「俺の学生時代とそっくりだ」とか。言うことや態度が（笑）。運命的な何かがあったかもしれません。晩年になって彼が喉の手術で声を失って、病室で筆談しているときに「あとを頼む」みたいな感じになって、「彼のためなら何かやってみよう」と。それで河出書房新社の『澁澤龍彥全集』二十四冊と『澁澤龍彥翻訳全集』十六冊の編纂をして、解題や年譜や作家論を三千枚くらい書いて、今回も、大きな美術展の監修を引きうけちゃったわけです。

「かわいい」とオブジェ志向

四方田　それでさっきの話ですが、僕らの次の世代の読者というのもいるわけです。つまり河出文庫で『世界悪女物語』なんかを読んだ八〇年以降の。
巖谷　河出書房新社は、澁澤さんの著書は文庫に向かないだろうなんていってたのに、出してみたらすごく売れた。それで八〇年世代の読者というのが登場したわけだね。
四方田　いまも大学で夏休みにレポートを書かせると、かならず澁澤さんの『ねむり姫』とかを書いてくる学生がいる。本当にクラシックとして、いまの十八歳は澁澤龍彥をとらえている。それでいいと思う。昔のようにヤバいものを垣間見るような、アンダーグラウンドのご禁制のものを見るような感覚は、いまの時代にはない。いまは「澁澤さんってかわいい」という感じで普通の感覚で読まれている。それは別の意味で三島由紀夫にもいえる。
巖谷　三島由紀夫は「かわいい」のかな（笑）？
四方田　うーん、「キモカワ」だね（笑）。とにかく少女カルチャーとか少女マンガの世代、彼女たちの背後に澁澤龍彥は普通の風景としてあると思う。
巖谷　そう思いたいね。そうじゃない「キモカワ」期待の若い読者もいるけど（笑）。誤解もある。なぜかというと、八〇年代に出たのは文庫本だから、澁澤さんのリアルタイムの本じゃない。そのころはすでに澁澤さんは小説を書いていていたし、むしろ博物誌に熱心だった。澁澤さん自身が「自分の見た澁澤龍彥」と「読者の見た澁澤龍彥」とのズレを感じていた。六〇年代のサブカルチャーまでふくめて、澁澤さんの目というのが無意識のうちにも浸透してきて、そのせいで日本人の美意識が変ったということはあるんだけれど。
四方田　僕も変ったんだと思う。
巖谷　その美意識のなかには、四方田学説の「かわいい」論もあるね（笑）。
四方田　ありますね。それはオブジェを見るということです。「小さなもの、懐かしいものってなんなんだ?」とかね。そういうテーマはすでに澁澤さんにフレームがあるというか、基本的姿勢としてあったんじゃないかな。
巖谷　でも、文庫本でいちばん売れてるのが『世界悪女物語』だったりして、澁澤さん自身が自分の正統だと思っていた『胡桃の中の世界』や『思考の紋章学』はあまり売れないみたいだ。
四方田　それは古典作家の常で、川端康成だって『伊豆の踊り子』のことばかり言われて『名人』まで読む人は少ない。『世界悪女物語』を読んだ百人のうちの十数人が『夢の宇宙誌』まで行けば、僕はそれでいいと思う。

時代のアジテーターとして

巖谷　六〇年代でもっとも重要な本は、やはり『夢の宇宙誌』かな。
四方田　あの本でも澁澤さんは一流のアジテーターでしたよ。「生産性の倫理をぶちこわせ」っていう文章で、どれだけ多くの人が動いたか……。
巖谷　あの本で、美術の領域でもアジテーターになったわけです。その前の『サド復活』『神聖受胎』がすでに戦後の日本の代表的なアジテーション本だったともいえる。サド裁判の渦中にあった六〇年代に、権力と体制へのアンチ・テーゼとして発表された評論集だ。
四方田　反代々木系のね。
巖谷　あのころに、吉本隆明の『異端と正系』なんかも出たけど、僕にはあれよりも『サド復活』のほうがラディカルに思えたな。
四方田　だから、吉本さんは澁澤さんを高く買ってますよね。みんなが埴谷雄高の「自同律の不快」が難解だと議論していたとき、澁澤さんはアレはパスポートの写真の照合みたいなものじゃないのと、さらっといってのけた。
巖谷　澁澤さんは埴谷さんの『死霊』なんかも、わかりやすい大衆文学だなんて批評していたね（笑）。そんなふうにして、時代の先を行っちゃうところがある。読者のほうは七〇年代に六〇年代の澁澤さんを読んで、八〇年代には七〇年代の澁澤さんを読んでいたから、最後には「批評家が俺のことをわかってくれない、昔のイメージでしか俺のことを読まない」と不満だったみたいだよ。
四方田　それで晩年は最前線が『高丘親王航海記』だし、空想小説にまで行っちゃうわけだから。
巖谷　もうひとつ加えておくと、澁澤さんが日本の美術に注入したものとしてエロティシズムがありますね。エロスの捉え方を変えたということ。
四方田　エロティシズムを思想として論じることが重要だといったわけだ。
巖谷　それまでの日本の「エロ」というのは、いわゆる色情的で、気はずかしくなるような情緒的なものが多かったけれど、澁澤さんのエロティシズムは事物の領域にひろがっていたからね。彼はたとえば貝殻を見てエロティシズムを感じるわけで。加山又造の裸体画だって昆虫とつなげている。それと人形。いま人形が大流行しているのも、澁澤さんが元凶かもしれない。「かわいい」論からすると、四谷シモンの人形なんかどうですか？
四方田　シモンの人形は、結局肉体をきちんとつくったわけですよね。それまでの日本の人形というのは洋服があって首と手足だけというのが多かったのが、きちんと肉体のある人形だと確認させたわけです。で、最終的に人形が非常に自伝に近づいていく。それがおもしろいと思う。

巖谷　シモンは澁澤さんにとってもある種の鏡だったということもあって、自伝というのは言いえて妙かもしれない。逆にいちばん嫌いだったのはテクノロジーかな。美術作品もそういうものばかりになったらおしまいだとさかんに書いていたし、人形でもテクノロジー信仰につながるようなのはだめなんだ。晩年にとりあげた若い作家では、鉱石ラジオの小林健二なんかもいるけれど。

四方田　小林健二もおもしろいですよ。宇宙論とかもあってね。もし澁澤さんがいま生きていたら、村上隆というのはいやがると思う。危険な傾向が出てきたと思うでしょうね。一見かわいくてミニチュアのようだけど、すべて功利的で計算づくで、マーケティングでイメージをつくるというのは。

巖谷　それに、あれもテクノロジー信仰だもの。澁澤さんはきっと最近の美術の風潮について、腹を立てているかもしれないね。

二〇〇七年一月十七日

於・明治学院大学言語文化研究所

澁澤龍彦を旅する

安藤礼二／巖谷國士

安藤礼二《あんどうれいじ》（一九六七―）
東京生まれ。早稲田大学卒。河出書房新社の編集者として『澁澤龍彦翻訳全集』を担当。のちに文芸批評家、多摩美術大学教授。主著に『折口信夫』『光の曼陀羅　日本文学論』など。

安藤　巖谷さんは今回「澁澤龍彦　幻想美術館」展（カタログは同題名の単行本として平凡社より刊行）を監修されています。この展覧会とカタログによって、澁澤龍彦という人間の生涯をたどり、彼が実際に観ていた美術作品、さらには観たら気に入ったであろう美術作品を集大成し独自の展示をすることによって、その生涯と作品世界の全体像を提示するという展覧会の新しい形をひらかれましたが、これは没後二十年を迎えた今日、澁澤龍彦という書き手をもういちど見直す大変よい機会になるのではないかと思われます。まずは巖谷さんご自身がこの展覧会をどのようなイメージでつくられたのか、そこらあたりから話をはじめていただければと思います。

巖谷　最初に注文を受けて、やってみようということになって、巡回するいろんな美術館の学芸員の話を聞いたんですけど、そうすると、澁澤龍彦に興味のある人たちには二種類あるような気がしてきて、これは一般の読者もある程度そうかな、と。ひとつは団塊の世代を中心とする一九六〇―七〇年代の澁澤作品の読者で、若いころに読んだ澁澤さんの本の影響で美術研究をはじめたみたいな人たち。そういう人が澁澤龍彥を語ると自然に「幻想」とか「異端」とか「エロス」とかいう言葉が出る。もうひとつはもっと若い世代の人たちで、八〇年代以後の澁澤さんの読者ですが、こちらは晩年の小説や博物誌のイメージを強く持っている。後者は文庫本の世代だからリアルタイムの時代感覚もなくて、自分の好きなように読んでいるんですね。澁澤さんを知識のカタログとして読んだり、相談相手か人生の師みたいに受けとめたり、いろいろです。読者にもそういう感じがあって、自分のなかにある美意識を言いあてくれるのが澁澤さんだという読み方は、いまのゴスロリまでつづいている（笑）。

安藤　それはまた極端に二分化されていますね（笑）。

巖谷　いや、両極端ということ（笑）。展覧会は観客とともにつくるものだと僕は考えているんで、澁澤さんについても、そうやっていろんな見方をする人たちにできるだけ対応しようと思った。たとえば若い世代のイメージだと、「人形」「少女」などがキーワードになって出てきそうですが、そこにしぼると展覧会は一世代だけのものになっちゃって、それでは物足りない。ただ、その種の若い愛読者たちは、団塊の世代が「澁澤」とか「龍彥」とか、あるいは「シブタツ」（笑）とか呼ぶのと違って、「澁澤さん」って言うんですね。澁澤龍彥を身近に感じているからだろうけれど、そこがとてもいいと思った。もうこの世にいない澁澤さんが若い読者から近しい存在として感じられている、この事実はいったい何なのか？――ということも、今回の展覧会で表現してみようと思ったんですね。

つまり、澁澤さんの「美術」というのは各時代でどんどん視野をひろげていって、最後は日本の古典を再発見したりしていますが、一方、晩年の作品では「澁澤さん」と呼ばれるまでに、ある種の読者との親密な関係をつくったうえで亡くなった、そんな生涯の全体を見せないといけない。それに澁澤さんというのは、時代ばなれした特殊な趣味人なんかではなく、昭和三年に生まれて六十二年に亡くなった、まるごと昭和を生きたひとりの人間であって、よくいうあの澁澤龍彦――「異端」だの「魔王」だの――でなくてもいいような、ある種の透明な器みたいな澁澤龍彦像も見せよう、と。時代をたどってそれを浮かびあがらせることで、澁澤龍彦を再生させてみようと考えたわけです。

　今回の展覧会では、澁澤さんの生涯を七つの部屋にわけて追うかたちをとりました。だから六〇年代の部屋では、それこそ団塊の世代の人が懐かしくなって、自分の青春をそこに見る。ところが次の部屋に入ってゆくと、彼らは見たことのないものに出会って、そうすると「これはいったい何なんだ」ってことになりますね（笑）。しかもそのへんを迷路のように構成しているので、手さぐりで迷路を歩いてゆくうちに、また新しいひろがりのなかに出る。

　でもそれがいままで彼らの思っていたあの澁澤龍彦とかならずしも違うものではない「ひろがり」として感じとられつつ、やがて最後の部屋へと導かれてゆくような、つまり、全体を通してあたかも長い旅をするかのような、そういうイメージで構成してみたわけです。

安藤　やはりどの世代の愛読者も、自分が属する時代において澁澤像を固定してしまうという傾向はありますね。しかし澁澤龍彦自身はつねに変化の直中にいた。そしてみずから変ることを怖れなかった。澁澤龍彦という人は生涯において新しいものを次々と発見し、それをみずからの内にとりいれて、みずからも変貌を重ねていった。自由の人だった。切実にそう思います。だから澁澤龍彦はつねに新しいし、そこにいつも新鮮な出会いと発見がある。

巖谷　だからよくいわれる「澁澤龍彦＝ユートピア」というのはまちがいでしょうね。以前の「ユリイカ」誌の澁澤龍彥特集のサブタイトルが「ユートピアの精神」だったから、こういうと申し訳ないみたいだけれど（笑）。ユートピアというのは時間のとまった理想世界、理想都市のことです。ところが澁澤龍彥はむしろ、時間のとまったところにいたくない旅人だった（笑）。

ときにはユートピアの像を提示していたとしても、その像は時代に応じて変化して、六〇年代であれば地下世界みたいなところにつながっていたけれど、やがてそういうのが流行《はや》りだすともう本人は別のところへ動いている。旅をするんですね。七〇年代では『胡桃の中の世界』（一九七四年）以後、博物とか無機質なオブジェやフォルムのほうへ行って、同時に回想記を書きはじめ、説話の世界にも遡行してゆく。自分をどんどんひろげていったわけで、この拡大と変化の過程こそが澁澤龍彥じゃないかと。

安藤　まさにそうですね。ユートピアという概念そのものを根柢から変えていってしまう。今回の展覧会でも年代ごとに澁澤龍彥の興味を追っていくことで、その変化の相が非常によくわかるようになったと思います。澁澤龍彥という人は自分の気質に合ったものを、自分が生きた時代とともにまったく新しく発見し直していった人なんだな、というきわめて真っ当な事実があらためて納得されます。

たとえば生涯つきあうことになったサド。そのサドをとらえる眼差も澁澤さん自身の興味の変化につれて微妙に変ってくる。文学的なテロリストから、自然の驚異にみちたイタリアの地を義妹とともに嬉々と旅してまわる、博物学を愛好する少年へと。まるでサドが高丘親王のように、また澁澤龍彥の分身のようになってくる。そのような変貌を美術作品の受容といった点においても、同様にうかがうことができますね。

巖谷　そういう拡大・変化はあるていど時代の流れに対応しながら、さらにその先を見ているところもあって、だから今回の展覧会も、やってみる意味があると思ったんです。

安藤　澁澤さんという個人が、どういう他の個人と、いかにつきあっていったかということが非常によくわかるようになっていったのも印象的でした。

航海がはじまる

巖谷　美術展の最初の部屋に、僕はあえて写真を持ってきました。高梨豊さんの川越や駒込の写真は八六年の撮影であるにもかかわらず、ある種のノスタルジアを表出しています。それから桑原甲子雄《きねお》さんが昭和十年くらいに撮った、まさに幼年時代の澁澤さんが実際に見たかもしれない上野駅や鎌倉海岸の写真を見せました。そして次に武井武雄を持ってきたんです。

安藤　展示を見ますと、やはり、武井武雄、それから雑誌「コドモノクニ」というのが澁澤龍彥の出発点としてあるというのが納得できます。武井武雄の絵を見たときに、「ああ、澁澤さんが求めていたのは、このような世界に非常に近いんじゃないかな」と思いました。武井武雄の絵にあるような小さくて楽しいもの、それがいっぱいに集まっている。小さな無数のイメージ、小さな無数のオブジェの集合。つまりは自分なりのノスタルジアとエグゾティスムの博物誌のようなもの。それが澁澤龍彥の原型として疑いもなく存在していますね。

巖谷　「コドモノクニ」は大正期から続いていた、カラー印刷のかなり立派な雑誌で、これにはほかにもたくさんの人が描いていました。村山知義や東山魁夷、それに竹久夢二も描いていた。「不思議の国のアリス」を展示している初山滋も好きだったみたいだけど、でも澁澤さんが思いだすのはいつも武井武雄なんですね。そのことを考えてみたわけで。

安藤　そうした世界が澁澤さんにはしっくりと来るんでしょうね。『狐のだんぶくろ』などを読みますと、身のまわりにある具体的で小さなオブジェ、そこから過去の記憶が生き生きと甦ってくる。オブジェと記憶、そこからすべてがはじまるんだ、澁澤さんはくりかえしそう語っているかのようです。そういったある種の物質性、具体的なモノを中心としてそのまわりに組織されてゆくイメージの世界。それが澁澤龍彥の世界であり、それが同時に武井武雄の世界に通じているように思います。

巖谷　武井武雄はまた独特で、モダンですから。岡谷（長野県）の出身ですけど、当時の岡谷は製糸業で世界一という国際都市だった。新しいものがどんどん流入して、その名残りでいまも諏訪にアール・デコ風の共同浴場があったりする。ああいうハイカラな世界のある岡谷から出て、東京美術学校（現・東京芸術大学美術学部）に行ってからやがて童画の世界に入りましたが、モダンでありながらもある種の稚拙さ、おかしさがある。「モダンで稚拙」というのが澁澤さんの好みの基本にはありました。それからもうひとつの要素として、空間恐怖もある。

安藤　人物としても非常に風がわりな放浪画家ですよね。絵は空白を残さないように自分のイメージで全部埋めつくしてしまうという感じです。

巖谷　たとえば抒情的な空を描くとかいうんじゃなくて、不思議なオブジェを画面いっぱいに配置してゆくという傾向があるでしょ。動物・植物・鉱物がくっきりとした線で描かれていて、いわゆる写生式の絵ともまるで違う感じ。澁澤さんも子どものころ、そんな絵を描いていたはずです（笑）。

安藤　今回展示されている魚と鳥が合わさった幻獣のようなものですね。

巖谷　いや、あの澁澤さんの絵は七〇年代のものです。でも年をとってもあんまり変っていないでしょう（笑）。澁澤さんは僕と飲んだときなど、阪本牙城の『タンク・タンクロー』とか田河水泡の『のらくろ』の絵もよく描いていたけど、ああいうのも当時のモダンなんですよ。

安藤　いまから見ると、当時の漫画ってアヴァンギャルドですよね（笑）。

巖谷　田河水泡なんかも東京美術学校で、村山知義といっしょに日本最初の前衛雑誌「マヴォ」をやっていたくらいだから。

安藤　まさに「楽しいアヴァンギャルド」のような感じだったんでしょうね。新しいものをつくることは楽しいことだ。イメージを自由に結合し、そこから未知の形象を生みだしていくんだ。そのような雰囲気が彷彿《ほうふつ》とします。

巖谷　村山知義は若くしてドイツへ行ってベルリンでダダや表現派を見て、へんなふうに影響を受けた（笑）。そういうのが田河水泡にも及んでいて、『のらくろ』にも独特の空間構成がありますよ。それにセリフがおもしろい。澁澤さんはそういうものの影響をもろに受けて育ったところがある。

安藤　そういったものを含めてやはり「モダンで稚拙」であること、さらにはそこに記憶と直結するさまざまなオブジェが詰めこまれていること。それが澁澤さんの生涯、そしてその美術のはじまりにあるのではないかと思います。

巖谷　そうです。僕は彼のヨーロッパ旅行中の日記を編集して『滞欧日記』（一九九三年）という本にしましたけれど、あそこで何度か出てくるのが「稚拙でモダン」という言葉で、シエナ派の絵なんかをそう表現している。それ以前、六〇年代にはもっぱら画集で絵を見ていたでしょう。だから澁澤さんの絵の見方にはマティエールもタッチもなくて、美術批評も画面に何が描かれているかを読み解くだけの、まあイコノグラフィーみたいなものだった。それがシエナのロレンゼッティ兄弟とか、とくにシモーネ・マルティーニのフレスコ画をまのあたりにして、あそこには画集で見たんじゃわからない物体感があるから、もうたまらなくなって出てきた言葉が「稚拙でモダン」（笑）。自分が好きなのはこれなんだって告白してますね。

安藤　すばらしいですよね（笑）。その原形がやはり武井武雄にあって……。そうしてみると、澁澤さんはその後、さまざまな未知のものに出会って変貌をとげてゆくわけですが、興味の中心はまったく変っていない感じがします。先ほどのサドではないですが、対象をとらえる眼差は大きく変化していっても、自分が出会ってしまったかけがえのない対象についての興味は生涯にわたって持続させてゆく。

オブジェの導くイメージ

巖谷　僕はこの『澁澤龍彦　幻想美術館』の第一の部屋を「澁澤龍彦の出発」と名づけたけれど、その最初のコーナーが「昭和の少年」。むかし「昭和の子供」って唱歌があって、澁澤さんは酔っぱらうとよく歌っていたんですよ。「昭和、昭和、昭和の子供よ　僕たちは……」（笑）。

安藤　文字どおり昭和に生まれて、昭和に死んだ……。そして世界大戦という経験がその生涯を否応なく、彩ることになった。

巖谷　といっても、軍国主義の時代ということだけではなくて、これを歌うときには、昭和初期のイメージ世界が眼前にうかんでいたと思います。だからこの展覧会に武井武雄は必須だった。いろいろ探しているうちに、戦後に描いたものだけれど『お化けのアパート』という作品が見つかって、すぐに「これで行こう」と決めました。

安藤　この作品はすばらしいですね。

巖谷　まず空間恐怖があって、画面いっぱいのアパートの各室にへんてこなお化けを配置している。お化けといってもちっとも怖くない、かわいいお化けなんですね。これが後年に澁澤さんの好んだ伊藤若冲の『付喪神図』だとか、葛飾北斎の象の絵（『北斎漫画八編』）、それからヨーロッパ絵画の不思議な怪物のイメージをこっそり予告しています。

安藤　澁澤さんが『幻想の画廊から』（美術出版社、一九六七年）などでアール・ブリュットの問題をとりあげるのも、まさにこの空間恐怖という概念とともにでした。オブジェやイメージがひとつの場所に蒐集してしまう空間恐怖にみちた作品。そこでは動物・植物・鉱物がひとつに融合してしまい、画面を構成するあらゆる要素が幾何学的であると同時に性的になり、そこから螺旋や渦巻、さらには無数の波形が重なりあうように生まれでてくる。しかも、そのような作品を意識的につくるのではなく、無意識の衝動のまま自発的に、つまりは生《き》のままで表現できる特権的な人々の営為にずっと心惹かれていたんだということがよくわかります。
巖谷　だからいちばん好きだと言っていたマックス・ワルター・スワーンベリのことを書くときにも、かならず空間恐怖という言葉を出す。実際のスワーンベリの絵はそれほどでもないんだけどね（笑）。まあ、装飾的に画面を不思議なオブジェで埋めてゆくわけですが。
安藤　しかもスワーンベリには、ビーズなどでモザイクをつくり、それを画面にびっしりと貼りつけた、異様だけれどもたとえようもない美しい作品もありますよね。物質がそのまま絵画になったような。そこでは絵画を構成するひとつひとつの要素がそれ自体オブジェとしてあって、それらが全体としてひとつのイメージをつくりだしている。
巖谷　そういうマティエールの表現ですね。それで物質が冷たく輝くとか、そういうことへの喜びも澁澤さんにはありましたね。
　それからスワーンベリは女性ばっかり描くんだけど、同時にその女性が自然物に置きかえられて――それは武井武雄のお化けもそうですが――たとえば顔が二つになったり、異質のものがまざって手から魚が生えたり、耳が鳥になったりする。自然界に存在するものがいわばメタモルフォーズして、あるいはアナモルフォーズして、コラージュ的に組みあわさる。そういう要素、元素といったものの組みあわさった世界への愛が澁澤さんにはある。
安藤　そういった森羅万象の根柢にある四大元素を、作品世界を構成する基盤においている作家にいつも異様な関心を示しますね。物質によるコラージュとそこにひらかれる変身の空間。それが澁澤さんの資質なんでしょうね。

巖谷 じつは僕にもそれがあるから、そういうのはよくわかるんです（笑）。

安藤 だからこそアンドレ・ブルトンの「石の言語」というすばらしいエッセーを訳されているわけですね（笑）。ブルトンにおいても、石たちが自由に会話をかわし、しかもその石たちがあるときは動物のようであり、あるときは植物のようであり、あるときは絵画作品そのもののようでもある。そこでは自然と時間と作品が一致してしまうわけです。

巖谷 澁澤さんのエッセー「石の夢」（『胡桃の中の世界』所収）にはブルトンの「石の言語」も引いてあって、あれはユルギス・バルトルシャイティスの『アベラシオン』（図書刊行会刊）の文章をそのまま借用したエッセーですが（笑）。

安藤 分身のような感じだったんでしょうね。他人が書いたものとは思えないという（笑）。しかし澁澤さんのなかにも、やはり疑いもなく物質的な想像力を持つという資質、とくに鉱物に結びついたもの、その鉱物を通して自然へとダイレクトにつながるという感覚があって、それが先の武井武雄などの世界を介しつつ、自分の幼年期を彩るさまざまな固有の記憶にまでつながっていくんでしょうね。

巖谷 七〇年代からは幼年期にさかのぼる回想記の試みがあって、これは『玩物草紙』などに典型的にあらわれているけれど、本当に玩物の記述が同時に回想になっています。この種の幼時回想というのは、思い出に固執するナルシシズムではなくて、モノを通してある幼児的世界を再発見する文学です。だからよくいわれる「こだわり」なんてのとは違う。

安藤 全然違いますね。これはおそらくみなさんが誤解していると思うんですけど、澁澤さんにはフェティッシュというものがほとんどありませんよね。

巖谷 フェティッシュもほとんどなく、いわゆる

「思い入れ」もない。「こだわり」「思い入れ」っていやな言葉だね（笑）。澁澤さんにとって幼年期というのは、もっとなにか「からーん」とした……

安藤　乾いていますよね。乾燥して、骨とか化石のようになったもの。しかしそれゆえに純粋な時間の結晶でもあるようなもの。

巖谷　なにか空き地みたいな不思議なもので、漠とした、失われた、見えない幼年期の本質を探していたというか……。

安藤　そしてその探求は具体的なモノを通してなされるわけで……。しかもその「モノ」は――『澁澤龍彦　幻想美術館』の序文でも巖谷さんが非常に印象的に書かれていますけれど――自分から、つまりは自分の意志で集めるのではなくて、たまたま偶然の出会いを通じて自分のもとに自然に集まってくる「モノ」なんですよね。偶然によって組織された記憶と自然の博物館。

巖谷　偶然に出会ったオブジェが集まってくる。だから彼はいわゆるコレクターじゃない。系統的に集めるなんてことはいやなんです。拾った石とか貝殻とか木の実とか、自然物が多い。

安藤　そういうオブジェにはウェットなところがないですよね。非常に乾いている。しかし、その乾いたオブジェを通してこそ、一気に自らの幼年時代の本質をその手に掴みとることができる。

巖谷　そういう方法を発見したのが七〇年代なんですね。それで僕は七〇年代の部屋をいちばん大きくした。タイトルは「旅・博物誌・ノスタルジア」。対応する美術作品はそう多くないけれど、書物の領域を拡大して。それから、いままでの話は美術のことばかりだと読者は思うかもしれないけれど、実際には文学の話も同時にしているつもりです（笑）。

安藤　まさにそのとおりで、澁澤さんにとって美術と文学はまったく同じものだったと思います。しかもその評価の基準が他の人とはまったく異なったものなんですよね。ですからたとえばブルトンに惹かれたのも、ブルトンが提唱したシュルレアリスムという理念に惹かれたというよりも、ブルトンの個人的な嗜好、石やオブジェが好きだった等々のほうが大きかったのではないか。そのように思います。

ブルトンとの出会い

巖谷　シュルレアリスムと澁澤さんの関係はどうもあまり知られていないようですが、じつは澁澤さんの出発点にはまちがいなくブルトンがありました。旧制高校時代はドイツ語をやらされながら独学でフランス語をはじめて、二年間の浪人時代まではジャン・コクトーが神様だった。ブルトンの『黒いユーモア選集』に出会ったのは大学に入ってからのことで、澁澤さんはこれが最大の出会いだったとか、六〇年代に入るまではだいたいブルトンの導きでやっていたとか、何度も書いている。その『黒いユーモア選集』から何を読みとったかというと、それは「黒いユーモア」の概念そのものではなくて、じつはアンソロジーという方法なんですよ。

安藤　『黒いユーモア選集』というのは、それこそ巖谷さんが対談冒頭でおっしゃったように、ブルトン自らが「透明な器」となって、時間と空間という制限を超えて、あらゆる時代、あらゆる場所に自分の「分身」を見いだし、彼らを一冊の書物のなかで一堂に会させるという破天荒な試みですよね。「分身」たちはあたかもブルトンに憑依したかのように、そこで自分たちの言葉とヴィジョンを、ブルトンとともに語る。しかもこの書物では自然な選択が貫かれている。偶然がいつのまにか必然になるという出会いの哲学がかたちづくられ、それがひとつに組織されている。それがブルトンの方法ですよね。

巖谷　「方法」というよりも生き方と言ったほうがいいかもしれない。ブルトンの「私」にはなにか「透明な器」のようなところがあって、過去のいろんな声を集めてくる装置みたいになっているという不思議な本です。澁澤さんもブルトンに触れたとき、その種の「私」が自分のなかに芽ばえていることを感じたんでしょう。
安藤　そしてその「私」が実現したんでしょうね。『黒いユーモア選集』を通じてアンソロジストとしての自分を発見したわけですね。
巖谷　『黒いユーモア選集』で扱われている人物とその作品は、ひとつひとつが澁澤さんの好みに合っていて、『お化けのアパート』みたいに共同で住んでいる（笑）。しかも年代順になっているということも大事かもしれない。スウィフトからサドやフーリエを経てシュルレアリストまで、澁澤さんの先駆者たちが列をなしている。澁澤さんは「系譜」好きなんです。与えられた教科書式の文学史だとか美術史に対する拒否反応があって、その種の制度から作品や作家をこちらに奪いかえしたかったんですね。
安藤　自分の気質にあったものを集合させ、彼らの言葉を通じていかに歴史——時空——を再構成できるかどうか、ということですね。
巖谷　その気質というのはモデルニテにつながります。「モダン（現代的）で稚拙」という言葉をさっき出したけど、彼はいつも「現代」の目で見ることしかしたくない。だから彼の卒業論文を読むとね……僕は読んじゃったんだけど（笑）。
安藤　私も読んでしまいました（笑）。
巖谷　『サドの現代性《モデルニテ》』というタイトルですが、あれは歴史を無視した論文ですね。サドを歴史的・文学史的に位置づけるようなことは一切しないで、ずばり現代人だと言っている。というか、好きな作家は同時代人にしてしまうのが澁澤さんの方法で、彼の「モダン」にはそういう意味があります。
　澁澤さんの一九五〇年代というと、五六年に彰考書院の『マルキ・ド・サド選集』全三巻、五九年には弘文堂から処女エッセー集『サド復活　自由と反抗思想の先駆者』が出て、同年の『悪徳の栄え（続）ジュリエットの遍歴』（現代思潮社刊）が発禁になる。二年後にはサド裁判がはじまったけれど、実際はサドばっかりやっていたわけじゃなくて、同時に『黒いユーモア選集』の系譜をたどっていた。

安藤　のちに『世界恐怖小説全集』（東京創元社）の一冊として収録されるような仕事ですね。『列車〇八一』とタイトルをつけられた青柳瑞穂さんとの共訳で、大変に小さなものですけど、かなり澁澤さんの色が出ているように思います。そしてその色は『黒いユーモア選集』を受けついだ色で、その読みかえになっている。

巖谷　澁澤さんは学生時代から手帳を携帯していて、それを見ると、何度も将来の著作プランを書きこんでいます。いや、生涯にわたって著作プランをつくっていた人だね（笑）。初期のそのプランはほぼブルトンの応用。ブルトンというのは知られざる過去を蘇らせて、それを新たに系譜化してシュルレアリスムの先駆者にするという作業を、文学でも美術でもやっていた。文学では『黒いユーモア選集』がそれで、美術では『魔術的芸術』がそうですね。澁澤さんは若いころ、もっぱらこの二冊を典拠にしていました。

安藤　六〇年代まで仕事の様子から見ても、それはよくわかります。

巖谷　それに当時のフランスではブルトンの影響下に、小さな出版社がたくさん生まれていた。

安藤　サジテール書店などですか。ロラン・バルトやミシェル・フーコーなども、そのような小さな出版社の本を読んでいる。フーコーを驚愕させたルーセルやブリッセとの出会いなども、そうでなければ実現しなかったでしょう。あとはバルトの『サド、フーリエ、ロヨラ』。

巖谷　『サド全集』を出したジャン＝ジャック・ポーヴェールから、レーモン・ルーセル著作集なども出ています。ブルトンの言葉を社名にしたロール・デュ・タン（時の黄金）とか、ファタ・モルガナ（妖精モルガーメ）とか。そういう小出版社から出たばかりの本を澁澤さんは買っていて、だから直接・間接のブルトンの影響を受けながら、そのまま六〇年代に突入したという感じでしょう。

でもあのころはまだ「石の言語」には到達していなかった。もちろん資質的にはオブジェ愛を保ちつつも、六〇年代の澁澤さんはまだ観念的な傾向のほうが強かったですね。たとえば「悪」とか「権力」とかいった観念がごっちゃになって噴出していたのが『サド復活』でした。それにサド裁判というのは一種の思想論争だったから、六〇年代にも、引きつづいて観念の世界を生きることになる。

一九六〇年代の人々

安藤　六〇年代については、展覧会では第二の部屋が充てられていますけど、本当にさまざまな人との出会いがあって、そのなかでももっとも印象的だったのが澁澤さんと加納光於さんとの出会いでした。

巖谷　そうですね。澁澤さんの六〇年代っていうと、紋切型で三島由紀夫と土方巽をつなげて、なにやら黒々としたイメージに固着する向きもあるけれども、すこし遡ってみると、別なところに重要な出会いがある。そのひとつが加納光於さんで、というのも、五〇年代には美術のことをほとんど書かなかった澁澤龍彥が、あるときから急に美術について書きだすようになる、そのきっかけになったからです。

五九年の一月に加納さんの展覧会を見に行って衝撃を受けた。当時の加納光於の銅版画はそれこそ空間恐怖的に動物とも植物とも鉱物ともつかない幼生のようなものを描いていて、しかも小さな画面に宇宙を蔵している世界だったから、それに惹かれる自分と出会うことによって、自身の資質が見えてきたんだと思う。それがただちに七〇年代の博物誌ふうの作品に表現されることはなかったにしても、そんなミクロコスモス的なものをここでいちど発見しているという事実は大きくて、七〇年代の書物世界の伏線になっていたと言えるでしょう。

それで、五九年の処女作『サド復活』はもっぱら文学的な本なのに、挿絵が入っているんですよね。エルンストのコラージュ一点のほかはすべて加納光於の銅版画で、表紙も有名な「王のイメージ」です。そういうふうに加納光於と密着していたわけですが、それからもうひとり、野中ユリもいます。加納さんと出会った翌月に野中さんに出会っている。

安藤　野中さんも、当時、物質性そのものを体現したかのような、そして色彩の発生そのものを描ききったかのようなデカルコマニー、そしてコラージュという二つの技法を自分のものにし、それを使って見事な作品を残していますね。あの時代の加納さんと野中さんの世界というのは、まちがいなく照応していた感じがします。

巖谷　瀧口修造によって発見された二人です。五一年から数年間、瀧口さんは無償で二〇八回の展覧会をタケミヤ画廊でひらいていますが、そこでこの二人もデビューしていた。当時の澁澤さんの手帳の住所録にタケミヤ画廊のアドレスが書きこまれているので、実際に行ったかどうかはわからないにしても、視野には入っていたでしょう。澁澤さんと瀧口さんとの出会いはとても大きいです。

安藤　瀧口さんの作品もまた、澁澤さんが残した一連の仕事と深く響きあっていると思います。とくに初期の「詩的実験」の詩と晩年のデカルコマニーには、澁澤さんの世界と通じあうものが色濃くあるように思います。初期の詩は言葉のひとつひとつが非常にかっちりとした、いわば結晶のような形に磨きあげられています。それら結晶のような言葉が、作品として交響する。そこに響く言葉は、澁澤さんがそうであったように湿り気を排した、乾燥してはいるが、軽やかでいてなおかつ鉱物のような物質性をも持っている。そして瀧口さんが晩年に熱中したデカルコマニーとは、そういった物質性を再発見する手段だったのではないか、そう強く感じられるのです。詩とデカルコマニーと、両者ともに物質的想像力の発露にみちていると言えばいいでしょうか。

巖谷　そう、「物質的想像力」というのはガストン・バシュラールの言葉ですけど、その言葉を澁澤さんは最初の美術批評「銅版画の天使・加納光於」(『神聖受胎』所収)で使っている。加納光於に物質的想像力を見たと。この概念はもしかしたら、瀧口さんとの交流から得たものかもしれない。

安藤　瀧口さんの物質的想像力のありかたと、澁澤さんの物質的想像力のありかたにはなにか通底するものがありますね。

巖谷　だからたがいに感じるところがあったんだと思います。おもしろいのは、あのころ、五六年くらいから「シュルレアリスム研究会」というのができていて、大岡信、江原順、東野芳明、飯島耕一、針生一郎といった、澁澤さんとほぼ同世代の詩人や美術批評家が集まっていた。瀧口さんもゲストに招ばれたりしているけれど、かならずしも同調していたわけではなくて……。

安藤　おそらく澁澤さんにとってシュルレアリスムとは、その理論を頭で理解するのではなくて、具体的な表現として、自分の身体を通して理解するという部分が大きかったからではないでしょうか。

巖谷　そうですね。奇妙なことに、「シュルレアリスム研究会」ではブルトンのことをほとんど誰も言わない。名前が出たとしてもシュルレアリスムの定義などに触れるときだけで、つまり理論家としてしか見ていなかったようです。美術の話にしても、すぐにミロやダリなどになってしまう。

安藤　ブルトンが「石の言語」を書かざるをえなかったように、自己の気質に密着した物質的想像力を表現にまで鍛えていくことがシュルレアリスムの本質だと、いわば身体的に理解していた人間というのは、当時もいまも少数派だったのではないでしょうか。

巖谷　そんなふうに、澁澤さんがブルトンから出発したということを、瀧口さんは理解していたんでしょうね。なによりも『サド復活』という本自体、題名がそうだからたいていの人はサド論として読むだろうけれど、あれは同時にブルトンのシュルレアリスムの延長ですから。
　巻頭論文はほとんど『黒いユーモア選集』のレジュメ（要約）で、だから桃源社の『澁澤龍彦集成』（一九七〇年）には再録しなかった（笑）。瀧口修造と澁澤龍彦の二人は、ふつう思われているよりも関係が緊密で、土方さんの踊りの会とか、加納さんや野中さんの展覧会でいつも会っていた。僕も一九六三年に二人と知りあっていたけれども、展覧会や舞踏公演、六七年からは唐十郎の芝居などを観に行くたびに、かならず初日には瀧口さんと澁澤さんがいましたから。
安藤　六〇年代の瀧口さんと澁澤さん、それから土方さんの暗黒舞踏もそうですけど、それらはおどろおどろしいものばかりではなくて、やはりその一部は確実に「モダンで稚拙」なものだったのではないでしょうか。土方さんは身体を、いわばオブジェとして使っていますよね。
巖谷　たしかにオブジェ的な要素はあるけど、でもそういうふうに言えるかな。土方さんは身体じゃなくて「肉体」ですから。澁澤さんはいわば肉体のない人で、「身体」のほうですね。土方さんはオブジェの舞踏を展開していたけれど、その基層には日本の風土や情念にまでおよぶ肉体があった。そこが澁澤さんとは異質でした。でも当時の澁澤さんは誘引されていて、そっちへ行こうとしていた。つまり肉体にも賭けようとしていたところがある。
安藤　大変興味ぶかいご意見だと思います。もうひとつだけ、いまの話題に関連して。澁澤さん、アントナン・アルトーの『ヘリオガバルス』が大変に好きですよね。自分の理想の身体像、情念をもそのなかに含みこんだ「器官なき身体」をあそこに見ていたのではという気もしますが。
巖谷　ヘリオガバルスは古代シリアの祭司で、東方的な人格ですね。バビロニア以来の地母神信仰を背景にして、両性具有者になろうとしたローマ皇帝ですが、澁澤さんはひそかに憧憬していたね。ブルトンもアジアは好きだったけれど、西欧的な理性というものが基本にあって、むしろそれと闘っていた人ですが、澁澤さんはもっとアジア的に自然のほうへひろがっていける、そんな自我に目ざめつつあったのかもしれない。

安藤　そこらあたりが、やはりこれもまた澁澤さんが生涯好きだったマックス・エルンストへとつながっていくところかもしれませんね。エルンスト自身、自然と人工の間の区別を無化するようなアグリッパ的な錬金術の伝統の最後に自分を位置づけていますけれど、澁澤さんにとってもそうだったのではないかと感じるのです。ブルトンとエルンストは瀧口さんも生涯手放さないですよね。

巖谷　ただ、澁澤さんと瀧口さんって、人格としてははっきり違いました。たしかにブルトン、エルンストでは共通しているけれど、瀧口さんにはさらにデュシャン、ミロがある。澁澤さんはどちらかというとその二人は避けて、マニエリスム的な「傍系シュルレアリスト」に共感をもった。僕は両者の家に招ばれてよく行っていたけれど、共通点とともに、正反対のところも感じていた。それをあえて統合できないかということが、僕自身のシュルレアリスムでもあったんです。

安藤　来るべき「日本のシュルレアリスム」史を書くことが可能になるとすれば、おそらくその地点からはじめなければならないでしょうね。

巖谷　シュルレアリスムを自分から標榜した詩人たちや美術家たちの流れを追うだけでは、「日本のシュルレアリスム」は見えてこないでしょう。前に僕は『シュルレアリスムとは何か』(現・ちくま学芸文庫)という本のなかで触れたけれど、この二人のはっきり違うところは、瀧口さんが自動記述から出発した人で、言葉が自然発生してくる源に魅惑されていた人。でも澁澤さんには自動記述への傾きがないんですよ。

安藤　無意識から無定型の力が湧きあがってくるのではなくて、かっちりとイメージをつくってくる……。

巖谷　澁澤さんはコラージュのほうですね。異質なものを組みあわせることが澁澤さんのシュルレアリスム。さらに彼のシュルレアリスムは、それと並行して土方巽ともつきあいながら、エロティシズムとマニエリスムの領域へとひろがっていった。さっきのヘリオガバルスもそうですが、そういうものが一気にまとまって出てきた本が一九六四年の『夢の宇宙誌』（美術出版社）です。

『夢の宇宙誌』と「血と薔薇」

安藤　『夢の宇宙誌』からはまだまだ、いろいろなことを読み解いていけるんじゃないかと思います。

巖谷　あの時代に圧倒的な影響力をもった本ですね。たとえば土方巽の「バラ色ダンス」の公演も副題が「澁澤さんの家の方へ」だからね。フランス語の副題を直訳すると「澁澤さん家《ち》で」になる（笑）。『夢の宇宙誌』と連絡しあっているような土方巽の舞台。それに澁澤さんのほうも土方さんには影響を受けていたから、あのころの文章には生々しいところもあって、ある種の肉体が感じられます。

安藤　『神聖受胎』などのころですね。

巖谷　あのころはサド裁判の被告だったから、そういう緊張感も文章にあらわれていますが。

安藤　澁澤さんが後年に志向することになる、イメージやオブジェの原形みたいなものが、『夢の宇宙誌』で完成したような気がします。

巖谷　あそこに出ている基本的な概念はまずオブジェであり玩物ですね。六〇年代はまだ澁澤さんにとって観念の時代だったから、フェティッシュとして説明していることも多いですけれど、でも基本的には、「どうして私たちはオブジェが好きなのか？」を語ってくれている本です。

安藤　さらに言えば、この『夢の宇宙誌』という書物は、「わが魔道の先達」稲垣足穂に捧げられています。足穂という人も、やはりオブジェ的な世界に取りつかれた作家です。「私」というものはただ一群のオブジェの集まりとしてしか成り立たない、「私」こそはまさに物質である、と。もはやそこでは機械と身体の間に区別をつける意味さえなくなってしまう。

巖谷さんも『宇宙模型としての書物』（一九七九年）の巻頭に足穂論を書いていらっしゃいますが、澁澤さんと足穂は人間の個性としてはおそらくまったく異なっているにもかかわらず、機械、飛行機、映画という「モノ」を介して重要なつながりを持っている。ですから先ほどの瀧口さんを加え、澁澤と瀧口、そして足穂という、表現としてのオブジェをめぐって一つの星座が形作られることになる。この系譜は重要だと思います。ある種の人間くささ、情念的な世界を完全に昇華してしまう。乾いたオブジェたちの奏でる非情の音楽を聞き、自分たちもまた非情の世界を描く。そこからはまだまだ汲み上げられるものがたくさん残っているでしょう。

さらに私にとって重要なのは、この書物以降、澁澤さんは南方熊楠や柳田国男、折口信夫といった民俗学の巨人たちを、オブジェ（とくに石をめぐる想像力）という、今まで誰も考えたこともないような観点から読み解いていきます。この『夢の宇宙誌』の段階でも、自分の仕事を「イメージの形態学」（これはイメージをオブジェとして考察してゆくという宣言に他なりません）と位置づけ、「日本にも、このようなイメージ主義者として、明治のエンサイクロペディスト南方熊楠があり、昭和の詩人、稲垣足穂がある」と明記しています。熊楠と足穂が、イメージの、オブジェの博物誌の上で出会う。おそらく澁澤さんが晩年に書きはじめる小説の起源は、まちがいなくこの地点にあると思います。そして同時にそこからはいまだに、現代の表現にも直接つながるような無尽蔵の宝を見つけだすことが可能であるように思われるのです。
巖谷　そうも言えるでしょう。ともあれ、『夢の宇宙誌』と六七年の『幻想の画廊から』の二冊が、澁澤さんの美意識を世にひろめました。一方で、『黒魔術の手帖』（桃源社、一九六一年）以来のオカルトの領域もありますね。そういう流れを最後にまとめて通俗化するようなかたちで、雑誌「血と薔薇」（一九六八―六九年）が生まれてきた。「血と薔薇」が澁澤さんの六〇年代の終りを画します。
安藤　年代的にも象徴的ですね。
巖谷　「血と薔薇」のころは安藤さんはもう生まれていた？
安藤　生まれたばかりのころですね（笑）。
巖谷　以前に平出隆さんと対談をしたら、彼は当時高校生で、あの表紙の貞操帯を見てどきどきしたとか言っていた（笑）。第一号のトップは「男の死」。三島由紀夫が聖セバスティアンに扮して篠山紀信の撮った有名な写真が載っていて、そんなことで澁澤さんのイメージが限定された感じもありますが。
あの雑誌との関係が三号まであっさり切れたというのも象徴的ですね。こだわりを持たないでそのつど好きなことをやるのが澁澤さんだから、切れてしまえばそれでいいわけです。創刊号の「『血と薔薇』宣言」にも、「インファンティリズムを賛美する」とあって、子どもとして遊ぶという精神。そのなかでひとりだけ子どもじゃなかったのが、三島由紀夫かな。
安藤　澁澤龍彥と三島由起夫の関係というと、誰もがさも自明のことのように語りますけれども、この二人は正反対と言ってもよいほど。人間のタイプが違いますよね。まったくタイプの違う二人が偶然の機会に知りあい、いっしょに活動していただけだと言いきってしまってもよいように思いますが。
巖谷　いや、自明ではないという点についても、澁澤さんは非常に意識的だったと思います。「血と薔薇」の時代に二人はよく会っていたけれど、澁澤さんは当時、三島さん向きの演技をしていた気味もある。『豊饒の海』(一九六九―七一年)には澁澤さんをモデルにしたらしい人物が出てきて、紋切型の暗いインテリとして描かれているけれど、あれは澁澤さん自身が一種のサーヴィスとして、そう見えるようにふるまっていたのかもしれないね(笑)。「血と薔薇」自体も三島さんへのサーヴィスを含んでいたかもしれない。

安藤　でもそれが三号で終ったということが、澁澤さんにとっては非常によかったわけですよね。ここでいわば世間の期待する自分を演じる必要がなくなった、そこから自由になることができた。そしてそのあとから巖谷さんの言われる「旅の時代」が始まるわけですね。

巖谷　そこを拾いあげることが大事だと思って、『澁澤龍彦　幻想美術館』でも、「血と薔薇」の前後に澁澤さんの書いた二つの重要なエッセーをピックアップした。ひとつは「藝術新潮」の「魔的なものの復活」で、結婚前の龍子さんが原稿をとりにいっていたもの。もうひとつは「芸術生活」の「密室の画家」で、どちらも影響力のあったエッセーですが、六〇年代の澁澤龍彦の美術思想のまとめになっています。

「魔的なものの復活」は、一九五七年に出たブルトンの『魔術的芸術』とホッケの『迷宮としての世界』をつなげようとしていて、既成の美術史をくつがえして新しい系譜をつくろうというブルトン的な発想のエッセー。もうひとつの「密室の画家」では――こっちのほうが影響力があったようですが――密室にこもる芸術家の気質を肯定している。というと「オタクの祖」みたいに見えるかもしれないけれど、でも澁澤さんは高度にテクノロジー化してゆく社会への反抗だといって、積極的に掩護しているわけです。

七〇年の大阪万博を用意していた時期に、芸術はテクノロジーに絡めとられようとしていたけれども、それに反抗する拠点として「密室」を称えているわけだから、ほとんどゲリラ戦術です。アングラも一種の密室ですが、そこへ逃げて閉じこもるんじゃなくて、それを拠点にして世の中を撹乱しながら相対化してみせる、っていうことでしょう。

安藤　その密室は外に対しては閉じられていますが、その底では無限に通じてもいるわけですよね。閉じこもることによって逆に無限にひらかれる。小さなオブジェのなかに幾重にも襞が折りたたまれていて、それを無限に展開してゆくことが可能である。澁澤さんが好んだオブジェにぴったりのイメージです。密室という形象であらゆるものに否定を突きつける。しかしその閉じられた部屋、そこに閉じこもる内的な世界それ自体が無限の領域なんだという宣言ですよね。

巖谷　それでまあ、あれがある種のアーティストたちに受けてしまって、いわゆる幻想美術がはやりました。瀧口修造、ついで澁澤さんが顧問格になった銀座の青木画廊がその拠点のひとつだったので、今回の展覧会はそこにも光をあてています。

安藤　でもそのいわゆる幻想絵画は、澁澤さんの言う「密室」を、そのなかに無限をはらんだオブジェとしてではなく、文字どおりそのものとして捉えてしまったがゆえの誤解だと思うんですよ。

澁澤さんの密室というのは、閉じられることによって開かれる場所のようなもの。現実に澁澤さんがさまざまな作品を生みだしてきた、北鎌倉の家の、あの書斎が象徴的にあらわしているようなものだと思います。澁澤さんは書斎にこもって言葉を紡ぐ、しかしその書斎は窓ガラス一枚を隔ててすぐ隣に外の世界、鎌倉の自然の世界へと通じている。透明で、あらゆるイメージを透過するガラスの家、水晶のような場所。ブルトンが『狂気の愛』の冒頭で描いたような、そんな書斎のイメージが重なってくるのだと思います。

巖谷　そうですね。あんなふうに庭につながっている書斎ってめずらしいでしょう。澁澤さんはこのエッセーの仕事のあとに結婚して、はじめてのヨーロッパ旅行に行くんだけど、旅というのは、もちろん密室ではない（笑）。

安藤　反抗する拠点をつくるということと、自由に移動するということが、けっして矛盾ではなく、その両方がともに必要なんだというメッセージですよね。それを体現したのが澁澤さんの七〇年代の姿だったと思います。

巖谷　だから七〇年以後の澁澤さんのほうが本番かな。『澁澤龍彥集成』全七巻をまとめて、カッコつきの澁澤龍彥像をあそこで修正しています。六九年に「サド裁判」が終ったことも大きいし、同年に「血と薔薇」からも離れ、旅に出た。

七〇年代の航海

安藤　新婚旅行を兼ねたヨーロッパ旅行から帰ってまもなく、三島由紀夫が自決するという事件がおこったのも本当に象徴的ですね。なにかひとつの時代が去って、新たな変身を準備するという変化の「時」を感じさせます。いままでの六〇年代とは違う澁澤さんの姿が、七〇年という時代を経て全面に出てきますね。

巖谷　そうでしょう。だから六〇年代が身体性にあわせて観念のダンスをしていた時代だとすれば、七〇年代に澁澤さんの主調になるのはオブジェ、「モノ」なんです。旅によって実体に出会いたいという感覚もあった。実際にヨーロッパで何を見たかというと、ひとつは自然を発見していますね。

安藤　本当に七〇年代の澁澤さんというのは、『澁澤龍彥　幻想美術館』の「旅・博物誌・ノスタルジアの部屋」ではないですけれど、旅をしながらそこで出会ったものを自分なりの博物誌にまとめていくという作業をしています。つまり『胡桃の中の世界』から『思考の紋章学』までのまさに博物誌的と称すべきエッセー集ですけれども、それらが自分でもいちばん大事なものだと書いています。自分というものをいちばん出せた／出せるようになってきたエッセーなんでしょう。

巖谷　それと、『思考の紋章学』と並行するかたちで、説話研究もはじめている。

安藤　ヨーロッパの説話と日本の説話をひとつの舞台に乗せてしまうわけですね。そしてもうひとつ、先ほども触れましたが、この時期に南方熊楠、柳田国男、折口信夫などの仕事の意義を、本格的に再「発見」してゆきます。

巖谷　そうですね。南方熊楠の旧居を訪ねたりもしているし、それから明恵上人にも魅かれはじめる。柳田国男や折口信夫も系統的に読むようになった。プリニウスの仏訳注釈本に没頭するのと並行していますが。

安藤　また、旅をすることによって、東洋と西洋という区分もあまり意味がなくなってくるわけですよね。ヘリオガバルスと織田信長が並び立ちますし。

巖谷　だから、いわゆる日本回帰じゃない。

安藤　区別がないんだと思います。それこそ「透明な器」になった私のなかに時間や空間など関係なく、森羅万象さまざまなものが入りこんで、そこにヒエラルキーがなくなる。

巖谷　アナクロニズム（時間錯誤）と同時に空間錯誤もあって、それの行きついたはてが最後の『高丘親王航海記』。あそこではもう「時空」になっている。実在の人物なのに、「モダンな親王にふさわしく、プラスチックのように薄くて軽い骨だった」と言って、平安時代に現代を重ね、プラスチックを持ちこんでしまう（笑）。

安藤　それと同時にプリニウスと南方熊楠を、博物学という共通の視点から眺め、両者とも同一の地平で論じることが可能になってくるわけです。じつは『高丘親王航海記』のある部分、高丘親王という存在をはじめ、とくに「蛮人」というイメージなどは、ほとんどすべて熊楠のエッセーを換骨奪胎したものです。高丘親王は現実の旅と、東西をつなぐ博物誌の旅、それを同時にはたしているんです。
巖谷　プリニウスのほうも、とても大事ですね。『博物誌』のフランス語訳のベル・レットル版は出典明示などの注がすごい。日本の翻訳だと大判三冊だけど、フランス語版は十何冊もあって、多いのは注の分なんです。澁澤さんがそれを手に入れて、読みはじめたのが七〇年代のはじめだったからね。
安藤　澁澤さんが苦心惨憺しながら仕上げたマンディアルグの『大理石』（高橋たか子と共訳、一九七一年）なども、博物誌的でありながら、それがそのままオブジェとしての現代小説になっています。
巖谷　翻訳では『大理石』が典型的です。それからアルフレッド・ジャリの『超男性』（一九七五年）にしても、博物誌的ですよ。
安藤　『超男性』はいい翻訳ですね。
巖谷　あれは「小説のシュルレアリスム」というシリーズ。僕も編集に参加して、どういうものを入れるか相談したんだけど、澁澤さんはルネ・ドーマルの『類推の山』もどうかと考えた。でも僕がやっちゃった。ブルトンの『ナジャ』も僕ですが。
安藤　いちばんいいところじゃないですか（笑）。
巖谷　いや、僕も『超男性』はやりたかった（笑）。で、澁澤さんは、アルトーの『ヘリオガバルス』もやる気だったんですよ。すでに抄訳しているし。でも忙しかったから、ジャリのほうだけでもういいやと言った。とにかく『超男性』はぴったりだった。澁澤さんはジャリが好きというよりもあの小説が好きなんです。ちょっとサドっぽくて。どこかに集まってみんなで議論するところとか。『類推の山』も博物誌的ですが、一時は訳す気のあったレーモン・ルーセルの『ロクス・ソルス』もそうです。
安藤　澁澤さんは翻訳でもやっぱり「透明な器」になって、著者を自分にとりこんでゆくんですよね。ですから、どれもみんな澁澤文体になって、原文をときには無視している。でもそうやって作品・著者を自分の世界にとりこんでいたからこそ、『澁澤龍彦全集』全二十二巻・別巻二巻（一九九三―五年）だけじゃなくて『澁澤龍彦翻訳全集』全十五巻・別巻一巻（一九九一―八年）も出せたわけですよね。翻訳全集もまさに澁澤さんの作品集成なんです。

幸運な人・澁澤龍彦

巖谷　澁澤さんはある意味で幸運な人でしたね。編集者に恵まれていたということ。実際、編集者によってつくられた澁澤龍彦というものもある。美術だったら美術出版社に雲野良平さんがいて、『夢の宇宙誌』なんて具体的な美術作品のことはほとんど書いてないのに、図版を入れて美術書にしちゃった。だから澁澤さんの知らなかった図版まで入ってるんだけど（笑）。

サドでは現代思潮社の石井恭二さんという思想家がついていて、二人で被告になったし、「ユリイカ」誌も『胡桃の中の世界』の原形の「ミクロコスモス譜」とか、『悪魔のいる文学史』（中央公論社、一九七二年）とか、ああいう本になってゆく連載を注文できる三浦雅士さんがいた。なかでも河出書房新社の活躍はすごい（笑）。どんどん文庫に入れて澁澤さんを支えたのは河出だった。澁澤さんは孤立した人のように見えながら、編集者との一対一の関係のなかから新しい本をつくれた人です。

それにかぎらず、生涯にわたって「出会い」ということが重要だった。名刺を配って顔をひろげるというのとは違うから、友人は多くないけれど、べたべたせずに一対一でつきあえる相手が何人かいた。たとえば堀内誠一さんとの往復書簡にもそれを感じます。手紙のやりとりを通じて友情を深めている。共通の過去があって、それこそ武井武雄の絵とか、ウッチェッロやシモーネ・マルティーニの絵とか。でも、そういう話の通じないような人とは深くつきあわない。

安藤　書くことだけで生活できたというのも、すごいですよね。

巖谷　それも幸運なんですね。ひとつは「サド裁判」で名前が知られたから。澁澤さんもはじめはそうとう苦労していましたけど、でも一九六五年に『快楽主義の哲学』（光文社）というベストセラーが出て、それで家も建った。そういう前提があって、しかもその時々に、ちゃんと自分のやりたい新領域のものを注文してくる編集者がいた。だから物書きとしてはかなり幸運な人でしたね。

晩年と小説世界

安藤　それで晩年になるわけですが――といっても本人は晩年だと思っていなかったわけですから、晩年と言ってしまっていいのかどうか迷いますが――、本当にいちばん活潑に活動された最中に亡くなっていますね。

巖谷　晩年の澁澤さんは小説の世界をひろげてゆきます。ちょうどいま僕の企画で、名古屋のC・スクエアで「澁澤龍彥・堀内誠一　旅の仲間」展をやっていて、澁澤さんと堀内さんの手紙のやりとりを見せていますけれど、七七年の堀内さん宛の手紙におもしろいのがあって、僕はリーフレットの序文に引用していますが、澁澤さんが「もう今では、おどろおどろしいオカルトだの何だのについて書く気はなくなり」って書いている。当時はオカルトブームでその種の注文もあったけれど、澁澤さんはとっくに手を引いているわけで、「このままの状態がつづけば、やがては小説でも書くより以外には行き場がないんじゃないか、と思うようになってきています」とつづけている。重要な告白ですね。

そして「貴兄にもおそらく経験はおありでしょうが、自分を追いつめるということは、スリリングなものですね。自分が他人のようにも見えてきます」とある。澁澤さんは自分を追いつめていったんです。初期の短篇や『犬狼都市（キュノポリス）』（桃源社、一九六二年）以来二十年を経て、こんなふうに小説にとりかかったわけですが、でも一九八一年の『唐草物語』なんか、一種の綺譚というか説話的な物語ですから、あれを小説と言えるのかどうか。少なくとも日本のいわゆる小説とは違うもので……。

安藤　まさに『黒いユーモア選集』でブルトンが使った、素材を断章的にとりあげるというシュルレアリスム的なコラージュのかたちと、『今昔物語』などにあらわされた伝統的な説話のかたちがあそこでクロスしているんですね。

巖谷　いろんな題材をとってくるために、あのころの澁澤家ではどんどん本が増えていた。いちばん大きいのは『廣文庫』とか『大語園』とか、それから『群書類従』でも、索引をよく使って逸話を渉猟している。

安藤　『唐草物語』は非常におもしろいですよね。それこそ時間や空間がなくなってしまって、ただそこに無数の物語だけが語られている。作家も、物語の構造も、伸縮自在で浸透自由な透明な容器そのものとしてある。

巖谷　とくに最初の「鳥と少女」は名作で、また一種の自伝でもあります。ウッチェッロ＝鳥という名の密室の画家を描いていて、これがセルヴァッジャという少女に出会う。セルヴァッジャっていうのは「野生の女」の意味で、ウッチェッロは遠近法＝「理性の男」。この対立は澁澤さんがいつも自分のなかに感じていたもので、実在の画家と仮構の少女がいわば自画像をつくっている。

安藤　象徴的ですね。

巖谷　ところがその物語の最後のエピソードを、堀内誠一の手紙から借用しているんですよ。自分と他人の区別がない（笑）。自分の作品に他人のものを持ちこんで再話したり、翻訳を自分の文章として使ったり、それが平気でできちゃう。道義の問題を云々したり、オリジナリティーがないとかいう人もいるけれど、僕は逆だと思う。もちろん一つ二つそういうことをこっそりやっていたらまずいかもしれないけど、でも全部がそれだとしたら（笑）。

トランプのツー・テン・ジャックで、スペードをすべて集めるとマイナスがプラスになっちゃうみたいにね。いわゆる「剽窃」をする種本が千冊というような規模になると、問題は別なんですよ。彼の自我というのがそういうものだっていうことは、僕の澁澤龍彦論にあります。

安藤　巖谷さんが『澁澤龍彦の時空』で言われた、コラージュとしての自我、「アンソロジーとしての自我」という主体のありかたですね。

巖谷　河出文庫に入っているドーマルの『類推の山』も、『高丘親王航海記』の創作メモに書いてありますが、でもとくにどこかを盗んでいるわけではない。どうしてかというと、あれは物語の枠組そのものを使っている。

安藤　空想旅行記の枠組をそっくり使って、時間と空間を超えた未知なる世界への象徴的な旅を描くということですね。

巖谷　それからもうひとつ、『類推の山』には例の「うつろびと」の物語があります。「うつろびと」のイメージを借りているだけでなく、小説のなかにもうひとつ物語があるという「話中話」の構造っていうのも、澁澤さんは好きなんだね。

安藤　『胡桃の中の世界』でもミシェル・レリスの一節を引いて、メリーミルクのなかのメリーミルクという、オブジェのなかにイメージが無限に連鎖してゆく構造をとりだしています。小さく閉じられたオブジェ（先ほど「密室」として述べられた事態と同じと見てよいでしょう）のなかにこそ、無限がはらまれているわけですね。

巖谷　『類推の山』の話中話「うつろびとといがいらの物語」は、澁澤さんの何かにつながるでしょう。モーとホーという二人の兄弟がいて最後は合体して一人になるんだけど、『高丘親王航海記』の春丸・秋丸とか、あれにもちょっと通じていて、他者と同一化するというところが……。それに『うつろ舟』（一九八六年）もある。タイトルどおり「うつろ」のモティーフがあって、これも『類推の山』の「うつろびと」につながっているでしょう。

あのなかにある「ダイダロス」という短篇、あれは執筆時期としてはいちばん最初に書いたものなのに、単行本ではいちばん最後に収めている。あのころ僕は朝日新聞の書評委員をしていて、『うつろ舟』の書評にいろいろ書いたら、澁澤さんはそれを読んで筆談で喜んでくれました。「ダイダロス」は蟹と実朝とそれから刺繍で描かれた画美人の登場する話ですが、最後には主体が蟹なんだか実朝なんだかわからなくなって、アイデンティティーが拡散してしまう。「私は誰か？」という話。

安藤　あれは出発できない舟が朽ちていく雰囲気など素晴らしい。どうして現代の作家たちは、澁澤さんがつくりあげた小説的世界を継いでいこうとしないんでしょうかね。まだまだそこから得るものは数多くあると思うのですが……。そして『高丘親王航海記』もまた、「ダイダロス」を鏡で反転させた作品として読み解ける部分が確実にあります。

巖谷　ありますね。『うつろ舟』を書いてから、新しい自分に出会おうとして旅立った。無理をしても書きあげる必要があったんでしょう。八六年十一月に十五時間の大手術を体験して、退院してから最後の二章を書いた。「真珠」の章なんて、死の予感からはじまるからね。あれは最初に全体の構成ができていたわけではなくて、自分の病気の体験を通じて話が展開していったんです。

「旅の仲間」とともに

安藤　「旅の仲間」というのもいい言葉ですね。離れているんだけれども、ともに旅をしている感覚と言いますか。堀内さんにしろ、もちろん巖谷さんにしろ。

巖谷　僕は年齢が十五歳下ですけれど、ふだんは会ってもくだらない議論ばかりしていましたよ。どっちのほうがフランス語ができないかとか言って争ったりね。「俺のほうができない」「いや俺のほうだ」って（笑）。たまに澁澤家に遊びにいくと、酒を飲んでトランプや花札をしたり、それこそインファンティリズムなんだよね。だから子ども同士になっちゃって、おたがいに威張ったりもする。「これを知るまい」とか言いあってね（笑）。

澁澤さんは戦前の東京の区分地図なんてのを大事に持っていて、君はまだ生まれていないから知らないだろうけど、と言って「ほら滝野川区。こっちは芝区高輪車町だぞ」なんてやる。それから絵も描いた。どっちがうまいか描いてみよう、とか。澁澤さんはタンク・タンクローなんか描いて、「どうだ」って言うから、こっちは手塚治虫のヒゲオヤジやヒョウタンツギなんかを描いてみせると、澁澤さんは知らないの（笑）。

澁澤さんの絵は『澁澤龍彦　幻想美術館』にも序文の最後と、それからカヴァーをはずしたところにも載せているんだけど、不思議な絵ですね（笑）。題名は「海ネコの王」だから「海のネコ」ってのを描きたかったんでしょうが、これにも澁澤さんの絵の特徴が出ている。けっして写生風には描かないで、すべて一筆がきみたいにくっきりと描く。

安藤　イメージもかっちりしているんですよね。

巖谷　漫画っぽくてかわいい。昭和初期のモダニズムのイメージもある。

安藤　その「漫画っぽくてかわいい」というのは、やはり今後澁澤さんを読み解くうえでのキーワードになっていくと思うんですよ（笑）。

巖谷　実際、澁澤さん自身に漫画っぽくてかわいいところがあった。一九二八年の生まれで、よく自分でも言っていたけれど、ミッキーマウスと同い年なんだ（笑）。子どものころは初期のディズニーの短篇をよく観ていた。漫画でも『のらくろ』なんかが好きだった。でも杉浦茂になると知らないんだよね。

だから僕が「杉浦茂は」なんて言いだすと、そんなものはよくない、って（笑）。

安藤　自分が知らないものイコールよくないもの、なんて本当に子どもですよね（笑）。

巖谷　最近、澁澤さんの蔵書目録が出ましたが、そのなかに復刻版の『のらくろ』などは別にして、漫画が一冊だけあるんですよ。つげ義春。「ガロ」の特集号なんだけど、澁澤さんは「ねじ式」には驚いていた。あるとき家に招ばれて行ったら「ねじ式」があって、僕は前から読んでいたけれど、澁澤さんははじめて読んだらしく、「これいいよなー」って。もちろんいいですよ（笑）。「ねじ式」は異様なオブジェの世界だから。

安藤　たしかにつげ義春の世界はオブジェにみちていますね。

巖谷　でも乾燥したオブジェの世界じゃない。じとーっとしてる（笑）。澁澤さんはそういうのも好きだった。自分にそれがないから惹かれたということかもしれない。僕が例の調子で、「ねじ式」以外の「ゲンセンカン主人」とかを持ちだして、「そもそも『紅い花』が……」とか言いだすと、知らないものだから、「そんなのはいいんだよ！『ねじ式』だ！」って（笑）。一対一だとそんな感じでした。

安藤　澁澤さんが大事にしたのはそういう関係性なんですね。

巖谷　そうかもしれない（笑）。はんとに出会いがあって、好き嫌いがあって、それでずっと関係が残ってゆくという人生はいいですね。「旅の仲間」になれる。

最後の部屋から

安藤　今回、巖谷さんがいわば「旅の仲間」として、展覧会の最後の部屋に四谷シモンさんの天使、それから中西夏之さんの「コンパクト・オブジェ」というある意味で対照的な作品を位置づけて展覧会を閉じていますが、あの部屋のプランには、そもそもどのようなイメージがあったんですか？

巖谷　澁澤さんは仕事机の正面にシモンの人形を置いて、いつも眺めていたわけだし。あの天使の人形も、立体だということもあって、とても大切なんです。今回は立体作品のごく少ない展覧会になりましたが、そのかわりに入念に選んである。たとえばサドの架空の肖像も。

安藤　マン・レイがつくったものですね。あのブロンズ像は強烈です。

巖谷　あんなものが日本にあるんだから（笑）。それで四谷シモンは二点ほしいと思った。一点は澁澤さんの影響下にシモンが青木画廊で最初の展覧会をやって、その出品作を見たときに澁澤さんが「未来と過去のイヴ」と名づけた、いわば「最初の出会い」を画することになった人形。それから最後の部屋には、ごく自然な発想から、没後にシモンのささげた天使の人形。タイトルにも「澁澤龍彦に捧ぐ」とあります。

何度も言っていますが、僕は象徴的な意味でこの展覧会を「旅」だと考えていて、僕自身も旅をしながら展覧会をつくったわけだけど、会場に来た観客も展示室をたどることで旅をできるように、また展覧会の構成自体も、澁澤さんの生涯を通じての旅のようにしたかった。

最後の部屋には『高丘親王航海記』の船旅を表現してみたくて。すると四谷シモンのあの人形が船の舳先、船首彫刻に見えてきたんですよ。かつてのシモンの「未来と過去のイヴ」はまさに六〇年代の結晶のような、どぎつい、けばけばしい女性でしたけれど、それがこの天使の人形にまで行きついて、もっと透明な両性具有の天使になる。それに美しい運動感のある人形ですから、船首に見立てて、さらに旅がつづく感じになるかなと思った。そのことに目的や意味があるわけじゃないんだけれど、イメージとしてなにか「旅」を暗示できればと。

安藤　たしかに外にひらかれる感じがしますね。

巖谷　ただ、最後の部屋は展示する作品が少なくて、立体が一点だけだとすこし浮いてしまう。それで最初から考えていたのは、六〇年代の作品ではあるけれども、中西夏之さんの「コンパクト・オブジェ」を置きたいということだった。あの連作は戦後日本芸術の名作のひとつです。しかも卵の形状ですから、ここから何かが生まれる、あるいは再生するとも感じられる。小さくてしかも存在感がすごいから、シモンの天使と対応――並べるんじゃなくて――するように展示したかった。この作品は澁澤家の有名な飾り棚のなかに何十年も置かれていた身近なオブジェで、象徴的なニュアンスがあります。

そのあと、野中ユリさんの作品も必須でした。澁澤さんの『高丘親王航海記』の原稿の最後の三行が貼りこまれている作品ですが、没後十年に制作されたあのコラージュも、説明的のように見えてピシッとおさまっている。これを壁に飾ることで、空間的なバランスが保てると予想したわけです。

今回の展覧会であらためて思ったことは、展覧会自体が作品（work）だということですね。展覧会は一目で見られる空間ではなく、時間と空間、つまり時空なんで、そこに観客を誘いこむような作業・行為（work）をしたい。だから「旅」という体験を重ねることもできる。そのためにも、会場をごちゃごちゃと埋める気はなくて、できるだけ空間を広くとって――予算が少なかったこともあるけれど（笑）――コレクターから借りた小さめの作品を並べる。たしかに三〇〇点をこえる規模ですが、でも、ある種の寂しさが漂う、そんな構成にしたんです。ひとつひとつ眺めて歩く過程に「旅」の感覚が生まれるように。うまくいったかどうかはわからないけれども。

安藤　でもそれは本当に得がたい体験であり試みであったと思います。澁澤さんの人生と世界がコラージュとしてまとまり、さらにそれは無限を内部に秘めたオブジェとしてあり、さらにそれが時間と空間を超えた未知なる世界に天使として飛び立とうとしている……。
巖谷　澁澤さんの読者がそれを実際に観てくれれば、既知の確認だけではなくて、未知のものに出会う旅になるでしょう。埼玉のあと、夏の札幌は森を見はらすなかで、秋の横須賀は海を見はらすなかで展覧会がひらかれるわけですから、「旅」のイメージがいっそう強まるかもしれません。

二〇〇七年六月二十六日　於・世田谷の巖谷家

後記

『澁澤龍彦論コレクション』の第Ⅴ巻「トーク篇2」には、さまざまな世代、さまざまな経歴、さまざまな立場の著名な方々と、澁澤龍彦について語りあった対談の数々を集めてある。

第Ⅳ巻「トーク篇1」が『澁澤龍彦全集』『澁澤龍彦翻訳全集』の編集委員四名（出口裕弘氏、種村季弘氏、松山俊太郎氏、私）のみによるトークの集成であり、ある程度まで一貫した新しい作家像を提示しようとしていたのに対して、こちらはメンバーも多彩な上に、テーマも内容も多岐にわたっている。ただ、最後の二篇以外は『全集』『翻訳全集』とその周辺でおこなわれた対談で、すべて一九九〇年代のものだ。ということは、この大きな部分は両全集の編集・刊行の進んでいる現場で、澁澤龍彦の生涯と作品をふりかえりながら、さまざま新発見・再発見を体験していた時期のトークである。

実際、今回の収録を機に読みなおしてみて、私自身にもじつにおもしろく、思いがけない事実の報告や回顧、刺激的な指摘や解釈に出会うことができた。以前からメディアなどのつくってきた紋切型の作家像・人物像がくつがえされ、生身の澁澤龍彦がふいに顔を覗かせるといった場面も、ページのあちこちに見られる。とすれば、作品を通じて稀有の作家人格とめぐりあい、さらに接近を望んでいるような読者にとっては、この「トーク篇2」こそ、またとない貴重な読み物になるかもしれないと思われた。この巻の構成と内容について、以下、すこし詳しく述べておくことにする。

前半を占める『回想の澁澤龍彦（抄）』は、一九九六年五月二十四日、河出書房新社から刊行された同タイトルの単行本のうち、私自身のかかわった部分だけを抄出したものである。この単行本はもともと、『澁澤龍彦全集』各巻の月報に掲載していた「インタビュー」のすべてを、そのまま連続して読めるようにするという趣向の書物だった。各回の「インタビュアー」は編集委員四名が分担してつとめていたが、私の担当分は計十九篇のうちの七篇で、とくに後半のものが多い。念のため、原本の目次に沿って、ラインナップ（括弧内は聴き手）を示しておくと、

「旧制浦和高校時代」松井健児（出口裕弘）
「「モダン日本」記者澁澤龍雄」吉行淳之介（種村季弘）
「「新人評論」の頃」大塚譲次（出口裕弘）
「澁澤君のこと」堀内路子（巖谷國士）
「欧州旅行のこと」堀内路子（巖谷國士）
「〈サド裁判〉前後」石井恭二（松山俊太郎）
「文学の本道」埴谷雄高（松山俊太郎）
「桃源社と澁澤龍彥」矢貴昇司（種村季弘）
「〝女性誌に登場〟の頃」田村敦子（松山俊太郎）
「兄の力」四谷シモン（巖谷國士）
「『夢の宇宙誌』から『夢の博物館』まで」雲野良平（巖谷國士）
「「血と薔薇」の頃」内藤三津子（種村季弘・松山俊太郎）
「次元が違う」池田満寿夫（巖谷國士）
「直線の人〝シブタツ〟」三浦雅士（巖谷國士）
「胡桃の中と外」平出隆（巖谷國士）

ごらんのように、ご高齢ながらまだお元気だったご母堂・澁澤節子さんをはじめ、すぐ下の妹さん澁澤幸子氏、同級生諸氏、雑誌記者時代の編集長にして作家、同人誌仲間、といった方々をまずお招びして、前半は一応「インタビュー」らしく展開していたものだが、青春期から晩年まで長く交遊した友人・堀内路子さんの登場するあたりからやや様子が変り、聴き手にとっても親しい友人をゲストに迎える回がふえたためか、しだいに実態は「対談」になっていった。

私の担当の回はとくにそうだったので、この第V巻では「対談」という表記を用いることにしたわけである。

「インタビュー」は各氏一度ずつだった。それでも長短があり、長いものは二回の月報にわけて掲載していたが、単行本収録時には一回にまとめてある。ただし堀内路子さんのものだけは例外で、単行本では「澁澤君のこと」と「欧州旅行のこと」の二本になっていたものを、再録にあたっては一本にもどし、タイトルは前者を採用することにした。澁澤龍彥の死の十二日あとにおなじ病気で亡くなった故・堀内誠一氏を偲びつつ、没後に完成した小田原のお宅で、日ぐれまで語りつづけた忘れがたい対談である。

つづいて人形作家で俳優の四谷シモン、画家で作家の池田満寿夫が登場する。私にとって前者はいまも対話する機会の多いほぼ同世代の友、後者は若いころに隣人として交遊した年長の友でもあるので、いきおい話がはずんでいる。池田さんと話すのは久しぶりだったが、別れぎわに、六〇年代の共通体験について近くまた対談をやろう！　といわれたのを憶えている。だがその三年後に彼は世を去ってしまい、あらためて語りあえなかったことが残念でならない。

雲野良平、三浦雅士、平出隆の三氏は、かつて澁澤龍彥の担当編集者として、それぞれ代表作となる単行本や雑誌連載を企画・編集し、作者とともに完成させた方々である。雲野氏と三浦氏はかつて私の担当でもあったし、平出氏は河出書房新社退社後、詩人・作家としての交流がつづいている。編集者の語る澁澤龍彥の生活、原稿の書き方や本の造り方なども興味ぶかく、三氏の貴重な証言は、『澁澤龍彥全集』の解題や年譜にも活かされることになった。

収録の順は単行本に従う。あらためて誤植や誤記を正し、ゲスト各氏にも赤入れをお願いした。表記の統一はある程度おこなったが、原則として各人各様の表記にまで立ち入っていない。これはこの巻のどの対談についても同様である。

★

後半の「澁澤龍彥を読む」に収めてある対談のすべては、これまで単行本に入っていなかったものである。したがって「補遺」とすることも考えたが、出版社の要望もあって一冊の本のように扱い、タイトルを新たにつけた。第Ⅳ巻の『澁澤龍彥を語る』からの連想もあるが、内容に即した命名だといえるだろう。

「I」に収録した対談はどれも、『澁澤龍彥翻訳全集』の月報に掲載されていたもの。『全集』の月報が好評だったこともあり、『翻訳全集』でもおなじ趣旨と形式の月報を編集していた。こちらの場合には、ゲストは生前の澁澤龍彥を知る方々にかぎらず、より若い世代の、「読む」ことで澁澤龍彥とつきあってきた方々もいて、やはり「インタビュー」というよりは「対談」になった。澁澤龍彥の翻訳だけでなく作品の全体について、新鮮な考察や分析のなされている場面もあり、『回想の澁澤龍彦』に劣らないおもしろさだと思う。

ただしこちらは単行本にならなかったため、『回想の澁澤龍彦』の場合のように、全巻のラインナップをここに示すことはしない。『翻訳全集』全十四巻・別巻一巻はいまも生きているので、必要とあれば連続して読むこともできるだろう。

「初出一覧」に見るとおり、こちらは対談の配列を発表順とせず、それぞれの主な話題になっている時期の順にした。そのほうが澁澤龍彦の生涯と作品歴をたどりやすくなるだろうと考えたからである。もとは『翻訳全集』の月報対談だったため、「翻訳」について語っているものも多く、とくに名高い翻訳家である池田香代子さんとの対談など、作家・澁澤龍彦の翻訳者としての姿勢や方法や、訳文の特徴や傾向や癖にまで立ち入っていて、おもしろく読める上に、貴重な資料にもなっているように思える。

澁澤龍彦と長く交友した谷川晃一氏の画家としての自由な発言や、澁澤龍彦の本を数多く手がけた菊地信義氏のデザイナーとしての独特の見方にも、それぞれに新しい澁澤龍彦観がふくまれる。美術作品や書物デザインへの関心と熱意は、「視覚型」を自称していた澁澤龍彦の文学の根幹に通じるものだろう。

中条省平氏と四方田犬彦氏は年が若く、澁澤龍彦と実際に会うチャンスのなかった世代だが、読者としてのつきあいかた、共感と影響のありかた、それぞれの専門領域からのとらえかた、等々を語って尽きることがない。私は当時からこうした若い方々と話す機会も多くなっていたが、その際にしばしば感じたのは澁澤龍彦の影響力の大きさと、会っていなくても故人にいだいているらしい一種の親愛の情だった。彼らもまた書物を通じて、「シブサワ」ではない「澁澤さん」とつきあいをつづけてきたのではないだろうか。

「II」の収録対談は二つの時期に属する。はじめの二篇、谷川渥氏と川本三郎氏のものは、『澁澤龍彦全集』の刊行を機に、出版関係のメディアに掲載された対談で、前者は「週刊読書人」の、後者は「新刊展望」の企画だったから、性格がやや異なっている。谷川氏のほうは作品の解釈にわたる本格的なもので、氏とはあのころ二度ほど澁澤龍彦について公開対談（活字にはなっていない）をした記憶もあるが、たいていは両者の視点がややずれていて、ときには対立したりもしていたので、そこがむしろ意味ぶかく感じられたものである。

川本三郎との対談のほうは、雑誌の性質上、川本氏による私への「インタビュー」に近かったためか、私の話ばかり長くなってしまっている。私とほぼ同世代の優れた批評家である川本氏とは、やはり何度か対談の機会があったのだが、澁澤龍彦についても早くから重要な指摘をしていた論者でもあり、谷川氏と同様、またいつか機会があればと期待している。

最後の二篇は『全集』『翻訳全集』から十年ほどたったころ、二〇〇七年に澁澤龍彦の没後二十年を記念して、私の監修による大規模な「澁澤龍彥　幻想美術館」展（この『コレクション』の第Ⅲ巻に収められている同名の書物は、同展覧会の図録を兼ねた単行本だった）がひらかれた際に、特集を組んだ二つの雑誌に掲載されたものである。「アートトップ」誌ではふたたび四方田犬彦氏が登場し、澁澤龍彥の美意識について見解を新たにしているのが興味ぶかい。

安藤礼二氏との対談のほうは、「ユリイカ」誌の澁澤龍彥特集の中心を占めていた長篇で、くだんの展覧会について詳細・明快な紹介と考察をくりひろげながら、新しい澁澤龍彥論の視野を獲得しようとしている。安藤氏はこの巻の対談者中もっとも若く、いまでは文芸批評家として独自の領域をひらきつつ精力的に活動している著名人だが、以前は河出書房新社の気鋭の編集者で、『全集』の内藤憲吾氏を受けつぎ、『翻訳全集』の全巻を担当していた。そのこともあって、澁澤龍彥の専門家に近いと見てよいかもしれない。

そういえば、『コレクション』第Ⅳ巻所収の『澁澤龍彥を語る』の座談会や本巻『回想の澁澤龍彥（抄）』の対談にいつも内藤憲吾氏が同席していたように、『澁澤龍彥を読む』の「Ⅰ」の対談にはいつも安藤礼二氏が同席していた。ときに「編集部」として発言しているのはこの二氏である。そのことも明記しておこう。

もうひとつ、それに関連して気のついたことがある。「トーク」の記録にときどき挿入されている「（笑）」という表現のことだ。いうまでもなく、これは同席者や聴衆から笑いがおこったことを示していて、出版界では古くから習慣的におこなわれてきたものだが、最近ではインターネットなどの新表現形式（？）のせいで、たまに誤読されることもあるらしい。後者は自分の書いたことを自分で笑うかのように、あるいは読み手の笑いを先どりするかのように、「（笑）」等々と記すやりかたであり、場合によっては閉鎖的なナルシシズムを反映しかねない表現だろうが、前者は単なる事実の報告（ときには重要な）である。『澁澤龍彥論コレクション』全五巻では、この本来の記述形式をのこしたことを申しそえておく。

この『コレクション』全五巻のうち、これが最終巻である。配本順では最後にならず、第Ⅲ巻がまだのこっているけれども、トーク篇二冊のほうを先に完成させることができた。対談などの収録・再録をこころよく許可してくださった方々、関係者各位に、厚く御礼を申しあげる次第です。

第Ⅳ巻の三氏と、この巻の池田満寿夫氏についてはもはや叶わぬことながら、ほかのみなさまにはいずれ拝眉の上、またゆっくり、澁澤龍彥についてお話する機会を持てたらと思っています。

全巻を通じての装幀デザインと、扉のレイアウトなどまで担当してくださった櫻井久氏にも、深謝の意を表します。私の撮った写真を各巻のカヴァーに用い、トーク篇の二冊ではフレームの形を変えるなど、センスよく実現されたアイディアに、あらためて感動をおぼえているところです。

末筆になりましたが、さまざまな社会的変化のなかで、勉誠出版編集部・大橋裕和氏の熱意と行動力は称賛にあたいするものでした。ありがとうございます。

二〇一七年十一月七日　巖谷國士

初出一覧——いずれも本書収録にあたって大幅に加筆・修正した。

回想の澁澤龍彦（抄）

単行本『回想の澁澤龍彦』（河出書房新社、一九九六年五月）より、巖谷國士による対談の部分を抄出した。

「澁澤君」のこと
『澁澤龍彦全集』月報9・10（河出書房新社、一九九四年二月・三月）に「澁澤君のこと」「欧州旅行のこと」として発表。

兄の力について
『澁澤龍彦全集』月報16（同、一九九四年九月）に「兄の力」として発表。

『夢の宇宙誌』から
『澁澤龍彦全集』月報17（同、一九九四年十月）に「『夢の宇宙誌』から『夢の博物館』まで」として発表。

次元が違う
『澁澤龍彦全集』月報20・21（同、一九九五年一月・二月）に「次元が違う1」「次元が違う2」として発表。

直線の人「シブタツ」
『澁澤龍彦全集』月報22・23（同、一九九五年四月・五月）に「直線の人〝シブタツ〟1」「直線の人〝シブタツ〟2」として発表。

胡桃の中と外
『澁澤龍彦全集』月報24（同、一九九五年六月）に同タイトルで発表。

澁澤龍彦を読む

I

翻訳家としての澁澤龍彦
『澁澤龍彦翻訳全集』月報13（河出書房新社、一九九七年十一月）に「澁澤翻訳の構造」として発表。

繁茂する植物界

『澁澤龍彥翻訳全集』月報14（同、一九九七年十二月）に『植物の繁茂、原始の力」として発表。

デザイナー、澁澤龍彥

『澁澤龍彥翻訳全集』月報16（同、一九九八年三月）に同タイトルで発表。

アンソロジストの本領

『澁澤龍彥翻訳全集』月報6（同、一九九七年四月）に同タイトルで発表。

『大理石』とイタリア体験

『澁澤龍彥翻訳全集』月報12（同、一九九七年十月）に『大理石』翻訳体験の意味」として発表。

II

モダンな親王　澁澤龍彥

週刊読書人（一九九三年六月三日）に同タイトルで発表。小見出しは「＊」に変更した。

『澁澤龍彥全集』刊行に寄せて

『新刊展望』（日本出版販売株式会社、一九九三年）に「『澁澤龍彥全集』刊行に寄せて　自分を作って逝った人」として発表。

澁澤龍彥と新しい美意識

「アートトップ」（芸術新聞社、二〇〇七年三月）に「澁澤龍彥をゆく」として発表。小見出しは修正の上で残してある。

澁澤龍彥を旅する

「ユリイカ」（青土社、二〇〇七年八月）に「澁澤龍彥を旅する――「幻想美術館」逍遙」として発表。

装幀・本文レイアウト　櫻井久（櫻井事務所）

協力　澁澤龍子
堀内路子
四谷シモン
雲野良平
佐藤陽子
三浦雅士
平出隆
池田香代子
谷川晃一
菊地信義
中条省平
四方田犬彦
谷川渥
川本三郎
安藤礼二
河出書房新社
週刊読書人
日本出版販売株式会社
芸術新聞社
青土社

＊本書の発言のなかには、今日の人権意識に照らして不当・不適切な語句または表現がある場合もございますが、言及されている事項の時代的背景にかんがみ、そのままとしました。

巖谷國士（いわや・くにお）
一九四三年、東京に生まれる。東大文学部卒・同大学院修了。仏文学者・批評家・作家・旅行家・明治学院大学名誉教授。二十歳で瀧口修造と澁澤龍彥に出会い、以来シュルレアリスムの研究と実践をつづける。十五歳年上の澁澤龍彥とは親しく交友し、唯一人の「共著者」となる。澁澤龍彥の『全集』『翻訳全集』の編集や記念展をリードし、多くのエッセーやトークを捧げてきたが、本来の活動領域も広く、文学・美術・映画・漫画の批評から紀行・博物誌・庭園論・メルヘン創作、また展覧会監修・講演・写真個展などに及ぶ。主著に『シュルレアリスムとは何か』（ちくま学芸文庫）『〈遊ぶ〉シュルレアリスム』（平凡社）『封印された星　瀧口修造と日本のアーティストたち』（同）『森と芸術』（同）『旅と芸術　発見・驚異・夢想』（同）『幻想植物園』（PHP研究所）ほか。ブルトン『シュルレアリスム宣言』『ナジャ』（岩波文庫）、エルンスト『百頭女』（河出文庫）、ドーマル『類推の山』（同）などの翻訳でも知られる。

澁澤龍彥論コレクションⅤ　トーク篇2
回想《かいそう》の澁澤龍彥《しぶさわたつひこ》（抄《しょう》）／澁澤龍彥《しぶさわたつひこ》を読《よ》む

二〇一七年十二月八日　初版発行

著　者　巖谷國士
発行者　池嶋洋次
発行所　勉誠出版株式会社
〒101-0051　東京都千代田区神田神保町3-10-2
TEL：03-5215-9021（代）　FAX：03-5215-9025
〈出版詳細情報〉http://bensei.jp/

装　幀　櫻井久（櫻井事務所）
印刷・製本　中央精版印刷

ISBN978-4-585-29465-8　C0095